HEYNE <

JEFFREY ARCHER

WARWICK
ÜBER DEM GESETZ

TEIL 5 DER WARWICK-SAGA

ROMAN

Aus dem Englischen
übersetzt von Martin Ruf

WILHELM HEYNE VERLAG
MÜNCHEN

Die Originalausgabe *Next in Line*
erschien 2022 bei HarperCollins, London.

MIX
Papier | Fördert gute Waldnutzung
FSC® C014496

Penguin Random House Verlagsgruppe FSC® N001967

2. Auflage
Vollständige deutsche Erstausgabe 08/2023

Redaktion: Thomas Brill
Umschlaggestaltung: t.mutzenbach design
unter Verwendung von Motiven von
© Trevillion Images (CollaborationJS); Shutterstock.com (55th)
Satz: KCFG – Medienagentur, Neuss
Druck und Bindung: GGP Media GmbH, Pößneck
Printed in Germany
ISBN: 978-3-453-42695-5

www.heyne.de

Für Janet

Ist das eine wahre Geschichte?

1

Ein Kradbegleiter der Special Escort Group fuhr mit hohem Tempo vor Scotland Yard vor, dicht gefolgt von einem grünen Jaguar und einem unmarkierten Land Rover sowie zwei Polizisten auf Motorrädern, die als Nachhut den königlichen Konvoi vervollständigten. Alle Fahrzeuge kamen zum Stehen, als Big Ben halb zwölf schlug.

Ein Personenschützer sprang vorn aus dem Jaguar und öffnete die hintere Tür. Sir Peter Imbert, der Commissioner der Metropolitan Police, trat heran und verbeugte sich. »Willkommen bei Scotland Yard, Eure Königliche Hoheit«, sagte er, was mit jenem warmen, schüchternen Lächeln erwidert wurde, das der Öffentlichkeit inzwischen so sehr vertraut war.

»Vielen Dank, Sir Peter«, erwiderte sie, als die beiden einander die Hand gaben. »Es war sehr freundlich von Ihnen, meiner ungewöhnlichen Bitte nachzukommen.«

»Es ist mir ein Vergnügen, Ma'am«, sagte Sir Peter und wandte sich dem Empfangskomitee aus hochrangigen Beamten zu, die in einer Reihe hinter ihm standen und warteten. »Darf ich Ihnen den stellvertretenden Commissioner vorstellen …«

Die Prinzessin gab jedem der Beamten die Hand, bis sie das Ende der Reihe erreicht hatte, wo ihr der Leiter der Mordkommission der Met vorgestellt wurde.

»Commander Hawksby, auch bekannt als ›Mord eins‹«, erklärte ihr der Commissioner. »Sowie Chief Inspector William Warwick, der heute Ihr Führer sein wird«, fügte er hinzu, als ein kleines Mädchen vortrat, knickste und der Prinzessin einen Strauß rosafarbener Rosen reichte. Das Mädchen erhielt das breiteste Lächeln überhaupt.

Die Prinzessin beugte sich herab und sagte: »Vielen Dank. Wie heißt du?«

»Artemisia«, flüsterte das Mädchen, den Kopf zum Boden geneigt.

»Was für ein hübscher Name«, sagte die Prinzessin.

Sie wollte eben weitergehen, als Artemisia aufsah und sagte: »Warum tragen Sie heute keine Krone?«

William wurde knallrot, während Ross Hogan – der Ermittler, der ihm direkt unterstellt war – ein Lachen unterdrückte, was dazu führte, dass Artemisia in Tränen ausbrach. Die Prinzessin beugte sich noch einmal zu ihr herab, umarmte das kleine Mädchen und sagte: »Weil ich keine Königin bin, Artemisia, sondern nur eine Prinzessin.«

»Aber Sie werden eines Tages Königin sein.«

»Und dann werde ich eine Krone tragen.«

Das schien Artemisia zufriedenzustellen, denn sie lächelte, als ihr Vater den königlichen Gast der Met in das Gebäude führte.

Ein junger Kadett öffnete die Tür, und die Prinzessin hielt kurz inne, um ein paar Worte mit ihm zu wechseln, bevor William sie zu einem bereitstehenden Fahrstuhl führte. Vor dem Besuch der Prinzessin hatte es eine lange Diskussion über die Frage gegeben, ob sie die Treppe in den ersten Stock nehmen oder mit dem Aufzug fahren sollte. Der Aufzug hatte mit fünf zu vier Stimmen gewonnen. Eine ebenso angespannte Diskussion hatte der Frage gegolten, wer sie in den Aufzug begleiten sollte. Der Commissioner, Commander Hawksby und William schafften es in die engere Auswahl, während die Hofdame der Prinzessin zusammen mit Inspector Hogan und Detective Sergeant Roycroft den zweiten Aufzug nehmen würde.

William hatte sich sorgfältig auf alles vorbereitet, was er sagen wollte, doch bereits mit ihrer ersten Frage brachte Ihre Königliche Hoheit ihn von seinem geplanten Kurs ab.

»Ist Artemisia zufällig Ihre Tochter?«

»Ja, Ma'am«, sagte William. »Aber was lässt Sie darauf schließen?«, fragte er, denn er hatte einen Augenblick lang vergessen, dass er sich nicht an einen ihm untergebenen Beamten richtete.

»Wenn sie nicht Ihre Tochter wäre, wären Sie nicht rot geworden«, lautete die Antwort, als sie den Aufzug betraten.

»Ich habe ihr gesagt, dass sie Sie nicht ansprechen und Ihnen ganz gewiss keine Fragen stellen soll«, sagte William.

»Die Tatsache, dass sie nicht auf Sie gehört hat, bedeutet wahrscheinlich, dass sie der interessanteste Mensch sein dürfte, dem ich heute begegnen werde«, flüsterte Diana, als sich die Türen schlossen. »Warum haben Sie ihr den Namen Artemisia gegeben?«

»Sie ist nach Artemisia Gentileschi benannt, der großen italienischen Barockmalerin.«

»Dann mögen Sie also Kunst?«

»Eine Leidenschaft von mir, Ma'am. Aber es war meine Frau Beth, die Kuratorin der Gemälde im Fitzmolean ist, die den Namen ausgesucht hat.«

»Dann werde ich eine weitere Gelegenheit haben, Ihre Tochter zu treffen«, sagte die Prinzessin. »Denn wenn ich mich recht erinnere, werde ich nächstes Jahr die Frans-Hals-Ausstellung eröffnen. Ich werde wohl darauf achten müssen, wenigstens eine kleine Krone zu tragen, wenn ich vermeiden will, dass ich wieder gescholten werde«, fügte sie hinzu, als sich die Aufzugtüren im ersten Stock öffneten.

»Das Kriminalmuseum, Ma'am«, sagte William, indem er zu seiner vorbereiteten Rede zurückkehrte, »besser bekannt unter der Bezeichnung ›Schwarzes Museum‹, geschaffen aufgrund der Idee eines gewissen Inspector Neame, der 1869 den Eindruck hatte, es würde seinen Kollegen bei der Aufklärung und sogar der Verhinderung von Verbrechen helfen, wenn sie die Möglichkeit bekämen, bekannte Fälle zu studieren. Unterstützt wurde er dabei von einem gewissen Constable Randall, der Material über verschiedene berüchtigte Kriminelle und Tatorte zusammentrug, welche die ersten Ausstellungsstücke in dieser Verbrechergalerie bildeten. Das Museum wurde fünf Jahre später, im April 1874, eröffnet. Doch es ist der Öffentlichkeit bis heute verschlossen.«

William warf einen Blick zurück und sah, dass Ross mit der Hofdame der Prinzessin plauderte. Er führte seinen Gast durch einen langen Flur zu Zimmer 101, wo eine weitere Tür für die königliche Besucherin geöffnet wurde. William fragte sich, ob die Prinzessin jemals selbst eine Tür öffnete, doch rasch schob er den Gedanken beiseite und kehrte zu seinem vorbereiteten Text zurück.

»Ich hoffe, Sie finden das Museum nicht zu verstörend, Ma'am. Gelegentlich sind schon Besucher in Ohnmacht gefallen«, sagte er. Sie betraten einen Raum, dessen spärliche Beleuchtung sehr zur makabren Atmosphäre beitrug.

»Es kann nicht schlimmer sein als vier Tage in Ascot«,

erwiderte die Prinzessin, »wo mich regelmäßig der Wunsch überkommt, in Ohnmacht zu fallen.«

William hätte am liebsten gelacht, aber es gelang ihm, sich zu beherrschen.

»Das erste Ausstellungsstück«, sagte er, als sie sich einer großen Glasvitrine näherten, »enthält frühe Erinnerungsstücke, die von Neame und Randall gesammelt wurden.«

Die Prinzessin betrachtete aufmerksam eine Sammlung von Waffen, mit denen Kriminelle im siebzehnten Jahrhundert ihre Opfer ermordet hatten, darunter ein Spazierstock, der sich durch die Drehung seines Knaufs in einen Degen verwandelte, sowie verschiedene Klappmesser, schwere Holzknüppel und Schlagringe. Rasch ging William weiter zur nächsten Vitrine, die Jack the Ripper gewidmet war und unter anderem den handschriftlichen Brief enthielt, den dieser 1888 auf dem Höhepunkt der Serienmorde an die London Central News Agency geschickt hatte, um die Polizei mit der Aussage zu provozieren, dass er nie geschnappt werden würde. Aber das war, so rief William seinem Gast in Erinnerung, bevor die Met damit begonnen hatte, Fingerabdrücke zur Identifizierung von Kriminellen einzusetzen, und mehr als ein Jahrhundert bevor der DNA-Abgleich zu einer Möglichkeit bei den Ermittlungen wurde.

»Bisher bin ich noch nicht in Ohnmacht gefallen«, sagte die Prinzessin, als sie zur nächsten Vitrine weitergingen, die ein altes Fernglas enthielt. »Was ist daran so besonders?«, fragte sie.

»Es wurde nicht für Ascot hergestellt, Ma'am«, sagte William. »Es war ein Geschenk von einem ausgesprochen unangenehmen Individuum an seine Verlobte, nachdem sie diesem Herrn den Laufpass gegeben hatte. Als sie es vor ihre

Augen hielt und die Schärfe einstellte, schossen zwei Nägel heraus und blendeten sie. Im Prozess wurde der Angeklagte vom Anwalt der Krone gefragt, warum er etwas so Bösartiges getan hatte, und er antwortete nur: ›Ich wollte nicht, dass sie jemals wieder einen anderen Mann ansieht.‹«

Diana bedeckte ihre Augen, und William ging rasch weiter.

»Das nächste Ausstellungsstück ist besonders faszinierend, Ma'am«, sagte er und deutete auf eine kleine, einfache Metallkiste. »Es lieferte den entscheidenden Hinweis im ersten Fall, den die Met durch die Verwendung von Fingerabdrücken als Beweismittel gelöst hat. Im Jahr 1905 wurden die Brüder Alfred und Albert Stratton wegen Mordes an dem Ladeninhaber Thomas Farrow und dessen Frau Ann festgenommen. Sie wären damit durchgekommen, wenn Alfred nicht diesen einzigen Daumenabdruck auf der leeren Bargeldkiste hinterlassen hätte. Sie wurden beide schuldig gesprochen und gehängt.«

Sie gingen weiter zur nächsten Vitrine, wo die Prinzessin einen kurzen Blick auf ein Foto warf, bevor sie sich William zuwandte und sagte: »Erzählen Sie mir von ihm.«

»Am achtzehnten Februar 1949 tötete John Haigh die reiche Witwe Olive Durand-Deacon, als sie seine Ingenieurswerkstatt in Crawley besuchte. Nachdem Haigh ihr alles abgenommen hatte, was sie an Wertgegenständen bei sich trug, löste er ihre Leiche in einem Fass Schwefelsäure auf, denn er glaubte, dass man ihn nicht des Mordes würde anklagen können, wenn die Polizei keine Leiche vorweisen konnte. Er hatte jedoch nicht mit der fachlichen Kompetenz eines gewissen Dr. Keith Simpson gerechnet … ein Pathologe, der drei Gallensteine und ein paar der falschen Zähne des Opfers in einem Haufen Abfall hinter der Werkstatt fand. Haigh wurde festgenommen, verurteilt und gehängt.«

»Sie genießen es anscheinend außerordentlich, ein Mädchen bei der ersten Verabredung an einen romantischen Ort auszuführen, nicht wahr, Chief Inspector?«, sagte die Prinzessin, woraufhin William sich entspannte und zum ersten Mal lachte.

»Ein weiteres Beispiel in einer langen Reihe späterer Erfolge«, fuhr er fort, als sie vor der nächsten Vitrine stehen blieben, »stellte die Festnahme von Dr. Hawley Harvey Crippen dar, einem amerikanischen Homöopathen, der seine Frau Cora in London ermordet hatte, bevor er in Begleitung seiner Geliebten Ethel Le Neve nach Brüssel floh. Von Brüssel aus ging es für die beiden nach Antwerpen, wo Crippen zwei Tickets für die SS *Montrose* besorgte, einen Ozeandampfer, der nach Kanada fuhr. Ethel verkleidete sich als Knabe, sodass die beiden als Vater und Sohn auftreten konnten. Bevor das Schiff in See stach, hatte man dem Kapitän ein Fahndungsplakat gezeigt, und er wurde misstrauisch, als er sah, wie Crippen und Le Neve sich bei den Händen hielten und einander küssten. Er telegrafierte Scotland Yard, und Chief Inspector Walter Dew, der die Ermittlungen leitete, fuhr sofort nach Liverpool und ging an Bord der SS *Laurentic*, die Kanada noch vor der *Montrose* erreichte. Als Lotse verkleidet betrat er das Schiff, als dieses den Sankt-Lorenz-Strom hinauffuhr, nahm Crippen und Le Neve fest und brachte sie nach England zurück, wo ihnen der Prozess gemacht wurde. Die Geschworenen brauchten nur eine halbe Stunde, um Crippen des Mordes für schuldig zu befinden.«

»Also kam auch er an den Galgen«, sagte die Prinzessin in vergnügtem Ton. »Aber was ist mit Le Neve?«

»Sie wurde vom Vorwurf der Hilfe bei der Vertuschung einer Straftat freigesprochen, aber die Geschworenen brauchten viel länger, um zu einem Urteil zu kommen.«

»Interessant, dass Frauen am Ende so oft straflos davonkommen«, sagte die Prinzessin, als sie den nächsten Raum betraten, der kaum einladender aussah als derjenige zuvor.

»Sie werden jetzt einigen bekannten East-End-Gangstern begegnen«, erklärte William. »Ich beginne mit den berüchtigtsten von allen, den Kray-Brüdern Reggie und Ronnie.«

»Sogar ich habe von ihnen gehört«, sagte die Prinzessin, die vor einer Reihe von Schwarz-Weiß-Fotos der berüchtigten Zwillinge stand.

»Obwohl sie über viele Jahre hinweg zahllose schwere Straftaten begangen hatten, darunter Mord bei mehr als einer Gelegenheit, war es fast unmöglich, sie anzuklagen, geschweige denn zu verurteilen, weil keiner bereit war, gegen sie auszusagen. Denn die Leute hatten zu große Angst vor den Folgen.«

»Wie wurden sie dann geschnappt?«

»Die Polizei nahm sie schließlich fest, nachdem Reggie 1967 einen Komplizen namens Jack ›The Hat‹ McVitie ermordet hatte. Beide Krays wurden zu einer lebenslangen Haftstrafe verurteilt.«

»Und derjenige, der gegen sie ausgesagt hatte?«

»Bekam keine Gelegenheit mehr, seinen nächsten Geburtstag zu feiern, Ma'am.«

»Ich stehe immer noch, Chief Inspector«, neckte die Prinzessin, als sie in den nächsten Raum gingen, in dem sie die Präsentation einer Reihe von Juteseilen verschiedener Länge und Dicke erwartete.

»Bis ins neunzehnte Jahrhundert kamen jedes Mal sehr

viele Leute in Tyburn zusammen, um sich die öffentlichen Hinrichtungen anzusehen«, sagte der Commissioner, der den beiden in kurzem Abstand gefolgt war. »Dieser barbarischen Form der Unterhaltung wurde im Jahr 1868 ein Ende gesetzt. Von da an fanden Hinrichtungen nur noch hinter den Gefängnismauern statt, ohne Beisein der Öffentlichkeit.«

»Waren Sie als junger Beamter jemals bei einer Hinrichtung zugegen, Sir Peter?«, fragte die Prinzessin.

»Nur ein einziges Mal, Ma'am, und Gott sei Dank nie wieder.«

»Helfen Sie mir auf die Sprünge«, sagte die Prinzessin, indem sie sich wieder an William wandte. »Wer war die letzte Frau, die gehängt wurde?«

»Sie sind mir einen Schritt voraus, Ma'am«, sagte William und trat vor die nächste Vitrine. »Ruth Ellis, eine Bardame, wurde am dreizehnten Juli 1955 gehängt, nachdem sie ihren Geliebten mit einem .38er Smith & Wesson erschossen hatte. Hier können Sie den Revolver sehen.«

»Und der letzte Mann?«, fragte die Prinzessin, während sie die Waffe anstarrte.

William zermarterte sich das Gehirn, denn das gehörte eigentlich zu seinem Vortrag. Er wandte sich dem Commissioner zu, doch dieser reagierte nicht.

Der Kurator des Museums rettete sie, indem er vortrat und sagte: »Gwynne Evans und Peter Allen, Ma'am, wurden am dreizehnten August 1964 wegen Mordes an John Alan West gehängt. Im Jahr darauf wurden Hinrichtungen auf die Gesetzesinitiative eines einzelnen Abgeordneten hin abgeschafft. Es dürfte Sie jedoch interessieren, Ma'am, dass man immer noch wegen Verrat oder Piraterie unter Einsatz von Gewalt gehängt werden kann.«

»Ich glaube, Verrat wäre in meinem Fall wahrscheinlicher«, sagte die Prinzessin, was allgemeines Gelächter auslöste.

William führte seinen Gast durch den letzten Raum auf ihrem Rundgang, in dem Diana eine Reihe von Flaschen gezeigt wurden, die verschiedene Gifte enthielten. William erklärte, dass dies die bevorzugte Mordmethode von Frauen war, besonders wenn es um ihre Ehemänner ging. Kaum dass William diese Worte ausgesprochen hatte, bereute er sie.

»Und damit, Ma'am, wären wir am Ende unserer Tour angelangt. Ich hoffe, Sie fanden sie ...« Er zögerte und ersetzte dann das Wort »angenehm«, das er hatte benutzen wollen, durch »interessant«.

»›Faszinierend‹ wäre eine bessere Beschreibung der letzten Stunde, Chief Inspector«, erwiderte die Prinzessin, und William begleitete sie aus dem Museum.

Sie gingen zurück durch den langen Flur in Richtung Aufzug, wobei sie an einem Waschraum vorbeikamen, der für die königliche Besucherin reserviert worden war. Zwei junge Polizistinnen standen Wache, doch ihre Dienste waren nicht vonnöten, weshalb sie enttäuscht wirkten. Die Prinzessin spürte das und blieb kurz stehen, um ein paar Worte mit ihnen zu wechseln, bevor sie weiterging.

»Ich freue mich schon darauf, Sie wiederzusehen und Ihre Frau kennenzulernen, wenn ich die Frans-Hals-Ausstellung eröffnen werde, Chief Inspector«, sagte die Prinzessin, als sie in den Aufzug trat. »Das dürfte gewiss eine vergnüglichere Angelegenheit werden.«

William gelang es zu lächeln.

Als sich die Aufzugtüren im Erdgeschoss öffneten, übernahm der Commissioner wieder die Führung und begleitete den königlichen Gast zu der bereitstehenden Limousine, wo der Personenschützer der Prinzessin die hintere Tür aufhielt. Diana hielt inne, um der Menge zuzuwinken, die sich auf der anderen Straßenseite versammelt hatte.

»Mir ist aufgefallen, dass du keine Zeit verloren und sofort mit ihrer Hofdame geplaudert hast«, sagte William, als Inspector Hogan zu ihm trat.

»Ich glaube«, sagte Ross ohne das geringste Zögern, »dass ich Chancen bei ihr habe.«

»Ich würde meinen, du trittst in einer Gewichtsklasse an, die weit über deiner eigenen liegt«, erwiderte William.

»Das war für dich selbst nie ein Problem«, sagte Ross grinsend.

»Touché«, sagte William und deutete seinem Freund gegenüber eine Verbeugung an.

»Lady Victoria hat mir gesagt, dass der Personenschützer der Prinzessin Ende des Jahres in Pension geht und sie bisher noch keinen Ersatz gefunden haben. Also habe ich gehofft, du könntest ein gutes Wort für mich einlegen.«

»An welches Wort hattest du dabei gedacht? Unzuverlässig? Berüchtigt? Promiskuitiv?«

»Ich glaube, das entspricht so ziemlich dem, was sie sucht«, sagte Ross, als die Hofdame in den Fond des Fahrzeugs vor der Limousine der Prinzessin stieg.

»Ich werde darüber nachdenken«, sagte William.

»Hast du nicht mehr zu sagen nach allem, was ich über die Jahre für dich getan habe?«

William versuchte, nicht zu lachen, als er daran dachte, wie ihre jüngste Eskapade geendet hatte. Er und Ross waren gerade aus Spanien zurückgekommen, wo sie Miles Faulkner auf der Spur gewesen waren. Schließlich hatten sie ihre alte Nemesis in Barcelona gefasst und gewaltsam nach Belmarsh zurückgebracht – in jenes Gefängnis, aus dem Faulkner im Jahr zuvor ausgebrochen war. Trotz ihres Triumphs waren sich William und Ross der unvermeidlichen Konsequenzen bewusst, denen sie sich würden stellen müssen, *nachdem sie jede offizielle Regel gebrochen* hatten, wie der Commander sich ausdrückte. William erinnerte seinen Vorgesetzten daran, dass es bei Miles Faulkner keine offiziellen Regeln gab und dass er, hätten sie nicht die eine oder andere Vorschrift ignoriert, ihnen erneut entwischt wäre.

»Ein doppeltes Unrecht ist noch kein Recht«, hatte sie der Commander ermahnt.

Doch wie lange, fragte sich William, konnten sie darauf hoffen, dass Faulkner hinter Gittern bleiben musste, wenn dessen korrupter Anwalt nur zu gerne genau jene Regeln beugte, bis sie fast brachen, sofern das seinen »hoch angesehenen Mandanten« von allen Vorwürfen freisprach und dieser ohne den geringsten Fleck auf seiner weißen Weste aus dem Gefängnis entlassen würde? Die beiden hatten sich auch damit abgefunden, dass Kronanwalt Booth Watson sich erst zufriedengäbe, wenn William und Ross sich einer disziplinarischen Anhörung stellen mussten, in deren Folge sie wegen inakzeptablen Verhaltens unehrenhaft aus dem Polizeidienst entlassen würden. William hatte seine Frau bereits davor gewarnt, dass ihnen während der nächsten Monate ein Aufenthalt in unruhigem Fahrwasser bevorstünde.

»Und gibt es auch noch irgendetwas Neues?«, hatte Beth ihn gefragt, bevor sie hinzufügte, *sie* würde sich erst zufriedengeben, wenn Booth Watson zusammen mit seinem

»hoch angesehenen Mandanten« hinter Gittern saß, wo beide auch hingehörten.

Mit einem Ruck kam William in die Gegenwart zurück, als Ihre Königliche Hoheit im Fond der Limousine Platz nahm und die Polizisten ihre Motorräder starteten, um das königliche Gefolge von Scotland Yard in die Victoria Street zu führen.

Die Prinzessin winkte aus ihrem Auto heraus der Menge zu, und alle winkten zurück – außer Ross, der immer noch ihrer Hofdame zulächelte.

»Dein Problem ist, dass deine Eier größer sind als dein Hirn«, sagte William, als der Konvoi langsam davonfuhr.

»Wodurch das Leben bei Weitem interessanter wird«, erwiderte Ross.

Sobald der Konvoi der Prinzessin verschwunden war, traten der Commissioner und Hawksby zu den beiden. »Das war eine gute Idee von Ihnen«, sagte Sir Peter, »nicht uns alte Säcke, sondern zwei junge Beamte unsere Gäste durch das Museum führen zu lassen, besonders da einer von ihnen so offensichtlich seine Hausaufgaben gemacht hat.«

»Vielen Dank, Sir«, sagte Ross, was dem Commander ein schiefes Lächeln entlockte.

»Ich finde, Warwick hat es verdient, sich den Rest des Tages freizunehmen«, schlug Sir Peter vor und machte sich auf den Weg zurück in sein Büro.

»Kommt nicht infrage«, murmelte Hawksby, sobald der Commissioner außer Hörweite war. »Genau genommen möchte ich Sie beide und den Rest des Teams so bald wie möglich in meinem Büro sehen – und so bald wie möglich bedeutet sofort.«

2

Der Commander nahm seinen Platz am Kopfende des Tisches ein, nachdem sich die engsten Mitarbeiter versammelt hatten, die zu seinem Team gehörten – einer Einheit, die er über fünf Jahre hinweg aufgebaut hatte und die jetzt zu den angesehensten im Yard gehörte. Aber die größte Glanzleistung bestand zweifellos darin, Faulkner nach seiner Flucht aus dem Gefängnis in Spanien aufgespürt und ihn zurück nach England gebracht zu haben, wo er sich vor Gericht würde verantworten müssen.

Hawksby fragte sich jedoch, wie viele seiner Mitarbeiter in diesem besonderen Fall würden aussagen müssen. Gewiss mussten sich William und Ross einem Kreuzverhör durch Faulkners Anwalt stellen, der vor nichts zurückschreckte. Booth Watson würde nicht zögern, den Geschworenen gegenüber zu betonen, dass zwei der erfahrensten Beamten der Met seinen Mandanten illegalerweise während einer Reise nach Barcelona festgenommen hatten. Aber Hawksby hatte noch ein Ass im Ärmel – er wusste etwas über Booth Watson, das die Anwaltskammer nach Ansicht des führenden Kronanwalts gewiss nicht erfahren sollte. Trotzdem war der Prozessausgang völlig offen.

Hawksby betrachtete die Beamten, die um den Tisch saßen, eher als Familienmitglieder und weniger als Kollegen, zumal er keine eigenen Kinder hatte. Doch wie in allen

Familien gab es Probleme und Meinungsverschiedenheiten, und er fragte sich, wie seine Leute auf das reagieren würden, was er ihnen zu sagen hatte.

Detective Chief Inspector Warwick war zwar der jüngste DCI der Met, aber niemand nannte ihn mehr »Chorknabe«, es sei denn DI Ross Hogan, der ihm gegenübersaß. Ross war zweifellos das schwarze Schaf der Familie – ein Einzelgänger, der mehr daran interessiert war, Kriminelle hinter Schloss und Riegel zu bringen, als endlose Formulare auszufüllen, und der zahlreiche Zusammenstöße mit Vorgesetzten nur deshalb überstanden hatte, weil Hawksby ihn für den besten verdeckten Ermittler hielt, mit dem er je zusammengearbeitet hatte.

Rechts neben Ross saß DS Roycroft, eine der vielen ehemaligen Geliebten des DI – sie war wahrscheinlich das mutigste Mitglied an diesem Tisch. Nachdem sie gerade erst ihre Ausbildung in Hendon beendet hatte und Police Constable geworden war, hatte sie einen über ein Meter achtzig großen algerischen Waffenhändler angegriffen, zu Boden geschleudert und ihm Handschellen angelegt, bevor der nächste Beamte vor Ort erschienen war. Doch bei ihren Kollegen war Jackie wahrscheinlich vor allem dafür bekannt, dass sie einen Inspector niedergeschlagen hatte, weil dieser ihr im Dienst eine Hand aufs Bein legte. Niemand verteidigte sie, als sie den Vorfall meldete, da der fragliche Inspector der einzige Zeuge war. Danach waren ihre Aufstiegschancen zu einem abrupten Stillstand gekommen, bis der Commander ihr Potenzial entdeckt und sie gebeten hatte, sich seinem Team anzuschließen.

Ihr gegenüber saß DS Adaja. Als kluger, einfallsreicher und ehrgeiziger Mitarbeiter wusste er die Vorurteile gegenüber jemandem mit seiner Hautfarbe innerhalb wie außerhalb der Polizei mit Würde und Geschick zu ertragen. Hawksby zweifelte nicht daran, dass Paul es eines Tages als erster Schwarzer bis zum Commander bringen würde. Und es amüsierte ihn, dass auch Paul ebenso wenig daran zweifelte.

Schließlich war da noch DC Pankhurst, das neueste Mitglied des Teams. Niemals erwähnte sie, eine Privatschule besucht und ihren Abschluss mit »sehr gut« gemacht zu haben, und ganz gewiss sprach sie nicht darüber, dass eine ihrer berühmtesten Vorfahrinnen im Gefängnis gewesen war – und das mehr als einmal. Rebecca war möglicherweise das scharfsinnigste Mitglied des Teams, und der Commander hatte bereits beschlossen, dass sie schon bald befördert werden sollte, obwohl er ihr das noch nicht gesagt hatte.

Die Schwierigkeit, eine so aufgeweckte und engagierte Truppe zu führen, bestand darin, dass man früh – sehr früh – am Morgen aufstehen musste, wenn man hoffen wollte, den anderen einen Schritt voraus zu sein. Diesmal jedoch war der Commander zuversichtlich, dass er bereits auf der Rennbahn voranstürmte, bevor die anderen noch den Startschuss gehört hatten.

»Zunächst«, sagte er, »möchte ich Ihnen allen zu der Rolle gratulieren, die Sie bei der Lösung der sogenannten Cold Cases gespielt haben, um deren Bearbeitung uns der stellvertretende Commissioner gebeten hat. Doch das ist jetzt Vergangenheit, und wir müssen in die Zukunft schauen.«

Er blickte auf und stellte fest, dass ihm alle aufmerksam zuhörten. »Der Commissioner hat in seiner unendlichen Weisheit entschieden, unsere Einheit von der Ermittlung in

Mordfällen abzuziehen und uns vor eine sogar noch größere Herausforderung zu stellen.«

Er ließ die anderen einen Augenblick lang warten, bevor er fortfuhr. »Das Royalty Protection Command, dessen Aufgabe der Schutz der königlichen Familie und ihrer Residenzen ist«, er ließ die Worte kurz in der Luft schweben, »spielt nach Ansicht des Commissioners nur noch nach eigenen Regeln. Der leitende Beamte, ein gewisser Superintendent Brian Milner, gibt sich der Illusion hin, dass seine Einheit unantastbar ist, sich niemandem außer der königlichen Familie gegenüber zu verantworten hat und deshalb auch nicht mehr einen Teil des Metropolitan Police Service darstellt. Wir sollen ihn von dieser irrigen Vorstellung befreien. Seit einiger Zeit hat sich Milner keinen Kandidaten von außerhalb mehr angesehen, wenn einer seiner Beamten auf eine andere Stelle wechselt oder in Pension geht. So verliert er niemals die Kontrolle über die Einheit, was für sich genommen bereits ein Problem ist, denn als Folge der jüngsten Terroranschläge überall auf der Welt hat das MI6 Kontakt zu uns aufgenommen und uns davor gewarnt, dass der nächste Anschlag durchaus einem Mitglied der königlichen Familie gelten könnte, da sie nach Überzeugung des MI6 bei vielen Gelegenheiten ein leichtes Ziel darstellt. Und dazu gehört auch die Queen.«

Eine Weile lang brach keiner das Schweigen, bis Paul schließlich fragte: »Und von woher würde ein solcher Angriff nach Ansicht des MI6 kommen?«

»Wahrscheinlich aus dem Nahen Osten«, sagte Hawksby. »Die Terrorabwehr hat ein Auge auf jeden, der aus dem Irak, dem Iran oder Libyen ins Land kommt, um nur die drei naheliegendsten Kandidaten zu nennen. Der stellvertretende Commissioner Harry Holbrooke hat mir unmissverständlich klargemacht, womit wir es zu tun haben. Er hat mir gegenüber drei Terrororganisationen genannt, die bei ihm unter ständiger Beobachtung sind, weil sie eine unmittelbare Bedrohung darstellen.«

Alle am Tisch fuhren fort, sich Notizen zu machen.

»Holbrooke glaubt nicht, dass sie die Sicherheit ihrer eigenen Länder verlassen werden, aber ebenso zweifelt er nicht im Geringsten daran, dass alle drei überall bei uns Zellen von Schläfern platziert haben, die in kürzester Frist aktiv werden können. Er hat bereits mehrere Überwachungsteams eingesetzt, um mehr als einem Dutzend der gefährlichsten Individuen auf den Fersen zu bleiben. Aber er musste zugeben, dass ihm für eine lückenlose Beobachtung nicht genügend Beamte zur Verfügung stehen, da seine personellen Möglichkeiten bis aufs Äußerste angespannt sind. Vor diesem Hintergrund hat er uns gebeten, ihm alle Informationen, auf die wir vielleicht stoßen, zugänglich zu machen – unabhängig davon, wie unwichtig sie uns zum gegebenen Zeitpunkt erscheinen mögen.«

»Räuber und Gendarm zu spielen ist sicher etwas, das der Vergangenheit angehört«, sagte Ross wehmütig.

»Einer dunklen und fernen Vergangenheit«, sagte Hawksby. »Und es ist auch nicht gerade eine Hilfe, dass Holbrooke genauso wie einige andere das Vertrauen in Superintendent Milner als dem Leiter der Royalty Protection verloren hat und will, dass er so rasch wie möglich ersetzt wird.«

»Gibt es irgendeinen ganz konkreten Grund?«, fragte Ross.

»Ja. Als er bei Milner in Buckingham Gate angerufen und

ihn gebeten hat, sich so schnell wie möglich bei ihm zu melden, hat Milner erst eine Woche später reagiert. Und nachdem Holbrooke ihn ausführlich über die jüngste terroristische Bedrohung informiert hatte, wusste Milner nicht mehr über dieses Thema zu sagen als … ich zitiere: ›Machen Sie sich keine Sorgen, alter Junge, wir haben alles unter Kontrolle.‹«

»Was mich zu folgender Frage bringt, Sir«, sagte Jackie und sah von ihrem Notizbuch auf. »Ist die Tatsache, dass der Commissioner Milner nicht für dessen Aufgabe geeignet hält, der einzige Grund, warum wir alle der Royalty Protection zugeteilt wurden?«

Commander Hawksby schwieg eine ganze Weile, bevor er schließlich sagte: »Nein, das ist nicht der einzige Grund. Genau genommen kennt nicht einmal Holbrooke die ganze Geschichte, denn ich betrachte sie immer noch als eine interne Angelegenheit.«

Er schloss die Akte, die vor ihm lag, und sagte: »Hören Sie auf mitzuschreiben.« Alle folgten seiner Anweisung, ohne nachzufragen. »Der Commissioner hat darüber hinaus Grund zu der Annahme, dass Milner und einige Männer aus dessen innerem Kreis korrupt sind und zwar nicht zuletzt deshalb, weil Milner anscheinend das Leben eines nachgeordneten Mitglieds der königlichen Familie führt – und das bei dem Gehalt eines Superintendents. Sollte sich dies als wahr erweisen, benötigen wir unwiderlegbare Beweise für das, was er während der letzten zehn Jahre getan hat, bevor wir auch nur daran denken können, ihn festzunehmen. Was, wenn ich ausnahmsweise das Offensichtliche aussprechen darf, unter anderem daran liegt, dass er Freunde in hohen Positionen hat, mit denen er teilweise schon mehrere Jahre lang zusammenarbeitet. Deshalb wird Milner in naher Zukunft vier neue Rekruten bekommen, aber DI Hogan wird nicht dazugehören, denn er wird mir unmittelbar Bericht erstatten.«

»Werde ich wieder als verdeckter Ermittler arbeiten?«, fragte Ross.

»Nein«, sagte Hawksby. »Ihre Position könnte nicht noch sichtbarer sein«, fügte er ohne weitere Erklärung hinzu.

Keiner von ihnen stellte die naheliegende Frage oder unterbrach den Leiter der Einheit, nachdem dieser erst einmal in Schwung war.

»DCI Warwick wird der Royalty Protection als unmittelbar nachgeordneter Mitarbeiter von Superintendent Milner beitreten – aber erst, wenn alle anderen sich gründlich mit den Problemen vertraut gemacht haben, die vor uns liegen, was mindestens einige Monate beanspruchen wird. Und denken Sie stets daran: Wir wollen nicht, dass Milner herausfindet, was wir vorhaben. Also achten Sie darauf, außerhalb dieses Büros keine anderen Ansichten zu äußern als Ihre Kollegen. Wir können es uns nicht leisten, diesem Mann auch nur die geringste Möglichkeit zu geben, seine Spuren zu verwischen, bevor wir überhaupt dort auftauchen. DCI Warwick wird beträchtliche Freiheiten bekommen, um jedweden anderen Beamten aus dem Dienst zu entfernen, der glaubt, er stünde über dem Gesetz, während er gleichzeitig herausfinden soll, ob die Royalty Protection die terroristische Bedrohung überhaupt ernst nimmt.«

Der Commander wandte sich William zu. »Das erste Problem, mit dem Sie es wahrscheinlich zu tun bekommen werden, dürfte Milner selbst sein. Wenn der größte Apfel im Fass verrottet ist, welche Hoffnung gibt es dann für die

Sämlinge? Vergessen Sie niemals, dass Milner die Einheit schon länger als ein Jahrzehnt befehligt und Ihre Majestät, die Königin, für den einzigen Menschen hält, dem er Rede und Antwort schuldet. Sie werden sehr vorsichtig vorgehen müssen, wenn Sie lange genug dortbleiben wollen, um herauszufinden, wie er mit so einer Haltung durchkommt«, fügte Hawksby hinzu und reichte gleichsam den Stab an den einzigen Mitarbeiter an diesem Tisch weiter, der über den Auftrag bereits vollständig informiert war.

»Während der nächsten Wochen«, sagte William, »möchte ich, dass Sie alle gründliche Nachforschungen darüber anstellen, wie die königliche Familie ihren öffentlichen Pflichten nachkommt, wobei Sie so tun sollen, als hätten Sie noch nie von diesen Personen gehört. Beginnen Sie gewissermaßen mit einem leeren Blatt und behandeln Sie sie, als seien sie allesamt Kriminelle, gegen die eine Ermittlung durchgeführt werden muss.«

»Das dürfte sicher Spaß machen«, sagte Jackie.

»Sie können damit anfangen, eine Führung durch Windsor Castle zu buchen – an einem Tag, wenn kein Mitglied der königlichen Familie im Schloss ist. Dabei sollte Ihr einziges Ziel zunächst darin bestehen, sich einen Überblick über die Gegebenheiten vor Ort sowie einen Eindruck von den Sicherheitsmaßnahmen zu verschaffen. Bis zu dem Tag, an dem Sie Ihren Dienst bei der Royalty Protection antreten, sollten Sie alle einen Meter Vorsprung haben und nicht einen Meter im Rückstand liegen.«

»Will irgendjemand gegen mich wetten, wenn es darum geht, unbeobachtet in das Schloss zu gelangen?«, fragte Ross.

»Denken Sie nicht mal dran«, sagte Hawksby. »Sie

stecken schon in genug Schwierigkeiten. Aber wenn Sie zufällig einem kürzlich pensionierten Beamten des Protection Command begegnen sollten, steht es Ihnen frei, bei ihm nach Informationen zu fischen. Sie sollten nur darauf achten, dass Sie nicht als Köder enden, denn Sie können sicher sein, dass der nächste Anruf des Betreffenden an Milner gehen wird und Sie von dem Fall abgezogen werden müssen.«

»Wenn Sie sich schließlich zum Dienst melden«, sagte William, »sollten Sie jedoch damit rechnen, von Beamten, denen nicht klar ist, dass sie in wenigen Monaten vielleicht nicht mehr dabei sind, ignoriert, beleidigt und sogar verspottet zu werden. Versuchen Sie dann daran zu denken, dass nicht alle korrupt sind. Einige empfinden Milner gegenüber wahrscheinlich dasselbe wie der Commissioner, obwohl ich befürchte, dass andere nicht mehr zu erreichen sind. Auch weiterhin werden die Teambesprechungen hier im Yard jeden Morgen zwischen acht und zehn stattfinden, wo wir unsere neuesten Ermittlungsergebnisse teilen können und hoffentlich herausfinden, womit genau wir es zu tun haben, noch bevor wir überhaupt bei der neuen Einheit erscheinen. Irgendwelche Fragen?«

»Ich habe nichts darüber gehört, welche Rolle ich spielen werde«, sagte Ross und versuchte, gekränkt auszusehen.

»Das hängt davon ab, ob sie Ihnen die Stelle anbietet.«

»Sie?«, fragte Ross.

»Ihre Königliche Hoheit, die Prinzessin von Wales«, sagte William, wobei er sich direkt an seinen alten Freund wandte, »hat darum gebeten, dass wir sie morgen um drei Uhr nachmittags im Kensington Palace zum Tee aufsuchen.«

Das brachte Ross einen Augenblick zum Schweigen,

denn er war sich nicht sicher, ob William die Bemerkung als Scherz gemeint hatte.

»Bedauerlicherweise werde ich es nicht schaffen«, sagte er schließlich. »Morgen Nachmittag habe ich einen wichtigeren Termin. Ich muss zum Friseur.«

Die übrigen Mitglieder des Teams warteten auf Hawksbys Reaktion.

»Der einzige wichtige Termin, den Sie morgen Nachmittag haben werden, falls Sie nicht im Kensington Palace erscheinen, Inspector, wird Sie in den Tower of London führen, wo Sie herausfinden werden, dass ich DCI Warwick damit beauftragt habe, Sie zu foltern. DS Roycroft wird die Streckbank bedienen und DS Adaja die Daumenschrauben, während DC Pankhurst sich um die schwierige Aufgabe kümmern wird, einen Richtblock zu finden, der groß genug ist, um Ihren Kopf darauf zu legen. Und Sie brauchen erst gar nicht zu fragen, wer der Scharfrichter sein wird. Noch weitere Fragen, DI Hogan?«

Diesmal folgte Gelächter und ein lautes Klopfen auf den Tisch. William war der Erste, der wieder etwas sagte, nachdem es verklungen war.

»Sie alle können sich den Rest des Tages freinehmen, bevor wir uns unserem neuen Auftrag widmen werden. Ich erwarte Sie jedoch morgen um acht Uhr früh in meinem Büro, damit ich Sie über die genaue Rolle informieren kann, die jeder Einzelne spielen wird. Bis dahin brauchen Sie nichts weiter zu tun, als das hier sorgfältig durchzulesen.« Er reichte jedem von ihnen eine dicke Akte.

Paul warf einen kurzen Blick auf sein Exemplar und sagte dann: »Chief, dürfte ich um der Genauigkeit der Beweisführung willen, auf die Sie stets selbst so großen Wert legen, darauf hinweisen, dass wir in Wahrheit überhaupt keine Freizeit haben werden, wenn wir morgen um acht hier erscheinen, nachdem wir unsere Akten sorgfältig gelesen haben?«

»Da haben Sie durchaus recht«, sagte William, ohne sich aus dem Konzept bringen zu lassen. »Aber sollten Sie nicht pünktlich erscheinen, DS Adaja, oder die Dokumente nicht gelesen haben, wird es zwei Detective Constables in unseren Reihen geben, und ich könnte zu dem Schluss kommen, dass einer überflüssig …«

»Ich werde pünktlich sein«, sagte Paul und griff nach seiner Akte, bevor William den Satz beenden konnte.

»Das freut mich zu hören«, sagte Hawksby. »Aber nun dürfen Sie, Jackie und Rebecca uns verlassen, während ich mit DCI Warwick und DI Hogan noch etwas zu besprechen habe.«

Hawksby fuhr erst fort, nachdem die Tür wieder geschlossen war. »Nun, wie Sie beide wissen, gibt es da noch eine ernstere Angelegenheit, die wir diskutieren müssen. Miles Faulkner ist wieder im Gefängnis, um seine Strafe wegen Betrug und Irreführung abzusitzen, die er vor seiner Flucht angetreten hatte. Aber es wird einige schwerwiegende Fragen darüber geben, wie Sie ihn von Spanien nach Belmarsh geschafft haben. Ich vermute«, sagte er, indem er sich vorbeugte und sich mit den Ellbogen auf den Tisch stützte, »dass Sie beide eine überzeugende Erklärung für Ihre außerplanmäßigen Aktivitäten in Spanien vorweisen können, die Booth Watson in einem Prozess gegenüber den Geschworenen zweifellos als Entführung und Diebstahl darstellen würde, ganz zu schweigen von der krassen Verletzung der Grundrechte seines Mandanten?«

»Juristisch gesprochen, Sir, liegt ein Diebstahl vor, wenn Sie jemandem etwas wegnehmen und nicht die Absicht haben, es seinem rechtmäßigen Besitzer zurückzugeben«, sagte William. »Ich gestehe die Entfernung eines Porträts von Frans Hals aus Faulkners Wohnung in Spanien, aber ich habe es sofort seinem rechtmäßigen Besitzer in England zurückgegeben. Diese Tatsache wurde schriftlich von Faulkners früherer Ehefrau Christina bestätigt«, fuhr er fort und reichte dem Commander den entsprechenden Brief.

»Und wo ist das Bild jetzt?«, fragte Hawksby, nachdem er den Brief gelesen hatte.

»Im Fitzmolean Museum, wo es als Teil der Frans-Hals-Ausstellung im kommenden Jahr gezeigt werden soll.«

»Es ist nicht gerade eine Hilfe, dass Ihre Frau die Kuratorin dieser Ausstellung ist«, sagte Hawksby, wobei er William direkt ansah.

»Sie und Christina sind seit mehreren Jahren befreundet«, rief William ihm in Erinnerung. »Aber Beth sieht eben immer das Beste in den Menschen.«

»Mrs. Faulkner ist eine Freundin, die nur zu einem hält, solange es keine Probleme gibt«, sagte Hawksby. »Wenn sie einen Nutzen davon hätte, würde sie die Seiten schneller wechseln, als man eine Münze werfen kann.« Keiner der beiden Mitarbeiter Hawksbys äußerte sich dazu. »Aber das ändert nichts an der Tatsache, dass immer noch der Vorwurf der Entführung im Raum steht. Wäre es zu viel verlangt, wenn Sie dafür auch noch eine glaubwürdige Erklärung hätten?«

»Ich habe Faulkner das Leben gerettet«, sagte Ross emphatisch. »Was will er denn noch?«

»Eine Sie-kommen-aus-dem-Gefängnis-frei-Karte, vermute ich«, erwiderte Hawksby wie aus der Pistole geschossen. »Was auch immer geschehen mag, die Geschworenen werden wissen wollen, wie und warum Sie dazu kamen, Faulkner das Leben zu retten.«

»Faulkner hat es irgendwie geschafft, sich in seinem eigenen, mannsgroßen Safe einzuschließen, und ich war der einzige andere Mensch, der wusste, wie man diesen Safe öffnet«, sagte Ross. »Genau genommen kam ich gerade noch rechtzeitig, denn sonst wäre Faulkner bedauernswerterweise verstorben«, fügte er in einem Ton hinzu, der keinerlei Bedauern verriet.

»Und ich werde die Geschworenen darauf hinweisen, dass Faulkner bewusstlos war, als wir den Safe geöffnet haben«, sagte William und warf einen Blick auf seinen Bericht. »Leutnant Sanchez von der spanischen Polizei musste eine Mund-zu-Mund-Beatmung durchführen, um ihn wieder ins Leben zurückzuholen.«

Hawksby sagte: »Booth Watsons nächste Frage wird lauten: ›Warum haben Sie nicht unverzüglich einen Krankenwagen gerufen?‹«

Ross dachte einen Augenblick über die Frage nach und sagte dann: »Das wollte ich gerade, als Faulkner zu sich kam und mühsam ein paar Worte herausbrachte. Sie waren unzusammenhängend, doch er beschwor mich …«

»›Er bestand darauf‹ würde überzeugender klingen«, schlug Hawksby vor.

»Er bestand darauf, von seinem eigenen Arzt behandelt zu werden. Ich nahm an, es würde sich dabei um einen Spanier handeln, doch Faulkner sagte mir, sein Name sei Dr. Simon Redwood, und seine Praxis befinde sich in der Harley Street Nummer 122.«

Hawksby wandte sich an William. »Und was ist dann passiert?«

»Wir brachten Faulkner zum Flughafen, wo sein Privatjet schon startbereit auf ihn wartete.«

»Wie passend«, sagte Hawksby. »Aber der Pilot hat Sie doch zweifellos gefragt, warum Sie Faulkner nicht in die nächstgelegene Klinik gebracht haben? Und bevor Sie antworten: Wir müssen davon ausgehen, dass Booth Watson ihn in den Zeugenstand rufen wird.«

»Er hat diese Frage in der Tat gestellt«, sagte Ross in selbstzufriedenem Ton. »Und ich habe ihm gesagt, dass ich nur Faulkners Anweisungen befolgen würde. Ich sagte, er könne seinem Arbeitgeber gegenüber gerne seine eigenen Ansichten dazu äußern, wenn er das wollte. Aber das wollte er nicht.«

»Welch ein Glück, nicht wahr, Inspector?«, sagte Hawksby, der sich keine Mühe gab, seinen Sarkasmus zu verbergen. »Trotzdem werden Sie den Geschworenen immer noch erklären müssen, warum Sie Faulkner nach Ihrer Landung in Heathrow nicht unverzüglich in die Harley Street gebracht haben, sondern nach Belmarsh, Londons Hochsicherheitsgefängnis.«

»Es war fünf Uhr morgens«, sagte William. »Ich habe noch aus dem Auto in der Praxis angerufen, aber leider nur den Anrufbeantworter erreicht, dessen automatische Ansage mir erklärte, dass die Praxis um neun Uhr öffnen würde.«

»Wurde der Zeitpunkt des Anrufs festgehalten?«, wollte Hawksby wissen.

»Ja, Sir. Es war 5:07 Uhr. Ich habe kurz nach neun Uhr noch einmal angerufen und Dr. Redwood mitgeteilt, dass er jederzeit seinen Patienten in der Krankenstation der Haftanstalt aufsuchen könne, um eine vollständige Untersuchung durchzuführen. Genau das tat er dann auch etwas später an jenem Vormittag.«

»Gott sei Dank hat wenigstens einer von Ihnen nachgedacht«, sagte Hawksby. »Ich würde trotzdem vorschlagen, dass Sie beide sich abstimmen und zwar lange bevor dieser Fall vor Gericht kommt. Denn ich kann Ihnen versichern, dass Booth Watson, sobald er aus Spanien zurück ist und die Möglichkeit hatte, seinen Mandanten zu beraten, sehr schnell begreifen wird, dass ihm mehr als genügend Munition zur Verfügung steht, um mit einer Kutsche samt Pferden durch Ihre Darstellung hindurchzupflügen. Sie beide werden darum beten müssen, dass die Geschworenen eher Inspector Hogans als Faulkners Version akzeptieren. Denn wenn sie herausfinden, dass Sie Miles Faulkner illegal festgenommen und ihn gewaltsam zurück nach England geschleppt haben, könnte es sein, dass Sie beide am Ende eine Zelle teilen werden.«

Das Telefon auf seinem Schreibtisch klingelte. Hawksby griff nach dem Hörer und schrie fast: »Ich hatte doch gesagt, keine Anrufe, Angela.« Er hörte einen Augenblick lang zu und sagte dann: »Stellen Sie ihn durch.«

3

Der Kapitän von Miles Faulkners Jacht spürte, dass etwas nicht in Ordnung war, als er den Kurs noch einmal überprüfte. Dieses Gefühl hatte er seit dem Beginn der Reise gehabt, als er ungläubig Zeuge davon wurde, wie Angestellte der Villa alle Bilder auf die Jacht brachten und in den Frachtraum luden. Da sein Arbeitgeber nirgendwo zu sehen war, rührte er keinen Finger, um ihnen zu helfen.

»Wird Mr. Faulkner zu uns stoßen?«, fragte er, als Booth Watson auf die Brücke kam.

»Nein«, antwortete Booth Watson. »Er wurde unvorhergesehenerweise aufgehalten. Aber seine Anweisungen könnten nicht klarer sein.«

Kapitän Redmayne glaubte ihm nicht, da er nie zuvor erlebt hatte, dass Mr. Faulkner sich von seiner Kunstsammlung getrennt hätte. Ihm war mehrfach eingeschärft worden, dass sein Arbeitgeber es nicht wagen würde, ein Auto oder sein Privatflugzeug zu benutzen, wenn er rasch verschwinden musste, solange nur die geringste Möglichkeit bestand, dass man ihn festnehmen würde. Das war auch der Grund, warum die Jacht stets kurzfristig einsatzbereit sein musste. Wo also war er? Das war eine Frage, die der Kapitän Booth Watson lieber nicht stellte, denn er rechnete nicht damit, eine ehrliche Antwort zu bekommen. »Welchen Hafen werden wir als Nächstes anlaufen?«, war seine einzige Frage.

Booth Watson hatte bereits über mehrere Alternativen nachgedacht, und ihm war klar, dass er das eine oder andere Risiko eingehen musste. Schließlich sagte er: »Irgendwo an der Südküste Englands, wo die Zollbeamten nichts gegen einen kleinen Bonus einzuwenden haben, wenn sie sich die Ladung nicht allzu genau ansehen.«

Kapitän Redmayne wirkte unsicher, denn das war nicht das Ziel, das Mr. Faulkner ihm ausdrücklich genannt hatte, sollten sie zu einem ungeplanten Aufbruch gezwungen sein. Er wollte protestieren, musste aber einsehen, dass er nicht die Befugnis hatte, dem Menschen zu widersprechen, der seinen Arbeitgeber auf dieser Erde vertrat.

»Ich wüsste einen idealen Hafen«, sagte Kapitän Redmayne schließlich, »und ich kann Ihnen auch den Namen nennen. Doch ich muss Sie warnen. Sie werden Tausende von Pfund in bar brauchen, wenn Sie darauf hoffen wollen, dass jemand einen Gummistempel auf alle notwendigen Papiere drückt.«

Booth Watson warf einen Blick in die Gladstone-Tasche, ohne die er nur selten anzutreffen war. Wenn man lange genug für Miles Faulkner arbeitete, hatte man immer genügend Bargeld bei sich, um auf solche Eventualitäten vorbereitet zu sein. Als sie den verborgenen Meeresarm verließen, drehte er sich kein einziges Mal nach dem Chaos um, das er zurückließ.

Als Booth Watson am Tag zuvor in Faulkners Villa angekommen war, hatte Collins, der Butler, ihm besorgt mitgeteilt, dass sein Arbeitgeber seit mindestens drei Stunden in seinem mannsgroßen Safe eingeschlossen war. Booth Watson war zu dem Schluss gekommen, dass Faulkner zweifellos tot war: Es wäre unmöglich, so lange im Safe eingeschlossen zu überleben, da es einfach nicht genügend Luft gäbe.

Das war der Augenblick, in dem ihm zum ersten Mal eine Idee gekommen war. Trotzdem hatte er noch eine weitere Stunde gewartet und erst dann die Anweisung gegeben, die legendäre Kunstsammlung seines Mandanten zu verpacken und in den Frachtraum der Jacht zu laden.

Wenn es ihnen gelang, in See zu stechen, bevor die spanische Polizei in der Villa erschien, würden die Beamten, so war er überzeugt, den Mann, für den sie einen Haftbefehl hatten, beim Öffnen des Safes nur noch tot vorfinden. Und es würde ein langer und qualvoller Tod gewesen sein, dachte Booth Watson. Doch er vergoss keine Träne, als er in Faulkners Arbeitszimmer auf und ab ging, wobei er den Safe nur selten aus den Augen ließ.

Nachdem die zusätzliche Stunde endlich vorüber war, ging er immer zuversichtlicher davon aus, dass Faulkner unmöglich überlebt haben konnte. Während der nächsten Stunde begann er, einen Plan auszuarbeiten, und als es sechs Uhr schlug, war er bereit, diesen in die Tat umzusetzen. Er würde nach England zurückkehren und die Bilder an einem sicheren Ort unterbringen. Und da er immer noch der offizielle Anwalt seines Mandanten war – seines verstorbenen Mandanten –, würde er systematisch alle Vermögenswerte von dessen verschiedenen Banken auf sein bereits vor Jahren eingerichtetes eigenes Offshore-Konto in Hongkong transferieren. Etwas, das Faulkner ihn durch sein eigenes Beispiel gelehrt hatte.

Danach würde er alle drei bedeutenden Immobilien von Faulkner zum Verkauf anbieten, und da er es nicht eilig hatte, zu einem Abschluss zu kommen, durfte er damit rechnen, dass sie einen guten Marktpreis erzielen würden. Danach würde er Kontakt zu einem chinesischen Sammler aufnehmen, der sich kürzlich bei ihm wegen des Erwerbs der Sammlung gemeldet hatte und von Faulkner schroff zurückgewiesen worden war. Booth Watson würde Mr. Lee jedoch erklären, dass nach dem bedauerlichen Dahinscheiden seines Mandanten dessen Nachlassverwalter (also er selbst) gewillt wäre, noch einmal über den Verkauf der Werke nachzudenken, sofern man sich über den Preis einigen könnte. Als einziges Problem mochte sich Faulkners frühere Ehefrau Christina herausstellen, die zweifellos ihren Anteil verlangen würde, sobald sie herausfand, was er vorhatte. Vielleicht hätte sie gerne eine Luxusjacht, für die er dann keine Verwendung mehr haben würde?

Daraufhin würde er einige Wochen ins Land ziehen lassen, um danach seinen Anwaltskollegen gegenüber anzudeuten, dass er daran denke, in Pension zu gehen – und schließlich würde er, nachdem er die Anhörung hinter sich gebracht hätte, unauffällig das Land verlassen, ohne irgendwo eine Nachsendeadresse zu hinterlegen.

Miles Faulkner schlenderte in die Gefängniskantine und hatte nicht die geringste Ahnung davon, was sein Anwalt auf hoher See gerade ausheckte. Er war erfreut darüber, seinen alten Zellengenossen Tulip zu sehen, der am üblichen Tisch der beiden saß.

»Morgen, Boss«, sagte Tulip, als sich Miles ihm gegenüber setzte.

Ein Gefängnisbeamter schenkte Miles seinen Morgenkaffee ein, als wäre er niemals weggewesen, und er nahm einen Schluck, bevor er einen Artikel im *Daily Telegraph* zu lesen begann. Der Bericht war ziemlich unangenehm, und das Foto dazu, das zeigte, wie seine Nemesis DCI Warwick mit der Princess of Wales scherzte, erinnerte ihn unweigerlich daran, wer dafür verantwortlich war, dass er wieder hinter Gittern saß.

Tulip, der als Miles' Augen und Ohren im Gefängnis diente, hatte versucht, sämtliche Zeitungen aus der Gefängniskantine zu entfernen, da fast alle von ihnen das Foto auf der Titelseite brachten.

Was alles nur noch schlimmer machte, war die Tatsache, dass der Hofkorrespondent des *Telegraph* erklärte, Warwick sei »ein herausragender junger Beamter, der kürzlich dafür gesorgt hat, dass sich der Kriminelle Miles Faulkner nach seiner Flucht inzwischen wieder im Gefängnis befindet«. Die *Sun* – die beliebteste Zeitung in jedem Gefängnis – hatte die Bemerkung »wo er auch hingehört« hinzugefügt. Miles schleuderte die Zeitung beiseite. Er wusste, dass er der Presse schon bald eine noch größere Story liefern würde. Aber alles zu seiner Zeit.

»Ich könnte jederzeit arrangieren, dass man ihm das Licht ausbläst, Boss«, sagte Tulip und deutete auf das Foto.

»Nein«, sagte Miles entschieden. »Ich möchte, dass meine Rache dauerhafter ist.«

»Was könnte dauerhafter sein als der Tod?«

»Bei der Polizei rausgeschmissen zu werden«, sagte Miles. »Wegen Entführung und Diebstahl angeklagt zu werden und den Rest des Lebens in Ungnade zu verbringen«, fügte er hinzu, als ein Gefängnisbeamter einen Teller mit Speck und Eiern vor ihn stellte. »Mit etwas Glück endet er vielleicht sogar hier.«

»Sehr gut, Boss. Aber wie wollen Sie das durchziehen?«

»Ich habe so das Gefühl, dass die Geschworenen bei meinem Prozess im Bailey fasziniert sein werden, wenn sie hören, welchen Aufwand Warwick und Hogan getroffen haben, um mich ohne Auslieferungsbeschluss aus Spanien herauszuschmuggeln. Ich kann dir jetzt schon versichern, dass Booth Watson das Wort ›Kopfgeldjäger‹ in seinem Anfangs- und seinem Schlussplädoyer ständig wiederholen wird.«

»Haben Sie schon mit Ihrem Anwalt gesprochen, seit Sie gekidnappt wurden?«, fragte Tulip.

»Nein. Ich habe seine Kanzlei letzte Woche mehrmals angerufen. Doch seine Sekretärin meinte, er sei im Ausland, und sie würde ihm bei seiner Rückkehr sofort mitteilen, dass ich mich gemeldet hätte. Das bedeutet wohl, dass er noch in Spanien ist und sich um ein paar lose Enden kümmert. Im Augenblick gibt es jedoch ein drängenderes Problem, um das ich mich kümmern muss.«

»Was könnte drängender sein als die Vorbereitung auf Ihren Prozess?«

»Meine frühere Ehefrau«, sagte Miles, wobei er die Worte fast ausspuckte, während ein Gefängnisbeamter ihm Kaffee nachschenkte. »Gott allein weiß, was Christina jetzt, da ich aus dem Weg bin, vorhaben mag.«

»Meine Quellen verraten mir, dass sie Ihr Geld ausgibt, als gäbe es kein Morgen«, sagte Tulip. »Sie speist regelmäßig im Ritz, geht in der Bond Street shoppen und genehmigt sich einen nicht abreißenden Strom von jungen Liebhabern, die sich ihre Dienste großzügig vergüten lassen.« Er warf einen verstohlenen Blick auf sein Gegenüber. »Sie könnte einen unglücklichen Unfall auf dem Weg in die Bond Street haben?«, sagte er in fragendem Ton. »Während der Geschäftsstunden herrscht dort wirklich viel Verkehr, Boss.«

»Nein«, sagte Miles ebenso entschieden wie zuvor schon. »Wenigstens nicht, bevor der Prozess zu Ende ist, wenn ich die Geschworenen davon überzeugen will, dass ich mich grundlegend geändert habe und unrechtmäßig festgenommen wurde. Deshalb muss ich während der nächsten Monate wie Cäsars Gattin sein – ›über jeden Verdacht erhaben‹.«

Tulip wirkte verwirrt.

»Ich habe jedoch die Absicht, dafür zu sorgen, dass Christina bereits lange vor der Gerichtsverhandlung ohne einen Penny dasteht und Warwick sich glücklich schätzen kann, wenn er noch eine Stelle als Wachmann im Fitzmolean bekommt«, fügte er hinzu und schob Speck und Eier beiseite.

»Was ist mit Inspector Hogan?«

»Um ihn kannst du dich kümmern, wann und wie du willst. Aber sorg dafür, dass es allen noch lange im Gedächtnis bleibt«, sagte Miles und warf noch einmal einen Blick auf die Titelseite des *Telegraph*. »Denn ich möchte, dass man später von mir mehr als nur *ein* Regal im Schwarzen Museum besichtigen kann.«

»Das war Leutnant Sanchez von der Polizei in Barcelona«, sagte Hawksby, als er den Hörer auflegte. »Er meinte, Booth Watson habe sich an Bord von Faulkners Jacht begeben, kaum dass seine Männer aufgetaucht sind.«

»Interessant«, sagte William. »Welches Ziel hat die Jacht?«

»Sie wurde zuletzt in der Bucht von Biscaya gesehen. Interpol behält sie genau im Auge.«

»Dann muss Booth Watson auf dem Weg zurück nach England sein – im Glauben, dass sein Mandant noch immer im Safe eingeschlossen war, als er aufgebrochen ist, und unmöglich überlebt haben kann.«

»Da könnten Sie recht haben, William, denn Sanchez sagte ebenfalls, dass er nur eines an den Wänden hängen gelassen hat – nämlich die Haken – und alle Bilder entfernt haben muss.«

»In diesem Fall, Sir, würde ich vorschlagen, dass wir die Küstenwache bitten, Ausschau nach ihm zu halten, damit wir ihn lange vor dem Erreichen der Hoheitsgewässer im entsprechenden Hafen erwarten können.«

»Gut mitgedacht«, sagte Hawksby und griff nach dem Telefonhörer.

»Mrs. Christina Faulkner ist auf Leitung eins, Sir Julian«, sagte seine Sekretärin.

»Stellen Sie sie durch«, sagte der Kronanwalt ohne jede Begeisterung. Obwohl ihm nicht viel an Mrs. Faulkner lag, genoss er jedes Mal die Begegnungen mit ihr. Sie hatte das Leben seines Sohnes über Jahre hinweg schwieriger gemacht, und er wusste, dass William wegen Christinas Freundschaft zu seiner Frau Beth besorgt war. Doch sie glich einem guten Roman, bei dem man nicht wissen kann, wie er endet, und der immer dann eine neue Richtung einschlägt, wenn man es am wenigsten erwartet.

»Guten Morgen, Mrs. Faulkner«, sagte er. »Wie kann ich Ihnen helfen?«

»Mein Ex-Ehemann ist wieder im Gefängnis, Sir Julian. Aber ich bin sicher, das wissen Sie bereits.«

»Ich habe davon gehört.«

»Was Sie aber vielleicht nicht wissen, ist, dass seine Jacht Kurs auf England genommen hat. An Bord befinden sich

Booth Watson und einhunderteinundneunzig Ölgemälde, deren Herkunft nicht unbekannt ist.«

»Wie ist es möglich, dass Sie von so etwas Kenntnis haben?«

»Weil Miles' Butler mich gestern Abend angerufen und mir gesagt hat, dass die Jacht vor über einer Woche in See gestochen ist. Er wollte wissen, wie man mit Miles Kontakt aufnehmen kann.«

»Was hat er Ihnen noch gesagt?«, fragte Sir Julian, griff nach einem Füllfederhalter und begann, sich Notizen zu machen.

»BW hat nicht nur alle Bilder von Miles entfernt, sondern den Butler ebenso angewiesen, das Haus in Spanien zum Verkauf auszuschreiben.«

»Und hat er das getan?«

»Keineswegs. Im Gegenteil, sobald er begriffen hatte, dass Miles noch am Leben und zurück in England im Gefängnis ist, hat er sich hektisch bemüht, Kontakt zu ihm aufzunehmen, was auch der Grund dafür ist, warum er sich schließlich bei mir gemeldet hat.« Sie hielt kurz inne. »Und was glauben Sie wohl, wer mich danach mitten in der Nacht angerufen hat?«

Sir Julian antwortete nicht, denn er war sich bewusst, dass Mrs. Faulkner darauf brannte, es ihm sogleich selbst zu sagen.

»Kein anderer als der Kapitän der Jacht.« Christina verriet ihm nicht den Grund, denn sie wusste, dass er nicht widerstehen konnte, sie danach zu fragen.

»Und was hatte er selbst zu sagen?«, fragte Sir Julian schließlich, indem er seinen Widerstand aufgab.

»Sie sind auf dem Weg zurück nach England, nach

Christchurch, um genau zu sein, und rechnen damit, in Kürze anlegen zu können.«

»Trotzdem würde ich gerne erfahren, warum er ausgerechnet Sie angerufen hat.«

»Ich bin das kleinere von zwei Übeln«, erklärte Christina. »Ehrlich gesagt misstraut Kapitän Redmayne Booth Watson so sehr, dass ich glaube, er würde ihn am liebsten über Bord werfen, wenn er die Gelegenheit dazu hätte.«

Das würde alle unsere Probleme mit einem Schlag lösen, dachte Sir Julian, verzichtete jedoch darauf, sich dazu zu äußern.

»Wenn Sie also in der Lage wären, Kontakt zum Hafenmeister in Christchurch aufzunehmen und herauszufinden, wann die Jacht anlegen soll«, sagte Christina, »könnten wir im Hafen den eminenten Kronanwalt in Empfang nehmen und ihm keine andere Wahl lassen, als mir meine Hälfte der Bilder zurückzugeben, wie es in der Scheidungsvereinbarung festgelegt wurde, welche Sie selbst aufgesetzt haben.«

Sir Julian war stets aufs Neue fasziniert davon, dass es sich bei Miles und Christina Faulkner um zwei Menschen derselben Art handelte, und er war sich nicht einmal sicher, wer von beiden hinterhältiger war. Er musste jedoch zugeben, dass die Aussicht, Booth Watson und Miles Faulkner gleichzeitig das Handwerk zu legen, verlockend war – vorsichtig ausgedrückt.

»Ich glaube, das wäre möglich, Mrs. Faulkner«, sagte Sir Julian, der sie mit dieser Bemerkung noch immer auf Distanz hielt.

»Wenn Sie mir Bescheid geben könnten, sobald die Jacht unsere Hoheitsgewässer erreicht hat, würde uns das, wie mir der Kapitän versichert hat, mindestens ein paar Stunden Zeit geben, um pünktlich vor Ort zu sein und ihm einen königlichen Empfang zu bereiten.«

Es amüsierte Sir Julian immer wieder, wie Mrs. Faulkner davon ausging, dass er stets auf der Stelle verfügbar wäre – jedenfalls dann, wenn sie zur Stelle war. Doch er musste sich eingestehen, dass sich diese Sache weitaus interessanter anhörte als der Fall von Steuerhinterziehung, bei dem er gegenwärtig vor Gericht die Anklage vertrat und mit dem seine Tochter Grace problemlos zurechtkäme. Und obwohl er es nie zugeben würde, konnte er es kaum erwarten herauszufinden, wie Booth Watson Faulkner erklären wollte, warum er dessen Bilder zurück nach England gebracht und das Haus in Spanien zum Verkauf angeboten hatte, ohne ihn zu konsultieren. Besonders nachdem Faulkner wahrscheinlich während der letzten zehn Tage immer wieder versucht hatte, Kontakt zu ihm aufzunehmen.

Sir Julian war sich jedoch bewusst, dass er sich auf weitere Überraschungen gefasst machen musste. Denn sein alter Rivale Booth Watson war in jeder Hinsicht genauso gerissen wie Christina Faulkner und würde ohne zu zögern beide gegeneinander ausspielen, wenn es seiner eigenen Sache dienen konnte.

»Wir bleiben in Verbindung«, sagte er und legte auf.

4

William griff nach dem Telefonhörer, schaltete aber nicht das Licht ein, als die Anzeige des Digitalweckers auf seinem Nachttisch von 5:17 auf 5:18 sprang.

»Der Hafenmeister hat gerade angerufen«, sagte eine hellwache Stimme. »Die Jacht wurde gesichtet, und er schätzt ihre Ankunftszeit auf etwa neun Uhr.«

William sprang aus dem Bett, stürzte zu Boden und weckte Beth auf. Kein guter Anfang für diesen Tag.

Der zweite Anruf des Hafenmeisters an diesem Morgen galt Sir Julian Warwick, der die Nachttischlampe einschaltete, bevor er den Hörer abnahm. Er war bereits wach. Er bedankte sich bei dem Hafenmeister, legte auf, streifte einen Morgenmantel über und zog sich in sein Arbeitszimmer zurück. Dort schlug er eine Nummer nach, die zu wählen ihm beträchtliches Vergnügen bereitete. Das Telefon läutete eine Weile, bevor schließlich jemand abnahm.

»Wer ist dran, verdammt noch mal?«, wollte eine Stimme wissen.

»Sir Julian Warwick«, sagte er ohne die leiseste Andeutung des Bedauerns darüber, dass er seine Mandantin zu einem Zeitpunkt geweckt hatte, der für sie mitten in der Nacht liegen durfte. Er gab die Nachricht des Hafenmeisters weiter, und zu seiner Überraschung sagte seine

Mandantin: »Mein Fahrer ist in zwanzig Minuten bei Ihnen.«

Nachdem er aufgelegt hatte, eilte er zurück nach oben ins Bad, warf Morgenmantel und Pyjama ab, stieg unter die Dusche und fluchte laut, als die kalten Wasserstrahlen über seinen kahlen Kopf strömten.

William traf kurz nach sechs in Scotland Yard ein. Er war nicht überrascht, Commander Hawksby im Fond eines Streifenwagens sitzen zu sehen, wo dieser ungeduldig mit den Fingern gegen den Vordersitz trommelte. William sprang neben ihn ins Auto. Sein Fahrer Danny startete, noch bevor er Zeit gehabt hatte, die Tür zu schließen.

Es war nicht zwanzig, sondern eher vierzig Minuten später, als Christina Faulkners Chauffeur in den privaten Abschnitt von Lincoln's Inn Field fuhr und vor Sir Julians Wohnung hielt. Sir Julian, der während der letzten zwanzig Minuten unruhig auf und ab gegangen war, nahm rasch neben seiner Mandantin auf der Rückbank Platz.

»Guten Morgen, Mrs. Faulkner«, sagte er. Als er sah, welche Kleidung sie trug, war er nicht ganz sicher, ob sie in der gerade zurückliegenden Nacht überhaupt zu Bett gegangen war.

»Guten Morgen, Sir Julian«, erwiderte Christina, als der Chauffeur die hintere Tür schloss und dann auf seinen Platz zurückkehrte, um nach Christchurch aufzubrechen.

Der Commander und William waren die Ersten, die im Hafen ankamen. Sie meldeten sich sofort beim Hafenmeister.

»Die Jacht wird in etwa vierzig Minuten an Liegeplatz

Nummer vierzehn anlegen«, sagte er, als er den beiden die Hand gab. »Zögern Sie nicht, sich bei mir zu melden, wenn Sie irgendwelche Hilfe brauchen, mental oder physisch.«

»Mr. Booth Watsons einzige Waffe wird sein Verstand sein«, erwiderte der Commander. »Und der muss nicht nachgeladen werden.« Hawksby dankte dem Hafenmeister und ging zu ihrem Fahrzeug zurück, woraufhin Danny die Kaimauer entlangfuhr und bei Liegeplatz Nummer vierzehn anhielt.

Hawksby stieg aus, starrte auf das offene Meer und hob sein Fernglas. »Hab ich dich«, sagte er kurz darauf und reichte William das Fernglas.

William stelle die Schärfe ein und begann, den Horizont abzusuchen.

»Jetzt sollte es nicht mehr lange dauern«, sagte Hawksby, als ein dunkelblauer Mercedes neben ihm hielt. »Warum nur bin ich nicht überrascht?«, fügte er hinzu, als der Chauffeur die hintere Tür öffnete, damit Mrs. Faulkner und ihr juristischer Beistand zu ihnen treten konnten.

»Guten Morgen, Sir Julian«, sagte Hawksby, als hätte er die beiden erwartet.

»Schön, Sie zu sehen, Commander«, sagte Sir Julian. William reichte seinem Vater das Fernglas. Nachdem er die näher kommende Jacht entdeckt und eine rundliche Gestalt identifiziert hatte, die ihrerseits zu ihnen herüberstarrte, erklärte er: »Ich freue mich schon lange auf diesen Augenblick.«

Kapitän Redmayne konzentrierte sich auf die Anlegestelle, als er Commander Hawksby, Chief Inspector William Warwick, Christina Faulkner und Sir Julian Warwick sah, die alle offensichtlich darauf warteten, sie mit offenen Armen in Empfang zu nehmen.

»Es sieht so aus, als würden wir erwartet«, sagte der Kapitän und reichte sein Fernglas weiter.

Booth Watson gelang es mühsam aufzustehen. Während der letzten zehn Tage hatte er jeweils nicht mehr als ein paar Stunden am Stück geschlafen, wobei er immer wieder seine letzte Mahlzeit bereuend zur nächstgelegenen Reling eilen musste.

»Können wir umdrehen?«, waren Booth Watsons erste Worte, nachdem er den Commander entdeckt hatte.

»Das könnten wir«, sagte Kapitän Redmayne. »Aber ich würde davon abraten.«

»Warum?«

»Wenn Sie sich umdrehen, werden Sie entdecken, dass es jemanden gibt, der bereits mit dieser Möglichkeit gerechnet hat.« Booth Watson verschaffte sich einen festen Stand, drehte sich um und sah, dass ihnen ein Patrouillenboot der Küstenwache folgte. »Und bevor Sie fragen: Ja, wir befinden uns längst in den britischen Hoheitsgewässern.«

»Drosseln Sie das Tempo«, sagte Booth Watson. »Ich brauche Zeit, um nachzudenken.«

»Warum glaubst du, dass Booth Watson nicht klar ist, dass sein Mandant noch unter den Lebenden weilt und wieder im Gefängnis sitzt?«, fragte William.

»Sollte es tatsächlich möglich sein«, antwortete Sir Julian, »dass ich etwas herausgefunden habe, das meinem schrecklich klugen Sohn entgangen ist?«

»Und was könnte das wohl sein?«, fragte Hawksby, der seinen Blick unverwandt auf die Jacht gerichtet hielt.

»Das begreife ich nicht«, sagte William, der aufrichtig verwirrt war. »Wenn Booth Watson nicht klar ist, dass Faulkner wieder in Belmarsh einsitzt, wo sollte er dann seiner Meinung nach sein?«

»Eingeschlossen in einem Safe, für den niemand außer Miles einen Schlüssel hat«, sagte Christina, indem sie sich zum ersten Mal zu Wort meldete. »Und das ist auch der Grund, warum er ihn für tot hält. Erstickt.«

Hawksby senkte das Fernglas und wandte sich an William. »Das würde auch erklären, warum Booth Watson noch keinen Kontakt zu Scotland Yard aufgenommen und die Freilassung seines Mandanten gefordert hat.«

»Wenn ihm bewusst gewesen wäre, dass Miles es irgendwie geschafft hat, aus dem Safe herauszugelangen«, fuhr Christina fort, »hätte sich Booth Watson ins nächste Flugzeug nach London gesetzt und sich nicht mit Miles' Jacht auf den Weg gemacht.«

»Chapeau«, sagte Sir Julian und verbeugte sich respektvoll vor seiner Mandantin.

William wirkte nicht überzeugt.

»Wir werden es jedenfalls schon bald herausfinden«, sagte Christina. »Denn wenn ich mich nicht irre, befindet sich etwas an Bord, das Miles niemals nach England zurückgebracht hätte.«

»Und was könnte das wohl sein?«, wiederholte der Commander.

»Einhunderteinundneunzig Ölgemälde, die ich schon sehr lange nicht mehr gesehen habe«, sagte Christina. »Aber es wird mir ein Vergnügen sein, mich wieder mit ihnen vertraut zu machen, denn die Hälfte davon gehört mir.«

»Was übersehe ich?«, fragte Booth Watson eine vorbeifliegende Möwe, die ihm mit ihrem Kreischen jedoch nur eine unverständliche Antwort gab. Warum warten diese vier Menschen am Pier auf mich?, dachte er bei sich. Und wie haben sie herausgefunden, welchen Kurs die Jacht nehmen würde? »Ist ihnen klar, dass Miles Faulkner tot ist?«, fragte er schließlich, doch die Möwe gab überhaupt keine Antwort mehr.

»Wenn es ihnen nicht klar ist«, sagte Kapitän Redmayne, »werden sie davon ausgehen, dass er an Bord ist, und ich vermute, sie warten auf ihn.«

»Wenn das der Fall sein sollte«, sagte Booth Watson, »wären Sir Julian und Mrs. Faulkner nicht hier. Wahrscheinlich glaubt sie, dass die Bilder an Bord sind.« Er bemühte sich, jede andere Alternative durchzugehen, musste jedoch zugeben, dass er am Ende nicht klüger war als zuvor. Schließlich wiederholte er: »Was übersehe ich?« Er wusste, dass es nicht mehr lange dauern würde, bis er die Antwort auf seine Frage bekäme.

Keiner von ihnen verließ seine Position am Pier, bis die Jacht schließlich vertäut und die Gangway herabgelassen war.

Sir Julian sah zu, wie sein alter Gegenspieler mit zuversichtlicher Miene die Gangway herabkam, und begriff, dass dieser Mann genügend Zeit gehabt hatte, um den Fall für die Verteidigung vorzubereiten.

William begrüßte ihn mit den Worten: »Mein Name ist …«

»Mir ist durchaus bewusst, wer Sie sind, Chief Inspector«, sagte Booth Watson. »Ich bin mir nur nicht sicher, warum Sie hier sind.«

»Ich würde Ihnen gerne ein paar Fragen zu Miles Faulkner stellen, denn wir haben Grund zu der Annahme, dass …«

»Offensichtlich muss ich Sie daran erinnern, Chief Inspector, dass mein hoch angesehener Mandant tot ist.«

»Bedauerlicherweise nicht«, warf der Commander ein. »Und ich vermute, *Ihnen* ist nicht klar, dass sich der zuvor geflohene Kriminelle wieder in Belmarsh befindet, wo er auch hingehört.«

Sir Julian musterte seinen alten Rivalen aufmerksam und musste zugeben, dass der sphinxhafte Gesichtsausdruck, den Booth Watson angenommen hatte, als er seine Möglichkeiten überdachte, beeindruckend war. Zuerst wandte sich Booth Watson dem Commander zu, danach William und dann Sir Julian. Doch erst als sein Blick auf Mrs. Faulkner fiel, begriff er, dass es nur einen Grund geben konnte, warum sie hier war.

Sir Julian kam es so vor, als könne er fast sehen, wie Booth Watsons Hirnzellen arbeiteten, als er sich direkt an Christina wandte und sagte: »Ich habe mich strikt an Ihre Ausführungen gehalten, Mrs. Faulkner, und die Kunstsammlung Ihres Mannes aus Spanien zurückgebracht. Vielleicht können wir uns auf dem Weg nach London darüber unterhalten, wohin Sie sie geliefert haben möchten.«

Ein Geniestreich, wie Sir Julian zugeben musste, wenn auch nur gegenüber sich selbst.

Alle drehten sich zu Mrs. Faulkner um, denn sie waren sich nicht sicher, auf welche Seite sie sich schlagen würde.

Auch Christina ließ sich Zeit, um über die Alternativen nachzudenken, bevor sie sich schließlich an ihren anwaltlichen Berater wandte und in süßestem Ton sagte: »Ich bedarf Ihrer Dienste nicht länger, Sir Julian.« Und ohne ein weiteres Wort zu verlieren, ging sie zu ihrer wartenden Limousine, wo Booth Watson neben ihr auf der Rückbank Platz nahm.

Als der Mercedes langsam davonrollte, wandte sich Sir Julian an den Commander und fragte: »Könnten Sie mich mit zurück nach London nehmen?«

5

Die Wände des Raumes, in dem Strafgefangene in Belmarsh mit ihrem Anwalt sprechen konnten, bestanden aus Glas. Der Tisch in der Mitte war am Boden befestigt und bestand ebenfalls aus Glas. Die weißen Plastikstühle waren am Boden festgeschraubt, um dafür zu sorgen, dass Anwalt und Strafgefangener stets räumliche Distanz zueinander wahrten. Dem Wachpersonal war es zwar nicht möglich, all das mitzuhören, was in diesem Raum gesprochen wurde, doch die Justizbeamten konnten jede Bewegung beobachten, die während der zugestandenen einen Stunde darin stattfand – einschließlich möglicher Versuche, Drogen, irgendwelche Unterlagen oder sogar Waffen an einen Insassen des Gefängnisses weiterzureichen.

An jenem Morgen erschien Booth Watson ungewöhnlich früh vor den Gefängnistoren, was nicht nur daran lag, dass er während der letzten sechsunddreißig Stunden kaum geschlafen hatte. Nachdem man ihn durchsucht und den Inhalt seiner Gladstone-Tasche überprüft hatte, die voller juristischer Unterlagen war, unterschrieb er das unvermeidliche Freigabeformular, bevor er von einem leitenden Beamten in den Flügel geführt wurde, der für anwaltliche Besprechungen vorgesehen war. Keiner der beiden Männer sagte etwas. Sie verachteten einander.

Als sie sich dem sogenannten Glaskäfig näherten, konnte

Booth Watson sehen, dass sein Mandant, der das vorgeschriebene blau-weiß gestreifte Gefängnishemd und eine abgewetzte Jeans trug, bereits am Glastisch saß und auf ihn wartete. Die ausdruckslose Miene seines Mandanten war nicht zu deuten.

Miles Faulkner stand auf, als Booth Watson den Raum betrat, und obwohl es ihnen verboten war, einander die Hand zu geben, empfing er den Anwalt mit der Andeutung eines Lächelns.

Booth Watson spürte, wie er sich das erste Mal seit Tagen entspannte. »Da wir nur eine Stunde haben«, sagte er, streifte seine Rolex vom Handgelenk und legte sie zwischen sich und seinen Mandanten auf den Tisch, »sollten wir keinen Augenblick verschwenden.« Faulkner nickte und setzte sich. »Zuerst werde ich Sie auf den neuesten Stand bringen hinsichtlich all dessen, was sich seit unserer letzten Begegnung ereignet hat.« Der Kronanwalt beugte sich nach vorn und nahm mehrere Akten aus seiner Tasche.

»Ich bin zu unserer monatlichen Konsultation nach Barcelona geflogen, wo ich feststellen musste, dass man Sie bereits festgenommen und gegen Ihren Willen in Ihrem eigenen Flugzeug zurück nach London gebracht hatte.«

»Ich nehme an, es war Collins, der Ihnen das gesagt hat.«

»Nein«, sagte Booth Watson, der mit dieser Frage gerechnet hatte. »Es war Ihre spanische Anwältin, Señora Martinez. Sie hat mich über alles informiert, was Warwick und Hogan angerichtet haben, bevor ich angekommen bin.«

Booth Watson zog ein einzelnes Dokument aus den Akten vor sich und fuhr dann fort. »Señora Martinez hat bereits eine offizielle Beschwerde bei den spanischen Behörden eingereicht, denn einen Bürger ohne einen Prozess seiner Freiheit zu berauben, ist unvereinbar mit der europäischen Menschenrechtskonvention von 1953.«

»Das wird mir sicher ganz furchtbar viel helfen«, sagte Faulkner.

»Normalerweise würde ich Ihnen zustimmen«, erwiderte Booth Watson. »Doch angesichts dieser Rechtslage können wir verlangen, dass Leutnant Sanchez von der spanischen Polizei an einem möglichen Prozess teilnimmt und dem Gericht erklärt, warum er bei diesem Fall nicht die Führung übernommen, sondern DCI Warwick das Kommando überlassen hat.«

»Das herauszufinden, dürfte Sie nicht mehr als ein paar Stunden gekostet haben. Warum sind Sie dann nicht gleich am nächsten Tag nach London zurückgekehrt?«

Auch auf diese Frage hatte sich Booth Watson gründlich vorbereitet.

»Ich hatte mich dafür entschieden, in Barcelona zu bleiben und so viele Informationen wie möglich zu sammeln, die bei Ihrem Fall von Nutzen sein könnten, bevor ich wieder nach England kommen würde.«

Faulkner wirkte nicht überzeugt.

»Informationen, die nicht nur eine mögliche frühere Entlassung wahrscheinlicher machen, sondern der Polizei kaum eine andere Wahl lassen, als Warwick und Hogan festzunehmen und wegen Entführung und Diebstahl anzuklagen.«

Faulkner lächelte zum ersten Mal.

»Nachdem ich mir alle notwendigen Informationen beschafft hatte, bin ich zurück nach London geflogen und habe unverzüglich den Strafverfolgungsdienst der Krone um eine Notfall-Konsultation mit meinem Mandanten ersucht, was jedoch rundweg abgelehnt wurde.«

»Warum?«, wollte Faulkner wissen.

»Ich kann es nicht beweisen, doch ich vermute, dass die Behörde alles in ihrer Macht Stehende getan hat, um mich daran zu hindern, Sie zu sprechen, nachdem man dort begriffen hatte, dass zwei der angesehensten Beamten der Met möglicherweise selbst verhaftet werden würden. Aber ich bestand darauf, und schließlich gestanden sie mir diese einstündige Konsultation heute Morgen zu, weshalb wir es uns nicht erlauben können, weitere Zeit zu verschwenden.«

Booth Watson sah auf, aber er konnte nicht erkennen, ob Faulkner ihm glaubte. »Bevor ich fortfahren kann, muss ich Sie jedoch fragen, ob es Ihr Wunsch ist, dass ich Sie auch weiterhin juristisch vertrete.«

»Warum fragen Sie?«, sagte Faulkner, der jetzt noch misstrauischer klang als zuvor.

»Weil ich Sie seit Ihrer Flucht aus Belmarsh kein einziges Mal mehr gesehen habe – jedenfalls habe ich das gegenüber dem Strafverfolgungsdienst angegeben, als ich vor einigen Tagen über unser Verhältnis befragt wurde.«

Es vergingen einige Augenblicke, bis Faulkner die Bedeutung dessen begriff, was Booth Watson ihm gegenüber gerade angedeutet hatte. »Da mussten Sie aber sehr viel schreddern«, sagte er.

»Verbrennen ist effektiver, seit die Polizei eine Maschine hat, die die Stücke wieder zusammensetzen kann. Aber wenn ich Ihr Anwalt bleiben soll, dann müssen Sie das bestätigen«, sagte Booth Watson und zog ein weiteres Blatt Papier aus einer der Akten. »Ich habe die erforderliche Erklärung vorbereitet.«

Faulkner las das Dokument sorgfältig. »Und wenn ich

nicht unterschreibe?«, fragte er, wobei sich die Andeutung einer Drohung in seine Stimme schlich.

»Dann werden wir beide nach einem juristischen Vertreter suchen müssen.«

Faulkner machte eine wegwischende Geste, griff nach dem goldenen Füllfederhalter, den ihm sein Gegenüber reichte, und unterschrieb auf der gepunkteten Linie.

»Was ist mit Christina?«, fragte er und schob den Füllfederhalter in seine Tasche. »Sie könnte diese Geschichte ebenso für Sie wie für mich in die Luft fliegen lassen.«

»Ich habe sie bereits darüber informiert, welche Folgen es hätte, wenn sie etwas so Unüberlegtes tun würde, und wir haben, wie ich es nennen würde, eine gewisse Verständigung erreicht.«

»Wie viel würde mich diese Verständigung kosten?«

»Zehn Millionen.«

»Das klingt völlig überzogen«, knurrte Faulkner.

»Nicht, wenn Sie die Zusatzklauseln des Vertrages gelesen haben, die verhindern sollen, dass sich die Dauer Ihrer gegenwärtigen Haft verdoppelt.«

»Wie könnte es Ihnen möglich sein, das zu verhindern?«

»Weder die Polizei noch der Strafverfolgungsdienst wird wollen, dass Warwick oder Hogan im Zeugenstand erscheinen und zugeben müssen, zu welchen extremen Mitteln die beiden gegriffen haben, um Sie nach England zu schaffen. Es ist ein viel zu großes Risiko für sie.«

»Ich bin ganz Ohr«, sagte Faulkner.

»Zunächst müsste Warwick unter Eid erklären, warum er Sie aus Ihrem Haus in Spanien ohne Genehmigung der spanischen Regierung entführt und gegen Ihren ausdrücklichen Willen nach London zurückgeflogen hat.«

»Wie kann ich beweisen, dass ich nicht aufgrund eines eigenen freien Entschlusses nach London zurückgekommen bin? Immerhin wird Warwick darauf hinweisen, dass das in meinem eigenen Flugzeug geschehen ist.«

»Ihr Pilot wird bestätigen, dass Warwick und Hogan Sie bei der Ankunft in London buchstäblich aus dem Flugzeug gezerrt und auf die Rückbank eines bereitstehenden Streifenwagens gestoßen haben, obwohl er versucht hat, die beiden daran zu hindern. Und es wird für die Polizei sogar noch peinlicher werden, wenn ich darauf hinweise, dass keine Anstrengungen unternommen wurden, Sie in Spanien festzuhalten, während ein offizieller Auslieferungsantrag auf den Weg gebracht wurde, dem die spanischen Behörden ironischerweise bereitwillig stattgegeben hätten, wie Señora Martinez vermutet.«

Ein Nicken und ein Lächeln waren die Reaktion auf diese Ausführung.

»Zweitens und gleichermaßen vernichtend für die Polizei werde ich Warwick um eine Erklärung dafür bitten, wie ein wertvolles Selbstporträt eines holländischen Meisters aus Ihrem Haus in Spanien verschwinden konnte, nur um ein paar Tage später an einer Wand des Fitzmolean Museum in London zu erscheinen. Ich vermute, es ist im selben Flugzeug mitgeflogen.«

»Christina wird behaupten, dass der Frans Hals ihr gehört und sie ihn dem Museum für die Ausstellung geliehen hat.«

»Nein, das wird sie nicht«, sagte Booth Watson. »Denn das ist eine der Zusatzklauseln in ihrem Vertrag.« Er legte Faulkner ein weiteres juristisches Dokument vor, das auf der letzten Seite eine Unterschrift trug, die dieser sofort wiedererkannte. Sein Lächeln wurde breiter, nachdem er diese besondere Klausel gelesen hatte.

»Was ist mit meiner übrigen Sammlung? Befindet sie sich noch immer in Sicherheit in meinem Haus in Spanien?«

»Wo Collins sich um sie kümmert, ja«, bestätigte Booth Watson.

»Ein guter Mann, Collins«, erklärte Faulkner. »Kümmern Sie sich darum, dass er einen Bonus bekommt. Er hat ihn verdient.«

»Ich bin ganz Ihrer Meinung«, sagte Booth Watson und machte eine Notiz mit einem goldenen Füllfederhalter, der demjenigen zuvor genau glich.

»Und was passiert jetzt?«

»Ich werde Sir Julian Warwick, der in Ihrem Fall nach wie vor die Krone vertritt, um einen Gesprächstermin bitten. Dabei werde ich ihm klarmachen, dass es von Nachteil wäre, wenn die Presse die wahre Geschichte erfahren sollte. Denn das würde die Polizei sowohl hier wie in Spanien in große Verlegenheit bringen, weshalb es angesichts der Umstände klug von ihm wäre, den Strafverfolgungsdienst aufzufordern, die jüngsten Vorwürfe im Austausch gegen Ihr Schweigen fallen zu lassen.«

»Und wie, glauben Sie, wird der Strafverfolgungsdienst auf diesen Vorschlag reagieren?«

»Ich glaube nicht, dass sie eine Wahl haben. Es sei denn, sie wollen, dass die Geschichte auf jeder Titelseite des Landes erscheint mit der Überschrift: ›Chief Inspector in Entführung und Einbruch verwickelt‹.«

»Und wie stehen die Chancen?«, fragte Faulkner, indem er sogleich zum entscheidenden Punkt kam.

»Besser als fünfzig-fünfzig, würde ich sagen. Es mag ja

sein, dass Sir Julian Ihre Haftzeit am liebsten verdoppeln würde. Aber nicht um den Preis, dass sein einziger Sohn die Zelle neben Ihnen bezieht, anstatt befördert zu werden, was, wie ich höre …«

Von der Tür her erklang ein scharfes Klopfen, und ein Gefängnisbeamter schob seinen Kopf in den Raum. »Noch fünf Minuten, Sir.« Booth Watson war nicht sicher, wem von ihnen beiden die Anrede als »Sir« galt.

»Gibt es sonst noch etwas, womit ich mich befassen sollte, bevor wir uns wiedersehen?«, fragte Faulkner.

»Ja. Ich habe ein Angebot für Ihre einundfünfzigprozentige Aktienmehrheit an der malaysischen Teegesellschaft bekommen, die Sie von einem meiner anderen Mandanten erworben haben.«

»Einem Drogendealer, der nicht mehr unter uns weilt. Wie viel?«

»Sechzehn Millionen.«

»Das kann nicht mehr als ein Eröffnungsangebot sein. Eine Export-Import-Gesellschaft mit dem jährlichen Umsatz von Marcel and Neffe muss fast das Doppelte wert sein.«

»Seitdem Sie Ihren Aufenthaltsort geändert haben, sind die Aktien gefallen.«

»Verlangen Sie vierundzwanzig Millionen und stimmen Sie dem Verkauf bei zweiundzwanzig Millionen zu«, sagte Faulkner, als zum zweiten Mal an die Tür geklopft wurde.

Booth Watson schob seine Unterlagen zusammen und legte sie zurück in seine Gladstone-Tasche mit dem Gefühl, alles erreicht zu haben, was er sich nur erhoffen konnte. Als er aufstand, sagte er: »Einmal pro Woche steht Ihnen eine vertrauliche Konsultation mit Ihrem juristischen Vertreter zu. Dürfte ich vorschlagen, dass wir uns jeden Freitagmorgen um zehn treffen?«

»Das passt mir gut«, sagte Faulkner. »In absehbarer Zukunft gehe ich nirgendwohin.«

»Ich hoffe, dass wir ›absehbarer‹ bald durch das Wort ›nächster‹ ersetzen können«, sagte Booth Watson. »Damit wir wieder gemeinsam das Frühstück im Savoy genießen können.«

»Ganz meine Meinung«, sagte Faulkner.

Booth Watson ging zur Tür. »Danke, Officer«, sagte er und blieb einen kurzen Augenblick lang zwischen den beiden Männern stehen, damit Faulkner nach der Rolex greifen und sie sich über das Handgelenk streifen konnte.

Der Beamte führte den Gefangenen 0249 zurück in dessen Zelle in Block A, während Booth Watson in die andere Richtung zum Empfangsbereich ging. Er hatte den Eindruck, die Dinge hätten nicht besser laufen können. Er wusste jedoch, dass er Christina Faulkner genau im Auge behalten musste, um sicherzustellen, dass sie ihren Teil der Abmachung einhielt.

6

»Ich habe keine Ahnung, welche Richtung wir einschlagen müssen«, gestand William dem Wachsoldaten, der ein unverzichtbar erscheinendes Klemmbrett in der Hand hielt.

»Dann muss das Ihr erster Besuch sein, Sir«, erwiderte der Wachsoldat, als er einen Blick auf Williams Dienstmarke warf und einen Haken neben dessen Namen machte.

William nickte, als er die Marke zurück in seine Tasche schob.

»Wenn Sie der Straße folgen, treffen Sie auf ein großes, weißes Gebäude zu Ihrer Rechten. Ich werde Bescheid geben, dass Sie auf dem Weg sind.«

»Vielen Dank«, sagte William, als sich der Schlagbaum hob und Danny langsam die breite Auffahrt entlangrollte, wobei er keinen Augenblick lang schneller als zehn Meilen pro Stunde fuhr – eine Geschwindigkeit, die er nicht gewohnt war.

Als die prächtige, von Sir Christopher Wren entworfene Villa in Sichtweite kam, fuhr Danny noch langsamer und umrundete einen großen Rosengarten, bevor er sein Fahrzeug schließlich zum Stehen brachte.

Wie durch Zauberei öffnete sich die Eingangstür genau in dem Augenblick, als William aus dem Fond des Autos stieg.

»Guten Morgen, Chief Inspector«, sagte ein Mann, der ein kurzes schwarzes Jackett, ein weißes Hemd, eine graue

Krawatte sowie eine Nadelstreifenhose und schwarze Schuhe trug, die glänzten wie bei einem Mitglied der königlichen Wache. »Ihre Königliche Hoheit erwartet Sie.«

William und Ross folgten dem Butler in das Gebäude und eine breite, geschwungene Treppe hinauf in das erste Obergeschoss. William war so nervös, dass er für die Bilder, welche die Wände schmückten, keinen Blick hatte. Und dann sah er sie in der Tür zum Salon stehen.

»Wie schön, Sie wiederzusehen, William«, sagte sie, als William sich verbeugte. Er war überrascht, dass sie ihn beim Vornamen nannte, obwohl die Protokollbeamtin bei Scotland Yard ihm gesagt hatte, dass sie das oft tat, denn sie wollte, dass ihre Gäste sich wohlfühlten. Die Protokollbeamtin hatte ihn jedoch nachdrücklich ermahnt, niemals zu vertraulich zu werden und sie stets mit »Eure Königliche Hoheit« oder »Ma'am« anzusprechen.

»Gestatten Sie mir, Ihnen Inspector Hogan vorzustellen, Ma'am.«

»Wir sind uns in Scotland Yard begegnet, Inspector«, sagte Diana. »Aber nur kurz, als Sie meine Hofdame durch das Schwarze Museum geführt haben. Genau genommen war es Victoria, die meinte, Sie wären möglicherweise geeignet, zu gegebener Zeit die Stelle als mein Personenschützer zu übernehmen.«

Ross äußerte sich nicht dazu, denn der Butler erschien erneut. Jetzt trug er ein schwer beladenes Teetablett in den Händen, das er auf den Tisch vor ihnen stellte. William bewunderte das Herend-Porzellanservice, das mit Insekten und Blumen geschmückt war. Denn er wusste, Beth würde von ihm erwarten, dass er sich wie ein guter Detektiv an jede Einzelheit erinnerte.

»Nehmen Sie beide Platz«, sagte Diana. »Ich werde einschenken. Chinesisch oder indisch, Inspector?«

Die Protokollbeamtin hatte zwar erwähnt, wie man sich verbeugte – vom Hals aus, nicht aus der Hüfte heraus wie ein Schauspieler im Kabarett –, doch sie hatte weder etwas Chinesisches noch Indisches erwähnt.

»Indisch«, sagte William, während Ross einfach nur nickte.

»Ich habe Ihre Dienstakte beim Militär mit großem Interesse gelesen«, fuhr Diana fort, als sie Ross eine Tasse gab. »Zwei Queen's Gallantry Medals und unzählige Belobigungen. Sie wirken wie eine Mischung aus Sydney Carton und Thomas Raffles. Überaus beeindruckend.«

»Eher wie Raffles, Ma'am«, sagte William. »Wir haben Ihnen die drei offiziellen Rügen erspart, ganz zu schweigen von einer vorübergehenden Suspendierung.« Diana lachte, während Ross nach wie vor schwieg. »DI Hogan ist einer der Menschen, die man ›stille Wasser‹ nennt«, fügte William hinzu, um ihm zu Hilfe zu kommen.

»Victoria hat mir etwas anderes gesagt«, erwiderte Diana und legte ein Stück Pflaumenkuchen auf den Teller vor Ross, der den Kuchen nicht anrührte. »Ich habe auch etwas über Sie und Ihren kometenhaften Aufstieg gelesen, William«, fügte sie hinzu, als William nach einer kleinen Silberzange griff und ein Stück Zucker in seinen Tee tat. »Aber nach meiner kurzen Begegnung mit Artemisia ist das kaum eine Überraschung.« Sie wandte sich wieder Ross zu. »Wie ich höre, haben Sie ebenfalls eine Tochter?«

Über die Jahre hatte William oftmals miterlebt, wie Ross mehrere Frauen angesprochen hatte, denen er nicht vorgestellt worden war. Doch diesmal saß er nur kerzengerade da, ohne seinen Kuchen anzurühren, während sein Tee kalt wurde.

»Welch ein wunderbarer Frith«, sagte William, indem er Ross ein weiteres Mal zur Seite sprang, und betrachtete ein Gemälde an der Wand über dem Kamin.

»Ja, das ist eines meiner Lieblingsbilder«, sagte Diana, ohne sich umzudrehen. »*Lady's Day in Ascot*. Es ist kein Teil der königlichen Sammlung«, flüsterte sie, »sondern ein Geschenk meines verstorbenen Großvaters. Sagen Sie mir, William, wie geht es meiner neuen besten Freundin Artemisia?«

»Sie erzählt jedem davon, dass sie Sie getroffen hat, und die Geschichte wird jedes Mal länger. Ich soll Ihnen von ihr ausrichten, dass sie sich darauf freut, Sie wiederzutreffen, wenn Sie die Frans-Hals-Ausstellung im Fitzmolean eröffnen. Ich fürchte, sie wird Ihnen einen weiteren Blumenstrauß überreichen.«

»Was mich darauf bringt«, sagte Diana, »dass ich ein kleines Geschenk für sie habe.« Sie beugte sich vor und nahm eine kleine, mit einem Seidenband umwickelte Schachtel aus einem Fach unter dem Tisch und reichte sie William. »Und ich habe auch Jojo nicht vergessen«, fügte sie hinzu und griff nach einem zweiten Geschenk, das sie Ross gab.

»Vielen Dank, Ma'am«, stammelte Ross.

»Ah, Sie können sprechen!«, neckte ihn Diana.

Als William lachte, erschien eine leichte Röte auf Ross' Gesicht, was William noch nie zuvor erlebt hatte.

»Zweifellos«, fuhr Diana fort, »hat man Sie bereits ausführlich darüber informiert, was die Arbeit als mein Personenschützer mit sich bringt. Aber ich wette, dass man Ihnen nur die halbe Geschichte erzählt hat. Und keineswegs die bessere Hälfte.«

William fragte sich, was er auf diese Bemerkung erwidern sollte.

»Es gibt niemals einen langweiligen Augenblick«, fuhr sie fort, »aber ich fürchte, die Dienststunden sind unvorhersehbar. Einmal habe ich Mutter Teresa zum Frühstück, Michail Gorbatschow zum Lunch und Mick Jagger zum Dinner getroffen – und das alles an ein und demselben Tag. Es gibt keinen Preis, wenn jemand errät, wen ich von den dreien am meisten genossen habe.«

»Mick Jagger?«, sagte Ross.

»Ich glaube, wir werden ganz gut miteinander auskommen.«

Ross antwortete nicht.

»Darf ich Ihnen eine neue Tasse Tee einschenken, Inspector?«, bot ihm die Prinzessin mit einem Blick auf seine unangerührte Tasse an.

»Nein, vielen Dank, Ma'am. Aber dürfte ich Sie fragen, ob Sie irgendwelche spezifischen Probleme haben, über die ich Ihrer Ansicht nach Bescheid wissen sollte?«

»Jetzt, da Sie es erwähnen – ich würde gelegentlich gerne ein Fitnessstudio besuchen, schwimmen oder einkaufen gehen, ohne von einem Dutzend Paparazzi verfolgt zu werden.«

»Das dürfte nicht immer leicht werden, Ma'am. Schließlich sind Sie der meistfotografierte Mensch der Welt«, erinnerte Ross die Prinzessin. »Aber ich werde mein Bestes tun, ohne sie gleich zu erschießen.«

Diana bedachte ihre beiden Besucher mit ihrem typischen Lächeln und fügte hinzu: »Darüber hinaus habe ich Freunde, die nicht gerade begeistert davon sind, wenn ihre Gesichter zusammen mit Artikeln über ihre Vergangenheit auf den Titelseiten aller landesweit verbreiteten Zeitungen erscheinen.«

Ross nickte, äußerte sich aber nicht dazu.

»Und es könnte sein, dass der eine oder andere von ihnen mich besuchen möchte … und zwar …«, sie hielt kurz inne, »… wie soll ich es sagen … außerhalb der offiziellen Dienstzeit.«

»Warum sollte das ein Problem sein, Ma'am?«, fragte William. »Solange Sie hier in Sicherheit sind? Niemand kann die Absperrung überwinden, es sei denn, Sie haben die ausdrückliche Genehmigung dazu erteilt. Wir selbst haben es vorhin erlebt.«

»Ich kann Ihnen versichern, William, dass mindestens ein halbes Dutzend Fotografen vierundzwanzig Stunden am Tag und sieben Tage die Woche vor dem Haupttor parken, die nicht einmal Mittagspause machen. Insbesondere zwei von ihnen scheint es gar nicht zu gefallen, dass ich ein Privatleben habe, das wann immer möglich auch privat bleiben soll.«

»Verstanden, Ma'am«, sagte Ross. »Sie können sicher sein, dass die einzige andere Frau in meinem Leben zwei Jahre alt ist und ich Ihre Geheimnisse gewiss nicht mit ihr teilen werde.«

»Ich kann es gar nicht erwarten, sie kennenzulernen«, sagte Diana.

»Wir wollen Sie nicht länger aufhalten, Ma'am«, sagte William, als die Uhr auf dem Kaminsims die halbe Stunde schlug. »Denn wir wissen, wie wichtig das Dinner ist, an dem Sie heute Abend teilnehmen.« Auch darüber hatte ihn die Protokollbeamtin informiert.

»Ein Staatsbankett zu Ehren des Königs von Saudi-Arabien«, sagte Diana. »Wie ich höre, spricht der König kaum Englisch, während Ihre Majestät kein Arabisch spricht. Es dürfte also eine vergnügliche Angelegenheit werden. Ich andererseits werde neben dem saudi-arabischen Botschafter sitzen, der, wie man mir gesagt hat, vier Ehefrauen hat. So dürften ihm die Themen für eine unverbindliche Plauderei nicht ausgehen.«

Beide lachten pflichtbewusst.

»Ich hoffe, Sie denken ernsthaft darüber nach, meinem Team beizutreten, Inspector«, sagte sie, indem sie sich wieder an Ross wandte. »Wir haben viel mehr Spaß als die ganze übrige königliche Familie …«, sie hielt einen kurzen Augenblick inne, »… zusammengenommen.«

Ross gelang es zu lächeln, als der Butler wieder erschien.

»Ihr nächster Termin ist eingetroffen, Ma'am.«

»Nein, das ist er nicht«, entgegnete Diana. Sie wandte sich an William und sagte: »Das ist der Code dafür, dass ich Sie beide loswerden soll, wo ich doch so viel lieber Tee mit Ihnen trinke als mit dem König vonSaudi-Arabien diniere. Allerdings …«

William stand unverzüglich auf. »Ich glaube, es ist an der Zeit, dass wir uns verabschieden, Ma'am. Vielen Dank, dass Sie uns empfangen haben.«

»Ich hoffe, ich werde Sie wiedersehen, Inspector«, sagte Diana, während sie die beiden die breite Treppe hinab in die Eingangshalle begleitete. William bemerkte erfreut, dass Ross mit der Prinzessin plauderte, während er ein wenig zurückblieb, um mehrere Bilder genauer zu betrachten, die er vielleicht nie wieder sehen würde, darunter auch ein Seegemälde des »anderen« Henry Moore. Wenn er nach Hause kam, würde Beth ihn sicher fragen, welches die Lieblingskünstler der Prinzessin waren. Es wäre eine interessante Herausforderung, wie viele er sich merken konnte, ohne sich Notizen zu machen.

Als sie die Eingangshalle durchquerten, blieb er stehen, um einen Turner, einen Millais und einen Burne-Jones zu bewundern. Er hätte gerne mehr Zeit gehabt, um sie genießen zu können. Die Prinzessin begleitete sie hinaus zu ihrem Fahrzeug, wo sie William ein weiteres Mal überraschte, indem sie eine Weile mit Danny plauderte, bevor sie wegfuhren. Die Prinzessin ging erst wieder ins Haus, nachdem das Auto außer Sichtweite war.

William wartete, bis sie in die Kensington High Street eingebogen waren, bevor er sagte: »Nun, was ist … willst du die Stelle, Plaudertasche?«

»Natürlich will ich sie«, sagte Ross, ohne zu zögern. »Aber es gibt da ein Problem.«

»Gibt es sonst noch etwas, Mr. Booth Watson?«, fragte seine Sekretärin, als sie ihren Stenoblock zuklappte.

Booth Watson lehnte sich zurück und dachte über die Frage nach, wie er mit dem doppelten Problem von Miles Faulkner und dessen Ex-Frau Christina umgehen sollte. Obwohl er beide erst kürzlich getroffen hatte, war er immer noch nicht sicher, ob Faulkner seine Erklärung der Ereignisse in Spanien geglaubt hatte, während Christina sich inzwischen gewiss bewusst war, was er ursprünglich geplant hatte. Er wusste, dass sie nicht zögern würde, bei Sir Julian Rat einzuholen, wenn es ihrer Sache dienen konnte. Doch er wusste ebenfalls, dass es einen Menschen gab, der sie beide im Auge behalten konnte und ausschließlich ihm Bericht erstatten würde: ein Mann, der auf beiden Seiten der

Gitterstäbe über Kontakte in Belmarsh verfügte und es gleichzeitig verstand, Christina Faulkner fest im Blick zu behalten, weshalb er immer wissen würde, wen sie traf und was sie vorhatte. Obwohl Booth Watson den ehemaligen Superintendent, der die Met unter dubiosen Umständen verlassen hatte, durchaus verachtete, hielt er es mit Lyndon B. Johnson, der – nachdem er resignierend einsehen musste, wie schwierig es wäre, J. Edgar Hoover zu entlassen – einst bemerkt hatte: »Es ist wahrscheinlich besser, wenn er im Zelt bleibt und nach draußen pinkelt, als wenn er von draußen ins Zelt pinkelt.«

»Ja, Ms. Plumstead«, sagte er schließlich. »Ich möchte, dass Sie einen dringenden Termin mit Ex-Superintendent Lamont vereinbaren.«

»Gewiss, Sir. Aber dürfte ich Sie darauf hinweisen, dass Ihr Terminkalender im Augenblick zum Bersten gefüllt ist? Sie müssen diese Woche noch zwei Mal vor Gericht erscheinen und …«

»Innerhalb der nächsten vierundzwanzig Stunden«, sagte Booth Watson, indem er sie unterbrach.

7

Rasch drehte William den Schlüssel um in der Hoffnung, er käme früh genug zurück, um den Kindern eine Gutenachtgeschichte vorzulesen. Erfreut hörte er die fröhlichen jungen Stimmen, die aus dem Wohnzimmer kamen. Er hängte seinen Mantel an den Garderobenständer im Flur, holte die beiden Päckchen aus den Innentaschen und ging auf den ausgelassenen Lärm zu.

Kaum hatte William die Tür geöffnet, als Artemisia schon auf ihn zustürmte und ihre Arme um seine Beine schlang.

»Stimmt es«, fragte sie, bevor er noch etwas sagen konnte, »dass du zum Tee bei Prinzessin Di warst?«

»Der Prinzessin von Wales«, korrigierte Beth.

»Die Antwort ist Ja«, sagte William. »Ich soll euch sogar von ihr grüßen, und sie hat mich gebeten, dir ein Geschenk zu geben.«

Artemisia streckte ihre Hände aus, und Peter fragte: »Hatte sie auch ein Geschenk für mich?«

»Ja, natürlich«, sagte William und zog die beiden Schachteln hinter seinem Rücken hervor. Er reichte sie den beiden und hoffte, dass die Zwillinge nicht bemerken würden, dass eines der Geschenke bei Weitem besser verpackt war als das andere. Er hätte sich keine Sorgen zu machen brauchen, denn Peter riss sofort das Geschenkpapier von der Verpackung. Sein Sohn war voller Ungeduld zu erfahren, was sich darin befand, während Artemisia sich Zeit ließ, sorgfältig das Seidenband löste und das rosarote Geschenkpapier abstreifte, die beide einen Ehrenplatz auf ihrem Nachttisch erhalten würden.

»Wow«, sagte Beth, als Artemisia eine kleine Krone aus schimmernden Perlen hochhielt.

»Ist sie echt?«, fragte Artemisia und drückte sie an sich.

»Wenn eine Prinzessin sie dir gegeben hat, dann muss sie echt sein«, sagte Beth und setzte ihrer Tochter das Krönchen auf den Kopf.

Artemisia rannte aus dem Zimmer, um sich im Flurspiegel zu betrachten, während Peter sein Pyjamaoberteil aufzuknöpfen begann.

»Sie weiß sogar, für welche Mannschaft ich bin und dass Kerry Dixon mein Lieblingsspieler ist!«, verkündete er und streifte ein Chelsea-Trikot mit der Rückennummer 9 über.

»Und noch beeindruckender ist«, flüsterte Beth, »dass sie weiß, welche Größe er trägt.«

Artemisia erschien erhobenen Hauptes und begann, mit königlicher Gebärde im Zimmer herumzustolzieren, wobei sie lächelte und mit dem Handrücken der Katze zuwinkte. Als sie an Peter vorbeikam, sagte sie in gebieterischem Ton: »Du musst dich verbeugen.«

»Die Anhänger von Chelsea verbeugen sich vor niemandem«, sagte Peter und begann, in der entgegengesetzten Richtung zu paradieren und den Zuschauern auf den Rängen sein neues Trikot vorzuführen.

Irgendwie gelang es den Eltern, ihre ernste Miene zu bewahren.

»Darf ich es zum Schlafen anbehalten?«, fragte Peter, nachdem er mehrere Runden gedreht hatte.

»Ja, natürlich darfst du das«, sagte seine Mutter und fügte ein zweites, an Artemisia gerichtetes »Ja« hinzu, noch bevor ihre Tochter fragen konnte. »Aber morgen früh werdet ihr beide an die Prinzessin schreiben und euch bedanken.«

»Mein Brief wird lang und interessant werden, denn ich habe ihr viel zu erzählen, seit ich sie das letzte Mal gesehen habe«, sagte Artemisia, als das Kindermädchen zu ihnen trat.

»Zeit, um ins Bett zu gehen«, sagte Sarah mit fester Stimme.

»Ich bin eine Prinzessin«, erwiderte Artemisia, »aber du kannst mich Artemisia nennen.«

»Vielen Dank, Ma'am«, sagte Sarah und deutete einen Knicks an. »Aber sogar Prinzessinnen brauchen ihren Schönheitsschlaf.«

Artemisia umarmte ihren Vater, bevor sie und Peter gleichzeitig mit Sarah plaudernd das Zimmer verließen.

»Du bist ein guter Mensch, William Warwick«, sagte Beth, als sie sich herabbeugte und ihn auf die Stirn küsste. »Das Krönchen glaube ich, aber nicht das Chelsea-Trikot.«

William lächelte. »Und jetzt will ich alles über deinen Besuch im Kensington Palace hören. Was hatte sie an? Was gab es zum Tee? Und das Wichtigste: Welche Bilder, die ich niemals sehen werde, hängen dort an den Wänden?«

William bedauerte bereits, nicht länger auf der Treppe geblieben zu sein, als Ihre Königliche Hoheit sich mit Ross unterhalten hatte.

»Alles zu seiner Zeit«, sagte er. »Zunächst gibt es etwas Wichtigeres, über das wir sprechen müssen.« Er zögerte einen Augenblick und fragte dann: »Was hältst du davon, wenn wir noch ein Kind bekämen?«

Beth antwortete nicht sofort. Es dauerte eine Weile, bis sie fragte: »Was hat sich geändert? Schließlich haben wir das Thema ad infinitum diskutiert, und immer sind wir zum selben Schluss gekommen. Wir können es uns einfach nicht leisten.«

William lehnte sich zurück und hörte sich einen Vortrag an, den er schon oft gehört hatte.

»Wir sind ein typisches modernes Paar«, erinnerte ihn Beth. »Wir beide sind voll berufstätig und würden das auch nicht anders wollen. Du übst einen Beruf aus, den du schon immer haben wolltest, und ich muss dich nicht daran erinnern, wie sehr ich es als ein Glück empfinde, im Fitzmolean zu arbeiten. Und nicht nur das: Als Chief Inspector kannst du nicht einmal Überstunden anrechnen lassen, obwohl deine Arbeitsbelastung nicht geringer geworden ist. Und was das Ganze noch schlimmer macht: Ich bekomme einen Hungerlohn im Vergleich zu Männern in einer ähnlichen Position. Das ist das Los von Frauen, die in der Kunstwelt, im Verlagswesen oder im Theater arbeiten. Doch das wird mich nicht daran hindern, energisch darauf hinzuarbeiten, dass sich das in Zukunft ändert«, fügte sie emphatisch hinzu. »Frauen werden weiter ausgenutzt, solange es eine Überzahl engagierter Bewerberinnen für jede Stelle gibt, besonders wenn sie es nicht wagen, sich über die Bezahlung zu beschweren. Und selbst dann endet alles häufig damit, dass ein weniger qualifizierter Mann den Posten bekommt, weil er keine Babypause machen wird!«

William unterbrach sie nicht. Er hatte selbst miterlebt, wie es bei der Polizei dasselbe Vorurteil gab, wo Frauen bei Beförderungen immer wieder übergangen worden waren und man ihnen weniger geeignete Männer vorgezogen hatte –

häufig mit der Begründung, dass der Betreffende »eine Frau und eine Familie zu versorgen hat«.

Beth, so beschloss er, sollte sich weiter Luft machen dürfen. Er würde ihr erst wieder eine Frage stellen, wenn sie sich ein wenig beruhigt hatte.

»Und vergiss nicht«, fuhr Beth fort, »dass wir ein Kindermädchen einstellen mussten, das fast so viel verdient wie ich. Versteh mich nicht falsch, Sarah ist jeden Penny wert, denn sie gibt mir die Möglichkeit, der Arbeit nachzugehen, die ich liebe. Aber jedes Mal, wenn sie einen Abend freinimmt, müssen wir einen Babysitter bezahlen, damit wir ins Theater gehen oder auswärts essen können.«

Noch immer strömte die Lava den Berg hinab auf ihn zu.

»Es war anders zur Zeit unserer Eltern, als alle davon ausgingen, dass Frauen auf der Welt sind, um die Kinder großzuziehen, das Haus sauber zu halten, die Mahlzeiten zu kochen und die Karriere ihrer Männer zu fördern. ›Lieben, ehren und *gehorchen*‹«, betonte sie. »Nur für den Fall, dass du es vergessen hast, Höhlenmensch.«

Wieder musste William daran denken, warum er diese Frau bewunderte.

»Ich schwöre, mein Vater weiß nicht, wie viele Minuten es dauert, ein Ei zu kochen, während es deiner gerade mal schafft, den Weihnachtstruthahn zu zerlegen.«

»Aber er verbringt jede Menge Zeit damit, vorher das Messer zu schleifen«, sagte William, um die Stimmung etwas aufzuhellen.

»Die Wahrheit ist«, fuhr Beth fort, indem sie seinen Einwurf ignorierte, »dass unsere beiden Mütter sehr wohl in der Lage gewesen wären, einer anspruchsvollen Berufsarbeit nachzugehen, wenn sie nur die Möglichkeit dazu bekommen hätten.«

»Deine Mutter saß im Aufsichtsrat der Firma deines Vaters«, rief William ihr in Erinnerung.

»Frag sie, wie viel sie verdient hat, während sie die Bücher in makelloser Ordnung hielt und gleichzeitig mich großgezogen hat. Lass dir meine Worte eine Warnung sein, Detective Chief Inspector. Wir stehen kurz vor einer Revolution, bei der der *homo sapiens* durch die *femina sapiens* ersetzt werden wird. Ich sage voraus, dass es in nicht allzu ferner Zukunft geschehen wird, auch wenn die meisten Männer es nicht kommen sehen.«

Ihre Stimme klang inzwischen ruhiger, aber nicht weniger entschlossen.

William verzichtete darauf, sie daran zu erinnern, dass sie den Abschnitt über die Jäger und Sammler in ihrer Ansprache ausgelassen hatte.

»Ich muss zugeben«, fuhr Beth fort, »dass wir uns dank der Großzügigkeit meiner Eltern ein eigenes Haus leisten können. Aber es ist immer noch schwierig für uns, über die Runden zu kommen, obwohl dein Vater ein Treuhandkonto für die Ausbildung der Kinder eingerichtet hat. Trotzdem ist die Farbe meines Kontoauszugs stets rot geblieben, seit ich die Universität beendet habe, und dein Konto ist nur an dem Tag im Plus, nachdem man dir dein Gehalt ausgezahlt hat. Nein, William, die einfache Antwort auf deine Frage ist: Wir können uns kein weiteres Kind leisten, so sehr wir uns auch eines wünschen würden.«

»Aber wenn wir uns ein weiteres leisten könnten?«

»Dann hätte ich gleich sechs davon«, sagte Beth. »Die Zwillinge sind das Glück meines Lebens.«

»Ich würde mich für drei entscheiden«, sagte William. »Und es könnte sein, dass ich eine Lösung gefunden habe.«

»Hast du im Lotto gewonnen, Höhlenmensch? Oder werden wir eine Bank ausrauben wie Bonnie und Clyde?«, fragte Beth, die versuchte, wie Warren Beatty zu klingen.

»Keines von beiden wird nötig sein. Wir könnten ein drittes Kind ohne zusätzliche Ausgaben haben, und du würdest nicht einmal in Mutterschutz gehen müssen.«

»Ich kann es gar nicht erwarten zu hören, wie wir das wohl schaffen sollten«, sagte Beth mit einem übertriebenen Seufzen.

»Der Personenschützer der Prinzessin wird im neuen Jahr in Pension gehen, und sie hat Ross die Stelle angeboten.«

»Dann war das der Grund, warum sie euch beide zum Tee eingeladen hat?«

»Ja, aber Ross glaubt, dass er der Verantwortung, sich gleichzeitig um Jojo zu kümmern, nicht gerecht werden kann. Alleinerziehende Mütter schaffen das irgendwie unter ähnlichen Umständen, aber alleinerziehende Väter sind weit weniger anpassungsfähig.«

»Besonders alleinerziehende Väter, die Workaholics sind«, sagte Beth. »Ich kann mir gut vorstellen, dass Ross' Arbeitszeiten mit einem geordneten Privatleben nicht mehr vereinbar sein werden, wenn er die Stelle annimmt. Jeder weiß, dass Diana abends nicht gerne ruhig zu Hause sitzt. Aber so sehr ich Ross auch helfen möchte, ich weiß nicht, wie es unser Problem …«

»Mit unseren ständig überzogenen Konten lösen sollte«, sagte William. »Vergiss nicht, dass Josephine Ross so viel Geld hinterlassen hat, dass er nie wieder arbeiten müsste.

Was einigermaßen ironisch ist, denn Ross ist am glücklichsten, wenn er wirklich viel arbeiten kann, und die Prinzessin hat ihm die Chance geboten, all seine Fähigkeiten und seine Erfahrung, die er über die Jahre erworben hat, sinnvoll einzusetzen. Offen gestanden kenne ich niemanden, der für diese Stelle besser geeignet wäre.«

»Versuchen wir mal, die Sache einen Augenblick lang praktisch anzugehen«, sagte Beth nachdenklich. »Wie würde es ablaufen?«

»Jojo würde als Teil der Familie bei uns wohnen. Ross würde sie besuchen, wann immer es ihm möglich ist, und an seinen freien Tagen etwas mit ihr unternehmen. Natürlich würden sie seinen Jahresurlaub zusammen verbringen. Im Gegenzug übernimmt er Sarahs Gehalt und gibt uns einhundert Pfund die Woche, um für zusätzliche Ausgaben aufzukommen. Darüber hinaus würde er ein Drittel der Zahlungen auf das Treuhandkonto übernehmen, das für die Ausbildung gedacht ist, sodass Jojo dieselben Vorteile hätte wie die Zwillinge.«

»Zusätzlich zu dem, was Sarah bekommt? Das ist mehr als großzügig.«

»Der Nachteil ist, dass es drei Kinder wären, um die wir uns kümmern müssten, und nicht nur zwei.«

»Das ist der *Vorteil*«, sagte Beth, die ihre Aufregung angesichts dieses Vorschlags kaum verbergen konnte. »Aber wie werden die Zwillinge reagieren, wenn wir es ihnen sagen? Was glaubst du?«

»Artemisia wird Jojo hemmungslos bemuttern, besonders wenn sie hört, dass Ross dadurch die Möglichkeit erhält, sich um die Prinzessin zu kümmern. Peter wird so tun, als würde er sie überhaupt nicht bemerken, bis sie alt genug ist, um Fußball zu spielen.« William lehnte sich zurück, um auf Beths Antwort zu warten, fügte aber zuvor noch hinzu: »Ich habe Ross bereits davor gewarnt, dass du ein wenig Zeit brauchen würdest, um darüber nachzudenken.«

»Wie wäre es mit einer Nanosekunde?«, antwortete Beth.

Booth Watson starrte über seinen Schreibtisch hinweg den ehemaligen Superintendent an – einen Mann, den er verachtete und der dieses Gefühl erwiderte. Trotzdem gab es niemanden, der besser für die Aufgabe geeignet wäre, die ihm vorschwebte. Lamont trug einen Anzug, der zwar elegant, aber ein wenig eng war und verriet, wie viel er seit seinem Ausscheiden aus der Met zugenommen hatte.

»Ich hätte da einen besonders sensiblen Auftrag, den Sie für mich ausführen sollen«, begann Booth Watson. Lamont nickte knapp. »Wie Sie wissen, ist Miles Faulkner wieder im Gefängnis, und ich werde ihn verteidigen, wenn sein Fall im Old Bailey verhandelt wird. Ich muss sicher sein, dass ich mich auf meine Hauptzeugin Mrs. Christina Faulkner verlassen kann, sollte ich beschließen, sie in den Zeugenstand zu rufen.«

Ein weiteres Nicken. Lamont wusste, wann er den Mann, der seine Haupteinnahmequelle darstellte, besser nicht unterbrach.

»Sie hatten früher schon mit dieser Dame zu tun«, fuhr Booth Watson fort, »weshalb Ihnen klar sein dürfte, dass man ihr nicht trauen sollte. Es wird Sie also nicht überraschen, dass ich jemanden brauche, der sie Tag und Nacht im Auge behält.«

»Gibt es irgendetwas Besonderes, wonach ich Ausschau halten sollte?«

»Ich muss wissen, zu wem sie regelmäßig Kontakt hat und besonders, wie oft sie Mrs. Beth Warwick trifft. Noch wichtiger sind Informationen darüber, ob sie jemals zum Mann dieser Frau Verbindung aufnimmt.«

Auf Lamonts Gesicht erschien ein Ausdruck, der anzudeuten schien, dass DCI Warwick in seinen Augen zu den Dingen gehörte, die für ihn noch nicht erledigt waren. Booth Watson war sich bewusst, dass Lamont die Polizei nur wenige Monate, bevor er Anspruch auf eine Pension in voller Höhe gehabt hätte, wegen Warwick verlassen musste. Natürlich war nichts davon in den Akten erschienen. Doch jeder kannte den Grund, warum er den Dienst quittieren musste und, was noch wichtiger war, wer für sein plötzliches Ausscheiden die Verantwortung trug.

»Ich weiß«, sagte Booth Watson, »dass Sie früher für Mrs. Faulkner gearbeitet haben. Aber von jetzt an werden Sie nur noch für mich arbeiten. Sollte ich herausfinden, dass Sie sich nebenbei etwas hinzuverdienen, werden zwei Dinge geschehen. Erstens werden Ihre Einnahmen noch am selben Tag zum Erliegen kommen.«

Und zweitens?, wollte Lamont ihn fragen, aber das war nicht notwendig.

»Und zweitens müsste ich meinen Mandanten über Ihren Verrat informieren.« Booth Watson gestattete sich, die angedeutete Drohung eine Weile in der Luft hängen zu lassen, bevor er fortfuhr. »Habe ich mich klar ausgedrückt?«

»Kristallklar.«

Booth Watson nickte. Dann öffnete er die oberste Schublade seines Schreibtisches und entnahm ihr einen dicken braunen Umschlag. Er schob ihn langsam über den Tisch, um deutlich zu machen, dass das Gespräch beendet war.

»Und denken Sie erst gar nicht daran, Ihre Spesen zu frisieren«, waren Booth Watsons Abschiedsworte, als Lamont aufstand und sich zum Gehen umwandte. »Denn wenn Sie das tun, wird Ihnen bald nur noch Ihre magere Pension zum Überleben bleiben. Und ja, ich weiß, dass Ihre Frau gerne Geld ausgibt.«

Der ehemalige Superintendent war froh, dass er Booth Watson in diesem Augenblick den Rücken zugekehrt hatte, sodass sein Zahlmeister seinen Gesichtsausdruck nicht sehen konnte.

8

Obwohl William es gar nicht erwarten konnte, mit den Ermittlungen zu Milner zu beginnen, bot ihm die Verzögerung die Möglichkeit, Jo junior ein wenig besser kennenzulernen und sie – wenn auch zunächst mit einer gewissen Besorgnis – dabei zu beobachten, wie sie mit dem Rest der Familie auskäme. Er hätte sich keine Sorgen zu machen brauchen. Denn wie Beth vorhergesagt hatte, nahm Artemisia ihre neue kleine Schwester sogleich unter ihre Fittiche, und obwohl Peter vorgab, Jojo zu ignorieren, war er stets der Erste, der für sie eintrat, wann immer sie in Schwierigkeiten geriet. Aus dem Duo wurde innerhalb kürzester Zeit ein Trio, und jeder, der sie zusammen sah, ging davon aus, dass sie schon immer ein und derselben Familie angehört hatten. Die beiden, wie Beth sich ausdrückte, »viel zu nachsichtigen Großväter« waren völlig vernarrt in das neue Familienmitglied, und die beiden Großmütter liebten das Mädchen abgöttisch.

William kam zu dem Schluss, dass die Eingewöhnungszeit vorüber war, nachdem eine Kollegin aus dem Museum bei einem Besuch zu Beth sagte: »Sie sieht genauso aus wie du.«

»Ich fühle mich geschmeichelt«, erwiderte Beth, die daran dachte, wie schön Ross' Frau Josephine gewesen war.

Ross besuchte seine Tochter, so oft er konnte. Doch weil

er einen gründlichen Vorbereitungskurs besuchen musste, bevor er seine Arbeit als Prinzessin Dianas Personenschützer antreten konnte, waren diese Besuche seltener, als er es sich gewünscht hätte. Es gelang ihm jedoch, über Weihnachten ein paar freie Tage zu bekommen, und am Weihnachtsmorgen erschien er mit einem Berg von Geschenken für die einzige andere Frau in seinem Leben.

Jojo umarmte heftig ihren Vater, und dann verteilte dieser drei große Schachteln an drei aufgeregte Kinder, die gar nicht erst fragten, ob sie sie öffnen durften.

»Warum habe ich dich so lange nicht gesehen, Papa?«, fragte Jojo, als sie das Geschenkpapier abriss.

»Soll ich es ihr sagen?«, fragte Ross, indem er sich an William wandte.

»Ja, natürlich«, sagte Beth, bevor William antworten konnte. »Aber du lässt dir besser eine gute Entschuldigung einfallen, denn junge Damen mögen es nicht, wenn man sie ohne Erklärung sitzen lässt.«

»Ich habe einen Kurs besucht, bei dem man auf die Arbeit als Personenschützer vorbereitet wird«, sagte Ross und setzte sich mit untergeschlagenen Beinen neben seine Tochter auf den Boden. »Streng geheim«, flüsterte er.

»Einzelheiten, Einzelheiten«, verlangte Artemisia, die ihren Großvater nachmachte.

»Während der letzten sechs Wochen habe ich gelernt, wie man im Regen rückwärts fährt und dann eine J-Wende macht, um danach wieder mit Vollgas vorwärts zu fahren.«

»Was ist eine J-Wende?«, fragte Peter, der ein kleines Polizeiauto aus seiner Schachtel nahm, es aufzog und mit Blaulicht und dröhnenden Sirenen fahren ließ.

»Man muss in der Lage sein, sich rückwärts im Halbkreis

zu drehen«, antwortete Ross, »sodass das Auto am Ende genau in die entgegengesetzte Richtung zeigt und man schnell davonfahren kann.«

»Ist das der Ort, an dem Prinzessin Diana lebt?«, fragte Jojo und starrte auf das Bild des Buckingham Palace auf ihrer Legoschachtel.

»Nein, natürlich nicht«, sagte Artemisia, als Jojo den Inhalt der Schachtel auf den Boden kippte. »Meine Freundin lebt im Kensington Palace, zusammen mit dem Prince of Wales, und Ross kümmert sich um sie.«

»Hast du eine Waffe?«, fragte Peter und deutete mit dem Zeigefinger auf Ross.

»Ja, aber mein Vorgänger musste sie kein einziges Mal ziehen während der ganzen Zeit, in der er für die Prinzessin gearbeitet hat.«

»Und wir wollen hoffen, dass du das auch nicht tun musst«, sagte Beth.

»Was bedeutet ›Vorgänger‹?«, fragte Artemisia, als sie einen großen Lego-Eckstein an der passenden Stelle platzierte.

»Der Mann, der die Stelle vor Ross innehatte«, erklärte Beth.

»Hat die Prinzessin ein Polizeiauto wie ich?«, fragte Peter und zog sein Spielzeug ein weiteres Mal auf.

»Aber klar doch«, sagte Ross. »Und ich sitze vorn auf dem Beifahrersitz, während die Prinzessin mit ihrer Hofdame auf der Rückbank sitzt.«

»Was ist eine Hofdame?«, fragte Jojo, als sie nach einem Fenster griff und mit dem Bild auf dem Deckel verglich. Es war keine Hilfe, dass der Palast siebenhundertsechzig Fenster hatte.

»Jemand, der die Prinzessin begleitet, wann immer sie eine offizielle Funktion wahrnimmt«, erklärte Ross. »Üblicherweise ist das eine enge Freundin.«

»Ich wäre gerne eine Hofdame«, sagte Artemisia.

»Wie steht es mit dem Protokoll?«, fragte Beth mit einem schiefen Lächeln. »Haben sie dir beigebracht, wie man sich in Gegenwart eines Mitglieds der königlichen Familie verhält?«

»Man verbeugt sich vom Hals aus, nicht aus der Hüfte heraus, und achtet stets darauf, dass man jeden mit seinem korrekten Titel anspricht«, antwortete Ross und sah auf. »Und man darf einem Mitglied der königlichen Familie niemals eine Frage stellen.«

»Was ein Gespräch wahrscheinlich recht einseitig macht«, sagte Beth.

»Wie würde ich die Königin ansprechen, wenn ich ihr auf der Straße begegnen würde?«, fragte Jojo.

»Du würdest einen Knicks machen, keine Verbeugung, und sie mit ›Eure Majestät‹ ansprechen«, sagte Ross, als Artemisia einen Torbogen an der Vorderseite des Palasts anbrachte.

»Und was ist mit Artis Freundin Prinzessin Diana?«

»Beim ersten Mal mit ›Eure Königliche Hoheit‹, und wenn ihr euch danach unterhaltet, mit ›Ma'am‹. Wenn das Gespräch beendet ist und sie weitergeht, wieder mit ›Eure Königliche Hoheit‹.«

»Guten Morgen, Eure Königliche Hoheit«, sagte Artemisia, stand auf und machte einen Knicks.

»Aber wenn man eine Freundin von ihr ist wie Arti, darf man sie doch sicher ›Diana‹ nennen?«

»Auf gar keinen Fall«, sagte Ross mit gespieltem Entsetzen. »Nicht einmal ihre Hofdame spricht sie mit ihrem Vornamen an.«

»Wer dann?«, fragte Beth.

»Andere Mitglieder der königlichen Familie und enge Freunde, aber auch nur bei privaten Gelegenheiten.«

»Und gelten die gleichen Regeln für die Königin?«, fragte Beth. »Nennt irgendjemand sie ›Elizabeth‹?«

»Vermutlich nur die Königinmutter, Prinzessin Margaret und der Herzog von Edinburgh – und die nennen sie allesamt ›Lilibet‹, aber natürlich nicht in der Öffentlichkeit.«

»Machen auch sie eine Verbeugung oder einen Knicks?«

»Ja, bei offiziellen Anlässen. Und wie ich höre, auch als Erstes am Morgen und als Letztes am Abend.«

»Ich wette, der Herzog von Edinburgh verbeugt sich nicht, bevor er ins Bett steigt«, sagte Beth.

»Sie haben getrennte Schlafzimmer«, sagte Ross, während er zu Artemisia und Jojo hinüberblickte, die weiter an ihrem Palast bauten. Es freute ihn zu sehen, wie gut sich seine Tochter eingelebt hatte und dass sie eindeutig als Familienmitglied akzeptiert wurde.

Ross stand vom Boden auf, während Peter sein Auto rückwärts rollen, einen Halbkreis drehen und dann davonbrausen ließ. »Ich weiß gar nicht, wie ich euch danken soll«, sagte Ross, als Beth ihm ein Glas Glühwein reichte.

»Wir lieben sie, als ob sie unser eigenes Kind wäre«, sagte Beth. »Also denk nicht mal daran, sie uns wegzunehmen.«

»Das ist nicht besonders wahrscheinlich, solange ich für Diana arbeite«, sagte Ross.

»Prinzessin Diana!«, sagte Artemisia energisch.

Beth lachte. »Vielleicht solltet ihr beide euch gegenseitig auf den neuesten Stand bringen«, sagte sie an William gewandt, »während ich mich um den Truthahn kümmere. Denn ich bin mir sicher, dass er sich nicht von selbst zubereitet.«

Ross ließ sich in den Sessel neben William fallen und fragte sofort: »Hat Booth Watson schon über die Zinnen gespäht, während ich weg war?«

»Nicht weit genug, als dass ich versuchsweise einen Schuss hätte abgeben können«, gestand William, indem er ironisch vor Ross salutierte. »Wir wissen jedoch, dass er seinen Mandanten zur Besprechung juristischer Angelegenheiten während der letzten Wochen jeden Freitag in Belmarsh aufgesucht hat. Ehrlich gesagt frage ich mich so langsam, ob er nicht vorhat, uns etwas vorzumachen.«

»Warum auch nicht?«, sagte Ross. »Schließlich hat er nichts mehr zu verlieren.«

»Nun, vielleicht hat er ja doch etwas zu verlieren«, erwiderte William. »Ich bin mir jedenfalls keineswegs sicher, ob Faulkner weiß, dass seine hochgeschätzte Kunstsammlung nicht mehr an den Wänden seiner Villa in Spanien hängt, sondern in einem Lagerhaus in der Nähe des Flughafens Gatwick untergebracht ist.«

»Was bestätigen würde«, sagte Ross, »dass Booth Watson nicht wusste, dass Faulkner noch am Leben war, als er sich mit dessen Jacht nach England aufgemacht hat. Obwohl das nicht gerade ein Volltreffer für uns ist.«

»Es sei denn, man fügt die Tatsache hinzu, dass Faulkners Villa in Spanien etwa zur selben Zeit zum Verkauf angeboten und inzwischen wieder vom Markt genommen wurde.«

»Was hat er vor?«, fragte Ross nachdenklich.

»Vermutlich wäre er genau wie wir ganz glücklich darüber, wenn sein Mandant für lange Zeit im Gefängnis bleiben würde. Wenn die Katze aus dem Haus ist ...«

»Ich kann mich einfach nicht entscheiden, wer von beiden der größere Gauner ist.«

»Es ist ein Kopf-an-Kopf-Rennen«, sagte William. »Aber wir werden es schon bald herausfinden, wenn der Fall vor Gericht kommt.«

»Was hat unsere Heimmannschaft unternommen, während ich nicht da war?«

»Alle bereiten sich auf die Begegnung mit Superintendent Milner und seinen Spießgesellen vor, die vermutlich nicht ohne blaue Flecke abgehen wird, sobald herauskommt, was wir wirklich vorhaben.«

»Wann findet die erste Runde statt?«

»Rebecca und ich melden uns nächsten Dienstag in Buckingham Gate, während Jackie und Paul gleichzeitig in Windsor Castle vorsprechen.«

»Ich kann mir nicht vorstellen, dass man einem von euch einen besonders warmherzigen Empfang bereiten wird. Und das könnte noch euer geringstes Problem sein.« Ross senkte seine Stimme. »Letzte Woche habe ich vertrauliche Informationen über einen möglichen Terrorangriff auf ein Mitglied der königlichen Familie erhalten.«

William nickte. »Assistant Commissioner Holbrooke steht regelmäßig im Kontakt mit Hawksby, und ich kann dir versichern, dass nach Lockerbie jeder, der mit einem libyschen Pass in Heathrow landet, mehrere Stunden lang befragt wird, bevor er die Gepäckausgabe erreicht. Und die Mehrheit der Befragten wird mit dem ersten verfügbaren Flug in ihre Heimat zurückgeschickt.«

»Das dürfte ganz in Hawksbys Sinne sein, auch wenn es

den Linksliberalen nicht gefällt«, kommentierte Ross. »Und wie geht es dem alten Herrn zurzeit, wenn ich fragen darf?«, sagte er, als Jojo an der dafür vorgesehenen Stelle eine Doppeltür einfügte und in die Hände zu klatschen begann.

»Er ist so lebhaft und so knurrig wie immer, auch wenn er inzwischen darüber spricht, bald in Pension zu gehen.«

»Weil er einen Nachfolger gefunden hat, der ihm geeignet erscheint?«

»Nur dann, wenn wir davon ausgehen, dass Booth Watson nicht vorhat, uns beide bereits lange zuvor hinter Gitter zu bringen«, sagte William, als Beth ins Zimmer zurückkam.

Sie machte einen Knicks und verkündete: »Der Lunch ist serviert, Mylords.«

»Aber wir haben den Palast noch gar nicht zu Ende gebaut!«, protestierte Artemisia.

»Wir werden ihn nach dem Essen gemeinsam zu Ende bauen«, versprach Beth, »während dein Vater und Ross den Abwasch erledigen.«

»Es könnte sein, dass ich an einem weiteren intensiven Vorbereitungskurs teilnehmen muss, bevor ich mich an eine so anspruchsvolle Aufgabe wagen kann«, sagte Ross, als er aufstand und Jojo bei der Hand nahm.

»Kann ich diesmal mit dir kommen?«, fragte Jojo ihren Vater, während Beth sie alle aus dem Wohnzimmer in die Küche führte, wo William bereits das Messer schliff.

»Ich habe eine bessere Idee«, flüsterte Ross, als sie sich an den Küchentisch setzten. »Wie wäre es, wenn ich morgen mit dir in den Zoo gehe. Dann können wir …«

»Nur wenn Arti und Peter auch mitkommen.«

Das war der Moment, in dem Ross schließlich begriff, dass Jojo wirklich zur Familie gehörte.

9

William und Rebecca erreichten Buckingham Gate Nummer 4 am frühen Dienstagmorgen, ohne sicher zu sein, was sie erwartete. Sie waren, wie Rebecca sich ausdrückte, putzmunter und mehr als bereit, sich ihrer neuen Aufgabe zu stellen.

William klopfte an die Tür, da sie keinen Zugangscode für das kleine Tastenfeld in der Wand besaßen. Es kam keine Reaktion. Er wollte es gerade zum dritten Mal versuchen, als die Tür zur Hälfte geöffnet wurde und ein Mann sie über die Kette hinweg musterte. Er wirkte, als habe man ihn aus dem Tiefschlaf gerissen und als hätte er keine Zeit gehabt, sich zu rasieren.

»Was wollen Sie?«, fragte er barsch.

»Hereinkommen«, erwiderte William.

»Wer sind Sie?«

»Detective Chief Inspector Warwick«, sagte William und zeigte ihm seine Dienstmarke. »Und wer sind Sie?«

»Sergeant Jennings. Was kann ich für Sie tun, Inspector?«

»Chief Inspector«, korrigierte William in scharfem Ton. »Sie könnten damit anfangen, die Tür zu öffnen und mir mein Büro zu zeigen.«

Jennings löste die Kette und öffnete widerwillig die Tür, damit die beiden Fremden eintreten konnten. Stumm führte er sie durch einen langen Flur, wobei er beim Gehen die Lampen einschaltete. Sie stiegen eine Treppe in den Keller hinab, wo der feuchte, modrige Geruch darauf hinzuweisen schien, dass diese Ebene nur selten aufgesucht wurde. Vor einer Tür am gegenüberliegenden Ende blieben sie stehen, und Jennings ließ sich Zeit, den passenden Schlüssel herauszusuchen.

»Ihr Büro«, erklärte er, nachdem es ihm schließlich gelungen war, die Tür aufzuschließen. Er war offensichtlich nie zuvor in diesem Raum gewesen und schauderte, bevor er beiseitetrat, damit die Neuankömmlinge hineingehen konnten.

Eine einzelne Glühbirne hing von der Decke. Darunter standen ein kleiner Schreibtisch aus Sperrholz – der wackelte, wenn man ihn berührte – sowie zwei Plastikstühle und einige Holzregale, auf denen ein Polizeijahrbuch von 1984 lag und sich ansonsten nur der Staub des vergangenen Jahres angesammelt hatte.

»Kann ich sonst noch etwas für Sie tun?«, fragte Jennings und klang dabei, als hielten ihn die beiden von etwas Wichtigerem ab.

»Darf ich annehmen, dass Sie letzte Nacht Dienst hatten, Sergeant?«

»Ja«, lautete die verlegene Antwort.

»Ja, Sir«, korrigierte William.

»Ja, Sir«, antwortete Jennings knapp und schlug die Hacken zusammen.

»Zuerst«, sagte William, »sollten Sie sich rasieren, eine Jacke und eine Krawatte anziehen und sich dann wieder bei mir melden.«

»Ich will gerade Dienstschluss machen.«

»*Wollte* gerade Dienstschluss machen«, korrigierte William. Jennings drehte sich um und ging, wobei er mit zusammengebissenen Zähnen etwas Unverständliches murmelte.

»Ich habe früh am Morgen schon schlimmere Dinge gesehen«, sagte Rebecca, nachdem er die Tür hinter sich geschlossen hatte. »Aber nicht mehr seit meiner Studienzeit.«

»Meinen Sie den Sergeant oder diesen Raum?«

»Beides«, sagte sie und schaute sich um. »Aber ich vertraue darauf, dass ich bei mindestens einem von beiden in Kürze für eine Verbesserung sorgen kann.«

»So zeigen sie uns, was sie von Außenstehenden halten, die ihnen bei ihrer Art, wie sie sich eingerichtet haben, in die Quere kommen. Wir können wahrscheinlich davon ausgehen, dass sie uns im Keller sitzen lassen, bis ihnen klar geworden ist, dass wir doch keine leichte Beute für sie sind.«

»Seien Sie unbesorgt, Chief. Ich werde dafür sorgen, dass ein Renoir, ein Picasso und ein Matisse an den Wänden hängen, lange bevor der Superintendent auftaucht.«

»Ein Telefon, ein Aktenschrank und ein Papierkorb wären mir lieber«, sagte William, während er begann, die Schreibtischschubladen zu öffnen. Sie waren allesamt leer.

Rebecca nahm einen kleinen Notizblock und einen Kugelschreiber aus ihrem Aktenkoffer und reichte sie William, als Jennings in das Büro geschlendert kam.

»Verlassen Sie den Raum, Sergeant«, sagte William. »Klopfen Sie an und warten Sie, bis Sie hereingebeten werden. Und wenn es so weit ist, vergessen Sie nicht, Ihren eigenen Stuhl mitzubringen.«

Rebecca hätte gerne ein Foto von Jennings' Miene gemacht, als Erinnerung an ihren ersten Tag bei der Royalty Protection. Diesmal zog sich Jennings kommentarlos zurück.

»Ich habe den Eindruck, Ihnen gefällt das, Chief«, bemerkte Rebecca.

»Wenn Jennings in irgendeiner Weise typisch für die ganze Truppe ist, dann wird das eine größere Herausforderung, als ich ursprünglich gedacht hatte.«

Von der Tür her erklang ein Klopfen.

»Herein!«, sagte William.

Jennings öffnete die Tür und betrat den Raum. Er trug einen bequemen Stuhl bei sich.

»Sie dürfen sich setzen, Sergeant«, sagte William.

Jennings stellte seinen Stuhl vor den Schreibtisch und nahm Platz. William blieb stehen, während Jennings sich vorbeugte, als kauere er auf einem Hocker in der Ecke eines Boxrings und warte darauf, dass jemand die Glocke zur ersten Runde läutete.

»Name und Rang?«

»Das habe ich Ihnen bereits gesagt«, entgegnete Jennings.

»Noch so eine Insubordination, Sergeant, und ich hole meinen roten Stift heraus und bitte Sie um Ihr Dienstbuch.«

»Warum? Was habe ich denn getan?«

»Es geht darum, was Sie nicht getan haben. Sie hatten gestern Nacht Dienst, aber als Sie die Tür aufgemacht haben, war klar, dass ich Sie geweckt hatte, denn Sie waren unrasiert und haben gegähnt.«

Jennings rutschte unruhig auf seinem Stuhl hin und her.

»Name und Rang?«, wiederholte William.

»Sergeant Ray Jennings.«

»Wie lange sind Sie schon bei der Polizei, Sergeant?«

»Sechs Jahre.«

»Sechs Jahre, *Sir*.«

»Sechs Jahre, Sir.«

»Was ist Ihre Aufgabe?«

»Ich bin der dritte Personenschützer im persönlichen Team des Prince of Wales, Sir.«

»Wer sind die beiden anderen Beamten in diesem Team?«, fragte William.

»Superintendent Milner, der Leiter des Royalty Protection Command, und Inspector Reynolds, der Beamte, der im Rang unmittelbar auf ihn folgt.«

»Wann kann ich damit rechnen, dass die beiden hier erscheinen?«

»Inspector Reynolds kommt am Dienstagmorgen üblicherweise gegen zehn.«

»Gegen zehn?«

»Wenn er das Wochenende über gearbeitet hat und Seine Königliche Hoheit vor Mittag keine offiziellen Verpflichtungen hat, ist es nicht unbedingt notwendig, dass er früher kommt. Er wohnt ohnehin auf dem Land.«

»Und Superintendent Milner?«

»Man kann niemals sicher sein, ob er im Buck House oder in Windsor Castle ist. Aber sobald er eintrifft, werde ich ihm unverzüglich Bescheid geben, dass Sie hier sind.«

»Und Sie?«

»Ich habe diese Woche Nachtschicht«, sagte Jennings und unterdrückte ein erneutes Gähnen. »Ich wollte mich gerade auf den Weg nach Hause machen.«

»Bevor Sie gehen, hätte ich gerne eine Kopie Ihres

Dienstplans und den Namen des Beamten, der ihn abzeichnet, wenn Ihr jeweiliger Dienst beendet ist. Sollte ich Sie jemals wieder unrasiert oder nicht korrekt gekleidet antreffen, Sergeant, werden Sie wieder im Rang eines Constable auf Streife gehen.« Sofort setzte Jennings sich kerzengerade auf, und der missmutige Ausdruck verschwand aus seinem Gesicht. »Sie können Ihren Dienst jetzt beenden, Sergeant.«

Jennings stand auf, hob den Stuhl hoch und ging zur Tür.

»Sie können den Stuhl hierlassen, Sergeant.«

Früher an diesem Morgen hatten sich Jackie und Paul an der Haltestelle Windsor getroffen und sich einer kleinen Gruppe von Pendlern angeschlossen, von denen jedoch niemand zum Schloss ging. Paul war ungewöhnlich schweigsam und ließ eine leichte Nervosität erkennen, die beide von ihnen empfanden. Sie erreichten die Schlosstore wenige Minuten vor acht und wurden von einem Wachsoldaten angehalten, der sie ganz offensichtlich nicht erwartet hatte.

Als Jackie ihre Dienstmarke vorzeigte, öffnete er zögernd die Tore und ließ die beiden eintreten. Sie gingen zur Unterkunft der Personenschützer, deren Lage Jackie von einer ihrer touristischen Ausflüge her kannte.

Mit raschem Schritt betrat Jackie das zentrale Büro, wo eine elegant gekleidete junge Frau an einem Schreibtisch saß und sich über einige Zahlen in einem Hauptbuch beugte. Sie wirkte sogar noch überraschter, die beiden Neuankömmlinge zu sehen, als der Wachsoldat.

»Kann ich Ihnen helfen?«, fragte sie.

Wieder zeigte Jackie ihre Dienstmarke vor. Sie war froh darüber, dass sie beide nicht erwartet wurden.

»Ich bin Constable Smart«, sagte die junge Frau sofort

und stand auf. Doch sie war sich immer noch nicht sicher, was die beiden hier wollten.

»Sind Sie die einzige Beamtin, die heute Morgen Dienst hat, Constable?«, fragte Jackie.

»Ja«, erwiderte Smart in defensivem Ton. »Dienstags kommen die anderen erst kurz vor dem Lunch. Es sei denn, ein Mitglied der königlichen Familie hat schon früher einen Termin«, fügte sie hinzu, indem sie versuchte, ihre Indiskretion zu kaschieren.

Für Jackie war die Andeutung eines Missfallens in ihrer Stimme nicht zu überhören, und sie fragte sich, ob sich Constable Smart zu gegebener Zeit vielleicht als hilfreiche Verbündete erweisen konnte.

»Kann ich Ihnen einen Kaffee bringen, Sergeant?«, fragte Constable Smart höflich.

»Ja, vielen Dank«, sagte Jackie, setzte sich neben sie und drehte Paul den Rücken zu.

Paul verstand den Hinweis und machte sich auf die Suche nach einem Büro, das die beiden für sich beanspruchen könnten, fand allerdings nur einen zusätzlichen Schreibtisch und einen Besenschrank. Doch als er zurückkehrte, sah er erfreut, dass Jackie eine zweite Tasse Kaffee mit Constable Smart genoss.

Zehn Minuten vor acht drückte DI Hogan auf die Klingel am Vordereingang. Wenige Augenblicke später wurde die Tür von jemandem geöffnet, der glatt rasiert und elegant gekleidet war und ihn eindeutig erwartete.

»Willkommen im Kensington Palace, Inspector«, sagte der Butler. »Bitte treten Sie ein. Die Prinzessin frühstückt in ihrem Zimmer. Vor neun bekomme ich sie üblicherweise kaum zu Gesicht, sodass wir die Gelegenheit nutzen könnten und ich Sie ein wenig herumführe. Fangen wir mit Ihrer Unterkunft an. Sie befindet sich im obersten Stock.«

»Da wo ich herkomme«, sagte Ross, »nennt man das den Dachboden.«

Burrows, der Butler, lachte leise, als er Ross nach oben führte. »Ich muss gestehen, dass Ihre Unterkunft ein wenig beengt ist, aber Sie können immer zu mir in die Küche kommen, wenn Sie nichts Besseres zu tun haben.« Er öffnete die Tür zu einem Raum, der größer war als jedes Zimmer in Ross' Wohnung. Ein einzelnes Bett stand fast versteckt in einer Ecke. »Für den Fall, dass Sie spät vom Dienst zurückkommen und am folgenden Morgen sehr früh einen Termin haben«, erklärte Burrows, »was durchaus nicht ungewöhnlich ist. Sie werden schon bald mitbekommen, dass Ihre Königliche Hoheit eher eine Eule als eine Lerche ist.«

Ross nickte, während er sich im Zimmer umsah. Er war überrascht, wie gut es ausgestattet war. Vom Schreibtisch nahm er eine handgeschriebene Karte, auf der einfach nur *Willkommen* stand.

»Wie soll ich Sie ansprechen?«, fragte Burrows höflich.

»›Ross‹ ist in Ordnung«, sagte Ross und öffnete einen Schrank, in dem ein Dutzend Kleiderbügel an einer Stange hingen.

»Nein, ich meinte ›Inspector‹ oder ›Sir‹.«

»Und ich meinte ›Ross‹.«

»Vielen Dank, Ross. Ich bin Paul. Aber nicht vor der Prinzessin. Sie finden eine Kopie ihrer Termine in der nächsten Woche auf Ihrem Schreibtisch. Heute nimmt sie an einem Wohltätigkeitslunch zugunsten einer Herzklinik im Dorchester Hotel teil. Der Veranstaltungsort wurde bereits von einem Vorausteam überprüft. In Zukunft wird das zu Ihren Aufgaben gehören. Aber wann immer Sie ›in einem Gebäude feststecken‹, wie die Prinzessin das nennt, können Sie eine Pause machen.« Er öffnete eine der Schreibtischschubladen und reichte Ross eine dicke Akte. »Das sollte Ihnen bei Ihrer Vorbereitung helfen, Ross. Ich werde versuchen, jede Frage zu beantworten, die Sie möglicherweise haben könnten … aber erst, nachdem Sie Ihre Hausaufgaben gemacht haben. Dürfte ich vielleicht noch anmerken, dass Sie für einen Polizisten außergewöhnlich gut gekleidet sind?«

»Dafür müssten Sie meiner verstorbenen Frau danken«, sagte Ross. »Jo war Französin und hatte keine besonders hohe Meinung von dem, was Briten üblicherweise tragen. Noch weniger hielt sie von unserem Mangel an Gespür für die Haute Cuisine oder gute Weine, und wenn es darum ging, wie man eine Dame behandelt, hatte sie uns völlig aufgegeben.«

»Kein Wunder, dass die Prinzessin Sie mag.«

Beide lachten. Es war das Lachen zweier Männer, die begannen, einander zu verstehen.

»Sie brauchen einige Kleider zum Wechseln«, fuhr Burrows fort. »Einen Anzug für formelle Gelegenheiten, einen Cutaway für Hochzeiten und Beerdigungen sowie einen Smoking für abends. Manchmal werden Sie alle drei Garnituren an einem einzigen Tag benötigen.«

»Hilfe«, sagte Ross.

»Keine Angst. Der Schrank mag zwar jetzt noch leer sein, aber ich werde Ihnen helfen, etwas Passendes zu finden. Wenn Sie sich bei Cassidy and Cassidy in der Savile Row melden, wird Mr. Francis Cassidy Sie ausstatten. Außerdem weiß er, wohin er die Rechnung schicken soll.«

»Wird das wirklich notwendig sein?«, fragte Ross. »Ich habe bereits ein paar ordentliche Anzüge und einen Smoking.«

»Die dürften nicht angemessen sein, fürchte ich. Wir können es uns nicht leisten, dass Sie irgendwie fehl am Platz wirken. Sie müssen mit der Umgebung verschmelzen, sodass niemand Ihnen einen zweiten Blick gönnt. Es soll doch nicht zu offensichtlich sein, dass Sie ab jetzt ihr Personenschützer sind.«

Ross setzte sich an seinen neuen Schreibtisch und schlug die Akte auf, die als »VERTRAULICH« gekennzeichnet war.

»Es wird Zeit, dass ich das Frühstückstablett hole und Ihrer Königlichen Hoheit bei der Auswahl ihrer Kleidung helfe, wenn sie heute das Haus zu ihrem ersten Termin verlässt. Ich werde ihr mitteilen, dass Sie eingetroffen sind.«

»Ist der Prince of Wales bei ihr?«

»Sie werden schon bald lernen, Ross, dass es einige Fragen gibt, die man einfach nicht stellt.«

Das Telefon auf Williams Schreibtisch begann zu klingeln. Er nahm ab und hörte, wie eine bellende Stimme befahl: »Melden Sie sich in meinem Büro. Sofort.«

Man musste William nicht sagen, wer am anderen Ende der Leitung war. Vermutlich, so dachte er, lag das Büro von Superintendent Milner nicht im Keller.

Nachdem er sich ein paar Mal nach dem Weg erkundigt hatte, stand William im zweiten Stock vor einer Tür, an der ein Schild mit großen Goldbuchstaben verkündete:

SUPERINTENDENT BRIAN MILNER
Leiter der Royalty Protection

Er klopfte an und wartete, bis er die Aufforderung »Herein!« hörte. Dann trat er in ein großes, bequem möbliertes Zimmer, das selbst im Buckingham Palace nicht fehl am Platz gewesen wäre, ganz zu schweigen von Buckingham Gate. Überall an den Wänden hingen Fotos, die Milner mit verschiedenen Mitgliedern der königlichen Familie zeigten, wodurch der Eindruck entstand, es handele sich um enge Freunde.

»Setzen Sie sich, Warwick«, sagte der Superintendent, ohne William in irgendeiner Form willkommen zu heißen. William saß noch nicht einmal, bevor er hinzufügte: »Wie ich höre, haben Sie einen meiner Beamten angeschnauzt, als er nicht im Dienst war.«

»Wenn Sie damit Sergeant Jennings meinen, Sir. Als ich heute Morgen um sechzehn Minuten vor acht eintraf, war er unrasiert und unangemessen gekleidet, obwohl er noch im Dienst war. Ich habe ihn nicht angeschnauzt. Ich habe ihn jedoch nicht im Zweifel darüber gelassen, was ich von seiner Einstellung und seiner Erscheinung als Polizeibeamter hielt.«

Milners Miene schien auszudrücken, dass er es nicht gewohnt war, dass ein ihm untergeordneter Beamter auf eine solche Weise antwortete. »Sie sollten nicht vergessen, Warwick, dass meine Männer immer noch mir Bericht erstatten und nicht Ihnen.« Er starrte William lange und grimmig an, bevor er hinzufügte: »Natürlich nur, Chief Inspector, sofern Sie nicht auf meinen Job aus sind.«

»Ich habe kein Interesse an Ihrem Job, Superintendent. Ich erledige nur den meinen.«

»Offen gestanden, Warwick«, sagte Milner, »habe ich Mühe zu begreifen, was genau Ihre Aufgabe ist.«

»Der Commissioner hat mich gebeten, einen umfassenden Bericht über die Tätigkeit dieser Einheit zu erstellen, um zu sehen, ob irgendwelche Verbesserungen vorgenommen werden können.« William zog einen Umschlag aus der Innentasche seines Jacketts und reichte ihn dem Superintendent.

»Ich bin davon überzeugt, Chief Inspector«, sagte Milner, nachdem er den Inhalt des Umschlags gelesen hatte, »dass Sie herausfinden werden, dass alles in dieser Einheit glatt und korrekt läuft.« William fragte sich, warum der Superintendent überflüssigerweise das Wort »korrekt« hinzugefügt hatte. *Warten Sie immer auf einen Satz, den der Verdächtige später bereuen wird*, hatte Hawksby ihn gelehrt. »Seien Sie versichert, dass ich gerne bereit bin, Ihnen in jeder Weise behilflich zu sein, sofern es in meiner Macht steht«, fuhr Milner fort. »Aber offen gestanden denke ich, dass Sie Ihre Zeit verschwenden.«

»Dann wollen wir hoffen, dass Sie recht haben, Sir«, sagte William. »Wäre es trotzdem möglich, dass DC Pankhurst und ich ein Büro bekommen, das nicht so wirkt, als seien wir vom Hausmeisterdienst?«

»Im Augenblick habe ich keine anderen freien Räume zur Verfügung.«

»Vielleicht könnte einer Ihrer Constables …«

»Und vielleicht könnte keiner«, blaffte Milner.

»Außerdem werde ich eine Sekretärin brauchen«, fuhr William unbeirrt fort, »die ebenso orthografisch korrekt schreiben wie tippen kann, bevor wir anfangen, mit sämtlichen dreiundsechzig Mitgliedern Ihrer Einheit in Buckingham Gate zu sprechen und darüber hinaus mit denen in Windsor.«

»Ist das wirklich notwendig?«, fragte Milner mit sanfterer Stimme als zuvor. »Schließlich haben meine Jungs vollgepackte Dienstpläne, und ich muss Sie zweifellos nicht daran erinnern, dass sich die königliche Familie nicht unbedingt an die üblichen Bürozeiten hält.«

»Ich werde versuchen, ihre täglichen Pflichten nicht zu beeinträchtigen«, versicherte William ihm. »Aber wenn ich einen aussagekräftigen Bericht für den Commissioner erstellen soll …«

»Ich möchte diesen Bericht sehen, bevor Sie ihn einreichen«, unterbrach ihn Milner.

»Natürlich, Sir. Ich werde Sie stets über meine Fortschritte auf dem Laufenden halten. Ich bin sicher, Ihre Mitarbeiter werden dasselbe tun.«

»Gibt es noch etwas, Warwick, bevor es mir gestattet ist, mich wieder an meine eigentlichen Aufgaben zu machen?«, fragte Milner schroff.

»Ja, Sir. Zwei Mitglieder meines Teams, DS Adaja und DS Roycroft, werden während unserer Untersuchung in Windsor Castle stationiert sein. Darf ich darauf hoffen, dass ihnen heute Morgen ein wärmerer Empfang zuteilwurde als mir?«

»Wenn Sie uns über Ihre Ankunft informiert hätten, Chief Inspector, hätte ich Sie selbst willkommen geheißen«, sagte Milner. Er versuchte nicht, seine Verärgerung zu verbergen.

»Das hätte den Zweck unseres Hierseins wohl eher zunichtegemacht, Sir«, sagte William, ohne mit der Wimper zu zucken.

»Und worin könnte dieser Zweck bestehen?«

»Einfach darin zu beweisen, dass Ihre Einheit, um die

Anweisungen des Commissioners zu zitieren, für ihre Aufgabe geeignet ist.«

»Ich bin überzeugt, Sie werden erkennen, dass genau das der Fall ist. Sie sollten jedoch gleich von Anfang an begreifen, dass das Royalty Protection Command eine Einheit ist, die man nicht mit anderen vergleichen kann und in der normale Regeln keine Geltung haben. Sie sollten nicht vergessen, Warwick, dass wir nur der königlichen Familie gegenüber verantwortlich sind und niemandem sonst.«

»Wir alle sind Diener der Krone, Superintendent. Ich bin darüber hinaus Commander Hawksby gegenüber verantwortlich, der seinerseits dem Commissioner untersteht.«

Milners Miene verriet, dass er genau wusste, welchen Ruf Hawksby hatte.

»Ich bin sicher, dass wir einigermaßen miteinander auskommen werden«, sagte Milner. Sein drohendes Auftreten hatte sich schlagartig in Kriecherei verwandelt. »William, nicht wahr?«

»Chief Inspector Warwick, Sir.«

»Sie sollten versuchen, die Herausforderungen zu begreifen, denen ich mich täglich gegenübersehe, Warwick.«

»Ich werde mein Bestes tun, damit jeder die Chance erhält, diese Herausforderungen in allen Einzelheiten darzustellen, Sir.«

»Wenn das Ihre Einstellung ist, Warwick, täten Sie gut daran, sich zu vergegenwärtigen, dass mein Chef einen höheren Rang innehat als Commander Hawksby«, sagte Milner, dem es kaum noch gelang, sich zu beherrschen.

»Ganz zu schweigen vom Commissioner, Sir«, sagte William. »Ich werde meinem Chef Ihre Gedanken zu diesem Thema gerne mitteilen.«

»Ich glaube, es wird Zeit, dass Sie gehen, Warwick.« Milner griff nach dem Telefon auf seinem Schreibtisch. »Ich werde mich mit Ihrem Commander unterhalten, also machen Sie sich erst gar nicht die Mühe, sich bei uns häuslich einzurichten. Ich habe das Gefühl, dass Sie schon heute wieder nach Scotland Yard zurückkehren werden«, fügte er an William gewandt hinzu, bevor er den Hörer abnahm. »Holen Sie mir Commander Hawksby im Yard an den Apparat«, bellte er ins Telefon. Er wedelte mit der Hand, womit er William zu verstehen gab, dieser möge sich zurückziehen.

»Danke, Sir«, sagte William, verließ das Büro und schloss leise die Tür hinter sich. Er ging ins Kellerbüro und sah, dass es Rebecca irgendwie gelungen war, mehrere Schachteln Papier, eine Schreibmaschine und sogar einen Aktenschrank zu besorgen.

»Wie ist es gelaufen?«, fragte sie.

»Es hätte schlimmer sein können«, sagte William, nachdem er ihr von dem Gespräch berichtet hatte. »Aber ich kann mir nicht vorstellen, wie.«

»Soll das heißen, dass wir zum Mittagessen wieder im Yard sind?«

»Sie wissen genau, dass Hawksby von Mittagspausen nicht gerade begeistert ist«, sagte William, als er sich an seinen Schreibtisch setzte und darauf wartete, dass das Telefon klingeln würde.

10

»Theoretisch sollte das ein glasklarer Fall sein«, erklärte Sir Julian, während er auf und ab ging und mit beiden Händen die Aufschläge seines Jacketts umfasste, als wende er sich bei einer Gerichtsverhandlung an die Geschworenen. »In der Praxis jedoch«, er hielt kurz inne, bevor er fortfuhr, »gibt es dabei die eine oder andere Anomalie, welche die Krone nicht ignorieren kann.«

Weder Grace noch Clare unterbrachen den leitenden Anwalt, sondern machten sich vielmehr Notizen.

»Beginnen wir mit den Tatsachen in diesem Fall. Der Angeklagte Miles Faulkner ist aus dem Polizeigewahrsam geflohen, während er am Begräbnis seiner Mutter teilnahm, und hat einige Monate später seine eigene Beerdigung inszeniert, um die Polizei davon zu überzeugen, dass er tot sei.«

»Mrs. Faulkner hat sogar angeboten, die Asche des vermeintlich Verstorbenen zur Verfügung zu stellen«, sagte Clare. »Doch ich erklärte ihr, dass wir noch nicht in der Lage sind, die DNA eines Menschen anhand seiner Asche zu identifizieren.«

»Faulkner muss sich dessen bewusst gewesen sein, denn sonst hätte er die Asche nicht wie auf einem Silbertablett angeboten«, sagte Sir Julian. »Er konnte jedoch nicht voraussehen, dass es eine aufmerksame Polizistin gab …« Er hielt inne und warf einen Blick auf seine Notizen auf seinem Schreibtisch, um den korrekten Namen anzugeben. »Nämlich Detective Constable Rebecca Pankhurst«, fuhr er fort, »die Faulkners Anwalt Mr. Booth Watson in der Abfluglounge in Heathrow bemerkte, wo dieser auf einen Flug nach Barcelona wartete. DC Pankhurst unterbrach ihren eigenen Urlaub, damit sie ohne sein Wissen ebenfalls in das entsprechende Flugzeug steigen konnte. Dank der Kooperation der spanischen Polizei«, sagte Sir Julian nach wie vor auf und ab gehend, »war es Scotland Yard möglich, Faulkner aufzuspüren, der einige Meilen von der katalanischen Hauptstadt entfernt in einem großen, abgelegenen Landhaus lebte. Es ist jedoch gut möglich, dass er der Polizei wieder entkommen wäre, hätte es nicht einen gleichermaßen findigen Detective Inspector gegeben, der kurz darauf ironischerweise Faulkner das Leben retten sollte. Aber genau das ist der Punkt, an dem der Fall aufhört, glasklar zu sein. Ich überlasse es dir, Clare, uns auf den neuesten Stand zu bringen«, sagte er und wandte sich dann an seine Tochter, »während du, Grace, als meine beigeordnete Anwältin als *advocatus diaboli* auftreten und versuchen sollst, wie Booth Watson zu denken.«

»Vermutlich meinst du damit, dass ich amoralisch und verschlagen auftreten und öligen Charme ausstrahlen soll, wenn ich mich an die Geschworenen wende.«

»Ich hätte es selbst nicht besser sagen können«, erwiderte Sir Julian.

»Ich habe bereits mit DCI Warwick« – Clare vermied es, »mit deinem Sohn« zu sagen – »und DI Hogan gesprochen. Hogan behauptet, dass Faulkner sich bei seinem Fluchtversuch in einen mannsgroßen Safe eingeschlossen hat und erstickt wäre, wenn er ihn nicht gerettet hätte.«

»So viel nehme ich ihm ab«, sagte Sir Julian. »Ich fürchte jedoch, der Rest von Hogans Geschichte klingt weniger glaubwürdig. Aber fahr bitte fort.«

»DI Hogan hat weiter berichtet, dass Faulkner noch am Leben, aber bewusstlos war, als er ihn aus dem Safe zog. Mithilfe eines gewissen Leutnant Sanchez von der nationalen spanischen Polizei, der eine Mund-zu-Mund-Beatmung durchführte, kam Faulkner wieder zu Bewusstsein und bat darum, nach London gebracht zu werden, damit er seinen eigenen Arzt aufsuchen könne. Danach wurde er ohnmächtig.«

»Das ist der Teil, den ich nicht ganz so überzeugend finde«, sagte Sir Julian. »Ich bin sicher, dass Booth Watson mehrere Löcher in Hogans Aussage entdecken wird, sobald er ihn im Zeugenstand vor sich hat. Und dass er sich die Dinge sehr genau ansehen wird, wenn es darum geht, wie Hogan Faulkners Privatjet anfordern und ihn damit ohne dessen ausdrückliche Genehmigung zurück nach London fliegen lassen konnte.«

»Aber Inspector Hogan hat uns den Namen von Faulkners Arzt in der Harley Street genannt«, sagte Grace.

»Ich vermute, dass Hogan gerne etwas riskiert. Er hat wohl einfach auf die Harley Street getippt und Glück gehabt.«

»Unglücklicherweise konnten weder Leutnant Sanchez noch DCI Warwick das Gespräch zwischen Faulkner und Hogan bestätigen«, fuhr Clare fort, »und glaubten zu jenem Zeitpunkt Hogan aufs Wort. Erst als sie Faulkner zurück nach England gebracht hatten und er wieder hinter Gittern saß, begann DCI Warwick über die Konsequenzen ihrer Handlungen nachzudenken.«

»Wir dürfen nicht vergessen«, sagte Grace, »dass Faulkner für den entsetzlichen Tod der Frau des Inspectors verantwortlich ist, weshalb Hogans Urteilsvermögen möglicherweise, um mich juristisch korrekt auszudrücken, vorübergehend eingeschränkt war.«

»Booth Watson wird sich mit *vorübergehend* nicht lange aufhalten, sobald er Hogan erst einmal im Zeugenstand hat«, sagte Sir Julian. »Er wird gleich zu Beginn von Entführung sprechen, was, wie leicht einzusehen ist, keiner Vorgehensweise entspricht, die im Handbuch der Metropolitan Police empfohlen wird.«

»Und das wird er tun, noch bevor er die allgemeine Aufmerksamkeit auf den Diebstahl eines Selbstporträts von Frans Hals lenken dürfte, das mindestens eine Million wert ist«, fügte Grace hinzu. »Ein Bild, das die Öffentlichkeit bald in einer Ausstellung bewundern kann, die die Princess of Wales eröffnen wird.«

»Und zwar einer Ausstellung, die im Fitzmolean Museum stattfinden soll«, sagte Clare, »in dem zufälligerweise die Ehefrau von DCI Warwick Kuratorin der Gemäldesammlung ist.«

»Booth Watson wird das nicht für einen Zufall halten, und du kannst sicher sein, dass er die Bezeichnung ›Kuratorin der Gemäldesammlung‹ den Geschworenen gegenüber *ad nauseam* wiederholen wird«, sagte Sir Julian. »Gibt es auch irgendwelche guten Neuigkeiten?«

»Das Problem könnte sich von selbst erledigen, da der Prozess erst nach Beendigung der Ausstellung beginnen soll«, sagte Clare, »wenn das Bild bereits seinem rechtmäßigen Besitzer zurückgegeben wurde.«

»Wer immer das auch sein mag«, sagte Sir Julian. Die

Falten auf seiner Stirn wurden immer tiefer. »Aber wie hilft uns das bei unserem Fall?«

»Mrs. Christina Faulkner hat eine eidesstattliche Erklärung unterzeichnet, die besagt, dass das Bild ihr gehört«, antwortete Clare. »Weshalb sie das Recht hat, es an jeden auszuleihen, dem sie es ausleihen möchte.«

»Unglücklicherweise werden wir erst dann herausfinden, auf wessen Seite die Dame steht«, sagte Grace, »wenn sie den Zeugenstand betritt. Und das ist ein Risiko, das ich nicht eingehen will, solange Booth Watson ihr mehr anbieten kann als wir. Außerdem könnte es bis dann ohnehin zu spät sein.«

»Ich fürchte, du hast recht«, sagte Sir Julian. »Wir bewegen uns bereits auf unsicherem Grund, wenn wir unsere Position verteidigen müssen. Worauf Booth Watson uns zweifellos hinweisen wird, wenn er uns«, er warf einen Blick auf seine Uhr, »in etwa zwanzig Minuten zu einer Vorbesprechung aufsuchen wird.«

»Ich habe so das Gefühl«, sagte Grace, »dass er nur allzu glücklich darüber sein wird, einen Deal auszuhandeln, durch den Faulkner vom Haken gelassen wird. Schließlich hatte er nach dessen Flucht aus dem Gefängnis ständig Kontakt zu ihm und hat sogar bei der vorgeblichen Beerdigung seines Mandanten den heimlichen Dirigenten gespielt.«

»Dann hoffen wir mal, dass du recht hast«, sagte Sir Julian. »Aber wird das genügen, um ihn daran zu hindern, dass er die Themen Entführung und Diebstahl zum Thema macht?«

Er hielt einen Augenblick lang inne und griff nach einem Blatt Papier auf seinem Schreibtisch. »Ich habe übrigens eine Liste mit Wünschen angelegt«, erklärte er, »die ich an Booth Watsons Stelle hätte.«

»Ich ebenfalls«, sagte Clare und zog ein Blatt liniertes gelbes Papier aus dem Bündel an Dokumenten, über die sie sich bereits einig waren.

»Gut, dann sollten wir unsere Notizen vergleichen«, sagte Grace.

»Erstens«, sagte Sir Julian, »wird Booth Watson verlangen, dass die Verhandlung öffentlich ist, damit die schweren Vorwürfe gegen DCI Warwick für jeden zugänglich sind. Und damit meine ich, dass sie auf allen Titelseiten der Sensationsblätter stehen werden. Denn wenn es eines gibt, was die Presse noch mehr liebt, als einen Kriminellen hinter Gitter zu bringen, dann ist es die Möglichkeit, der Polizei eins auszuwischen.«

»Richter lassen sich nicht von Schlagzeilen in roter Tinte beeinflussen«, sagte Grace.

»Aber Geschworene«, entgegnete Sir Julian. »Wir sollten uns darüber im Klaren sein, dass nicht viele von ihnen den *Guardian* lesen.«

»Allerdings …«, begann Grace.

»Deshalb«, fuhr er fort, bevor seine Tochter ihre Ansichten dazu äußern konnte, »sollten wir nicht überrascht sein, wenn Booth Watson Faulkner den Rat gibt, sich im Austausch gegen eine zur Bewährung ausgesetzte Strafe in einem minderschweren Anklagepunkt schuldig zu bekennen.«

»Das ist unwahrscheinlich«, sagte Grace. »Sollte das geschehen, würde die Presse fragen, warum er so leicht davongekommen ist.«

»Zweitens«, sagte Sir Julian. »Für seine Bereitschaft, das

gestohlene Bild zu verschweigen, wird er verlangen, dass die Haftdauer seines Mandanten auf vier Jahre verkürzt wird, was bedeuten würde, dass Faulkner bei guter Führung in etwa einem Jahr mit seiner Entlassung rechnen kann.«

»Hogan hätte ihn im Safe lassen sollen«, murmelte Clare, bevor sie einen weiteren Haken auf ihrer Liste machte.

Sir Julian ignorierte den Kommentar und fasste das bisher Besprochene zusammen. »Unsere eigene Absicht ist es, dass wir als Vertreter der Krone den Richter bitten, Faulkners Strafe wegen Ausbruchs aus dem Gefängnis auf sechzehn Jahre zu verdoppeln, während die Verteidigung uns dazu drängen wird, die jüngsten Anklagepunkte fallen zu lassen im Austausch gegen die Zusicherung, Entführung und Diebstahl nicht zur Sprache zu bringen und darüber hinaus Faulkners gegenwärtige Strafe zu halbieren, wenn er bereit ist, sich für schuldig zu erklären, wodurch sichergestellt wäre, dass nichts über das Verhalten von DCI Warwick und DI Hogan in die Presse gelangt. Was also können wir ihm anbieten, wenn wir verhindern wollen, dass alles genau so abläuft, wie die Verteidigung sich das vorstellt? Mir fällt, ehrlich gesagt, nichts ein.«

»Wie ich schon erwähnt habe«, sagte Grace, »hat Booth Watson das eine oder andere eigene Problem, das er vor Gericht gewiss nicht diskutieren will.«

»Bring deine Argumente so vor, als würdest du dich an die Geschworenen richten«, forderte Sir Julian sie auf und umfasste die Aufschläge seines Jacketts, bevor er zu einer weiteren Runde ansetzte.

»Wenn Booth Watson an Faulkners inszenierter Beerdigung in Genf teilgenommen hat – was in der Tat der Fall war, wie DCI Warwick bestätigen kann – und später nach

Barcelona geflogen ist – wie DC Pankhurst bezeugt hat –, muss er die ganze Zeit über gewusst haben, dass Faulkner noch am Leben ist. Was bedeutet, dass er laut dem Gesetz von 1967 einen flüchtigen Kriminellen begünstigt und aktiv unterstützt hat. Wenn wir das beweisen können, hat die Polizei keine andere Wahl, als eine Voruntersuchung zur Überprüfung seines anwaltlichen Verhaltens in die Wege zu leiten und die dabei gewonnenen Erkenntnisse dem Strafverfolgungsdienst der Krone und der Anwaltskammer zu übergeben. Dies könnte dazu führen, dass Booth Watson aus der Anwaltskammer ausgeschlossen und möglicherweise sogar wegen strafbarer Verabredung verhaftet wird, wodurch weder Faulkner noch sonst irgendjemand ihn als Anwalt beauftragen könnte.«

Sir Julian dachte eine Weile darüber nach und sagte schließlich: »Obwohl ich diesen Mann verabscheue, wollen wir hoffen, dass wir nicht so tief sinken müssen.«

»Doch selbst wenn es dazu käme«, sagte Clare, »bin ich mir sicher, dass Booth Watson noch tiefer sinken würde.«

Schweigend saß Ross vorn auf dem Beifahrersitz des Jaguars, während die Prinzessin und Lady Victoria Campbell angeregt auf der Rückbank plauderten. Er versuchte, sich nicht anmerken zu lassen, wie nervös er war, obwohl ihm stets bewusst blieb, dass er die Prinzessin heute zum ersten Mal außer Haus begleitete.

Früher an diesem Morgen hatte er bereits das Dorchester Hotel besucht und Kontakt zum verantwortlichen Beamten des Vorauskommandos aufgenommen. Zusammen waren sie die ganze Strecke abgegangen, sodass Ihre Königliche Hoheit keinen einzigen Schritt in welche Richtung auch immer tun konnte, den er nicht zuvor überprüft hatte, und danach hatten die Spürhunde das Gelände auf ihre eigene Art erkundet.

Der Beamte des Vorauskommandos informierte den Hotelmanager darüber, dass er mit einem VIP-Gast zu rechnen habe, ohne einen Namen zu nennen, und er warnte jeden davor, dass der Termin abgesagt und man kurzfristig einen anderen Veranstaltungsort aufsuchen würde, sollten irgendwelche Einzelheiten vorab an die Öffentlichkeit gelangen. Das sorgte üblicherweise dafür, dass alle Beteiligten den Mund hielten.

Ross hatte sich dem Vorauskommando angeschlossen, als die Beamten die Wege überprüften, auf denen Ihre Königliche Hoheit das Gebäude betreten und wieder verlassen würde, während er gleichzeitig nach möglichen Alternativen Ausschau hielt für den Fall, dass diese plötzlich gebraucht würden. Darüber hinaus hatte er um ein Privatzimmer mit einer Festnetztelefonverbindung gebeten, falls Ihre Königliche Hoheit einen privaten Anruf erledigen wollte, sowie einen eigenen Waschraum nur für ihren Gebrauch.

Nachdem alles zu seiner Zufriedenheit erledigt war, hatte er den Manager gefragt, ob kürzlich jemand entlassen worden war, der möglicherweise einen Groll hegte, dem er in aller Öffentlichkeit würde Luft machen wollen in der Hoffnung, den anderen den Tag zu verderben. Das Letzte, dessen Ross sich noch einmal versicherte, war die Tatsache, dass hinter dem Gebäude ein Wagen zum schnellen Verlassen des Geländes bereitstand, in dem sich ein Arzt befand und dessen Fahrer blitzschnell reagieren konnte, sollten sie überstürzt aufbrechen müssen.

Ein zweites Vorausteam würde noch einmal alles überprüfen, nachdem Ross das Gelände verlassen hatte, und war im Laufe des Morgens wahrscheinlich schon eingetroffen. Nicht dass die Beamten irgendjemandem aufgefallen wären, die mit scharfem Blick alles und jeden musterten, der wirkte, als gehöre er nicht hierher, obwohl ohnehin niemand durch die Hoteltür kam, wenn er keine Einladung und keinen Pass mit einem aktuellen Foto vorweisen konnte – was, wie man Ross glaubhaft versichert hatte, Billy Connolly bei einer früheren Gelegenheit daran gehindert hatte, an einem Lunch mit Ihrer Königlichen Hoheit teilzunehmen.

Doch trotz der gründlichen Vorbereitung wussten alle, dass sich immer etwas ereignen konnte, mit dem niemand gerechnet hatte, woraufhin man die Standardabläufe unverzüglich aufgeben musste. Sollte dies der Fall sein, würde Ross eine Entscheidung treffen müssen, die in Sicherheitskreisen einen ganz bestimmten Namen hatte: Dazu musste man, wie es genannt wurde, »im Laufen nachdenken«. Es war der schlimmste Albtraum eines Personenschützers, denn von dieser einen Entscheidung konnte eine ganze Karriere abhängen. Der Personenschützer von Prinzessin Anne hatte eine blitzschnelle Entscheidung getroffen, als ihr Fahrzeug von Terroristen angegriffen worden war, und zum Glück für ihn und für sie war es die richtige Entscheidung. Er erhielt das Georgskreuz, wurde befördert und schließlich Personenschützer der Queen. Trotzdem hoffte Ross, dass so etwas nie während seiner Dienstzeit geschehen würde.

Während sich der Jaguar dem Dorchester näherte, konnte Ross die große Menschenmenge sehen, die sich auf den Bürgersteigen versammelt hatte und ungeduldig auf das Eintreffen der Prinzessin wartete. Als sie vor dem Eingang zum Ballsaal hielten, sprang Ross aus dem Wagen und öffnete die hintere Tür für den Menschen, dessen Wohl ihm anvertraut war. Diana stieg aus, und Jubelrufe sowie ein Blitzlichtgewitter schlugen ihr entgegen.

Ross war von seinem Vorgänger gewarnt worden, dass die nächsten Minuten, in denen sie innehalten und einige Worte mit einzelnen Menschen wechseln würde, die anstrengendsten für jeden Personenschützer wären. Er musterte die Menge. Neunundneunzig Prozent der Leute vor Ort waren harmlos, und er interessierte sich nur für das restliche eine Prozent – für jemanden, der nicht winkte oder jubelte; jemanden, dessen Gesicht er aus der Verbrecherkartei in Scotland Yard kannte und das er sich unauslöschlich eingeprägt hatte; jemanden, der darauf hoffte, am folgenden Tag auf allen Titelseiten zu stehen. Jene Handvoll Personen, die als »Individuen mit einer Fixierung« galten – die Fanatiker, die Geisteskranken und sogar die leidenschaftlichen Republikaner, die ihre Einstellung vor einer gebannten Öffentlichkeit demonstrieren wollten.

Sir Magdi Yacoub, der hochangesehene Professor für Herzchirurgie am Imperial College, dessen Arbeit die Prinzessin schon seit vielen Jahren unterstützte, trat ihr auf dem Bürgersteig entgegen.

Nachdem Sir Magdi die Prinzessin begrüßt hatte, führte er sie ins Hotel, wo eine lange Reihe sorgfältig ausgewählter Förderer und ehrenamtlicher Mitarbeiter während der letzten halben Stunde geduldig gewartet hatte. Diana nahm sich Zeit, mit jedem von ihnen einige Worte zu wechseln, während sie langsam die Reihe entlangging, an deren Ende ihr schließlich von einer jungen Krankenschwester der obligatorische Blumenstrauß gereicht wurde. Sie nahm ihn mit einem liebenswürdigen Lächeln entgegen und reichte ihn dann an ihre Hofdame weiter. Die nächsten zwanzig Minuten widmete sie den Gästen, die nicht dafür ausgewählt wurden, mit den anderen in einer Reihe zu stehen.

Ross musterte weiterhin aufmerksam jeden, der ihr gegenübertrat oder ihre Hand ein wenig zu lange hielt. Obwohl er das Gebäude wenige Stunden zuvor erkundet hatte, war ihm bewusst, dass er sich keine Sekunde lang entspannen durfte.

Kurz vor eins erklang ein Gong. Der Zeremonienmeister trat nach vorn und bat die Gäste mit einer dröhnenden Stimme, die eines Feldwebels würdig gewesen wäre, sich in den Speisesaal zu begeben, da in Kürze mit dem Auftragen der Mahlzeiten begonnen würde.

Die Prinzessin blieb zurück, bis alle die Empfangshalle verlassen hatten – außer Sir Magdi, der auf eine weitere Ankündigung des Zeremonienmeisters wartete.

»Bitte erheben Sie sich für Ihre Königliche Hoheit, die Prinzessin von Wales, die von unserem Vorsitzenden, Sir Magdi Yacoub, begleitet wird.«

Vierhundert Gäste erhoben sich und applaudierten der Prinzessin, bis diese den Tisch an der Stirnseite des Saals erreicht hatte, und niemand nahm Platz, bevor sie sich gesetzt hatte. Nicht zum ersten Mal dachte Ross daran, wie schwierig es sein musste, sich eine solch rückhaltlose Verehrung nicht zu Kopf steigen zu lassen.

Ohne innezuhalten, streifte sein Blick durch den gut gefüllten Saal plaudernder Gäste, die ihre Aufregung darüber, heute hier zu sein, nicht verbergen konnten. Mehrere Male wurde er gefragt, ob er sich setzen und etwas essen wolle. Doch er lehnte höflich ab und zog es vor, nur wenige Schritte entfernt von dem Menschen, für den er verantwortlich war, in den Kulissen zu bleiben. Er hoffte, er würde nie zur Bühnenmitte gehen und eine Hauptrolle spielen müssen.

Während Diana ihren Räucherlachs genoss und mit ihren Tischnachbarn an der Stirnseite des Saals plauderte, hatte Ross ein wachsames Auge auf die Kellner. In Russland würde man sich darauf einstellen, dass die größte Bedrohung von ihnen ausging.

Nachdem der letzte Teller abgetragen und der Kaffee serviert worden war, begannen die Reden mit einer Ansprache des Vorsitzenden, der eine Einführung in die Arbeit seiner karitativen Organisation gab. Danach begrüßte er die Ehrengäste. Der Zeremonienmeister stellte ein kleines Pult vor die Prinzessin auf den Tisch, und ihre Hofdame reichte ihr die Rede, die sie an jenem Morgen zum ersten Mal gesehen hatte, wobei ihr gerade noch Zeit geblieben war, die eine oder andere persönliche Anmerkung hinzuzufügen.

Die Gäste lauschten Dianas Worten mit hingerissener Aufmerksamkeit und lachten über ihre Witze. Als sie wieder Platz nahm, erhoben sich alle gleichzeitig und applaudierten ihr in einem Ausmaß, wie nur wenige Politiker es jemals erlebten. Wie schon oft zuvor fragte sich Ross, ob sie jemals darüber nachdachte, wie anders ihr Leben verlaufen wäre, wenn sie nicht den Prince of Wales geheiratet hätte.

Schließlich war die Reihe am Auktionator der Wohltätigkeitsorganisation, bei den Gästen Geld einzusammeln. Er bot ihnen die verschiedensten Dinge an – von einer Loge in der Royal Albert Hall während des patriotischen Abschlusskonzerts der BBC-Proms bis hin zu mehreren Plätzen beim Halbfinale der Damen in Wimbledon. Nachdem das letzte Angebot unter den Hammer gekommen war, verkündete er, dass die Auktion 160 000 Pfund für karitative Zwecke erbracht hatte, woraufhin wiederum lauter Beifall erklang. Die Prinzessin beugte sich hinüber und flüsterte dem Auktionator etwas ins Ohr.

»Ladys und Gentlemen«, sagte er ans Mikrofon zurückkehrend. »Ihre Königliche Hoheit hat sich bereit erklärt, jedem, der eintausend Pfund spendet, das Tischtuch zu signieren.«

Sofort schossen mehrere Hände nach oben, und Ross begleitete die Prinzessin, während sie von Tisch zu Tisch ging und die weißen Leinentischtücher und eine gewisse Anzahl von Servietten – für jeweils fünfhundert Pfund pro Stück – mit einem schwarzen Filzstift signierte, den ihr ihre Hofdame reichte.

Als sie schließlich an den Tisch am Kopfende des Saals zurückkehrte, verkündete der Auktionator, dass weitere 42 000 Pfund zusammengekommen waren, woraus sich eine Gesamtsumme von 202 000 Pfund ergab, die benachteiligten Kindern, die eine Herzoperation brauchten, zugutekommen würde.

Wieder erhoben sich die Gäste, was das Zeichen dafür war, dass die Prinzessin nun aufbrechen musste. Ross ging ihr voraus, um den Weg frei zu machen und dafür zu sorgen, dass sie ungehindert zum Haupteingang gelangen konnte. Als sie am Auktionator vorbeikamen, flüsterte sie: »Danke, Jeffrey. Das funktioniert immer.« Der Auktionator verbeugte sich, äußerte sich jedoch nicht dazu. Während seiner Zeit bei der Met hatte Ross oftmals kleine Tricksereien miterlebt, aber nie auf einem solch königlichen Niveau. Als die Prinzessin das Gebäude verließ, leuchteten wiederum zahlreiche Blitzlichter auf, während Ross wie zuvor die Menge musterte. Einige Besucher hatten stundenlang ausgeharrt in der Hoffnung, einen zweiten Blick auf die Prinzessin zu erhaschen.

Dann wurde Ross Zeuge einer jener persönlichen Eigenheiten, welche Diana bei der Öffentlichkeit so beliebt gemacht hatten. Sie entdeckte jemanden, der schon bei ihrer Ankunft hier gewesen war, und blieb stehen, um ein paar Worte mit dem Betreffenden zu wechseln. Ross entspannte sich erst, als Diana schließlich wieder auf der Rückbank des Fahrzeugs Platz nahm, wo Victoria bereits auf sie wartete.

Langsam rollte der Jaguar davon, was Diana Gelegenheit gab, den Besuchern am Straßenrand weiter zuzuwinken, bis der letzte von ihnen außer Sichtweite war und sie einen tiefen Seufzer der Erleichterung ausstoßen konnte.

»Zweihundertundzweitausend, Ma'am. Nicht schlecht«, sagte Victoria, als das Fahrzeug beschleunigte und die beiden begleitenden Polizisten auf ihren Motorrädern mit Blaulicht und dem schrillen Lärm ihrer Pfeifen beim Überqueren jeder Kreuzung für eine problemlose Rückkehr in den Kensington Palace sorgten.

»Was kommt als Nächstes?«, fragte Diana.

»Heute nichts mehr, Ma'am«, antwortete Victoria. »Sie können sich heute Abend entspannen und *Blind Date* mit Cilla Black genießen.«

»Vielleicht sollte ich mitmachen«, sagte sie wehmütig.

Ross hatte schnell begriffen, dass Diana sich überhaupt nicht entspannen wollte. Der Adrenalinschub, den sie bei diesen öffentlichen Auftritten erlebte, hielt sie aufrecht. Er hatte William bisher verschwiegen, dass er den Prince of Wales immer noch nicht kennengelernt hatte.

»Schön, dass Sie zu uns stoßen, BW«, sagte Sir Julian, nachdem Booth Watson einige Minuten zu spät zu ihrer Besprechung gekommen war, was die Wartenden nicht überraschte. »Ich glaube, Sie kennen meine Kollegin bereits. Sie hat mir assistiert, als Sie und ich in Faulkners erstem Prozess die Klingen gekreuzt haben.«

»Am besten rechnen Sie erst gar nicht damit, bei dieser neuen Gelegenheit dasselbe Ergebnis zu erzielen, junge Dame«, sagte Booth Watson mit einem herablassenden Lächeln zu Grace, worauf diese mit einer knappen Verbeugung reagierte.

»Die Aufgabe eines beratenden Solicitors«, fuhr Sir Julian fort, indem er die Stichelei ignorierte, »wird in diesem Fall Clare Sutton übernehmen.« Booth Watson nahm sie kaum zur Kenntnis, während er auf der anderen Seite des Tisches Platz nahm. »Es schien mir sinnvoll, ein Vorgespräch zu führen, nachdem das Datum für den Prozess inzwischen offiziell festgelegt wurde.«

»Ganz meine Meinung«, sagte Booth Watson, was eine Überraschung für die Vertreter der Krone war. »Vorausgesetzt, dass Sie etwas Gehaltvolles anzubieten haben, das ich meinem Mandanten zur Erwägung vorlegen kann.«

»Nichts Großes«, gestand Sir Julian, der sich nur ungern in die Karten schauen ließ. »Wir werden dem Richter empfehlen, dass er Faulkners Strafe auf sechzehn Jahre verdoppelt, womit Sie wahrscheinlich bereits gerechnet haben. Mr. Justice Cummings hat sich jedoch bereit erklärt«, fuhr er fort, bevor Booth Watson darauf eingehen konnte, »auf zwei Jahre der Strafe zu verzichten, sofern Ihr Mandant auf schuldig plädiert, was dem Gericht sehr viel Zeit und Kosten ersparen würde.«

Die drei warteten darauf, dass der Vulkan ausbrechen würde, doch es strömte keine Lava.

»Ich werde meinem Mandanten Ihr Angebot unterbreiten«, sagte Booth Watson, »und Sie über seine Antwort in Kenntnis setzen.«

»Gibt es irgendwelche mildernden Umstände, die wir Ihrer Meinung nach zu diesem Zeitpunkt berücksichtigen sollten?«, fragte Grace, die diesen Satz sorgfältig vorbereitet hatte.

»Nicht dass ich wüsste, Ms. Warwick«, lautete die unverzügliche Antwort. »Aber sollte sich als Folge meines Gesprächs mit Mr. Faulkner irgendetwas ergeben, werden Sie die Ersten sein, die es erfahren.«

Wieder war Sir Julian überrascht, und es dauerte einige Augenblicke, bis er reagierte. »Nun, wenn es nichts Weiteres zu besprechen gibt, BW, werden wir abwarten, bis wir zu gegebener Zeit wieder von Ihnen hören.«

»Das ist sehr freundlich von Ihnen, Julian«, sagte Booth Watson, indem er sich erhob. »Ich spreche mit meinem Mandanten gegen Ende der Woche und melde mich, sobald ich meine Anweisungen von ihm erhalten habe.«

Zögernd stand Sir Julian auf und gab seinem Rivalen die Hand, als seien sie alte Freunde. Er begleitete ihn zur Tür und sagte: »Ich freue mich darauf, von Ihnen zu hören, BW.«

Clare wartete, bis sich die Tür geschlossen hatte, und sagte dann: »Was hat er vor?«

»Es gibt zwei Möglichkeiten«, sagte Sir Julian. »Entweder hält er sein Pulver trocken, bis er sich mit Faulkner beraten hat, was ich für die wahrscheinlichste Erklärung halte. Es sei denn …« Die beiden Frauen warteten darauf, dass er seinen Satz beenden würde. »Nein«, sagte er schließlich. »Ich will einfach nicht glauben, dass BW so tief sinken würde.«

11

William war der Zweite, der an diesem Morgen eintraf, und er fragte sich, ob der Commander jemals zu Bett ging.

Lange vor der vereinbarten Stunde saßen auch die übrigen Teammitglieder am Tisch, und alle hatten eine dicke Akte vor sich. Es war offensichtlich, dass keiner von ihnen nur während der üblichen Bürostunden gearbeitet hatte.

»Willkommen zurück«, sagte Hawksby. »Da ich mich selbst nicht auf vertrautem Boden bewege, was diese besondere Operation angeht, werde ich DCI Warwick bitten, uns auf den neuesten Stand zu bringen.«

William beschrieb detailliert die Art, wie sie in Buckingham Gate empfangen wurden, und wandte sich dann an Jackie und Paul, um zu hören, ob es ihnen in Windsor besser ergangen war.

Es verwunderte niemanden, dass es Paul war, der zuerst seine Eindrücke schilderte.

»Man würde es nicht für möglich halten, dass wir alle derselben Institution dienen«, erklärte er gegenüber den anderen. »Milner sprach mich als Detective Sergeant Bimbo an, als wir uns zum ersten Mal begegnet sind, und nur der Himmel weiß, wie er mich hinter meinem Rücken nennt.«

»Ich wollte, ich könnte behaupten, dass ich überrascht bin«, sagte William, dem es schwerfiel, seine Wut zu beherrschen.

»Diese Truppe ist nicht nur rassistisch, sondern genauso sexistisch«, sagte Rebecca. »Milners Ansicht nach sind Frauen nur für zwei Dinge gut. Und im Royalty Protection Command Dienst zu tun, ist keins von beiden.«

»Wenigstens haben Sie beide ein Büro«, sagte Jackie. »Mich haben sie in ein Außengebäude gesteckt, das früher einmal ein Gartenschuppen gewesen sein muss, bevor ich aufgetaucht bin. Ich habe keinen Schreibtisch, sondern nur eine Schubkarre und einen Blumentopf.«

Niemand lachte.

»Gut, das zu hören«, sagte Hawksby, womit er alle überraschte. »Denn es bestätigt nur mein Gefühl, dass sie etwas zu verbergen haben. Unsere Aufgabe ist es herauszufinden, worum es sich handelt.«

»Ich würde mit der Verwaltung anfangen«, sagte Ross. »Letzten Donnerstag habe ich ein Taxi von meiner Wohnung zum Kensington Palace genommen und es als Spesen abgerechnet, obwohl ich mit dem Bus Nummer 52 bis direkt vor die Palasttore gekommen wäre. Milner hat nicht einmal nachgefragt.«

»Es ist ein Glück für uns, dass DI Hogan bereits mittendrin ist«, sagte William. »Denn wir anderen warten immer noch an der Startlinie.«

»Und ich habe es jetzt schon satt, dass man mir ständig sagt, ich solle mit dem Prince of Wales reden, wenn ich mich über etwas zu beschweren habe«, erklärte Paul.

»Ich vermute«, sagte Hawksby, »dass die königliche Familie keine Ahnung hat, was in ihrem Namen vor sich geht.«

»Und es kommt noch schlimmer«, sagte William. »Als ich ausnahmsweise die Gelegenheit bekam, mit Milner über eine mögliche terroristische Bedrohung zu sprechen, hat er alles beiseitegewischt. Er meinte, dass ich überreagiere und mit der Zeit begreifen würde, dass er alles unter Kontrolle hätte.«

»Bis irgendetwas schiefgeht«, sagte Hawksby, »und er begreift, dass es zu spät ist, um noch irgendetwas zu ändern.«

»Und in der Zwischenzeit«, sagte William, »schlagen wir weiter mit unseren Köpfen gegen eine Backsteinmauer.«

»Es wäre möglich, Sir«, sagte Jackie, »dass ich einen losen Backstein in dieser Mauer gefunden habe, und wenn ich ihn herausziehen könnte, stürzt vielleicht das ganze Gebäude ein.« Sie hielt einen Augenblick inne. Es war offensichtlich, dass sie die Situation genoss.

»Lassen Sie sich nur Zeit, Detective Sergeant«, neckte William.

»In der Verwaltung gibt es eine gewisse Jenny Smart im Rang eines Constable, die vorhat, sich um eine Versetzung zu bewerben.«

»Warum?«, fragte Hawksby.

»Ich glaube, dass Milner ihr einmal zu oft versprochen hat, dass sie die Nächste ist, wenn es um das Aufrücken in das Royalty-Protection-Team geht«, sagte Jackie. »Aber die letzten drei Beamten, die in Pension gingen, wurden allesamt durch Männer ersetzt, einer davon ein junger Constable, der erst drei Jahre bei der Polizei Dienst tut. Dafür ist er jedoch – welch ein Zufall – der Sohn eines Beamten, der kürzlich pensioniert wurde. Constable Smart muss auf der Bank sitzen bleiben, während weniger erfahrene Kollegen auf das Spielfeld dürfen. Wenn Milner sie noch einmal übergeht, könnte es damit enden, dass er sich sozusagen selbst in den Fuß schießt.«

»Der Fuß ist viel zu gut für ihn«, sagte Paul. »Er würde aufgrund einer Verletzung im Dienst bei voller Pension in den Vorruhestand gehen.«

»Geduld«, sagte Jackie, nachdem das Gelächter verklungen war. »Gut möglich, dass wir nicht mehr lange warten müssen, bis sich die Verhältnisse zu unseren Gunsten verschieben.«

»Wie das?«, fragte William.

»Prinzessin Annes Personenschützer geht Ende des Monats in Pension, und Constable Smart ist die naheliegende Wahl, wenn es darum geht, an seine Stelle zu treten.«

»Falls Constable Smart die Stelle nicht bekommt«, sagte William, »könnte das unsere Chance sein, sie als Whistleblowerin zu gewinnen.«

»Ich bin mir sicher, dass sie weiß, wer welche Leichen im Keller hat«, sagte Jackie. »Deshalb werde ich weiter auf sie einwirken.«

»Lassen Sie regelmäßig Bemerkungen darüber fallen, warum sie als Beamtin der Royalty Protection die ideale Wahl wäre«, schlug der Commander vor. »Und fügen Sie gelegentlich hinzu, wie gut sie diese Aufgabe verrichten würde. Säen Sie weiterhin Zweifel an den bisherigen Verhältnissen bei ihr, damit sie nach und nach den Eindruck bekommt, dass sie jemanden gefunden hat, der auf ihrer Seite steht.«

»Aber ziehen Sie sie dabei nur ganz vorsichtig zu sich herüber«, sagte William. »Denn nach all den Jahren wird es für sie nicht einfach sein, die gewohnte Unterordnung abzustreifen. Unterdessen sollten wir alle an unsere Schreibtische – oder unsere Schubkarren – zurückkehren und versuchen, so viele Unregelmäßigkeiten wie möglich auszugraben, damit Milner kein Schlupfloch, keine glaubhafte Erklärung und auch sonst keine Möglichkeit findet, uns durch die Lappen zu gehen.«

»Doch vergessen Sie nicht«, sagte Ross, »dass der Prince of Wales auf Milner hört, der sich seit dessen Rückkehr aus der Navy sehr um ihn bemüht hat. Weshalb es fast unmöglich werden dürfte, ihn abzusetzen.«

»Solche Leute glauben immer, dass sie über dem Gesetz stehen«, sagte der Commander. »Doch DI Hogan hat seine große Schwäche bereits herausgefunden.«

»Geld«, sagte William.

»Volltreffer«, sagte der Commander. »Weshalb wir uns an die alte Regel bei der Ermittlung gegen Kriminelle halten wollen: Folge dem Geld.«

»Aber treten Sie dabei vorsichtig auf«, sagte William. »Denn solche Leute haben keine Skrupel, Landminen auf Ihrem Weg zu vergraben. Wenn Sie auf eine treten, fliegen wir alle in die Luft.«

Nach langem Schweigen sagte der Commander: »Vielleicht ist es an der Zeit, unsere Taktik zu ändern.« Er zögerte einen Augenblick, um die Konsequenzen dessen abzuwägen, was er vorschlagen wollte. »Vielleicht sollten Sie das Spiel vorerst mitspielen und wie DI Hogan den Eindruck erwecken, als wollten Sie auch ein Stück vom Kuchen abhaben. Und Sie, DI Hogan, sollten herausfinden, wie viel Sie sich erlauben können, bevor Milner Sie wegen Ihrer Spesen zur Rede stellt.«

»Ich hatte daran gedacht, die Hofdame der Prinzessin dieses Wochenende zum Dinner auszuführen«, sagte Ross. Alle außer William lachten.

»Sie wird die feinsten Speisen und erlesensten Weine

gewohnt sein«, bemerkte der Commander, »sodass eine beachtliche Rechnung zusammenkommen dürfte. Dann werden Sie ja sehen, ob Milner Fragen dazu hat. Aber wir benötigen noch weitere Beispiele für die eklatante Missachtung der üblichen Abläufe bei der Polizei, bevor wir einen Schritt unternehmen können. Seien Sie vorsichtig und stellen Sie sich dumm, was DS Adaja nicht allzu schwerfallen dürfte.«

Die nicht allzu ernst gemeinte Neckerei sorgte für erneutes Gelächter, was, wie William wusste, Paul dazu anspornen würde, sie alle in den Schatten zu stellen.

»Und Sie, DS Roycroft«, sagte der Commander, »sollten weiterhin auf Ihre neue beste Freundin«, er warf einen Blick auf sein Notizbuch, »Constable Smart einwirken. Denn es könnte sein, dass sie unsere größte Chance darstellt. Waidmannsheil.«

Jackie befolgte den Rat des Commanders, und über das Wochenende zogen sie und Jenny Smart durch die Clubs im West End. Obwohl William sie zur Geduld gemahnt hatte – eine Eigenschaft, die Jackie nicht gerade im Überfluss besaß –, lösten eine spärlich beleuchtete Kellerbar und das eine Glas Wodka zu viel Constable Smarts Zunge so weit, dass Jackie alle Munition bekam, die sie brauchte.

Als Jackie kurz nach zwei Uhr morgens nach Hause kam, verbrachte sie die folgende Stunde damit, sich ausführliche Notizen zu machen. Obwohl sie Jenny gegenüber erklärt hatte, wie sehr sie damit rechne, dass diese die wohlverdiente Stelle als Personenschützerin von Prinzessin Anne bekommen würde, hoffte sie insgeheim, dass man Jenny erneut überging. Denn sie war davon überzeugt, dass dies der letzte Tropfen wäre, der bei ihr das Fass zum Überlaufen brächte. Danach wäre kein Nachtclub in einem dunklen Keller mehr nötig, damit Jenny alles offenlegen würde, was sie über Milner und seine von der Norm abweichenden Aktivitäten wusste.

Am folgenden Vormittag stieg Jackie auf dem Weg zur Arbeit gerade aus dem Bus, als sie sah, wie DI Reynolds und Sergeant Jennings das *Pride of Plaice* betraten, bei dem es sich, wie Jennings ihr versichert hatte, um das beste Fish-and-Chips-Geschäft in Windsor handelte.

Sie wollte die Straße überqueren und zu ihnen gehen, als sie bemerkte, dass Reynolds den Besitzer zur Seite nahm, um ganz offensichtlich ein paar vertrauliche Worte mit ihm zu wechseln. Sie trat in den Eingangsbereich eines Ladens und hielt sich außer Sichtweite. Ein paar Minuten später erschienen die beiden Beamten wieder und begannen, ihren Lunch zu essen, während sie zurück zum Schloss gingen. Jackie wartete, bis sie um die Ecke verschwunden waren. Dann überquerte sie die Straße und schlenderte zum Fish-and-Chips-Geschäft.

»Eine Portion Kabeljau mit Chips, bitte«, sagte Jackie, als sie die Spitze der Warteschlange erreicht hatte.

»Kommt sofort, Schätzchen«, sagte der Verkäufer.

»Ihr Fisch muss wirklich gut sein«, bemerkte Jackie. »Ich habe gesehen, wie Sie gerade zwei meiner Kollegen bedient haben.«

»Sie arbeiten bei der Royalty Protection?«, fragte er und musterte sie genauer.

»Klar«, erwiderte Jackie, während er sich Zeit ließ, ihren Fisch auszusuchen.

»Dann wollen wir hoffen, dass Sie hier Stammgast werden wie die übrige Truppe aus dem Schloss. Salz und Essig?«

»Ja, bitte.«

Er wickelte ihre Bestellung ein, schob sie in eine Tüte und reichte sie ihr. »Das macht dann drei Pfund.«

Jackie reichte ihm eine Fünfpfundnote und wartete auf das Wechselgeld.

»Möchten Sie einen Beleg?«

»Ja, bitte.«

Der Verkäufer nickte der jungen Frau an der Kasse zu, die Jackie ihre zwei Pfund Wechselgeld zusammen mit dem Beleg gab, den Jackie in ihre Handtasche fallen ließ. Sobald sie wieder auf dem Bürgersteig war, wickelte sie ihre ungeplante Mahlzeit aus und nahm einen Bissen von ihrem üppigen Stück Kabeljau, während sie langsam auf das Schloss zuging. Der Ruf des Plaice war offensichtlich wohlverdient, obwohl sie ihre Mutter sagen hörte: »Gegen eine Portion Fish and Chips ist nichts einzuwenden, mein Schatz, aber du solltest sie nie auf der Straße aus einer Zeitung essen.« Nicht zum ersten Mal war Jackie froh darüber, dass ihre Mutter dreihundert Meilen entfernt war.

Sie schlang die letzten Krümel hinab, als sie wieder an ihrem improvisierten Schreibtisch saß, warf die Titelseite der *News of the World* aus der Woche zuvor in den Papierkorb und wusch sich die Hände. Sie stellte ihre Handtasche auf den Schreibtisch, holte den Beleg heraus und sah ihn sich zum ersten Mal an: 9,50 Pfund.

Der Häftling saß im Glaskasten und wartete bereits lange, bevor Booth Watson erschien, auf seinen Anwalt. Früher war es gerade andersherum gewesen.

Schließlich betrat Booth Watson das innerste Heiligtum und nahm seinem Mandanten gegenüber Platz. »Guten Morgen, Miles«, sagte er, als finde ihr vertrauliches Gespräch in seiner Kanzlei statt und nicht in einem Glaskasten, durch dessen Wände mehrere Aufseher zusahen. »Es tut mir leid, dass ich Sie länger nicht aufgesucht habe«, fuhr er fort und stellte seine Gladstone-Tasche auf den Boden neben sich. »Aber ich wollte warten, bis ich etwas Substanzielles zu berichten hätte. Zu diesem Zweck habe ich mehrere Male mit Sir Julian gesprochen, der in diesem Fall nach wie vor die Krone vertritt, sowie mit Ihrer Ex-Frau. In Anbetracht der Tatsache, dass uns nur eine Stunde zur Verfügung steht, sollten wir das Thema Christina hinter uns bringen, bevor ich Ihnen von meiner Unterhaltung mit Sir Julian berichte.«

»Wie viel erwartet sie dafür, dass sie auch weiterhin ihren Mund hält?«

»Dreißig Millionen«, sagte Booth Watson, ohne mit der Wimper zu zucken.

»Sie macht wohl Witze«, sagte Faulkner mit lauter Stimme, woraufhin die Gefängnisbeamten noch genauer hinsahen.

»Christina ist nicht gerade für ihren Sinn für Humor bekannt«, erinnerte Booth Watson ihn. »Und vergessen Sie nicht, dass sie zehn Jahre lang mit Ihnen verheiratet war und sich durchaus bewusst ist, welchen Wert Ihre Kunstsammlung besitzt. Mag sein, dass sie nicht weiß, wie viel Sie auf Ihren Schweizer Bankkonten versteckt haben, aber sollte sie das Wort ›Schweiz‹ gegenüber ihrer Freundin Beth Warwick auch nur erwähnen, wird das mehr als genug sein, damit deren Mann die Behörden bittet, eine vollständige

Untersuchung in die Wege zu leiten. Was Sie in diesem Augenblick gewiss nicht gebrauchen können.«

Faulkner wollte gerade etwas erwidern, als Booth Watson die Hand hob. »Ich bin jedoch überzeugt, dass ich sie auf zwanzig herunterhandeln kann«, er hielt kurz inne, »und zwar in bar. Denn ich werde ihr erklären, dass sie so die fällige Kapitalertragssteuer vermeiden kann. Was für Sie, Miles, den zusätzlichen Vorteil bietet, dass sie nicht riskieren kann, irgendjemandem von Ihren anderen Aktivitäten zu berichten.«

»Wie viel habe ich in den Schließfächern der Bank?«

»Knapp über zweiundzwanzig Millionen«, sagte Booth Watson, der mit dieser Frage gerechnet hatte.

»Also würde dieses Geld gerade ausreichen, um in dieser Sache reinen Tisch zu machen.«

»Wenn Sie ihr die Wohnung in Mayfair und die Villa in Monte Carlo anbieten, könnte es sein, dass Sie die Angelegenheit nur zehn Millionen in bar kostet.«

»Und es gibt nichts, was mich daran hindern könnte, beide Immobilien bis zum Anschlag mit Hypotheken zu belasten und ihr die Rückzahlung zu überlassen«, sagte Faulkner. »Glauben Sie, Sie können das durchziehen, BW?«

»Es wäre bestimmt eine Herausforderung«, gestand Booth Watson, »aber nicht unmöglich.«

»Dann sorgen Sie dafür, dass diese Vereinbarung so rasch wie möglich unterschrieben wird.«

»Wir haben nächsten Freitagnachmittag ein Treffen in der Bank vereinbart, zu dem ich zwei große, leere Koffer mitbringen werde. Ich habe das Gefühl, dass es sehr überzeugend wirken wird, wenn sie zehn Millionen in bar vor sich sieht.«

»Vielleicht könnten die Koffer zurückgefordert werden, bevor sie ihre Bank erreichen?«, sagte Faulkner und ließ die Worte in der Luft hängen.

Booth Watson machte sich keine Notizen, während sein Mandant erklärte, was seiner Meinung nach mit der Hilfe von Ex-Superintendent Lamont geschehen sollte, kurz nachdem Christina die Bank verlassen hätte.

»Und wenn Sie das erfolgreich über die Bühne bringen, BW«, sagte er, »können Sie eine Million für sich behalten.« Das war nicht die Zahl, die Booth Watson sich vorstellte. »Aber nichts von alledem würde auch nur das Geringste ändern«, fuhr Faulkner fort, »wenn es Ihnen nicht gelingt, mich hier rauszuholen, sodass ich die ganze Aktion persönlich genießen kann. Also sagen Sie mir, wie das Gespräch mit Sir Julian gelaufen ist.«

»Ich denke, es hätte gar nicht besser laufen können. Doch es liegt an Ihnen, das zu beurteilen.«

Faulkner lehnte sich zurück, verschränkte die Arme und hörte zu.

»Ich habe Sir Julian daran erinnert, dass Entführung ein schwerwiegendes Verbrechen ist, und ihn außerdem darauf hingewiesen, dass der Diebstahl eines Gemäldes, das einen Wert von über einer Million Pfund besitzt, der Presse gewiss Appetit machen könnte, besonders wenn sein Sohn am Ende im Gefängnis landen würde. Es hat ihn nicht viel Zeit gekostet, um einzusehen, was wichtiger ist: Ihre Haftzeit zu verlängern oder seinen Sohn vor demselben Schicksal zu bewahren.«

Die Andeutung eines Lächelns erschien auf Faulkners Gesicht.

»Trotzdem wollte er noch immer sein Pfund Fleisch.«

»Ohne irgendwelches Blut zu vergießen, hoffe ich«, sagte Faulkner.

»Oder nur ein ganz klein wenig«, versprach Booth Watson. »Vorausgesetzt, Sie erklären sich bereit, auf schuldig zu plädieren, was Ihre Flucht aus dem Polizeigewahrsam betrifft.«

»Sie machen Witze.«

»Ich war noch nie besonders gut, wenn es um Witze geht, Miles, wie Sie sehr wohl wissen. Sollten Sie jedoch auf schuldig plädieren, wird Sir Julian dem Strafverfolgungsdienst der Krone empfehlen, Ihre Strafe zur Bewährung auszusetzen.«

»Warum sollten sie sich darauf einlassen?«, fragte Faulkner ungläubig.

»Der Strafverfolgungsdienst hat keinerlei Interesse daran, dass die leidige Episode in Spanien an die Öffentlichkeit gelangt. Die Met hat im Augenblick schon genug eigene Probleme, und wenn der Prozess platzen würde, könnte Sir Julian schließlich in die Lage geraten, dass er seinen Sohn verteidigen muss, anstatt Sie anzuklagen. Nein, ich bin ziemlich zuversichtlich, dass sie gar nicht erst wollen, dass der Fall vor Gericht kommt. Sofern Sie mich also anweisen würden, der Gegenseite mitzuteilen, dass wir mit ihren Bedingungen einverstanden sind … vorausgesetzt, dass wir darüber eine Vereinbarung in schriftlicher Form erhalten«, er hielt kurz inne, »welche selbstverständlich ich aufsetzen würde … werde ich Sir Julian über Ihre entsprechende Entscheidung informieren.«

»Wie lange wird das dauern?«

»Ich habe bereits einen vorläufigen Entwurf erstellt, also dürften es höchstens ein paar Tage werden. Sobald Sie die

Vereinbarung unterzeichnet haben, würde ich mich um Ihre vorzeitige Entlassung bemühen, was bedeutet, dass Sie sich während der nächsten Monate wie ein geradezu mustergültiger Häftling verhalten. Und, Miles, ich meine wirklich mustergültig.« Booth Watson beugte sich vor und schob die Akte zurück in seine Gladstone-Tasche. »Was werden Sie nach Ihrer Entlassung als Erstes tun?«

»Sie zu einem Festessen mit allem Drum und Dran und einer guten Flasche Wein ins Savoy einladen, denn schließlich werde ich diesen Abend nicht in meiner Zelle beenden.«

»Ich freue mich schon darauf«, sagte Booth Watson. Denn er wusste, wenn er seinen Mandanten dazu brachte, die Vereinbarung zu unterzeichnen, würde er sich nicht die Mühe machen müssen, ihren üblichen Tisch im Savoy zu reservieren – während der nächsten vierzehn Jahre.

12

Miles Faulkner hatte die Absicht, die tägliche Sporteinheit gewinnbringend zu nutzen.

Zuvor hatte Tulip ein Gespräch mit dem einzigen Menschen organisiert, der in der Lage wäre zu ermöglichen, was Miles vorschwebte: Reggie der Zuhälter, der zu fünf Jahren verurteilt worden war, weil er minderjährige Jungen belästigt hatte, um daraus Kapital zu schlagen.

»Wie kann ich Ihnen helfen, Mr. Faulkner«, fragte Reggie, während sie über den Sportplatz schlenderten. Zwei kräftig gebaute Häftlinge vor ihnen und einige weitere ein paar Schritte hinter ihnen sorgten dafür, dass niemand ihren Boss stören würde.

»Ich brauche einen Strichjungen für Freitagabend«, sagte Miles. »Er muss vor allem etwas im Kopf haben und sehr schön sein.«

»Es dürfte ziemlich schwierig sein, jemanden ins Gefängnis zu schmuggeln, Mr. Faulkner, selbst für jemanden mit Ihren Kontakten.«

»Doch nicht für mich, du Schwachkopf. Für meine Ex-Frau.«

»Entschuldigen Sie das Missverständnis. Was würde von meinem Jungen erwartet?«

»Am Freitagabend geht meine Ex-Frau immer ins Tramp und versucht, dort jemanden aufzugabeln, den sie später mit nach Hause nehmen kann. Ich brauche einen deiner erfahreneren Don Juans, dem es gelingt, auch tatsächlich eine Einladung für die Nacht zu bekommen.«

»Ich kenne jemanden, dem sie nicht wird widerstehen können«, sagte Reggie. »Er nennt sich Sebastian.«

»So viel zur Schönheit«, sagte Miles. »Jetzt kommen wir dazu, dass er auch etwas im Kopf haben muss, was möglicherweise eine gewisse Herausforderung darstellt. Nachdem er den ersten Teil seiner Aufgabe zufriedenstellend erledigt hat, soll er in der Wohnung bleiben, bis sie eingeschlafen ist. Das ist der Punkt, an dem er ernsthaft anfangen muss, sein Geld zu verdienen. Irgendwo in der Wohnung meiner Frau werden zwei schwarze Tumi-Koffer stehen. Sie sind ziemlich groß, sodass es nicht allzu schwierig sein dürfte, sie zu finden. Sobald er sie an sich gebracht hat, wird vor der Tür ein Mann auf ihn warten, der sie entgegennimmt. Also, was würde der Spaß kosten?«

»Sagen wir, ein paar Tausender, Mr. Faulkner?«

Miles nickte, und die beiden Männer schlugen ein, was die einzige Möglichkeit war, im Gefängnis ein Geschäft zu vereinbaren – und möge der Himmel jedem helfen, der auch nur mit dem Gedanken spielte, solch einen ungeschriebenen Vertrag zu brechen.

»Betrachten Sie es als erledigt«, sagte Reggie, als die Sirene erklang, die das Zeichen für die Häftlinge darstellte, dass sie noch fünf Minuten hatten, um in ihre Zellen zurückzukehren. »Darf ich fragen, was in den Koffern ist?«, sagte er, als sie den Hof verließen.

»Nein«, sagte Miles. »Aber sollte dein Junge sie nicht übergeben, solltest du nicht einmal daran denken, alleine zum Duschen zu gehen.«

Booth Watson wartete, bis seine Sekretärin das Büro verlassen hatte, bevor er eine Privatnummer nachschlug und in sein Telefon einzugeben begann.

»Warwick«, sagte eine Stimme am anderen Ende der Leitung.

»Hier ist Booth Watson, Julian. Ich wollte Ihnen nur mitteilen, dass ich mit meinem Mandanten gesprochen habe und er zu meiner Überraschung mit Ihren Bedingungen einverstanden ist.«

»Er ist bereit, sich in allen neuen Anklagepunkten schuldig zu bekennen, wenn ihm dadurch zwei Jahre seiner Haftstrafe erlassen werden?«, sagte Sir Julian. Er fügte allerdings nicht hinzu: Ich glaube Ihnen nicht.

»Ich habe ihm natürlich abgeraten, was Sie nicht überraschen dürfte.«

Sir Julian war überrascht, äußerte sich jedoch nicht dazu.

»Ich habe alles in meiner Macht Stehende getan, um ihn davon abzubringen, aber er hatte sich bereits entschieden.« Ein Satz zu viel – das genügte schon, um Sir Julian davon zu überzeugen, dass Booth Watson nicht die Wahrheit sagte. »Wenn Sie also das übliche Verfahren in die Wege leiten und die Vereinbarung aufsetzen würden, sorge ich dafür, dass er sie unterzeichnet. Schade«, fügte Booth Watson hinzu, »ich hätte so gerne noch einmal die Klingen mit Ihnen gekreuzt.«

Das immerhin glaubte Sir Julian.

»Ich werde mich bei Ihnen melden«, sagte er, »sobald der Strafverfolgungsdienst seine offizielle Zustimmung erteilt hat.«

»Ich freue mich schon darauf, von Ihnen zu hören, Julian.

Wir sollten uns irgendwann mal zum Lunch treffen. Vielleicht im Savoy.«

Ein weiterer überflüssiger Satz, mit dem sich Booth Watson verriet, dachte Sir Julian, als seine Sekretärin ins Büro kam.

»Sagen Sie mir, Ms. Weeden, träume ich?«, fragte er, nachdem er den Hörer aufgelegt hatte.

»Ich glaube nicht, Sir Julian«, sagte die Sekretärin und sah ihn verwirrt an.

»Wenn das so ist, dann bitten Sie doch Ms. Warwick und Ms. Sutton, mich unverzüglich für eine dringende Konsultation aufzusuchen.«

»Mrs. Faulkner und ich werden gegen fünf Uhr nachmittags aus der Bank kommen«, sagte Booth Watson. »Sie wird zwei große Koffer bei sich haben, die ihr Chauffeur zweifellos im Kofferraum ihrer Limousine verstauen wird, einem dunkelblauen Mercedes mit dem Kennzeichen J423 ABN.« Lamont machte sich eine Notiz. »Da alle anderen Banken zu diesem Zeitpunkt bereits geschlossen haben, wird sie sich wahrscheinlich direkt nach Hause fahren lassen.«

»Was ist, wenn der Chauffeur sie irgendwo absetzt und sie die Koffer im Wagen lässt, weil er sich darum kümmern soll?«

»Das ist unwahrscheinlich. Ich glaube nicht, dass Mrs. Faulkner das Geld aus den Augen lassen wird. Sie wird sich erst sicher fühlen, wenn sie wieder in ihrer Wohnung ist.«

»Warum nehme ich die Koffer nicht einfach an mich, wenn sie aus dem Wagen gehoben werden?«, fragte Lamont.

»Das können wir nicht riskieren. Wir müssen subtiler

vorgehen. Der Chauffeur wird die Koffer wahrscheinlich zu dem Gebäude tragen, in dem sich ihre Wohnung befindet, und vergessen Sie nicht, dass dort ständig ein Portier an der Tür steht. Ich habe ihn mir angesehen. Er ist fast einen Meter neunzig groß und hat eine gebrochene Nase – also eher nein.«

»Wie komme ich dann an die beiden Koffer?«

»Nachdem sie den Abend im Tramp verbracht hat, wird Mrs. Faulkner wahrscheinlich gegen Mitternacht in ihre Wohnung zurückkehren. Sie wird von jemandem begleitet werden, den sie für ihre jüngste Eroberung halten wird, einem jugendlichen Pflänzchen namens Sebastian, der in Wahrheit unser Mann ist. Sie werden draußen in Ihrem Auto warten, bis er in den frühen Morgenstunden mit beiden Koffern zu Ihnen kommt, die er Ihnen im Austausch gegen das hier überreichen wird.« Booth Watson schob einen dicken braunen Umschlag über den Schreibtisch.

»Was mache ich mit den Koffern?«

»Bringen Sie sie direkt hierher in meine Kanzlei.«

»Aber es könnte drei oder vier Uhr morgens sein«, sagte Lamont.

»Es ist mir egal, wie spät es ist. Schaffen Sie sie einfach nur so schnell wie möglich hierher. *Ihr* Honorar bekommen Sie in bar bei Lieferung.«

Lamont nahm den Umschlag an sich und stand auf, um das Büro zu verlassen, denn er dachte, die Besprechung sei beendet.

»Und denken Sie erst gar nicht daran, in die Koffer zu schauen«, warnte Booth Watson ihn. »Oder zu versuchen, den Mann, der sie Ihnen aushändigt, übers Ohr zu hauen. Denn es gibt drei Leute, die genau wissen, wie viel sich in diesem Umschlag befindet, und einer davon ist Miles Faulkner.«

»Ich glaube, ich habe herausgefunden, was Booth Watson vorhat«, sagte Sir Julian, nachdem seine Tochter und Clare Platz genommen hatten.

»Was mehr ist, als ich geschafft habe«, sagte Grace.

»Zunächst müssen wir uns fragen, warum Faulkner bereit ist, auf unseren Vorschlag einzugehen, wo ihm doch nur zwei Jahre einer sechzehnjährigen Haftstrafe erlassen werden, wenn er sich schuldig bekennt. Hat eine von euch einen Grund dafür gefunden?«

Clare hob die Hand, als säße sie wie eine Musterschülerin in der vordersten Reihe der Klasse. Sir Julian nickte.

»Booth Watson weiß, dass der Richter ihm eine Frage stellen könnte, die nicht nur dazu führen würde, dass er aus dem Anwaltsverein ausgeschlossen, sondern sogar selbst hinter Gittern enden würde, falls es zum Prozess kommt.«

»Und wie lautet diese Frage?«

»Wann haben Sie zum ersten Mal begriffen, dass Mr. Miles Faulkner noch am Leben war?«

»Er würde bluffen und irgendwelche Ausflüchte machen«, sagte Sir Julian, »und dann behaupten, er habe erst nach Faulkners Festnahme davon erfahren und sei so überrascht gewesen wie alle anderen.«

»BW ist durchaus fähig, Faulkner fallen zu lassen«, sagte Grace, »wenn es darum geht, die eigene Haut zu retten.«

»Aber wie will er dann erklären, was er am Tag der Festnahme in Faulkners Landhaus in der Nähe von Barcelona gemacht hat?«, fragte Clare.

»Er war im Interesse seiner Mandantin Mrs. Faulkner vor

Ort, um ein Inventar der Besitztümer ihres verstorbenen Gatten anzulegen«, schlug Sir Julian vor.

»Aber was ist, wenn das Gericht Booth Watsons Terminplan als Beweismittel einsehen will?«, erwiderte Clare.

»Du kannst dich darauf verlassen, dass BW mindestens zwei Terminpläne führt«, sagte Sir Julian. »Aber wenn du schon so gewitzt bist, könntest du mir vielleicht verraten, wie Booth Watson Faulkner dazu bringen will, eine Vereinbarung zu unterzeichnen, die dafür sorgen wird, dass sein Mandant die nächsten vierzehn Jahre im Gefängnis verbringt.«

»Das hat uns beiden Rätsel aufgegeben«, gestand Clare. »Ich wäre gerne eine Fliege an der Wand, wenn BW Faulkner das nächste Mal im Gefängnis aufsucht.«

»Es gibt noch eine andere Frage, die sogar noch faszinierender ist«, sagte Grace. »Warum will Booth Watson überhaupt, dass Faulkner vierzehn Jahre im Gefängnis verbringt?«

»Weil er weiß, wo die Leichen begraben sind, wäre meine Vermutung«, sagte Sir Julian.

»Welche Leichen?«

»Rembrandt, Vermeer, Monet, Manet, Picasso, Hockney …«

13

Booth Watson wusste, dass es darauf ankam, zeitlich alles genau abzustimmen, wenn sein Plan Erfolg haben sollte. Er würde stets mit einem Auge die Uhr im Blick haben müssen, sodass er sicher sein konnte, nicht vor 10:56 Uhr seinen ersten Schritt zu tun.

Er betrat den Glaskasten für anwaltliche Konsultationen genau eine Minute nach zehn, setzte sich seinem Mandanten lächelnd gegenüber und stellte seine Gladstone-Tasche neben seinen Stuhl auf den Boden.

»Guten Morgen, Miles. Sollen wir mit den guten Nachrichten anfangen?« Er beugte sich hinab, nahm den ersten Vertrag aus der Tasche und schob ihn über den Tisch, damit sein Mandant ihn durchsehen konnte.

»Ich bin mir absolut sicher, diese Vereinbarung wird dafür sorgen, dass Christina Ihnen in Zukunft keine Schwierigkeiten mehr machen wird. Trotzdem sollten Sie sie sorgfältig prüfen. Zögern Sie nicht, mir Fragen zu stellen, wenn Sie sich bei einem der Punkte unsicher sind oder irgendetwas nicht verstehen.«

Faulkner setzte seine Brille auf und begann, das Dokument Zeile für Zeile zu lesen. Gelegentlich nickte oder lächelte er, während Booth Watson die Uhr im Auge behielt, auch wenn der Anwalt nichts tun konnte, damit sich der Minutenzeiger schneller bewegte.

Als Faulkner die letzte Seite erreicht hatte, erschien ein zufriedenes Lächeln auf seinem Gesicht.

»Ich hätte kaum mehr verlangen können«, sagte er. »Vorausgesetzt, dass Lamont weiß, was er zu tun hat, wenn unser jugendlicher Liebhaber mit den beiden Koffern erscheint.«

»Sobald die Koffer an Lamont übergeben wurden, wird er sie auf direktem Weg in meine Kanzlei bringen.«

»Was geschieht, wenn Lamont auf die Idee kommt, nicht aufzutauchen? Er könnte den Rest seines Lebens in Luxus verbringen, während ich ein Vermögen investieren müsste, um ihn aufzuspüren.«

»Ich habe bereits dafür gesorgt, dass ihm jemand folgen wird, um diese Möglichkeit auszuschließen.«

»Heutzutage kann man niemandem mehr trauen«, kommentierte Faulkner. »Am wenigsten einem korrupten Ex-Polizisten, der dafür bekannt ist, dass er stets die falsche Entscheidung trifft – egal, ob es um Pferde oder Frauen geht.« Rasch wechselte er das Thema. »Was ist mit dem wichtigeren Vertrag, von dem abhängt, ob ich mein früheres Leben wieder genießen kann?«

Wieder warf Booth Watson einen Blick auf die Wanduhr. 10:25 Uhr. Er hatte gehofft, dass es noch einige Fragen zu klären gäbe, bevor er sich dem neuen Thema würde widmen müssen.

»Es ist wichtig«, betonte Booth Watson, indem er die erste Vereinbarung gegen die zweite austauschte, »dass Sie diesen Vertrag sogar noch sorgfältiger lesen als den zuvor, denn der Rest Ihres Lebens hängt davon ab.«

Faulkner betrachtete das Dokument, das auf Papier mit dem Briefkopf des Strafverfolgungsdiensts der Krone getippt war, welches Booth Watson Anfang der Woche während eines Besuchs im Büro der Behörde in der Petty France in seiner Tasche hatte verschwinden lassen.

»Ich kann gar nicht glauben, dass der Strafverfolgungsdienst bereit ist, sich auf so günstige Bedingungen einzulassen«, sagte er, noch bevor er die letzte Seite erreicht hatte.

»Ich habe den Direktor mein Eröffnungsplädoyer gegenüber den Geschworenen lesen lassen. Das hat ihm dabei geholfen, sich die Alternativen vorzustellen.«

»Sie scheinen an alles gedacht zu haben, BW«, sagte Faulkner und sah sich noch einmal den letzten Absatz an.

Hoffentlich, dachte Booth Watson. »Haben Sie noch irgendwelche Fragen, bevor Sie unterschreiben?«

»Nur eine. Können Sie mir erklären, was die Verschwiegenheitsklausel zu bedeuten hat und der Hinweis auf die Folgen, sollte ich mich nicht daran halten?«

»Einfach ausgedrückt: Sollten Sie jemals erwähnen, was sich letzten September in Ihrem Landhaus in Spanien abgespielt hat, wäre die Vereinbarung nichtig. Man würde Sie festnehmen und ins Gefängnis zurückbringen, wo Sie Ihre ursprüngliche Haftstrafe absitzen müssten und man Sie möglicherweise mit neuen Vorwürfen konfrontieren würde. Also, Miles, was auch immer Sie sonst tun mögen, sagen Sie zu niemandem außer mir auch nur ein Wort, bis der Richter das Urteil gesprochen hat.« Er hielt inne, bis er sicher war, dass sein Gegenüber die Drohung verstanden hatte. »Sonst noch etwas?«, fragte er. 10:51 Uhr. Noch immer Zeit, die es herumzubringen galt.

»Am Montag habe ich mit meinem Bewährungshelfer gesprochen«, sagte Faulkner, »und er hat mit keinem Wort eine vorzeitige Entlassung erwähnt.«

»Man wird ihn erst ins Bild setzen, nachdem Sie die Vereinbarung unterschrieben haben. Sobald das geschehen ist, wird er einfach nur die Anweisungen ausführen, die von oben kommen.«

»Wo muss ich unterschreiben?«

»Nirgends. Das ist nur eine Kopie für Sie persönlich. Ich würde Ihnen raten, sie vor neugierigen Blicken zu schützen.«

Von der Tür her erklang ein lautes Klopfen. Beide drehten sich um und sahen, dass der diensthabende Beamte dort stand. »Fünf Minuten, Sir.«

»Mr. Harris«, sagte Booth Watson. »Ich frage mich, ob ich Sie vielleicht um einen Gefallen bitten dürfte. Mein Mandant steht kurz davor, ein bedeutendes juristisches Dokument zu unterzeichnen, und ich bräuchte jemanden, der seine Unterschrift bestätigt.«

»Ist mir ein Vergnügen«, sagte Harris.

Booth Watson nahm die drei neuen Vereinbarungen aus seiner Gladstone-Tasche und legte sie vor sich. Dann schlug er die jeweils letzte Seite auf. Faulkner bemerkte erfreut, dass Sir Julian bereits alle drei Dokumente unterzeichnet hatte. Der diensthabende Beamte wartete, bis Faulkner seine Unterschrift hinzugefügt hatte, und kritzelte dann seinen Namen und seine Funktion in die Zeile darunter.

Nachdem beide alle drei Dokumente unterschrieben hatten, wartete Booth Watson nicht darauf, bis die Tinte trocken war, sondern ließ die Papiere sogleich wieder zurück in seine Tasche gleiten.

»Vielen Dank, Mr. Harris«, sagte er zu dem arglosen Zeugen. Dann wandte er sich wieder an Faulkner und fügte hinzu: »Damit wäre unsere Konsultation für heute abgeschlossen.« Booth Watson griff nach seiner Tasche und trat beiseite, damit der Beamte den Häftling zurück in seine Zelle führen konnte, während er selbst in die entgegengesetzte Richtung ging.

»Viel Glück«, rief Faulkner, als er abgeführt wurde. Booth Watson drehte sich nervös um. Er war nicht sicher, worauf sich sein Mandant bezog. »Grüßen Sie Christina von mir, wenn Sie sie heute Nachmittag sehen.«

Als Christina am Nachmittag vor dem Bankgebäude ausstieg, sah sie, dass Booth Watson sie bereits im Eingang erwartete. An die Stelle seiner Gladstone-Tasche waren zwei große schwarze und leere Koffer getreten.

Nach einer kurzen Begrüßung führte er sie zu den Aufzügen am anderen Ende des Foyers. Es war offensichtlich, dass er genau wusste, wohin er zu gehen hatte. Während der kurzen Fahrt ins Untergeschoss sprachen sie nicht miteinander. Als sich die Aufzugtüren öffneten, wurden sie mit den Worten begrüßt: »Guten Tag, Mr. Booth Watson. Mein Name ist Bradshaw. Ich bin der Sicherheitsbeamte der Bank. Bitte gestatten Sie mir, Sie zu den Schließfächern in unserem Tresorraum zu begleiten.«

Ohne ein weiteres Wort zu verlieren, führte er sie durch einen gut beleuchteten Korridor zum Eingang des Tresorraums der Bank. Bradshaw gab einen achtstelligen Code in eine in der Wand angebrachte Tastatur ein und wartete einen Augenblick, bevor er die gewaltige runde Stahltür aufzog, damit seine beiden Kunden den privaten Bereich betreten konnten. Ein großer Holztisch beherrschte die Mitte des Raumes, und so weit Christina sehen konnte, waren die Wände vom Boden bis zur Decke mit nummerierten Fächern bedeckt – gleichsam die Bibliothek einer Bank.

Bradshaw sah auf seinem Klemmbrett nach, bevor er einen der Schlüssel an einem großen Schlüsselring auswählte und ihn im Schloss der Bank umdrehte. Daraufhin zog Booth Watson seinen eigenen Schlüssel aus der Tasche und öffnete das Kundenschloss. Bradshaw zog zwei schwere Kisten aus dem entsprechenden Fach, hievte sie auf den Tisch und sagte: »Ich lasse Sie jetzt alleine, Sir. Sobald Sie Ihre Angelegenheiten beendet haben, drücken Sie einfach auf den grünen Knopf neben der Tür, die sich daraufhin automatisch öffnen wird. Ich warte auf der anderen Seite auf Sie.«

Booth Watson wartete, bis Bradshaw gegangen war und sich die gewaltige Tür mit einem dumpfen Aufschlag hinter ihm geschlossen hatte. Dann hob er die Deckel der Kisten, sodass Reihen druckfrischer Fünfzigpfundnoten sichtbar wurden. Sie waren zu sorgfältig versiegelten Bündeln zu je fünftausend Pfund gestapelt. Zwanzig Minuten später hatten sie die Aufgabe beendet, das Bargeld aus den Schließfachboxen in die Koffer zu transferieren.

Nachdem er noch einmal überprüft hatte, dass Christina nicht zu viel ausbezahlt worden war, zog Booth Watson einen Umschlag aus der Innentasche seines Jacketts und reichte ihr einen Vertrag, den sie, wie sie dachte, am Tag zuvor gelesen hatte. Ohne zu zögern, unterschrieb Christina alle drei Exemplare der Vereinbarung.

Booth Watson steckte die Dokumente wieder ein – aber erst, nachdem er ihr versichert hatte: »Die Wohnung in London und die Villa in Monte Carlo gehören jetzt Ihnen.« Die beträchtlichen Hypotheken, die er kürzlich im Namen seines Mandanten aufgenommen hatte, erwähnte er nicht. Jetzt war sie dafür verantwortlich. »Ich muss Sie jedoch warnen«, fügte er hinzu. »Sollten Sie Ihre Seite der Vereinbarung nicht einhalten, werde ich nicht zögern, die Steuerbehörden über Ihren unverhofften Glücksfall zu informieren.«

»Sie haben mir versichert, dass ich keinen einzigen Penny Steuern würde zahlen müssen«, erinnerte Christina ihn.

»Und das werden Sie auch nicht, solange niemand von unserem kleinen Arrangement erfährt.« Ohne noch etwas hinzuzufügen, drückte Booth Watson den grünen Knopf in der Wand, und die Tür schwang langsam auf. Nachdem sie nach draußen getreten waren, schloss Bradshaw die Tür hinter ihnen und begleitete sie durch den Korridor zurück zum Aufzug. Booth Watson zog einen der schweren Koffer, während Christina sich mit dem anderen abmühte.

Als sie das Erdgeschoss erreichten, übergab Booth Watson seinen Koffer an Christina, die beide Koffer langsam in Richtung Ausgang zog. Sie hatte sich nie eine Vorstellung davon gemacht, wie schwer zehn Millionen Pfund waren.

Booth Watson trat zur Seite und sah zu, wie ein dunkelblauer Mercedes vor dem Eingang der Bank hielt. Ein Chauffeur stieg aus, öffnete den Kofferraum und verstaute die beiden Koffer darin, bevor er sich wieder hinter das Lenkrad setzte. Gleichzeitig öffnete Christina die hintere Tür und nahm im Fond Platz. Nachdem sie die Tür geschlossen hatte, startete der Mercedes und fädelte sich in den Vorabendverkehr ein. Die ganze Aktion hatte weniger als eine Minute gedauert und war zweifellos gründlich geplant und wahrscheinlich sogar eingeübt worden. Booth Watson lächelte, wie er so alleine dastand: Das war nicht der einzige Plan, den jemand sorgfältig geprobt hatte.

Er verließ die Bank, als ein schwarzer Volvo mit einem

Ex-Superintendent am Steuer hinter dem Mercedes auftauchte. Booth Watson rief ein Taxi, überquerte die Straße und fuhr in entgegengesetzter Richtung davon.

Als der Mercedes vor Christinas Wohnung in Eaton Square hielt, fuhr Lamont ein paar Meter entfernt in eine den Anwohnern vorbehaltene Parkbucht auf der anderen Seite der Straße. Der Chauffeur öffnete den Kofferraum, nahm die beiden Koffer heraus und begleitete Christina zur Vordertür, die ein uniformierter Portier für sie beide aufhielt.

Lamont musste nur wenige Minuten warten, bis der Chauffeur zurückkam und wegfuhr. Aufgabe erledigt. Nun, nicht ganz.

14

Während seiner Ermittlungen beim Yard hatte Lamont sich daran gewöhnt, viele Stunden auf das Erscheinen von Verdächtigen zu warten. Als er an diesem Abend im Auto saß, hörte er die Sechsuhrnachrichten, eine Comedy-Spielshow, eine Episode der *Archers* und ein politisches Programm über die Falklandinseln, bevor Christina wieder erschien. Dabei hatte sie sich, wie er es nennen würde, besonders in Schale geworfen. Eine nietenbesetzte Fliegerjacke, eine locker sitzende Bluse, bei der ein Knopf zu viel geöffnet war, ausgebleichte, an allen richtigen Stellen eingerissene Jeans und hochhackige Schuhe sollten dafür sorgen, dass sie, wie sie zweifellos hoffte, zehn Jahre jünger wirkte.

Sie winkte ein vorbeifahrendes Taxi heran, und Lamont folgte ihr, wobei er darauf achtete, genügend Abstand zu wahren. Er wusste schließlich, wo sie hinfuhr. Als der Taxifahrer in die Jermyn Street einbog, parkte Lamont auf der anderen Straßenseite. Er wusste, dass er es sich nicht erlauben konnte einzunicken, denn das wäre garantiert der Augenblick, wenn sie wieder nach draußen käme. Er setzte sich zurecht, um *The World Tonight* anzuhören, während Christina die Metalltreppe hinabging, die zu einem der angesagtesten Londoner Nachtclubs führte.

Der Oberkellner begrüßte sie mit offenen Armen und

führte die Besucherin zu ihrem Tisch in ihrer Lieblingsnische. Sie brauchte keinen Blick auf die Cocktailkarte zu werfen, denn schon wenige Augenblicke später stand ein Glas Champagner vor ihr. Christina begann, sich umzusehen, wobei ihr Blick auf mehreren jungen Männern verweilte, von denen jeder eine noch jüngere Frau neben sich sitzen hatte.

Christina nippte gerade an ihrem zweiten Glas, als sie ihn an der Bar stehen sah. Er hätte jede Frau im Raum haben können, doch sie beide wussten, dass sie etwas besaß, das die anderen Frauen nicht hatten. Ihre Blicke trafen sich, und sie hob ihr Glas zu einem spöttischen Toast. Er erwiderte ihr Kompliment, glitt von seinem Hocker und schlenderte zu ihr.

Ross beobachtete Diana aus diskreter Entfernung, während er an seinem üblichen Tisch hinter einer Säule saß. Sie trank, so schien es jedenfalls, Champagner mit einem Mann, den er nicht kannte, aber dessen Lebensgeschichte ihm nach nur einem Anruf am Morgen vorliegen würde. Der Mann konnte noch nicht lange mit ihr bekannt sein, denn sonst hätte er gewusst, dass sie keinen Alkohol trank und ihr Glas nur hob, wenn ein Toast auszubringen war. Ross konnte nicht leugnen, dass der Mann gut aussah, obwohl sein Pferdeschwanz ihn nicht besonders beeindruckte. Er musste ebenfalls zugeben, dass er Ihre Königliche Hoheit noch nie so entspannt und glücklich gesehen hatte, doch er musste an seine alte irische Mutter denken, die immer gesagt hatte: »Hör auf meine Worte, es wird mit Tränen enden.« Zwischen den einzelnen Gängen des Dinners verbrachte das Paar einige Zeit auf der Tanzfläche, und Ross erinnerte sich daran, wie Ihre Königliche Hoheit ihm einst anvertraut hatte, sie wäre lieber Profitänzerin als Prinzessin geworden. Doch ihr Tanzlehrer hatte ihr gesagt, dass es ein Problem gab. »Sie sind zu groß! Auf einem Kreuzfahrtschiff könnten Sie arbeiten«, versicherte er ihr, »aber niemals im West End.« Jetzt kam sie überall an.

Ross sah sich im Saal um und entdeckte Christina Faulkner, die auf der anderen Seite der Tanzfläche saß. Es war nicht schwer herauszufinden, was sich ihr junger Begleiter als Gegenleistung dafür erhoffte, dass er die Nacht mit einer einsamen Frau mittleren Alters verbrachte. Ross fragte sich, wie der Tarif stehen mochte.

Sein Blick wanderte wieder zu der Frau, für die er verantwortlich war, und deren Tanzpartner. Beide hielten sich inzwischen unter dem Tisch bei den Händen, wohingegen Mrs. Faulkners jüngste Eroberung bereits seine Hand auf ihrem Oberschenkel liegen hatte. Während Ross den Salat des Hauses aß und dabei an einem Glas Wasser nippte – einem sehr teuren Glas Wasser –, musste er unweigerlich an Jojo denken. Immerhin hatte er versprochen, das Wochenende mit ihr zu verbringen. Als der DJ die Stimmung der Musik änderte und von Pop zu Balladen wechselte, betraten Diana und ihr Partner erneut die Tanzfläche. Ross gefiel gar nicht, was er dort sah. Er wandte sich ab und bemerkte, dass Mrs. Faulkners Kopf auf der Schulter ihrer Eroberung ruhte, während sich die Hand des jungen Mannes immer weiter ihren Rücken hinabbewegte.

Ross trank einen schwarzen Kaffee und dachte, dass er sich viel lieber im Zoo einen großen Schoko-Nuss-Eisbecher mit Jojo teilen würde. Sein Blick kehrte zu jenem anderen Zoo zurück, in dem die Tiere nur eine Sache im Kopf hatten, während er an Jojos Mutter dachte – die einzige Frau, die er jemals geliebt hatte –, und er beneidete weder Diana noch Mrs. Faulkner.

Lamont konnte die Princess of Wales unmöglich übersehen, als sie kurz nach Mitternacht von Fotografen umringt den Nachtclub verließ. DI Hogan drängte die Meute zurück, während er ihr die Autotür öffnete und so die Flucht ermöglichte. Gott, wie er die Paparazzi hasste.

Ross nahm vorne auf dem Beifahrersitz Platz, erleichtert darüber, dass der Bekannte, der der Prinzessin beim Dinner Gesellschaft geleistet hatte, nirgendwo zu sehen war. Die Fotografen ließen ihre Blitzlichter aufleuchten, bis das Auto um die Ecke gebogen war. Dann eilten sie alle zurück in die Fleet Street in der Hoffnung, ihre Aufnahmen noch rechtzeitig in der zweiten Zeitungsausgabe des Tages unterbringen zu können.

Es dauerte eine weitere Stunde, bis Mrs. Faulkner mit ihrem jungen Begleiter erschien, der eine Hand auf ihren denimbedeckten Hintern gelegt hatte und mit der anderen ein Taxi heranwinkte. Lamont hielt sich in sicherer Entfernung, während er den beiden zurück zur Wohnung folgte, und nachdem sie im Gebäude verschwunden waren, richtete er sich auf eine weitere lange Wartezeit ein. Ein so langes Warten, dass ihm genügend Zeit bliebe, um darüber nachzudenken, was er tun würde, wenn er die beiden Koffer in die Hände bekam. Er hatte keine Ahnung, was in ihnen war, aber Booth Watsons Drohung schien anzudeuten, dass es das Risiko wert sein könnte.

Ross begleitete die Prinzessin bis zum Kensington Palace und ging dann zu Fuß nach Hause. Er wollte einen klaren

Kopf bekommen und über die Folgen dessen nachdenken, was er an diesem Abend miterlebt hatte.

Als er an der Albert Hall vorbeikam, sah er einen pinkfarbenen Porsche, der in die entgegengesetzte Richtung fuhr. Er dachte gerade, wie geschmacklos das Auto war, als er den Fahrer erkannte, der offensichtlich zum Palast wollte. Er merkte sich das Nummernschild. Fiel es in seine Verantwortung, dem Commander alles zu berichten, was er gesehen hatte? Oder sollte er sich um seine eigenen Angelegenheiten kümmern?

Als er seine kleine Wohnung erreichte – Jos kleine Wohnung –, hatte er sich entschieden, William über alle seine Beobachtungen zu informieren und ihm die Entscheidung zu überlassen, ob die Erkenntnisse an Hawksby weitergegeben werden sollten. Er nahm eine kalte Dusche, ging zu Bett und schlief schon nach wenigen Minuten ein.

Langsam schlug Sebastian die Bettdecke zurück und glitt aus dem Bett, wobei er seine Füße lautlos auf den Boden senkte. Nachdem er sich davon überzeugt hatte, dass die Person, die auf der anderen Seite des Bettes lag, ruhig atmete, zog er sich im Dunkeln an. Er war daran gewöhnt.

Es war nicht schwierig gewesen, die beiden großen, schwarzen Koffer zu entdecken, die nicht besonders gut unter dem Bett versteckt waren. Er sank auf die Knie und zog sie langsam hervor, wobei er kurz innehielt, um sich davon zu überzeugen, dass er die Dame neben sich nicht geweckt hatte. Dann wartete er noch einige Augenblicke, bevor er die Koffer vorsichtig über den Teppich zog. Dabei hielt er seinen Blick unverwandt auf das Bett gerichtet. Sie waren weitaus schwerer, als er erwartet hatte, weshalb er sich fragte, was sich darin befinden mochte. Er erhob sich und öffnete versuchsweise die Schlafzimmertür. Kein Knarren, keine Nachttischlampe, die eingeschaltet wurde. Er riskierte nicht einmal einen Seufzer der Erleichterung.

Sobald er die beiden Koffer aus dem Schlafzimmer geschafft hatte, schloss er leise die Tür hinter sich. Er vermied es, das Licht einzuschalten, und als er langsam durch das Zimmer ging, stieß er mit dem Schienbein gegen die Ecke eines niedrigen Glastisches. Er ließ sich auf ein Sofa sinken, und irgendwie gelang es ihm, nicht aufzuschreien. Obwohl kein Licht unter der Schlafzimmertür erschien, dauerte es eine ganze Weile, bis er wieder aufstand. Das einzige Geräusch, das seinen Atem begleitete, war das unablässige Ticken einer Standuhr. Er ging weiter, wobei er diesmal sogar noch vorsichtiger war, während er die beiden Koffer zur Wohnungstür zog. Er löste die Sicherheitskette, drehte langsam den Türriegel und streckte seinen Kopf in den schwach beleuchteten Hausflur. Nachdem er nach rechts und links gespäht hatte, schob er die Koffer hinaus in den Flur und zog die Tür hinter sich zu. Das einzige Geräusch war ein scharfes Klicken.

Er rollte die beiden Koffer zum Aufzug und wagte erst dann, einen tiefen Seufzer der Erleichterung auszustoßen, als sich die Aufzugtüren schlossen. Als sie sich im Erdgeschoss wieder öffneten, konnte er die mehrfach eingeübte Erklärung, die er dem Nachtportier liefern würde, falls dieser ihn fragen sollte, bereits auswendig: *Mrs. Faulkner wird in ein paar Minuten nach unten kommen. Wir werden zu ihrem Haus in Surrey fahren.*

Sein Auftraggeber hatte ihm gesagt, wo sich das Landhaus befand.

Sebastian durchquerte die Lobby und sah, dass sich der Nachtportier nicht in der Verfassung befand, Fragen zu stellen: Er war über seinem Tisch zusammengesunken und schnarchte leise. Ein Exemplar der *Racing Post* lag aufgeschlagen neben ihm. Als Sebastian hinaus auf den Bürgersteig trat, leuchteten die Scheinwerfer eines Autos mehrmals hintereinander kurz auf, und schließlich stieg der Fahrer aus und ging zum Heck des Autos. Sebastian zog die beiden schweren Koffer über die leere Straße, und Lamont half ihm dabei, sie in den Kofferraum zu heben.

Schwungvoll schloss Lamont den Deckel des Kofferraums, nahm einen dicken Umschlag aus der Tasche seiner Jacke und gab ihn Sebastian. Wenige Augenblicke später saß er hinter dem Steuer und fuhr davon, ohne auch nur den Sicherheitsgurt anzulegen.

Es dauerte eine Weile, bis es Sebastian gelang, ein vorbeifahrendes Taxi heranzuwinken, doch er konnte sich nicht beklagen. Immerhin kam es nicht oft vor, dass er für seine nächtliche Arbeit doppelt bezahlt wurde. Als das Taxi sich in Bewegung setzte, sah er hinauf zum Schlafzimmerfenster, hinter dem es noch immer vollkommen dunkel war, und dachte, dass er gerne mit Christina gefrühstückt hätte.

Lamont grübelte darüber nach, was in den beiden Koffern sein mochte, die jetzt sicher in seinem Kofferraum untergebracht waren. Wieder fragte er sich, ob er sie öffnen sollte. Doch als er bemerkte, dass er verfolgt wurde, bereitete das seinen Überlegungen ein Ende.

Zwanzig Minuten später hob sich die äußere Schranke des Middle Temple – aber erst, nachdem der Wachmann das Nummernschild mit dem Eintrag verglichen hatte, den

Booth Watson ihm gegeben hatte. Während Lamont langsam über die zahlreichen auf dem Platz angebrachten Schwellen fuhr, konnte er das Licht erkennen, das aus einer der Kanzleien schien. Er hielt an und überzeugte sich mit einem Blick in den Rückspiegel davon, dass er nicht mehr verfolgt wurde. Zufrieden stieg er aus, öffnete den Kofferraum und hob die beiden Koffer auf den Bürgersteig, bevor er das Gebäude betrat und – mit seiner Last immer wieder gegen die Stufen stoßend und langsam einen Fuß nach dem anderen aufsetzend – die Steintreppe hinaufging. Als er endlich den zweiten Stock erreichte, sah er, dass Booth Watson ihn auf dem Treppenabsatz erwartete.

Lamont rollte die beiden Koffer in das Büro des Anwalts, und noch bevor er fragen konnte, reichte Booth Watson ihm einen dicken braunen Umschlag und sagte: »Gute Nacht, Superintendent.« Er fügte nicht hinzu: Ich werde Ihre Dienste nie wieder benötigen.

Nachdem Lamont die Tür hinter sich geschlossen hatte, trat Booth Watson ans Fenster und sah zu, wie der schwarze Volvo über den Platz zurückfuhr. Er rührte sich erst wieder, nachdem die Schranke sich erneut gesenkt hatte und das Auto außer Sichtweite war.

Er setzte sich in seinen Sessel und leckte sich die Lippen, während er die beiden Koffer anstarrte. Er hatte bereits entschieden, was er mit den zehn Millionen tun würde, und sein Verschwinden wie eine militärische Operation geplant. Miles Faulkner hatte ihm über die Jahre hinweg viel beigebracht.

Das Taxi, das ihn um Punkt sechs Uhr morgens nach Heathrow bringen würde, war bereits bestellt. Er warf einen Blick auf seine Uhr. Noch etwas mehr als eine Stunde. Am

Flughafen würde er einen Privatjet besteigen, der ihn nach Hongkong bringen sollte. Das war nicht billig gewesen, aber es verminderte die Wahrscheinlichkeit, zufällig irgendjemandem zu begegnen, den er kannte, während er sein Gepäck mit sich trug, das er nicht aus den Augen lassen durfte. Nach seiner Landung in dem unter britischer Verwaltung stehenden Stadtstaat würde er den Direktor eines privaten Bankhauses aufsuchen, das nach Mitternacht keine Kunden mehr empfing. Jedenfalls keine mit weniger als zehn Millionen. Ein gepanzerter Van würde die beiden Koffer zur Bank bringen, während der Direktor Booth Watson unterwegs in einem unauffälligen Hotel absetzen würde.

Nach der Verbuchung des Geldes würde er mit South African Airlines erster Klasse nach Kapstadt fliegen, wo er für eine Nacht – und zwar nur für eine Nacht – in einem Flughafenhotel bleiben würde. Am folgenden Morgen würde ihn American Airways nach San Francisco bringen, von wo aus er einen Shuttlebus nach Seattle nehmen würde, sein endgültiges Ziel. Niemand würde ihn dort finden – am allerwenigsten ein Mann, der die nächsten vierzehn Jahre im Gefängnis verbringen musste.

Er sah hinaus auf den Platz und erkannte, dass ein Taxi vor der Schranke hielt. Nachdem er sich einen einzigen kurzen Blick gegönnt hätte, würde er den Taxifahrer bitten, die beiden Koffer nach unten zu tragen. Als er den Reißverschluss eines der beiden Koffer öffnete, spürte er, wie ihm das Herz in der Brust hämmerte. Er starrte auf den fein säuberlich verstauten Inhalt hinab. Nebeneinander steckten mehrere dicht an dicht gepackte Reihen von Taschenbüchern. Mit unsicherer Hand öffnete er den Reißverschluss des zweiten Koffers und sah, dass dieser voller gebundener

Bücher war. Ein Umschlag, der mit »Persönlich« und »Miles Faulkner, Häftling Nummer 0249« beschriftet war, lag darauf. Er riss den Umschlag auf und las die kurze handschriftliche Notiz.

> Liebster Miles,
>
> Du solltest mehr als genügend Zeit haben, dies alles zu lesen. Besonders gefallen hat mir »Die große Flucht«, ein richtiger Reißer. Übrigens, der junge Mann, den Du auf mich angesetzt hast, war sehr gut und jeden Penny wert.
>
> Ich hoffe, Dich nicht so bald wiederzusehen – ich werde Dich nicht im Gefängnis besuchen. Das gehört nicht zu meinen langfristigen Plänen.
>
> In Liebe,
>
> Christina x

Booth Watson fiel auf die Knie und erbrach sich, als das Taxi vor den Fetter Chambers Nummer 5 anhielt. Der Fahrer wartete auf seinen Gast.

»Wann bist du bei der Bank erschienen?«, fragte Grace.

»Ein paar Minuten nach fünf«, sagte Sir Julian, und seine Augen leuchteten, als Clare einen Teller mit Eiern, Speck, Tomaten, Pilzen und Würstchen vor ihn auf den Küchentisch stellte.

»Ich dachte, Banken schließen freitagnachmittags um vier.«

»Das tun sie auch«, sagte Sir Julian und schraubte den Verschluss einer Flasche HP-Soße auf. »Aber da ich seit über vierzig Jahren bei Barclays bin und mein Konto kein einziges Mal überzogen habe« – die beiden jungen Frauen zweifelten nicht im Geringsten daran –, »waren sie nur allzu gerne bereit, eine Ausnahme zu machen.«

»Was haben sie getan«, fragte Clare, »als du ihnen die beiden Koffer übergeben hast?«

»Sie haben sie über das Wochenende in einen Tresorraum eingeschlossen und mir eine Empfangsbestätigung auf den Namen Mrs. Christina Faulkner ausgestellt.«

»Warst du nicht in Versuchung, einen kurzen Blick hineinzuwerfen?«, fragte Clare.

»Absolut nicht«, sagte Sir Julian und widmete sich voller Eifer dem Frühstück. »Das gehörte nicht zu meinen Anweisungen.«

»Ich kann mir dich gar nicht in einer Chauffeursuniform vorstellen, Dad«, sagte Grace.

»Einschließlich der Schirmmütze!«, warf Clare ein.

»Es wird sogar noch schlimmer«, sagte Sir Julian. »Ich musste auf dem gelben Doppelstreifen vor der Bank parken und bekam einen Strafzettel.«

»Ich bin sicher, Mrs. Faulkner wird dir den Betrag gerne ersetzen«, sagte Clare und machte die entsprechende Notiz unter der Rubrik »Spesen«.

»Grace, du musst mir versprechen, deiner Mutter nichts davon zu erzählen.«

»Von deinem Nebenjob?«, sagte Grace und grinste.

»Nein … davon, was ich zum Frühstück hatte.«

15

»Während der letzten Wochen«, sagte William, »hat DS Roycroft in unserem Sinne auf Constable Smart eingewirkt. Und wenn Constable Smart sich dazu entschließen sollte, mit uns zusammenzuarbeiten, werden wir mehr als genügend Beweismaterial zur Verfügung haben, Milner und seiner Truppe Betrug in gigantischem Ausmaß nachzuweisen.«

»Und DS Adaja?«, fragte Hawksby. »Wie steht es mit ihm in Windsor?«

»Er hat mehr als genügend Beweise für rassistische Vorurteile gesammelt, jedoch nichts, das Milner nicht als groben, aber harmlosen Scherz beiseitewischen könnte.«

Hawksby runzelte die Stirn. »Das ist ein Problem, das man in der Polizei schon bald angehen muss, wenn wir für mehr Menschen wie DS Adaja attraktiv sein wollen.«

»Er meint allerdings auch, er könnte etwas auf der Spur sein, das Milner nicht so einfach wegwischen kann«, fügte William hinzu. »Aber er möchte noch nichts darüber sagen, bis er genügend Beweise hat, die die Geschworenen ohne den geringsten Zweifel von Milners Schuld überzeugen würden.«

»Die Vorstellung, dass ein junger Immigrant aus Ghana den Leiter der Royalty Protection zu Fall bringt, entbehrt nicht einer gewissen Ironie«, sagte der Commander mit einem schiefen Lächeln.

»Das ist das Problem mit rassistischen Vorurteilen«, sagte William. »Milner würde nie auf die Idee kommen, dass DS Adaja genauso intelligent ist wie er selbst.«

»Und wie steht es mit Ihnen?«, fragte Hawksby. »Sind Sie auch so intelligent wie Milner?«

»Es ist mir gelungen, eine Tonne Indizien zu sammeln, aber nichts, was vor Gericht standhalten würde.«

»Vergessen Sie nicht, dass Sie eine Tonne unanfechtbarer Beweise brauchen werden, wenn Sie Milner aus dem Verkehr ziehen wollen, denn dieser Mann hat den Worten ›Freunde ganz oben‹ eine völlig neue Bedeutung gegeben. Was denken Sie, wem wird der Palast spontan glauben – einem Mann, der seit über einem Jahrzehnt den Mitgliedern der königlichen Familie dient, oder einem DCI, von dem sie noch nie gehört haben? Deshalb scheint mir, dass DS Roycroft und DS Adaja die besten Chancen haben, Milners Selbstbedienungsladen zu schließen.«

»Besonders, da er sich nur selten in Windsor aufhält, während …«

»Die Katze aus dem Haus ist«, sagte Hawksby. »Aber was ist mit DI Hogan? Hat er meine Anweisungen ausgeführt?«

»Aufs Wort.«

»Einzelheiten«, verlangte Hawksby.

»Erst kürzlich ist er mit seiner Tochter in den Londoner Zoo gegangen und hat alles als Spesen abgerechnet, einschließlich eines Schoko-Nuss-Eisbechers. Er hat die Quittungen vorgelegt, und Milner hat die Ausgaben nicht infrage gestellt.«

»Weshalb ich mich unweigerlich frage, was Milners Schoko-Nuss-Eisbecher ist. Hat DI Hogan sonst noch etwas herausgefunden, das wir wissen sollten?«

»Es sieht so aus, als unterhielte Prinzessin Diana ein Verhältnis mit einem jungen …«

»Gigolo«, sagte Hawksby. »Ja, ich habe bereits in allen Einzelheiten davon gelesen. Wir können nur hoffen, dass sie irgendwann wieder zu Verstand kommt.«

»DI Hogan hat mir berichtet, dass es anscheinend ziemlich ernst zu werden beginnt.«

»Dann wird man das Problem in andere Hände legen. Aber es könnte klug sein, wenn er in Zukunft seine Beobachtungen offiziell meldet. Denn wenn die Sache außer Kontrolle gerät, wird man nach einem Schuldigen suchen, und er ist der naheliegende Sündenbock«, sagte Hawksby, als das Telefon auf seinem Schreibtisch zu klingeln begann.

»Ich werde ihm das mitteilen, Sir«, sagte William.

»Ich habe Geoff Duffield am Apparat«, sagte seine Sekretärin, als Hawksby den Hörer abnahm. »Er ruft von Heathrow aus an. Er sagt, es sei ein Notfall.«

»Bei Duffield ist alles ein Notfall«, erwiderte Hawksby. »Stellen Sie ihn durch.« Er drückte auf den Lautsprecherknopf, damit William die Unterhaltung mithören konnte.

»Guten Morgen, Superintendent«, sagte Hawksby. »Das letzte Mal, dass Sie mich angerufen haben, ging es um eine Flugzeugentführung. Was haben Sie diesmal für mich?«

»Etwas Schlimmeres, fürchte ich«, sagte Duffield. »Ein Privatjet hat eine ungeplante Zwischenlandung in Heathrow eingelegt, um vor dem Weiterflug nach Moskau aufzutanken und die Besatzung zu wechseln. Möglicherweise befindet sich Mansour Khalifah an Bord.«

»Falls es sich wirklich so verhält«, sagte Hawksby, »kann das tatsächlich als Notfall gelten.« Er tippte etwas in seinen Computer und sah, dass gegen Khalifah sechsundzwanzig ausstehende Haftbefehle in ebenso vielen Ländern vorlagen und sein Name fast ganz oben auf der Fahndungsliste von Interpol stand.

»Wir müssen sicher sein, dass er es ist, bevor wir irgendwelche Schritte unternehmen können. Das Letzte, was wir jetzt noch brauchen können, ist ein größerer diplomatischer Zwischenfall, bei dem man uns vorwerfen würde, einen Unschuldigen verhaftet zu haben. Befragen Sie als Erstes die ausgewechselte Besatzung.«

»Das habe ich bereits, Sir. Die Leute konnten mir lediglich sagen, dass das Flugzeug aus Libyen kommt und sich nur drei Passagiere an Bord befinden.«

»Libyen könnte man als einen Hinweis betrachten«, sagte William.

»Aber er ist nicht eindeutig«, erwiderte der Commander.

»Wie lange wird es dauern, bis der Flug eine Starterlaubnis erhält?«, fragte William.

»Höchstens eine Stunde«, sagte Duffield. »Aber wir haben ihnen noch keinen Slot für den Start zugeteilt. Die neue Besatzung wartet noch darauf, an Bord gehen zu können.«

»Halten Sie sie auf«, sagte William. »Schließen Sie sie ein, wenn es sein muss.«

»Ich bin nicht sicher, ob ich die Befugnis habe, so etwas zu tun«, sagte Duffield.

»Jetzt schon«, erklärte Hawksby.

»Haben Sie ein Sondereinsatzkommando vor Ort?«, fragte William.

»Ja, unter der Führung eines gewissen Inspector Roach. Die Männer sind in Bereitschaft.«

»Statten Sie sie als neue Besatzung aus und sagen Sie ihnen, dass wir die Stewardess mitbringen werden«, sagte

William. »Wir sollten in etwa vierzig Minuten bei Ihnen sein.«

»An wen hatten Sie als Stewardess gedacht?«, fragte Hawksby, als er den Hörer auflegte.

»Bitte gehen Sie noch einmal das Programm mit mir durch, Victoria«, sagte die Prinzessin, als ihr Wagen in Richtung Princes Gardens abbog.

»Es ist ein etwas anderer Lunch als üblich, Ma'am. Nur einhundert Gäste, aber jeder von ihnen hat eintausend Pfund bezahlt, um daran teilzunehmen. Dadurch sind bereits einhunderttausend Pfund für karitative Zwecke beisammen.«

»Vor Abzug der Unkosten?«

»Die werden kein Problem sein. Asprey's ist der Gastgeber bei diesem Ereignis und übernimmt alle Kosten zur Feier des einhundertdreißigsten Jahrestages der Auszeichnung als königlicher Lieferant durch Queen Victoria. David Carmichael, der Vorstandsvorsitzende, der übrigens zu Ihrer Rechten sitzen wird, hat mir sogar mitgeteilt, dass man zu Ihren Ehren die einzigartige Silbersammlung des Unternehmens präsentieren wird, worunter sich als Stolz der Ausstellung auch eine Statue von Queen Victoria befindet.«

»Wie überaus großzügig von Mr. Carmichael«, sagte Diana, als der Jaguar an Harvey Nichols vorbeifuhr, einem ihrer Lieblingsgeschäfte, wie sie Ross einmal gestanden hatte. »Ich darf nicht vergessen, mich bei ihm zu bedanken.« Sie fügte ihrer Rede einen Satz über die Silbersammlung hinzu.

Ross saß stumm vorn auf dem Beifahrersitz und dachte an die Menschen, die die Prinzessin begrüßen würden. Die

Menge würde bei ihrer Ankunft nicht besonders groß sein, denn aus Sicherheitsgründen war der Name des Ehrengasts auf den Einladungskarten nicht erwähnt worden. Doch der rote Teppich und die elegant gekleideten Gäste, die alle in eine einzige Richtung gingen, würden unweigerlich einige neugierige Zuschauer anziehen. Bei der Abfahrt der Prinzessin würden sich die Menschen aus den Fenstern beugen, an Laternenpfählen hochklettern oder mitten auf die Straße strömen, nur um einen Blick auf den Ehrengast zu werfen. Das wäre dann der Zeitpunkt, an dem er eigentlich drei Augenpaare benötigte.

Ihre Königliche Hoheit riss ihn aus seinen Gedanken. »Erwarten Sie irgendwelche Probleme, Ross?«

»Es gibt da einen Verrückten, der zu Ihren letzten drei Terminen gekommen ist und behauptet, mit Ihnen verheiratet zu sein.«

»Ist das ein Verbrechen?«, fragte Diana.

»Das ist es in der Tat, solange Sie noch mit dem Prince of Wales verheiratet sind«, sagte Ross, bedauerte jedoch sofort seine Worte.

»Was ist mit der Gästeliste?«, fragte Victoria, um ihm aus dieser misslichen Lage zu helfen.

»Fast ausschließlich Prominente, nur ein oder zwei Ausnahmen.«

»Vielleicht noch mehr Verrückte?«, fragte Diana.

»Nein, Ma'am, aber zwei der Gäste sind vorbestraft.«

»Sagen Sie uns, weswegen«, bemerkte Victoria.

»Einbruch und Betrug. Ich werde dafür sorgen, dass Sie mit keinem von beiden zusammen fotografiert werden, Ma'am. Denn Sie können sich darauf verlassen, dass ein solches Bild morgen auf allen Titelseiten erscheinen würde.«

Als das Auto in die Bond Street abbog, sprang ein Dutzend Fotografen mitten auf die Straße, und jemand in der Menge rief: »Es ist Diana!«

»Mansour Khalifah«, sagte William, »ist zweifellos einer der meistgesuchten Terroristen der Welt. Wir wissen nicht einmal, wie viele Menschen er selbst umgebracht hat oder für deren Tod er verantwortlich ist. Wenn er in diesem Flugzeug sitzt und wir ihn entwischen lassen, werden die Amerikaner ganz sicher ein Wörtchen mit uns reden wollen – von den Israelis ganz zu schweigen. Da wir jedoch immer noch nicht sicher sind, ob er sich wirklich an Bord befindet, werden wir behutsam vorgehen müssen.« Er reichte Jackie ein weiteres Foto von Khalifah, das sie sorgfältig studierte, während ihr unmarkiertes Fahrzeug mit nur einem einzigen flackernden Blaulicht und einer Geschwindigkeit von fast einhundert Meilen pro Stunde über die Schnellstraße raste.

»Hat er irgendwelche besonderen Kennzeichen?«, fragte Jackie.

»Ein Muttermal auf der einen Seite seines Halses, unmittelbar unter dem linken Ohr. Er behauptet, es sei eine Narbe, die ihm ein amerikanischer Scharfschütze zugefügt hat – was seine Anhänger auch tatsächlich glauben. Doch es wird gut versteckt sein, denn er trägt eine traditionelle Robe und die entsprechende Kopfbedeckung.«

»Wie komme ich ins Flugzeug?«, fragte Jackie, während sie die Titelseite einer alten *Newsweek* musterte, auf der Khalifah wenige Augenblicke, bevor er einem amerikanischen Soldaten den Kopf abschlug, einen Krummsäbel in die Luft reckte.

»Sie schließen sich einer Anti-Terroreinheit an, welche die Besatzung ersetzt, die ihn nach Moskau fliegen sollte. Als Stewardess haben Sie die größte Chance, ihn zu identifizieren. Aber überlassen Sie es der Spezialeinheit, ihn aus dem Verkehr zu ziehen. Denn dieser Mann«, sagte William und tippte auf die Titelseite des Magazins, »würde, ohne zu zögern, seine Mutter umbringen.«

Danny drosselte das Tempo, als sie von der Schnellstraße abbogen und auf ein unmarkiertes Tor zufuhren, durch das sie direkt auf die zentrale Startbahn gelangen würden.

Es war nicht zu übersehen, dass der Beamte am Tor sie erwartete, denn er brauchte nur einen kurzen Augenblick, um sich Williams Dienstmarke anzuschauen, bevor er auf ein isoliertes Gebäude auf der anderen Seite der Startbahn deutete. Danny fuhr erst wieder langsamer, als er Superintendent Duffield entdeckte, der dort als einziger Polizist stand. Nirgendwo war ein uniformierter Beamter zu sehen.

Ross hielt sich ein paar Schritte hinter Diana, die sich mit dem Vorstandsvorsitzenden von Asprey's unterhielt, während den Gästen der erste Gang serviert wurde. Ein weiteres Mal streifte sein Blick durch den Saal. Und dann sah er sie.

Sie saß im hinteren Bereich des Saals, wo sie ein bisschen zu viel Salz auf ihr Essen tat. Dann blickte sie sich verstohlen um und ließ einen silbernen Salzstreuer in ihre offene Handtasche in ihrem Schoß fallen. Sie schloss die Tasche mit einem Klicken und aß weiter. Unter normalen Umständen hätte Ross sie diskret angesprochen und sie gebeten, den Salzstreuer wieder auf den Tisch zu stellen, um eine größere Verlegenheit zu verhindern. Aber dies waren keine normalen Umstände, und seine Anweisungen waren gleichsam in Stein gemeißelt: Lassen Sie niemals zu, dass irgendetwas Sie von Ihrer Hauptverantwortung ablenkt, die darin besteht, den Ihnen anvertrauten Menschen zu schützen. Doch er ertappte sich dabei, dass er sich ein zweites Mal ablenken ließ, als er einen Mann entdeckte, der am mittleren Tisch einen silbernen Serviettenring in sein Taschentuch gleiten ließ, während er vorgab, sich die Nase zu putzen. Danach verschwanden Taschentuch und Inhalt in seiner Hosentasche.

Als Ihre Königliche Hoheit sich erhob, um am Ende der Mahlzeit ihre Rede zu halten, waren sechs Salz- und vier Pfefferstreuer, drei Serviettenringe und ein Senftopf – samt Inhalt – auf Nimmerwiedersehen verschwunden, und Ross konnte nichts dagegen tun. Unter den einhundert reichsten Menschen des Landes befanden sich mindestens ein Dutzend, die sich mit kleinen Diebereien abgaben und die Dickens' Schurke Fagin liebend gerne in seine Dienste genommen hätte.

Der Vorstandsvorsitzende von Asprey's hörte sich die Rede der Prinzessin an, ohne dass auch nur einen Augenblick lang sein zufriedenes Lächeln aus seinem Gesicht verschwand. Es wäre nicht Ross, der ihm sagen würde, dass in der einzigartigen Silbersammlung mehrere Stücke fehlten, wenn man diese wieder zurück in den Tresorraum brachte.

Als sich die Gäste erhoben, um der Prinzessin Beifall zu spenden, nutzten einige von ihnen zusätzlich die Gelegenheit, um sich das eine oder andere Stück zu sichern. Zur Beute gehörten ein silberner Teelöffel und ein weiterer Pfefferstreuer. Es war nicht schwer für Ross, die Diebe zu erkennen: Es waren diejenigen, die nicht klatschten.

Nachdem die Prinzessin mehrere Speisekarten signiert hatte, begleitete der Vorstandsvorsitzende seinen Ehrengast zurück zum Auto. Auf dem Weg dorthin blieb die Prinzessin stehen, um mit ein paar Menschen aus der Menge zu sprechen, darunter auch eine alte Frau in einem Rollstuhl, die ihr sagte, sie habe schon der Königinmutter die Hand gegeben. Diana umarmte sie, und sie brach in Tränen aus.

»Wie viele haben Sie gesehen, Mr. Hogan?«, fragte eine Stimme hinter ihm.

Ross drehte sich um und erkannte einen Mann, den er, wie er sich erinnerte, wegen Einbruchs festgenommen hatte, als er noch ein junger Constable gewesen war.

»Ein Dutzend, vielleicht sogar noch mehr«, gestand Ross. »Ich bin froh, dass Sie nicht darunter waren, Ron.«

»Ich bin kein Souvenirjäger, Inspector. Außerdem wäre die einzige Sache von Wert, die man hätte stehlen können, die Statue von Queen Victoria gewesen, und um das zu tun, hätte ich eine Ablenkungsaktion durchführen müssen.« Ross hätte am liebsten gelacht. »Aber wenn ich gewusst hätte, dass Sie im Saal sind, Mr. Hogan, hätte ich es gar nicht erst versucht.«

Ross gestattete sich ein Lächeln, bevor er nach vorn trat und die Autotür öffnete, damit Ihre Königliche Hoheit neben Victoria auf der Rückbank Platz nehmen konnte.

»Richten Sie dem Commander meine Grüße aus«, sagte Ron, als Ross die hintere Tür schloss und vorn neben dem Fahrer einstieg.

Während das Team die Kleidung wechselte und die Uniformen einer russischen Flugzeugbesatzung anzog – ein nettes

Detail, dachte William –, fuhr Inspector Roach mit seinen Anweisungen fort.

»In Ordnung, Jungs«, sagte Roach, wobei seine Militärvergangenheit durchklang. »Denkt immer daran, dass wir es mit drei rücksichtslosen Terroristen zu tun haben, denen es nie in den Sinn kommen würde, Gefangene zu machen. Wir haben jedoch eine Geheimwaffe«, fügte er hinzu und stellte ihnen Detective Sergeant Jackie Roycroft vor. »Während DS Roycroft die Magazine austeilt und den Kaffee serviert, werden wir uns im Cockpit bereithalten, um zuzuschlagen, sobald sie uns ein Zeichen gibt.«

»Werden sie nicht misstrauisch sein, wenn wir an Bord gehen und sie keinen von uns erkennen?«, fragte Jackie.

»Unwahrscheinlich«, sagte Roach. »Das Flugzeug ist nicht auf Khalifahs Namen registriert und wurde von einer dritten Partei gechartert. Wenn sie Tiny sehen, werden sie ohnehin glauben, dass er keine Kerze ausblasen kann. Obwohl sie schon bald erleben werden, warum er Leichtgewicht-Boxchampion der Polizei wurde und warum Sergeant Pascoes Spitzname ›One Blow‹, ein Schlag, lautet.«

»Sobald DS Roycroft das Wort ›Sicherheitsgurte‹ ausspricht«, erklärte Pascoe, »ist das unser Zeichen, um reinzugehen. Alles sollte innerhalb von Sekunden vorbei sein.«

»Das hoffe ich«, sagte Tiny. »Denn heute Abend bin ich an der Reihe, die Kinder zu baden.«

Alle lachten außer William und Jackie, die den Humor der Anti-Terroreinheit vor einem Einsatz nicht gewohnt waren.

»In Ordnung, Jungs«, sagte Roach, nachdem er die russischen Uniformen noch einmal überprüft hatte. »Fangen wir an.«

William beobachtete aus dem Gebäude heraus, wie Roach seine kleine Truppe über die Landebahn zu dem wartenden Jet führte. Keiner der Männer konnte das Augenpaar übersehen haben, das aus einem der Kabinenfenster spähte und jeder ihrer Bewegungen folgte.

Roach und seine zwei Begleiter stiegen die kurze Treppe ins Flugzeug hinauf und verschwanden im Cockpit, ohne einen Blick auf die Passagiere zu werfen.

Jackie folgte direkt hinter ihnen. Nachdem sie das Flugzeug betreten hatte, stellte sie ihre Handtasche auf den kleinen Klapptisch vor der Kabine. Sie drehte den Passagieren den Rücken zu, öffnete die Tasche, nahm ihren Lippenstift heraus und überprüfte ihr Make-up im Spiegel ihrer Puderdose. Ihr Blick ruhte auf einem Mann in einem langen weißen Thawb, der eine goldene Schnur um seine Kufiya trug und die *Financial Times* las. Niemand hätte weniger wie ein Terrorist aussehen können. Sie richtete ihren Spiegel ein wenig aus und konzentrierte sich auf die beiden jüngeren Männer, die hinter ihm saßen. Einer von ihnen hatte seine rechte Hand auf einer Pistole liegen, während der andere sie nicht aus den Augen ließ. Sie legte den Lippenstift zurück in ihre Puderdose und nahm eine kleine Dose Haarspray aus ihrer Handtasche, bevor sie erneut in den Spiegel sah. Sie war immer noch nicht vollkommen sicher, ob es sich um Khalifah handelte, der völlig entspannt wirkte, als er eine Seite seiner Zeitung umschlug.

Jackie schob das Haarspray in ihre Jackentasche und drehte sich um, wobei sie bemerkte, dass der zweite Leibwächter sie immer noch anstarrte. Sie riskierte es, ihm ein Lächeln zu schenken, das er zu ihrer Überraschung erwiderte. Sie hielt sich an den Plan und begann, die Magazine in ihren Halterungen zu verstauen, was das Zeichen dafür war, dass One Blow in die Kabine kommen sollte. Überrascht entdeckte sie drei ältere Exemplare von *Newsweek* mit Mansour Khalifahs Foto auf der Titelseite. Seine Eitelkeit hatte ihn verraten. One Blow schlenderte an ihr vorbei, und sie wartete ein paar Sekunden, bis sie ihm durch den Mittelgang folgte.

»Guten Morgen, Sir«, sagte One Blow und blieb neben Khalifah stehen. Der erste Leibwächter ließ ihn nicht aus den Augen, während der zweite nach wie vor Jackie ansah. Khalifah hingegen würdigte die beiden kaum eines Blickes.

»Der Tower hat uns die Starterlaubnis erteilt, Sir«, sagte One Blow. »Falls Ihnen das genehm ist.«

Khalifah senkte seine Zeitung und ließ sich zu einem Nicken herab.

»Danke, Sir«, sagte One Blow.

Jackie trat nach vorn und sagte: »Gentlemen, würden Sie bitte die Sicherheitsgurte anlegen«, als Tiny gerade mit einer Flasche Champagner auf einem Silbertablett erschien. Zwei von ihnen griffen nach ihren Sitzgurten, was One Blow jenen Sekundenbruchteil verschaffte, den er brauchte, um Khalifah mit einem einzigen scharfen Schlag gegen den Hals außer Gefecht zu setzen, während Jackie dem ersten Leibwächter ihr Haarspray in die Augen sprühte und ihm dann einen Schlag versetzte, mit dem er nicht gerechnet hatte. Doch der zweite Leibwächter hatte die Flasche Champagner bemerkt, und lange bevor Tiny die Chance hatte, sie über seinen Kopf zu heben, war er aufgesprungen, hatte Jackies Arm gepackt und ihr auf den Rücken gedreht, während er ihr den Lauf seiner Pistole energisch gegen den Kopf drückte.

Tiny begriff sofort, dass er einen Fehler gemacht hatte.

»Eine falsche Bewegung«, sagte Khalifahs Leibwächter, »und ich blase ihr das Hirn aus dem Schädel.«

Tiny zweifelte nicht daran und ließ langsam die Champagnerflasche sinken. One Blow trat einen Schritt zurück.

»Ihr beide«, sagte der Leibwächter und nickte in Richtung von Tiny und One Blow, »verschwindet sofort aus dem Flugzeug.« Sie zögerten einen Augenblick, doch als der Leibwächter Jackie den Lauf seiner Pistole in den Mund schob, zogen sie sich widerwillig durch den Mittelgang zurück und stiegen die Treppe hinab auf die Landebahn.

Der Leibwächter befahl Jackie, die Treppe hochzuklappen und die Flugzeugtür zu verriegeln. Jackie konnte sehen, wie William mit hilfloser Miene auf der Startbahn stand, während One Blow und Tiny zu ihr hochstarrten. Sie wusste, dass ein Gewehr mit großer Reichweite vom Dach des Terminals aus auf die Flugzeugtür gerichtet war. Doch der Beamte mit dem Finger am Abzug würde es nicht riskieren abzudrücken, solange sie noch in der Schusslinie war. Nachdem Jackie die Tür geschlossen hatte, schob der Leibwächter sie nach vorn ins Cockpit, wo DI Roach auf dem Pilotensitz saß – was zu Plan B gehörte, falls Plan A schiefgehen sollte. Und Plan A war gewaltig schiefgegangen.

»Starten Sie die Maschine, sofort!«, schrie der Leibwächter Roach an und hielt den Lauf seiner Pistole fest gegen Jackies Nacken gedrückt.

Roach hielt es nicht für den geeigneten Moment, ihm zu sagen, dass er zu einer Anti-Terroreinheit gehörte und nie in seinem Leben ein Flugzeug geflogen hatte. Er streifte den Kopfhörer über und begann zu beten. Eine Stimme von oben erhörte sein Gebet.

»Folgen Sie sorgfältig meinen Anweisungen«, sagte der echte Pilot. »Starten Sie die Triebwerke, indem Sie die Starthebel im Armaturenbrett zur Seite drehen.«

Roach befolgte die Anweisung. Er drehte die beiden Hebel, die Triebwerke sprangen an und liefen nach wenigen Augenblicken im Leerlauf.

»Jetzt müssen Sie die Automatikbremse aktivieren. Der Schalter befindet sich rechts im vorderen Armaturenbrett. Drehen Sie ihn auf RTO. Jetzt drücken Sie die beiden Schubhebel neben Ihrem rechten Bein zur Hälfte nach vorn, und das Flugzeug wird anfangen zu beschleunigen. Steuern Sie mit Ihren Füßen – Sie dürfen die Pedale nur ganz leicht antippen, wenn Sie es schaffen wollen, eine gerade Linie einzuhalten.«

Roach sah nach rechts und links, bevor er versuchsweise die Schubhebel ein wenig nach vorn schob. Das Flugzeug setzte sich in Bewegung.

»Die Startbahn vor Ihnen wurde geräumt, Inspector«, sagte die Stimme. »Jetzt möchte ich, dass Sie die Hebel ein wenig weiter nach vorn drücken, aber nicht ruckartig. Das Flugzeug wird beschleunigen, bis Sie eine Geschwindigkeit von etwa neunzig Meilen pro Stunde erreicht haben.«

Was dann?, hätte Roach gerne gefragt. Der Leibwächter legte eine Hand an die Seite der Cockpittür, um sich einen sicheren Stand zu verschaffen, während das Flugzeug immer schneller wurde.

»Bereiten Sie sich nun darauf vor, die Schubhebel in einer einzigen Bewegung zurückzuziehen. Wenn Sie das tun, wird die Bremse automatisch und sehr heftig einsetzen. Es wird Ihnen vorkommen, als würden Sie in eine Backsteinmauer rasen. Der Leibwächter wird sicher das

Gleichgewicht verlieren, und das ist die eine Chance, die Sie haben, um ihn zu entwaffnen.«

»Verstanden«, sagte Roach, der sehen konnte, wie die Startbahn vor ihm abrupt endete.

»Jetzt«, sagte die Stimme nachdrücklich.

Roach riss beide Schubhebel zurück, und als die Bremse einsetzte, löste sich ein Schuss. Roach sah, wie jemand neben ihm zu Boden geschleudert wurde.

»Sie haben *was* getan?«, fragte die Prinzessin, als der Jaguar aus der Bond Street kommend nach rechts abbog und auf Piccadilly zuhielt, wobei mehrere Polizisten auf Motorrädern dafür sorgten, dass der Verkehr aufgehalten wurde, bis das Fahrzeug die Kreuzung sicher überquert hatte.

Ross berichtete Ihrer Königlichen Hoheit, was er beobachtet hatte, während der Jaguar seine von keinem Hindernis unterbrochene Fahrt fortsetzte, und erklärte ihr, warum er nichts hatte dagegen tun können.

»Der arme Mr. Carmichael«, sagte Diana. »Es muss doch irgendetwas geben, womit ich ihm helfen kann.«

»Leider nein. Es sei denn, man ließe jeden Gast beim Verlassen des Gebäudes durchsuchen«, sagte Ross. »Das allerdings würde einige der besten Kunden von Asprey's in Verlegenheit bringen, was wiederum Mr. Carmichael nicht gerade gefallen dürfte.«

»Aber er war so ein netter Mensch und hat sich so große Mühe gegeben, ein unvergessliches Erlebnis zu schaffen. Jetzt werden ihm nichts als schlechte Erinnerungen an diesen Tag bleiben. Vielleicht könnte ich die Angelegenheit ihm gegenüber wiedergutmachen, indem ich bei Asprey's einhundert Silberrahmen bestelle und jedem einen schenke, dem ich nach einem offiziellen Termin ein Foto schicken möchte.«

»Das würde die Situation nur noch schlimmer machen«, sagte Victoria. »Das letzte Mal, als Sie so etwas getan haben, hat Asprey's Ihnen nicht einmal eine Rechnung geschickt.«

Die Prinzessin schwieg eine Weile. Schließlich sagte sie: »Ich weiß, was ein Lächeln auf Mr. Carmichaels Gesicht zurückzaubern wird. Ich werde Ihre Majestät bitten, ihm die Würde eines MVO zu verleihen.«

»Aber damit werden normalerweise nur Menschen ausgezeichnet, die der königlichen Familie über Jahre hinweg gedient haben«, erinnerte Victoria sie.

»Genau«, sagte Diana. »Vergessen Sie nicht, dass Asprey's der Monarchie seit über einhundert Jahren dient.«

»Verzeihen Sie mir die Frage, Ma'am«, sagte Ross. »Aber was bedeutet MVO?«

»Mitglied des Königlichen Victoria-Ordens«, erwiderte Victoria. »Das Äquivalent eines MBE, aber seltener, da es eine persönliche Würdigung durch Ihre Majestät darstellt.«

»Wenn Sie also die nächsten zwanzig Jahre lang gut auf mich achten, Ross, könnte es sein, dass sogar Sie aufgenommen werden«, sagte Diana.

Das ist etwas, worauf man sich freuen kann, dachte Ross, als der Jaguar vor dem Kensington Palace vorfuhr. Doch er behielt seine Meinung für sich.

William beobachtete, wie vier Rettungssanitäter zwei Tragen die Flugzeugtreppe hinab und hinaus auf die Startbahn brachten. Langsam gingen sie auf einen bereitstehenden Krankenwagen zu, dessen Einsatz – so hatten alle gehofft –

nicht nötig werden würde, und stellten die Tragen vorsichtig nebeneinander. Bei einer Person, die darauf lag, war das Gesicht bedeckt.

Nur wenige Augenblicke später wurden zwei Männer in Handschellen aus dem Flugzeug geführt und ohne Umschweife in zwei verschiedene Polizeifahrzeuge gesetzt, deren hintere Türen bereits offen standen.

»Tapferes Mädchen«, sagte Roach, als der Krankenwagen davonfuhr. »Sie wäre ein verdammt gutes Mitglied unserer Einheit geworden.«

William äußerte sich nicht dazu, aber wenn er eine Waffe mit sich geführt hätte, hätte er Khalifah auf der Stelle erschossen. Und es hätte mehr als nur Inspector Roach bedurft, um ihn zurückzuhalten.

16

Booth Watson erholte sich recht schnell von dem, was – so versuchte er sich selbst zu überzeugen – nicht mehr als ein vorübergehender Rückschlag sein konnte, obwohl er vorerst gezwungen war, sich damit abzufinden, dass seine Reise nach Seattle für einige Monate aufgeschoben werden musste. Solange Faulkner noch immer im Gefängnis saß, ohne auf eine vorzeitige Entlassung hoffen zu können, brauchte er selbst einfach nur den richtigen Zeitpunkt abzuwarten. Und die Zeit war auf seiner Seite.

Er würde eine baldige Konsultation mit Faulkner in die Wege leiten müssen, bei der er seinem Mandanten den handgeschriebenen Brief zeigen würde, den Christina in einem der beiden Koffer platziert hatte. Das sollte genügen, damit sich Faulkners Wut auf jemand anderen richtete, und verhindern, dass er Vermutungen darüber anzustellen begann, was sein Anwalt wohl in seiner Abwesenheit ausgeheckt haben mochte. Booth Watson würde Faulkner empfehlen, über eine anonyme Quelle dem Finanzamt einen Tipp bezüglich Christinas unerwarteter Einnahmen zu geben, wodurch es ihm möglich wäre, zwei Fliegen mit einer Klappe zu schlagen.

Trotz Christinas Taschenspielertrick schien es Booth Watson, dass noch nicht alles verloren war. Noch immer befanden sich zwölf Millionen in bar im Tresorraum der Bank, und er war der Einzige, dem Faulkner den Schlüssel zum Schließfach anvertraut hatte. Er brauchte der Bank während der nächsten Wochen nur ein paar weitere Besuche abzustatten. Außerdem würde er Faulkners Anweisungen minutiös befolgen und ein mögliches Angebot von sechsundzwanzig Millionen Pfund für dessen einundfünfzig Prozent an Marcel and Neffe akzeptieren, die er dann auf dem Konto seines Mandanten bis zur Urteilsverkündung zur sicheren Verwahrung würde gutschreiben lassen. Diesen Betrag würde er nach Hongkong transferieren, sobald Faulkner in Belmarsh einsitzen würde – und zwar für die nächsten vierzehn Jahre.

Doch das war eine bloße Bagatelle verglichen mit der Summe, die Booth Watson erzielen würde, wenn er Faulkners Kunstsammlung verkaufen würde – einschließlich des Raffael, des Rembrandt und des Frans Hals, den er nach Beendigung der geplanten Ausstellung zurückverlangen würde. Warwicks Frau würde das nicht gefallen, was er als zusätzlichen Bonus betrachtete.

Abgesehen davon, dass er einen überflüssig gewordenen Taxifahrer bezahlen musste, der ihn eigentlich nach Heathrow hätte bringen sollen, und der Tatsache, dass er die Kaution für einen Jet verlor, der nie mit ihm darin abheben würde, war die ganze Angelegenheit kein Totalausfall. Er würde einfach nur ein wenig länger warten müssen, bevor er seinen Vorruhestand antrat. Es gab jedoch noch ein Rätsel, das er nicht gelöst hatte: Wer war der Mann in der Chauffeursuniform? Und dann fiel ihm ein, dass der Betreffende Christina nicht die Autotür geöffnet hatte, als sie aus der Bank gekommen war, weshalb dies nicht sein wahrer Beruf sein konnte.

»Warum hat Sir Julian Warwick nur so bereitwillig zugestimmt?«, sagte Miles, als er sich Tulip gegenübersetzte und ihm ein Gefängnisbeamter eine dampfende Tasse schwarzen Kaffees und ein Exemplar der *Times* reichte.

»Wenn nicht«, antwortete Tulip, »hätte sein kostbarer Sohn in Zukunft vielleicht mit uns zusammen gefrühstückt, anstatt auf Du und Du mit Prinzessinnen zu sein.«

»Irgendetwas übersehe ich«, sagte Miles mit düsterer Miene, als ein Mithäftling einen Teller mit Eiern und Speck vor ihn stellte.

»Aber Booth Watson hat Ihnen doch eine Kopie der Vereinbarung gegeben, und Sie haben sogar Sir Julians Unterschrift auf dem Original gesehen.«

»Auf dem Original«, sagte Miles. »Aber seine Unterschrift ist nicht auf meinem Exemplar.«

»Sie wollen doch nicht andeuten, dass BW Sie reinlegen würde? Immerhin ist er schon Ihr Anwalt, seit ich Sie kenne. Und selbst wenn – was wäre für ihn drin?«

»Etwa zweihundert Millionen Pfund«, sagte Miles, während sein Kaffee kalt wurde. »Ich vermute, sogar du würdest mich für eine solche Summe reinlegen, besonders wenn du wüsstest, dass ich sicher hinter Schloss und Riegel sitze.«

Tulip schwieg eine Weile. Schließlich sagte er: »Aber stellen Sie sich doch mal vor, wie viel er verlieren würde, sollten Sie es herausfinden.«

»Stell dir vor, wie viel er zu gewinnen hat, wenn nicht«, sagte Miles.

»Aber wie können Sie jemals sicher sein, solange Sie hier festsitzen?«

»Vielleicht wäre es an der Zeit, dass ich eine Versicherung abschließe, bei der Ex-Superintendent Lamont der Begünstigte ist.«

»Aber Sie haben diesem Mann nie vertraut«, sagte Tulip. »Und außerdem arbeitet er inzwischen wahrscheinlich für BW.«

»Dann werden wir sein Honorar verdoppeln und ihm unmissverständlich klarmachen müssen, was passiert, wenn er vorhat, mich zu hintergehen.«

Miles schob das Frühstück, das er nicht angerührt hatte, beiseite und warf einen Blick auf das Foto von Mansour Khalifah auf der Titelseite der *Times*.

»Das ist mal jemand, den ich gerne umbringen würde«, sagte Tulip und deutete auf das Foto.

»Vielleicht ist es ja in unserem Interesse, wenn er am Leben bleibt«, sagte Miles, als ein Gefängnisbeamter ihm eine zweite Tasse Kaffee einschenkte.

»Warum, Boss? Was sollte uns das bringen?«, gab Tulip zu bedenken.

»Khalifah dürfte über Informationen verfügen, die die Polizei nur allzu gern erfahren würde – vom Außenministerium ganz zu schweigen. Informationen, die einen Richter vielleicht überzeugen könnten, die Dauer meiner Haft noch ein wenig mehr zu verkürzen.«

»Aber Khalifah würde solche Informationen niemals mit Ungläubigen wie uns teilen, Boss.«

»Möglicherweise nicht. Deshalb müssen wir einen Rechtgläubigen von unserer Sache überzeugen. Wie viele von denen gibt es in Belmarsh?«

»Ein Dutzend? Vielleicht mehr. Aber sie alle betrachten Khalifah als Helden und würden nie auf die Idee kommen, ihn zu verraten.«

»Gibt es irgendeinen von ihnen, der trinkt oder ein Drogenproblem hat?«

»Keinen Einzigen«, sagte Tulip, der seine Kunden kannte. »Auf diesem Weg lässt sich kein Kontakt zu ihm herstellen.«

»Ein Dutzend, sagst du. Dann müssen wir herausfinden, wer der Judas unter ihnen ist. Denn ich bin gerne bereit, ihm verdammt viel mehr zu bezahlen als dreißig Silberlinge.«

»Keiner von denen wird ihn für Geld verraten«, sagte Tulip. »Egal, wie viel Sie dem Betreffenden anbieten.«

»Finde raus, *wofür* ihn jemand verraten würde. Dann habe ich zwei Versicherungspolicen.«

Miles Faulkner las Christinas Notiz ein drittes Mal, bevor er sich dazu äußerte. »Ich hätte diese Schlampe schon vor Jahren umbringen sollen«, sagte er und schlug mit der Faust auf den Tisch.

»So etwas sollten Sie nicht einmal im Scherz sagen, bevor der Prozess vorbei ist«, erwiderte Booth Watson. »Wir wollen doch Ihre Chancen auf eine vorzeitige Entlassung nicht gefährden.«

Er wartete, bis sein Mandant sich beruhigt hatte, bevor er zu den anderen Punkten überging, die er ansprechen wollte. »Da wären noch ein paar Dokumente, die Sie unterschreiben müssten, wenn wir bis zu Ihrer Entlassung alles vorbereitet haben wollen.«

Faulkner nickte.

»Zunächst habe ich entsprechend Ihrer Anweisung Ihren einundfünfzigprozentigen Anteil an Marcel and Neffe verkauft.«

»Wie viel haben Sie dafür bekommen?«

»Sechsundzwanzig Millionen – vier Millionen mehr, als Sie verlangt hatten.«

»Wo haben Sie das Geld gutschreiben lassen?«

»Es befindet sich gegenwärtig auf Ihrem hiesigen Bankkonto, aber ich kann es auf jedes andere Konto Ihrer Wahl transferieren. Sagen Sie mir einfach den Namen der Bank und die Kontonummer.«

»Überweisen Sie den vollständigen Betrag auf mein Nummernkonto bei der Bank von Zürich. Ich habe nicht vor, in England zu bleiben, sobald ich hier raus bin. Und ich habe ganz gewiss nicht die Absicht, den Leuten, die mich hierhergebracht haben, vierzig Prozent Steuern zu bezahlen.«

Booth Watson notierte die Anweisungen, obwohl er nicht vorhatte, sie auszuführen.

»Sie können ein Prozent für sich selbst abziehen«, sagte Faulkner. Dann fügte er hinzu: »Von den vier Millionen.«

Booth Watson erinnerte seinen Mandanten nicht daran, dass dieser ihm ursprünglich eine Million versprochen hatte. Warum sollte er auch, wenn er sie sich ohnehin nehmen würde?

»Vielen Dank, Miles«, sagte Booth Watson und schob ihm zwei weitere Dokumente zur Unterschrift über den Tisch zu. Faulkner war nicht klar, dass der gesamte Betrag schließlich auf ein Privatkonto in Hongkong überwiesen würde. Booth Watson machte sich auch nicht die Mühe zu erwähnen, dass die hochgeschätzte Kunstsammlung seines Mandanten sich in einem Lagerhaus in der Nähe des Flughafens Gatwick befand und er bereits einen Termin mit einem möglichen Käufer vereinbart hatte, der Interesse am Erwerb der vollständigen Sammlung zeigte.

»Gibt es sonst noch etwas?«, fragte Faulkner, nachdem er einen Blick auf die Uhr geworfen und festgestellt hatte, dass ihnen nur noch fünfzehn Minuten blieben.

»Eine Sache noch. In ein paar Wochen wird die Frans-Hals-Ausstellung im Fitzmolean eröffnet, und ich würde mit Ihrer Genehmigung gerne das Selbstporträt wieder an mich nehmen, sobald sie schließt.«

»Noch am selben Tag. Und Sie können das Fitzmolean darüber informieren, dass ich die Rückgabe meines Raffael und meines Rembrandt ebenso erwarte, denn sie waren von Anfang an nichts weiter als Leihgaben.«

»Dauerleihgaben«, erinnerte ihn Booth Watson. »Aber ich bin zuversichtlich, dass ich ein Schlupfloch im Vertrag gefunden habe, welches das Museum nicht bedacht hat, weshalb aus einer Dauerleihgabe eine vorübergehende werden wird.«

»Dann können Sie alle drei nach Spanien zur übrigen Sammlung bringen lassen.«

Es war durchaus in Booth Watsons Sinne, die drei Gemälde mit der übrigen Sammlung zu vereinen. Aber nicht in Spanien.

»Welche Neuigkeiten gibt es bei der Verhandlung?«

»Der Strafverfolgungsdienst der Krone hat endlich einen Termin festgelegt, den vierzehnten September. Sofern Sie immer noch bereit sind, auf schuldig zu plädieren, sollten wir Sie an Weihnachten hier raushaben.«

»Oder vielleicht auch schon früher.«

»Sie haben vor, noch einmal auszubrechen?«, fragte Booth Watson, der nicht gerne Überraschungen erlebte.

»Nein. Für das, was ich vorhabe, muss ich hier drinbleiben«, sagte Faulkner. Doch er hatte nicht die Absicht,

Booth Watson darüber zu informieren, was er für Khalifah geplant hatte.

»Darf ich fragen, worum es dabei geht?«, wollte Booth Watson wissen, wobei er sich bemühte, ruhig zu bleiben.

»Erst wenn ich Hawksby bei den Eiern habe und er mich bittet, ihn ›aufzuklären‹.«

Booth Watson wollte gerade noch eine Frage stellen, als von der Tür her ein lautes Klopfen erklang.

»Die Zeit ist um«, sagte der diensthabende Beamte und blieb in der Tür stehen.

Booth Watson wusste nicht, was er sagen sollte, und vergaß sogar, Mr. Harris darum zu bitten, Faulkners Unterschrift auf den drei Dokumenten zu bezeugen, die es ihm ermöglicht hätten, einen einfachen Flug nach Hongkong zu buchen.

Faulkner erhob sich auf der anderen Seite des Tisches und ging ohne ein weiteres Wort davon. Er verließ den gläsernen Raum, wo Harris schon auf ihn wartete, um ihn zurück in seine Zelle zu bringen. »Verdammt«, sagte er, nachdem er ein paar Schritte gegangen war. Er drehte sich um, doch Booth Watson war bereits verschwunden.

»Ist irgendetwas nicht in Ordnung, Mr. Faulkner?«, fragte Harris, als sich ein Tor mit verstärktem Gitter hinter ihm schloss.

»Nichts, das nicht bis nächste Woche warten könnte.«

17

William gestattete sich dreißig Minuten, um die kurze Fahrt zu machen.

Es war keine Überraschung, dass er zu der Zeremonie im Palast gebeten wurde. Der Commander hatte ihn bereits ausführlich über die Rolle informiert, die er zu spielen hätte. Wenn es um eine Auszeichnung wegen Tapferkeit ging, so hatte er ihm erklärt, ließ Ihre Majestät es nicht zu, dass ein anderes Mitglied der königlichen Familie an ihrer Stelle die Verleihung übernahm. Schließlich trug der Orden ihren Namen.

Er verließ Scotland Yard und schlug den Weg in Richtung Whitehall ein. Am Trafalgar Square bog er links ab und fuhr unter dem Admiralty Arch hindurch auf die Mall. Als die Ampeln am Ende der Mall grün wurden, umrundete er die Statue von Queen Victoria und hielt schließlich vor dem North Centre Gate des Buckingham Palace.

Ein Wachsoldat überprüfte seinen Namen auf einem Klemmbrett und beschrieb ihm den Weg durch den linken Gebäudebogen auf einen großen viereckigen Innenhof. William folgte seinen Anweisungen und parkte den Mini neben dem Jaguar des Commanders. Wieder hatte Hawksby ihn bei einem kleinen Wettbewerb geschlagen.

Er stieg aus dem Auto und war unsicher, wohin er sich wenden sollte. Doch dann sah er, wie ihm der Commissioner der Metropolitan Police in Galauniform vorausging – ein Mann, der ganz offensichtlich wusste, wohin er sich zu begeben hatte.

Als William die gewaltigen Doppeltüren erreichte, die den Haupteingang zum Palast bildeten, wurde sein Name erneut überprüft, bevor ein Page in goldgeschmückter Uniform, der aus einem früheren Jahrhundert hätte stammen können, ihn schweigend über eine breite, mit einem roten Teppich bespannte Treppe ins erste Obergeschoss führte.

»Wenn Sie durch die Long Gallery gehen wollen, Sir«, sagte der Page. »Der Thronsaal liegt dann rechts.«

William warf einen Blick auf seine Uhr. Er hatte immer noch zwölf Minuten, bis die Zeremonie beginnen sollte, weshalb er sehr langsam die Long Gallery hinabschritt. Der Raum war so breit wie eine Landstraße, und die Wände, die weit über ihm aufragten, waren über und über mit Gemälden bedeckt. Er blieb stehen, um viele der Bilder zu bewundern, die er bisher nur in *Die Bilder der Queen* gesehen hatte, einem Buch, das ihm sein Vater gegeben hatte, als er noch ein kleiner Junge gewesen war. Als er Anthonis van Dycks *Charles I* und *Henrietta Maria* erreicht hatte, musste er einen Schritt zurücktreten, um die großen Porträts wirklich genießen zu können, wobei er fast mit einem weiteren Gast zusammengestoßen wäre.

»Guten Morgen, Sir«, sagte Paul.

»Guten Morgen«, sagte William, ohne sich umzudrehen. »Beth wird so neidisch sein«, fügte er hinzu, wobei es ihm nicht gelang, ein schiefes Grinsen zu verbergen.

»Ich bezweifle, dass sie es auch nur bis in den Thronsaal geschafft hätte. Und uns wird es ebenso ergehen, wenn wir uns nicht auf den Weg machen.«

Widerwillig folgte William seinem Kollegen. Er versuchte, sich noch einen Canaletto und einen weiteren van Dyck einzuprägen, bevor er schließlich den Thronsaal betrat. Auch hier erschien die Wendung »raubte einem den Atem« unangemessen für das, was er vor sich sah. Einen Augenblick verharrte er reglos und bewunderte den gewaltigen Kristalllüster, der in der Mitte des Saals von der hohen Decke hing, aber dann wurde sein Blick von den beiden roten Thronen mit hohen Rückenlehnen angezogen, die am anderen Ende des Saals auf einem erhöhten Podium standen. Es gab nur zwei Menschen, die darauf sitzen durften. Durch den gewaltigen Saal zogen sich mehrere Reihen goldener Stühle, auf denen, so vermutete er, mehrere Hundert Gäste Platz gefunden hätten, doch bei dieser Gelegenheit würden nur diejenigen in der vordersten Reihe besetzt sein. Langsam schritt er über den mit rotem Teppichboden belegten Gang auf die beiden Throne zu. Nachdem er die erste Reihe erreicht hatte, sah er, dass der Commissioner und Commander Hawksby in ein Gespräch vertieft waren. Er setzte sich auf den ihm zugeteilten Stuhl am Rand der Reihe neben Rebecca. Ein weiteres »Guten Morgen, Sir« folgte, bevor er Ross zulächelte, der zu ihrer Rechten saß. William wollte ihm gerade eine Frage stellen, als alle verstummten und sich von ihren Plätzen erhoben. Er wandte sich nach links, um zuzusehen, wie seine oberste Chefin eintrat.

So winzig, dachte er, als die Queen an ihnen vorüberschritt. Er fragte sich, ob sie sich auf ihren Thron setzen würde, doch sie blieb auf der Stufe stehen, die zum Podium hinaufführte, und wandte sich ihren Gästen zu.

Ein Hofbeamter deutete mit einer leichten Handbewegung an, dass sie sich setzen sollten, während ein zweiter der Queen ihre Rede reichte. William blieb stehen.

»Zunächst möchte ich Sie willkommen heißen und meine Freude darüber zum Ausdruck bringen, dass es Ihnen allen möglich war, zu diesem besonderen Anlass hier zu erscheinen.«

Unweigerlich musste William sich fragen, ob es jemanden gab, der einen dringenderen Termin hatte.

»Wir haben uns heute hier versammelt, um die Leistung eines bemerkenswerten Menschen zu würdigen, den man wahrhaftig nicht als eine gewöhnliche Frau bezeichnen kann.« Sie hielt kurz inne, um eine Seite ihrer Rede umzuschlagen. »Als sie aufgefordert war, ihre Pflicht zu tun, zögerte sie nicht, ihr Leben aufs Spiel zu setzen. Ihr außerordentlicher Mut hatte zur Folge, dass ein skrupelloser Terrorist der Gerechtigkeit zugeführt wurde.« Die Queen sah auf und lächelte. »Deshalb ist es mir eine besondere Freude, Detective Sergeant Jacqueline Michelle Roycroft die Queen's Gallantry Medal zu verleihen, wodurch sie jener kleinen Gruppe von Polizeibeamten angehören wird, denen diese Ehre zuteilwurde, und dies darüber hinaus als erste Frau.«

Der Hofbeamte reichte Ihrer Majestät eine blaue Schachtel, welche sie öffnete, als William Jackies Rollstuhl nach vorn schob und vor der Queen stehen blieb.

Jackies Kollegen brachen in spontanen Beifall aus, als die Queen sich hinabbeugte und ihr den Orden an die Uniformbrust heftete. Bis zu diesem Augenblick war Jackie einigermaßen gefasst geblieben. Sie hatte die Armlehnen ihres Rollstuhls umklammert und war entschlossen, nicht zu zeigen, wie nervös sie war. Sich einem bewaffneten Terroristen gegenüberzusehen, war eine Sache; sich der

Monarchin gegenüberzusehen, eine ganz andere. Die Tatsache, dass Jackie seit mehreren Wochen von der Auszeichnung wusste, war keine Hilfe.

Später wurde es zur Legende im Team, dass Hawksby eine Träne vergossen hatte, obwohl er das gegenüber jedem abstritt, nur gegenüber seiner Frau nicht.

Während des nachfolgenden Empfangs verbrachte die Queen einige Zeit damit, sich mit Jackie zu unterhalten – doch es war William, der ihr von der Kugel berichtete, die sich durch die Brust seiner Kollegin gebohrt und ihr Herz nur um Millimeter verfehlt hatte, als das Flugzeug mit quietschenden Reifen zum Stehen gekommen war.

Die letzten Worte Ihrer Majestät lauteten: »Wir können uns glücklich schätzen, dass Beamtinnen Ihres Kalibers Dienst bei der Polizei tun.«

Als Ihre Majestät sich anderen Mitgliedern des Teams zuwandte, um auch mit ihnen zu sprechen, nahm William Inspector Roach beiseite und dankte ihm für die Rolle, die seine Einheit bei der Festnahme dreier Terroristen gespielt hatte. »Obwohl ich gestehen muss«, fügte William hinzu, »dass Sie mich in die Irre geführt haben, als Sie sagten, Jackie wäre ein verdammt gutes Mitglied der Anti-Terroreinheit geworden, denn ich hatte angenommen …«

»Tut mir leid, alter Junge«, sagte Roach, dem das offensichtlich überhaupt nicht leidtat. »Ich wollte damit nur ausdrücken, dass wir keine Frauen in unserer Abteilung haben. Nach meiner Zusammenarbeit mit Jackie finde ich das noch bedauerlicher, und ich hätte gerne, dass sie zu uns wechselt.«

»Das können Sie vergessen«, sagte William. »Sobald Jackie wieder auf den Beinen ist, muss sie sich einer Aufgabe widmen, die eine genauso große Herausforderung darstellt. Und dass der Verdächtige dabei aus unseren eigenen Reihen kommt, macht die Sache nur noch schwieriger.«

»Kann ich irgendetwas tun, um Ihnen zu helfen?«

»Ich fürchte, nein. Wir werden ein wenig subtiler vorgehen müssen als Ihre Truppe, und ich kann Ihnen nur verraten, dass meine nächste Begegnung mit einem Mitglied der königlichen Familie möglicherweise nicht ganz so angenehm wird.«

»Möchtest du die gute oder die schlechte Nachricht zuerst hören?«, fragte Beth, als William an jenem Abend nach Hause kam.

»Fang doch einfach mit der schlechten Nachricht an«, sagte William und schloss die Tür hinter sich.

»Tim Knox verlässt das Fitzmolean. Man hat ihm die Stelle eines Gutachters der königlichen Gemäldesammlung angeboten.«

»Es tut mir leid, das zu hören. Es wird schwierig sein, ihn zu ersetzen. Was ist die gute Nachricht?«

»Er hat vorgeschlagen, dass ich mich um seine Position bewerbe«, sagte Beth, als sie in die Küche gingen, wo sich die Zwillinge und Jojo unter Sarahs wachsamem Auge über eine große Pizza hermachten.

»Hören sie jemals auf zu essen?«, fragte William und trat zu ihnen an den Tisch.

»Er glaubt, ich habe eine echte Chance, dass man mir die Stelle als Direktorin anbietet, denn mehrere Mitglieder des Verwaltungsrats haben deutlich gemacht, dass sie auf meiner Seite sind. Und er selbst wird mich ganz sicher unterstützen, wenn es zu einer Wahl kommt.«

»Sie können sich glücklich schätzen, wenn sie dich bekommen«, sagte William und spähte nach dem letzten Stück Pizza, doch er war nicht schnell genug.

»Der Vorstand muss die Stelle ausschreiben lassen, weshalb ich mich auf heftigen Widerstand einstellen sollte.«

»Möge Gott dem armen Mitbewerber gnädig sein, der es wagt, gegen dich anzutreten.«

»Schlimmer Daddy«, sagte Artemisia zwischen zwei Bissen Pizza. »Meine Lehrerin in der Sonntagsschule sagt, dass man den Namen des Herrn niemals leichtfertig in den Mund nehmen sollte.«

»Niemals«, sagte Peter.

»Niemals«, wiederholte Jojo.

»Vollkommen richtig. Was ich sagen wollte, war: Der Himmel möge dem Menschen helfen, der gegen eure Mutter antritt.«

»Zeit für das Bad, Kinder«, sagte Sarah energisch.

»Wirst du uns etwas vorlesen, bevor wir schlafen gehen, Daddy?«, fragte Peter, als er vom Tisch aufstand.

»Natürlich. Seid ihr immer noch bei *Der Wind in den Weiden*?«

»Nein, damit sind wir schon längst fertig. Jetzt lesen wir *Alice im Wunderland*.« William fühlte sich schuldig angesichts der vielen Abende, an denen er es nicht geschafft hatte, nach Hause zu kommen, bevor die Kinder schliefen. Sein Vater hatte ihn oft genug davor gewarnt, wie schnell diese Jahre vorbei sein würden.

»Vielleicht könnte ich einen kleinen Coup landen«, sagte Beth, als Sarah die Kinder bei der Hand nahm und ins Bad brachte, »der meine Chancen, die Stelle zu bekommen, keineswegs beeinträchtigen würde.«

»Du hast vor, die Auswahlkommission zu bestechen.«

»Dafür habe ich nicht genügend Geld«, sagte Beth. »Aber ich habe ein Bild von Jan Steen entdeckt, das bei einer Auktion in Pittsburgh angeboten werden soll und das ich uns vielleicht zu einem vernünftigen Preis sichern könnte. Wobei es natürlich möglich wäre, dass man uns überbietet. Immerhin ist das Bild auf der Titelseite des Katalogs.«

»Inwiefern könnte dir das helfen, die Stelle zu bekommen?«

»Überhaupt nicht. Aber im selben Katalog habe ich eine Bleistiftzeichnung von einem unbekannten Künstler entdeckt, die, davon bin ich überzeugt, eine vorläufige Skizze der Lampe in *Die Nachtwache* darstellt.«

»Wie hoch ist der Schätzpreis?«

»Zweihundert Dollar. Es könnte sich um eine Kopie handeln, die ein Zeitgenosse von Rembrandt angefertigt hat, doch bei diesem Preis wäre es das Risiko wert.«

»Und wenn die Skizze tatsächlich von Rembrandt stammt?«

»Dann könnte sie vierzigtausend Pfund wert sein.«

»Sodass der Verkauf eine willkommene Aufstockung der kargen Mittel des Museums wäre.«

»Kommt nicht infrage. Der Vorstand würde dem Verkauf einer Zeichnung von Rembrandt niemals zustimmen. Sie würden sie in die Dauerausstellung aufnehmen, obwohl die Summe dem Jahresgehalt des Direktors – oder der Direktorin – entspricht.«

»Und du hast dir natürlich schon eine subtile Möglichkeit ausgedacht, den Vorstand das wissen zu lassen.«

»Nur wenn ich recht habe.«

»Immerhin bist du die Einzige, die die Skizze entdeckt

hat«, sagte William. Dann deutete er nach oben. »Aber nun zu höheren Dingen. Es wird Zeit, dass ich den verrückten Hutmacher aufsuche und herausfinde, warum er mit der Herzkönigin Tee trinkt.«

»Was möchtest du zum Abendessen?«, fragte Beth, als er vom Tisch aufstand.

»Habe ich eine Chance auf Pizza?«, sagte er und starrte auf den leeren Teller.

»Du hast Glück, Höhlenmensch. Ich habe schon vor einiger Zeit akzeptiert, dass es in dieser Familie vier Kinder gibt, und deshalb eine mehr bestellt. Wenn du wieder nach unten kommst, kannst du mir alles über deinen Tag erzählen.«

»Es war einfach ein weiterer Tag im Büro«, sagte William. »Obwohl ich eine interessante Unterhaltung mit der Queen hatte.«

Am folgenden Morgen kam William spät zur Arbeit in Buckingham Gate und war rechtzeitig wieder zu Hause, um das nächste Kapitel vorzulesen, bevor die Kinder einschliefen. Ende des Monats hatten sie *Alice im Wunderland* beendet und das fünfte Kapitel von *Alice hinter den Spiegeln* erreicht. Denn sein entspannter Umgang im Hinblick auf seine Arbeitszeit gehörte zu ihrem Plan, Milner davon zu überzeugen, dass sie nur allzu gerne bereit waren, sich ebenfalls ein besonders großes Stück vom Kuchen zu sichern.

Sechs Wochen lang hielten sie sich strikt an ihren Zeitplan. Sie kamen spät an jedem Morgen, gönnten sich lange Mittagspausen, wobei sie die Ausgaben als Spesen abrechneten, und gingen früh wieder nach Hause. All das war Teil einer sorgfältig abgestimmten Inszenierung, die von William geleitet wurde.

Als Milner anfing, ihn Bill zu nennen, wusste er, dass die Operation Abrechnungsschwindel perfekt funktionierte. Der Superintendent hätte sich besser daran erinnern sollen, dass Constable William Warwick nach seinem Einstieg bei der Polizei nicht umsonst den Spitznamen »Chorknabe« getragen hatte.

Die Besprechungen um acht Uhr im Yard wurden regelmäßiger, als sich für das Team die Möglichkeit des Handelns abzuzeichnen begann – nämlich während jener zehn Tage, an denen Prince Charles und Diana auf ihrer Überseetour waren. Superintendent Milner, DI Reynolds und Sergeant Jennings, der kürzlich über Constable Jenny Smart hinweg zum Personenschützer befördert worden war, sollten sie auf die andere Seite des Atlantiks begleiten, wo DI Ross Hogan alle genau im Auge behalten konnte.

»Wie hast du das bloß wieder geschafft?«, wollte Miles von Tulip wissen, als die beiden über den Gefängnishof schlenderten.

»Ich habe einen Judas gefunden, der für seinen Verrat nicht einmal dreißig Silberlinge möchte«, antwortete Tulip. »Er heißt Tareq Omar.«

»Und warum ist er bereit, ein so großes Risiko einzugehen?«

»Khalifah war verantwortlich für den Tod seines Bruders während des kürzlichen Staatsstreichs in Algerien, weshalb Rache Lohn genug für ihn ist.«

»Wie bringen wir die beiden zusammen?«

»Ich habe dafür gesorgt, dass Omar dem Reinigungstrupp

in Khalifahs Flügel zugeteilt wird, weshalb sich ihre Wege regelmäßig kreuzen werden, wenn er als engagierter Kämpfer für die Sache auftreten wird. Ich fürchte nur, dass er ihn umbringen könnte.«

»Er muss am Leben bleiben, solange auch nur die geringste Chance besteht, dass Khalifah mir den Weg nach draußen bereitet.«

»Ich dachte, das wäre alles unter Kontrolle.«

»Das dachte ich auch«, sagte Miles. »Bis BW bei unserer wöchentlichen Besprechung aufgetaucht ist und mir gesagt hat, er habe Sir Julian Warwick getroffen, um unsere Vereinbarung zu bestätigen.«

»Warum glauben Sie, dass er das nicht getan hat?«, fragte Tulip.

»Lamont sagt, dass sie einander nicht mehr gesehen haben, seit Sir Julian kurz nach Booth Watsons Rückkehr aus Spanien in dessen Kanzlei war.«

»Wem von beiden glauben Sie?«

»Lamont. Denn wenn er ausschließlich für BW arbeiten würde, hätte er dessen Geschichte bestätigt. Deshalb könnte es sein, dass ich auf eine meiner Versicherungspolicen zurückgreifen muss, wenn überhaupt noch irgendeine Hoffnung bestehen soll, dass ich hier rauskomme.« Tulip wusste, wann es besser war, seinen Boss nicht zu unterbrechen. »Eines ist sicher«, fuhr Miles fort. »Ich kann es nicht riskieren, Omar selbst zu treffen. Wie also wird er dir irgendwelche wertvollen Informationen, an die er gelangt, zukommen lassen, ohne dass der gesamte Gefängnishof darüber tratscht?«

»Meine Zelle liegt auf derselben Ebene wie seine, weshalb er gelegentlich vorbeischauen kann, ohne dass irgendjemand misstrauisch werden muss. Trotzdem könnte es einige Zeit dauern, bevor Khalifah ihm so weit vertraut, dass er über wichtige Dinge mit ihm spricht.«

»Viel Zeit habe ich nicht mehr«, sagte Miles ohne eine weitere Erklärung. »Gib mir sofort Bescheid, falls Omar dir irgendetwas Wertvolles mitteilt, denn ich habe bereits einen Termin mit Commander Hawksby vereinbart.«

Tulip konnte nicht glauben, was er gerade gehört hatte.

William traf kurz vor acht am folgenden Morgen in Buckingham Gate ein, wo Rebecca ihn bereits an der Tür erwartete. Nachdem der Beamte, der die Nachtwache übernommen hatte, gegangen war, verriegelte William die Tür hinter sich. Sie konnten es sich nicht leisten, gestört zu werden, während Milner und sein Team im Ausland über ihre Klienten wachten.

Paul war kurz vor sieben zu Hause aufgebrochen und hatte auf seinem Weg nach Windsor nur einmal angehalten, um Jackie abzuholen. Ihr standen zwar sechs Monate Genesungsurlaub zu, doch schon bald kam es ihr nicht besonders aufregend vor, wenn Rebecca gelegentlich vorbeischaute, um sie auf den neuesten Stand zu bringen – und darüber hinaus langweilte sie das Nachmittagsprogramm im Fernsehen bereits.

Das entscheidende Stück des Puzzles hatte seinen perfekten Platz gefunden, als Constable Jenny Smart beschlossen hatte, die Einheit zu verlassen, und den Antrag stellte, in eine andere Abteilung versetzt zu werden, nachdem sie bei der Beförderung einmal zu viel übergangen worden war.

Paul und Jackie mussten nicht in den Verwaltungsblock einbrechen, denn Jenny hatte die Tür weit offen stehen lassen.

Eine Woche lang verbrachten sie Tag und Nacht damit, sich durch eine Akte nach der anderen zu graben. Das brachte ihnen mehr als genug Material ein, um Hawksby gegenüber nachzuweisen, welches Leben Milner und dessen Kumpane während der letzten Jahre auf Kosten des Steuerzahlers geführt hatten. Da sie am Freitagabend erst die Hälfte der belastenden Hinweise bearbeitet hatten, schliefen die beiden in Feldbetten vor Ort. Doch noch immer waren zwei Aktenschränke übrig, die sie durchsehen mussten, als Milner den Prinzen und die Prinzessin im Flugzeug zurück nach Heathrow begleitete.

In Buckingham Gate benutzte William einen Hauptschlüssel, um in Milners Büro zu gelangen, während Rebecca herausfand, dass DI Reynolds' Tür überhaupt nicht abgeschlossen war. Offensichtlich war er davon überzeugt, dass niemand es wagen würde, seinen heiligen Bereich zu betreten, solange er nicht hier war. Sergeant Jennings' Büro war verschlossen, die Beschäftigung damit würde warten müssen. Doch da er erst vor Kurzem befördert worden war, würden seine Vergehen wohl nicht ganz so groß sein.

Während der nächsten Tage arbeiteten die vier rund um die Uhr, und als das königliche Flugzeug wieder in England landete, hatten sie genügend Beweise gesammelt, die sicherstellten, dass Milner nicht in ein paar Jahren in Pension gehen und sich mit dem Titel eines Knight Commander of the Royal Victorian Order aufs Land zurückziehen würde, wie er es seiner Frau versprochen hatte, die nicht damit hinter dem Berg hielt, wie sehr sie sich darauf freute, in Zukunft Lady Milner zu sein. Stattdessen würde man ihn unverzüglich und ohne Pension aus dem Polizeidienst entlassen.

Milner erschien am folgenden Montag pünktlich zum Lunch in Buckingham Gate und zeigte sich unbesorgt, als er erfuhr, dass DCI Warwick seinen Jahresurlaub genommen hatte, DS Adaja einen Ausbildungskurs in Manchester besuchte, DC Pankhurst zum Begräbnis ihrer Mutter nach Cornwall gefahren war und man frühestens in einem Vierteljahr damit rechnen konnte, dass DS Roycroft sich wieder zum Dienst melden würde. Er war ebenso unbesorgt, als er Constable Smarts Kündigung auf seinem Schreibtisch vorfand.

Wäre Milner von seiner Unantastbarkeit nicht so überzeugt gewesen, hätte er herausfinden können, dass alle vier sich in Wahrheit in ihre Büros in Scotland Yard zurückgezogen hatten und letzte Hand an den Bericht legten, den sie Ende der Woche Commander Hawksby überreichen würden.

18

»Ich werde heute Vormittag keine weiteren Anrufe entgegennehmen, Angela«, sagte der Commander. »Sie dürfen mich nur stören, wenn das Gebäude brennt«, fügte er hinzu und legte den Telefonhörer auf.

Er musterte sein Team, das um den Tisch herumsaß. »Vielleicht sollten Sie als Erster ans Schlagmal treten, DCI Warwick.«

»Wie Sie wissen, Sir«, begann William, »haben wir die Tatsache genutzt, dass Superintendent Milner, DI Reynolds und Sergeant Jennings mit ihren Klienten für zehn Tage am anderen Ende der Welt waren.«

»Ja, wobei sie die Belege für ihre moralischen Prinzipien hiergelassen haben«, warf Hawksby ein.

»Auch dass Constable Jenny Smart die Einheit während dieser Zeit verlassen hat, konnten wir in unserem Sinne nutzen«, fuhr William fort. »Ohne ihre Hilfe hätten wir möglicherweise Monate gebraucht, um alle Vorgänge in den Dokumenten nachzuverfolgen.«

»Sie muss eine gewisse Loyalität den Menschen gegenüber empfunden haben, für die sie sechs Jahre lang gearbeitet hat«, sagte der Commander. »Warum war sie bereit, ihr Schicksal einer Handvoll Eindringlingen anzuvertrauen, die sie kaum kannte?«

»Genau wie diese Eindringlinge ist sie der Ansicht, dass

ein korrupter Polizist mindestens genauso schlimm ist wie jeder andere Kriminelle, wenn nicht schlimmer«, sagte Jackie. »Und Milner, Reynolds und Jennings gehören zu den Schlimmsten, denen ich jemals begegnet bin. Ich konnte sie schließlich davon überzeugen, dass die meisten Kollegen ihre Haltung begrüßen würden.«

»Ich habe so das Gefühl«, sagte William mit einem zufriedenen Grinsen, »dass die Verleihung der Queen's Gallantry Medal an Sie zu gar keinem günstigeren Zeitpunkt hätte kommen können.«

»Smart war jedenfalls kooperativer, als ich wieder zur Arbeit kam«, sagte Jackie.

»Was haben Sie sonst noch herausgefunden, während die Katze aus dem Haus war, DS Roycroft?«, fragte Hawksby, der wieder zum Kern der Sache zurückkehren wollte.

»Ich habe angefangen, die Spesenabrechnungen sämtlicher Personenschützer der letzten fünf Jahre durchzugehen, und bin dabei auf Angaben gestoßen, die ich zuvor nie für möglich gehalten hätte.«

»Geben Sie mir ein Beispiel.«

»Milner hat drei Nächte im Ritz in Paris verbracht, während er auf einem Erkundungseinsatz war, der den Staatsbesuch der Queen im darauffolgenden Jahr vorbereiten sollte. Er war so unverfroren, sogar seine Frau und seine Tochter mitzunehmen und zu behaupten, das zusätzliche Zimmer würde von seiner Sekretärin genutzt, die zu jener Zeit jedoch zu Hause in Potters Bar war. Ich muss sagen«, fuhr Jackie fort, »dass er stets ganz oben auf der Weinkarte anfängt, wenn er auswärts speist.«

»Können Sie mir die Summe nennen, die sich bei den dreien während der letzten fünf Jahre insgesamt angesammelt hat, und darüber hinaus die Belege vorweisen, die diese Angabe stützen?«, wollte Hawksby wissen.

»442 712 Pfund«, sagte Jackie, die offensichtlich mit dieser Frage gerechnet hatte.

»Zustande gekommen durch?«

»Hauptsächlich Reisespesen, Restaurantbesuche, Kleiderpauschalen und Überstunden, obwohl sie diese als hochrangige Beamte nicht geltend machen dürfen.«

»Einzelheiten?«

»Wenn sich die königliche Familie in ihrem Sommerurlaub in Balmoral aufhält, verbringt Milner den größten Teil seiner Zeit mit der Jagd auf allerlei Vögel im Moor. Man hat mir erzählt, dass er letztes Jahr mehr Fasane geschossen hat als der Duke of Edinburgh. Reynolds angelt lieber im Dee. Ihre Pflichten bestehen fast ausschließlich darin, die Queen zu den Highland Games zu begleiten. Aber wenn sie wieder nach London zurückkehren, beantragen sie Pauschalen für Tätigkeiten ›außerhalb der üblichen Arbeitszeit‹ sowie Spesen aufgrund eines ›auswärtigen Einsatzes‹, von einer zusätzlichen Überstundenvergütung ganz zu schweigen.«

»Wenn ich eine umfassende Untersuchung auf den Weg bringen würde«, sagte Hawksby, »wie viele Möglichkeiten blieben ihnen dann, um sich doch noch herauszuwinden? Und ebenso wichtig: Wie viel ließe sich ihnen Ihrer Meinung nach eindeutig zuordnen?«

»Etwa die Hälfte«, sagte Jackie. »Aber ich habe bereits mehr als genügend Beweise zusammengestellt, um meine Schubkarre damit zu füllen.« Als das Gelächter sich gelegt hatte, fuhr sie fort. »Meine Lieblingsspesenforderung betrifft einen Burberry-Regenmantel und einen Schirm, die Milner während einer Hitzewelle in Bermuda gekauft hat.

Der Beleg verrät, dass der Regenmantel zufällig genau die Größe hatte, die seine Frau trägt.«

»Das darf nicht an die Öffentlichkeit dringen«, sagte Hawksby. »Die Presse hätte ihren großen Tag.«

»Reynolds und Jennings sind genauso schlimm«, meldete sich William zu Wort. »Aber es war Milner, der dafür gesorgt hat, dass sie mit allem durchgekommen sind, da er ihre Forderungen nie infrage gestellt hat, was vermuten lässt, dass die drei zusammenarbeiten.«

»Wie würde ihre Verteidigung lauten?«, sagte der Commander fast nur an sich selbst gewandt.

»Milner wird behaupten, dass der Prince of Wales genau wusste, was vor sich ging, und damit einverstanden war. Aber ich bin überzeugt davon, dass Seine Königliche Hoheit keine Ahnung davon hatte, was sie in seinem Namen veranstaltet haben.«

»Sehen Sie das auch so, DI Hogan?«

»Ja, in der Tat. Prinzessin Diana weiß nicht im Geringsten, welche Ausgaben ich mir ersetzen lasse. Über dieses Thema wurde nie gesprochen. Milner zeichnet alle meine Spesenforderungen ab, ohne sie zu überprüfen, und sobald er seine Initialen auf den Zettel gekritzelt hat, zahlt die Buchhaltung den Betrag aus, ohne irgendwelche Fragen zu stellen. Es sind viele Stücke von einem ganz großen Kuchen, dessen Verteilung ohne jede Störung abläuft.«

»Es könnte auch amüsant sein zu wissen«, sagte Jackie, »dass Milner in den Jahren als Leiter der Royalty Protection mehr als eine Million Flugmeilen auf seinen eigenen Namen angesammelt hat. Alles legal und korrekt.«

»Es könnte gut sein, dass er dauerhaft in der Luft leben muss, wenn ihm klar wird, dass wir hinter ihm her sind«, sagte der Commander. Er hielt einen Augenblick inne und fügte dann hinzu: »Die Beweise, die Sie gesammelt haben, DS Roycroft, sind außerordentlich schlüssig, und das ist noch zurückhaltend ausgedrückt. Aber wenn wir den Leiter der Royalty Protection zu Fall bringen wollen, brauche ich verdammt viel mehr als das. Deshalb sind jetzt Sie an der Reihe, DC Pankhurst. Sagen Sie uns, was Sie in den letzten Monaten getan haben.«

»Superintendent Milner fährt nie mit dem öffentlichen Nahverkehr, während er im Dienst ist«, sagte Rebecca. »Obwohl er als Polizist eine Genehmigung hat, die ihm das jederzeit unbegrenzt erlauben würde.«

»Wahrscheinlich benutzt er sein eigenes Auto und beantragt dann Benzingeld«, sagte Hawksby, indem er den Advokaten des Teufels spielte.

»Er benutzt nie sein eigenes Auto. Er fährt stets Taxi und rechnet das als Spesen ab.«

»Dann ist der Taxifahrer der einzige Mensch, der davon profitiert, und zweifellos hat Milner die Belege, um es zu beweisen.«

»Aber warum sollte man ein Taxi zum Buckingham Palace oder York House nehmen«, fragte Rebecca, »wo man doch beide von seinem Büro in Buckingham Gate aus zu Fuß erreichen kann?«

»Er würde behaupten, dass er es nicht riskieren kann, verfolgt zu werden, wenn er vertrauliche Dokumente bei sich führt«, antwortete Hawksby.

»Er nimmt auch ein Taxi nach Windsor und zurück, was nicht billig ist, obwohl er von der Victoria Station aus den Zug nehmen könnte. Der Bahnhof ist nur wenige Hundert Meter von seinem Büro entfernt.«

Das ließ Hawksby für einen Augenblick verstummen, und Rebecca nutzte ihre Chance.

»Wenn man die Spesenforderungen sorgfältig durchgeht …«, sagte sie, schlug eine Akte auf und fuhr mit dem Finger einige Zahlenkolonnen hinab, bevor sie weitersprach. »Letztes Jahr hat Milner einhunderteinundsiebzig solcher Taxifahrten unternommen, was den Steuerzahler über 33 000 Pfund gekostet hat.«

»Und wenn man noch ein wenig tiefer gräbt, was wir mit der Unterstützung von Constable Smart getan haben«, warf Paul ein, der keinen Blick auf seine Zahlen werfen musste, »dann findet man heraus, dass Milner im Verlauf der letzten elf Jahre alleine an Taxikosten 434 720 Pfund geltend gemacht hat. Was, so scheint mir, sogar die BBC als exzessiv bezeichnen würde.«

»Doch in Wahrheit«, sagte Rebecca, »nimmt Milner nie ein Taxi, wenn er im Dienst ist.«

»Sie sollten besser in der Lage sein, diese Aussage mit unwiderlegbaren Fakten zu untermauern, DC Pankhurst«, sagte Hawksby. »Sonst steht Ihr Wort gegen seines.«

»Ich hatte so eine Ahnung, dass Sie das sagen würden, Sir«, erwiderte Rebecca. »Deshalb habe ich mit DCI Warwicks Erlaubnis eine Woche Urlaub von meinen normalen Pflichten genommen und verdeckt ermittelt.«

»Zu welchem Zweck?«

»Um eine Woche lang das Leben unseres höchstrangigen Beamten der Royalty Protection zu verfolgen.«

William gestattete sich ein Lächeln, als Rebecca eine sogar noch dickere Akte aufschlug, die ebenfalls vor ihr lag. »Jeden Morgen zwischen acht und Viertel nach acht verlässt Milner sein Haus in Barnes und nimmt den Zug zur

Victoria Station, wobei er seine Genehmigung als Polizist benutzt.«

»Was sein gutes Recht ist«, sagte Hawksby.

»Nach seiner Ankunft in der Victoria Station«, fuhr Rebecca fort, die sich nicht unterbrechen ließ, »geht er die halbe Meile nach Buckingham Gate zu Fuß. Wenn er einen Termin bei Seiner Königlichen Hoheit hat, geht er hinüber zum York House, wobei ihn häufig DI Reynolds, der Personenschützer des Prinzen, begleitet. Sobald Seine Königliche Hoheit York House verlässt, eilt Milner zurück nach Buckingham Gate. Bei zwei voneinander unabhängigen Gelegenheiten in jener Woche nahm er den Zug von Paddington nach Windsor, wobei er wiederum seine besondere Genehmigung benutzt hat. Nach seiner Ankunft ging er vom Bahnhof zum Schloss, verschwand in seinem Büro und wurde erst wieder gesehen, als er nachmittags gegen halb fünf den Zug zurück nach Barnes nahm. Während jener Woche ist er kein einziges Mal mit dem Taxi gefahren, was ihn aber nicht daran gehindert hat, 529 Pfund als Spesen geltend zu machen«, sagte Rebecca und reichte Hawksby vierzehn Belege mit Spesenforderungen zur Durchsicht. »Sie reichen nicht nur Spesenforderungen für Fahrten ein, die nie stattgefunden haben, sondern Milner und seine Kumpane kassieren insgesamt etwa eine Viertelmillion pro Jahr, ohne dass die Forderungen von irgendjemandem überprüft würden.«

Der Commander musterte eine Weile die Unterlagen mit den Ansprüchen. Schließlich sagte er: »Ausgezeichnete Arbeit, DC Pankhurst. Aber das genügt immer noch nicht. Was können Sie mir sonst noch anbieten?«

»Nichts mehr, Sir. Doch der Chief hat etwas gefunden, das eine Erklärung verlangt.«

Alle am Tisch wandten sich William zu.

»In der verschlossenen obersten Schublade von Milners Schreibtisch habe ich das hier gefunden«, sagte William und legte ein Blatt mit einer Spesenabrechnung vor den Commander.

»Was beweist das?«, fragte Hawksby, nachdem er mehrere Posten sorgfältig überprüft hatte.

»Wir sollten uns nicht die Ansprüche ansehen, die Milner geltend gemacht hat«, sagte William, »sondern das halb leere Spesenbuch, das auf jeder Seite seine Unterschrift trägt und nur darauf wartet, gefüllt zu werden. Er ist wie jemand am Roulettetisch, der weiß, auf welcher Zahl die Kugel landen wird. Er hat ein System perfektioniert, bei dem er immer gewinnt, selbst wenn die Kugel auf der Null landet.«

»Glauben Sie mir«, sagte Hawksby, »dieser Mann könnte es immer noch schaffen, sich herauszuwinden. Nein, ich brauche eine Silberkugel, die Milner nicht mehr in die Kammer zurückschieben kann.« Der Commander sah, wie auf Pauls Gesicht ein Grinsen erschien. »Sie waren ungewöhnlich still, DS Adaja. Darf ich annehmen, dass Sie mir gleich eine solche Kugel präsentieren werden?«

»Und die Waffe, mit der man sie abfeuern kann«, sagte Paul. »Sie werden mir jedoch nie glauben, was ich Ihnen gleich erzählen werde, Sir. Obwohl Sie bereits mit einigen der gerissensten Kriminellen auf diesem Gebiet zu tun hatten.«

»Hören Sie auf, meine Zeit zu verschwenden«, sagte Hawksby.

»Im vergangenen Monat habe ich ein spezielles Interesse an Sergeant Hicks entwickelt.«

»Und was ist so besonders an Sergeant Hicks?«

»Während der letzten elf Jahre war er der für das Ausland zuständige Verbindungsoffizier der Royalty Protection.«

»Wie faszinierend«, sagte Hawksby und unterdrückte ein Gähnen.

»Das wäre es in der Tat, Sir, wenn Sergeant Hicks existieren würde.«

Hawksbys Blick entsprach nicht unbedingt dem eines erfahrenen Pokerspielers. »Einzelheiten«, verlangte er und richtete sich kerzengerade in seinem Stuhl auf.

»Sergeant Hicks ist vor elf Jahren in Pension gegangen und ein paar Jahre darauf gestorben. Er wurde in seiner Kirchengemeinde in Sevenoaks beerdigt.«

»Sie haben natürlich den Beweis dafür?«

Paul zog ein Foto von Hicks' Grabstein hervor und reichte es dem Commander.

NIGEL HICKS
1918 – 1981

»Sie wollen mir doch nicht sagen, dass …«

»Er erhält noch immer sein volles Gehalt und hat es irgendwie geschafft, letztes Jahr 70 000 Pfund an Spesen geltend zu machen, ohne jemals im Büro zu erscheinen.«

»Und die sind damit durchgekommen?«

»Es wäre möglich, dass Hicks in die Sache verwickelt war«, sagte William.

»Aber er ist gestorben.«

»Nicht nach dem, was die offiziellen Dienstpläne besagen.«

»Aber sicher hat irgendjemand …«, begann Hawksby.

»Genau das ist der springende Punkt, Sir«, meldete sich

William wieder zu Wort. »Milner, Jennings und Reynolds waren alle in denselben Betrug verwickelt und nur zu glücklich, dabei ihren Schnitt zu machen. Hicks hat sogar noch sein eigenes Büro in Windsor mit seinem Namensschild an der Tür.«

»Und wie hat Milner erklärt, dass niemand sonst ihn je gesehen hat?«

»Er war, wie gesagt, der für das Ausland zuständige Verbindungsoffizier, weshalb er immer unterwegs war und die Orte inspiziert hat, welche die nachgeordneten Mitglieder der königlichen Familie bei einer zukünftigen Reise in jene Länder besuchen würden. Er hat Reisekosten für Städte geltend gemacht, die er nie besucht, und Übernachtungskosten für Hotels angeführt, in denen er nie übernachtet hat. Hinzu kommen regelmäßige Forderungen für Tätigkeiten außerhalb der üblichen Arbeitszeit und Überstunden. So wurden dem Gespenst eines ehemaligen Sergeant in den vergangenen elf Jahren über 270 000 Pfund an Lohn ausbezahlt und weitere 700 000 an Spesen. Ganz zu schweigen davon, dass er eine Million Flugmeilen angesammelt hat, ohne je ein Flugzeug bestiegen zu haben.«

»Was ist mit den Tickets der Flüge geschehen, die er niemals angetreten hat?«

»Einige haben die drei sich ausbezahlen lassen, andere wurden benutzt, wenn einer von ihnen in die Ferien geflogen ist. Sie alle haben während der letzten elf Jahre einige ziemlich exotische Orte besucht: Rio, Kapstadt, Mexiko, St. Petersburg …«

»Wie haben Sie das herausgefunden?«, fragte Hawksby mit bellender Stimme. Er konnte seine Wut kaum im Zaum halten.

»Ich bin schließlich in das Büro des verschwundenen Sergeant eingebrochen, Sir, wo ich gesehen habe, dass die Schränke leer waren.«

»*Deshalb* hat der Hund der Baskervilles in der Nacht nicht gebellt«, sagte der Commander. »Bravo, DS Adaja. Trotzdem fehlt mir noch der Zuckerguss auf meinem Kuchen, bevor ich dem Commissioner Bericht erstatte. Sagen Sie mir, wozu die drei ihr ergaunertes Geld benutzt haben. Denn es ist immer die Art, wie ein Krimineller sein Geld ausgibt, die ihn am Ende zu Fall bringt.«

»Drücken Sie den Abzug, DS Roycroft«, sagte William.

»Nachdem DS Adaja und DC Pankhurst genügend Material gesammelt hatten, um genau nachzuzeichnen, wie Milner vorging«, sagte Jackie, »habe ich mich an Ihren Rat gehalten und bin dem Geld gefolgt.«

»Und was haben Sie herausgefunden?«, fragte Hawksby.

»Milner hat ein Auto, einen Mercedes SI, das neueste Modell, das er bar bezahlt haben muss. Denn es gibt keine Hinweise darauf, dass irgendetwas außer seinem Gehalt als Superintendent auf seinem Konto eingeht. Deshalb könnte auch jemand versucht sein zu fragen, wie er sich ein dreistöckiges Haus direkt an der Gemeindewiese in Barnes leisten kann, dazu ein Landhaus in Berkshire auf einem fünf Morgen großen Grundstück und einen beträchtlichen Besitz auf Ibiza, den man nur als absolut nobel bezeichnen kann.«

Ein noch längeres Schweigen als zuvor folgte. Schließlich sagte Hawksby: »Wie hat er es nur geschafft, so lange damit durchzukommen?«

»Das war der leichteste Teil«, sagte William. »Denn bevor wir aufgetaucht sind, gab es niemanden, der sein Verhalten infrage gestellt hätte, und wenn Constable Jenny Smart es nicht als ihre Pflicht betrachtet hätte, DS Roycroft in die richtige Richtung zu weisen, hätten wir vielleicht noch Jahre gebraucht, um ihn festzunageln. Doch mit ihrer Hilfe«, fuhr William fort, »war das Team in der Lage, genügend Beweise zu sammeln, die zusammen mit DS Adajas Silberkugel dafür sorgen werden, dass Milner seinen Ruhestand nicht auf Ibiza, sondern zum Wohlgefallen Ihrer Majestät in einer Zelle in Belmarsh verbringen wird.«

»Eine andere Form des *königlichen Schutzes*«, sagte Paul.

Der Commander lächelte zum ersten Mal an diesem Morgen. »Sobald Sie Ihren Bericht eingereicht haben, DCI Warwick«, sagte er, »werde ich den Commissioner informieren, damit er alle Munition hat, die er braucht, wenn er seine Audienz beim Prince of Wales hat. Doch zunächst gratuliere ich Ihnen allen für die hervorragende Arbeit, die Sie geleistet haben. Aber wenn Ihnen die Sache um die Ohren fliegt, wird, so fürchte ich, DS Adaja alles ausbaden müssen.«

»Und wenn sich herausstellt, dass ich recht hatte?«, fragte Paul, nachdem sich das Gelächter gelegt hatte.

»Dann werde ich Milner und seine beiden Komplizen persönlich hinter Gitter bringen«, sagte Hawksby, »die ganze Anerkennung dafür einstreichen, DCI Warwick zum Superintendent befördern, ihm die Leitung der Royalty Protection übertragen und gerne damit einverstanden sein, dass DS Adaja uns immer wieder daran erinnert, dass er der führende Kopf hinter der Operation Abrechnungsschwindel war.«

Die übrigen Mitglieder des Teams erhoben sich und spendeten Paul warmherzig Beifall, als das Telefon auf dem

Schreibtisch des Commanders zu klingeln begann. Hawksby nahm den Hörer ab. »Angela, ich sagte doch, keine Anrufe. Es sei denn, das Gebäude brennt.«

»Superintendent Milner ist am Apparat, Sir. Er sagt, dass er Sie dringend sprechen muss.«

»Sagen Sie ihm, dass die Hütte brennt«, erwiderte Hawksby und legte auf. Er sah zu William. »Anscheinend hat er bemerkt, dass sein Spesenbuch verschwunden ist.«

19

»Es ist mir eine große Freude«, erklärte der neue Direktor des Fitzmolean, »Sie alle zu dieser bemerkenswerten Sammlung der Werke von Frans Hals willkommen zu heißen. Ich möchte nun Ihre Königliche Hoheit, die Prinzessin von Wales, bitten, die Ausstellung zu eröffnen.«

Die Prinzessin trat ans Mikrofon. Der Beifall hielt an, während sie einen Blick auf den ersten Absatz ihrer Rede warf.

»Zunächst möchte ich Ihnen sagen, wie erfreut ich über die Einladung war, diese mit Spannung erwartete Ausstellung zu eröffnen, die bereits begeisterte Besprechungen erhalten hat. Der Kritiker der *Times* hat uns heute Morgen daran erinnert, dass große Kunst alle Vorurteile und gesellschaftlichen Barrieren überwindet. Wenn wir ein Gemälde betrachten, denken wir weder an die Hautfarbe noch an die religiösen oder politischen Überzeugungen des Künstlers. Bevor ich diese Besprechung gelesen hatte, war mir nicht klar, dass viele Kunstkritiker Frans Hals denselben Rang zugestehen wie Rembrandt oder Vermeer und dass er fast mittellos starb, obwohl es ihm in seinem langen Leben nicht an Aufträgen gemangelt hat. Vielleicht lag das daran, dass er elf Kinder hatte.« Die Prinzessin wartete, bis das Gelächter sich gelegt hatte, bevor sie fortfuhr.

»Und doch hat er uns ein Erbe hinterlassen, das wir alle

bewundern und das gewiss noch viele Generationen lang Bestand haben wird. Als holländischer Meister des Goldenen Zeitalters wäre er gewiss erfreut darüber, dass dieses Museum dank Beth Warwick, der Kuratorin dieser Ausstellung, ihn mit einer so umfangreichen Präsentation seines Werkes würdigt. Ihre Energie, ihr Engagement und ihre fachliche Kompetenz sind für alle unübersehbar.«

Eine herzliche Runde Beifall folgte, und Beth neigte leicht den Kopf.

DI Ross Hogan hätte sich gerne dem Beifall angeschlossen – aber nicht, solange er im Dienst war. Sein Blick streifte durch den Saal, während die Prinzessin mit ihrer Rede fortfuhr. Er bemerkte, dass sein Vorgesetzter, Commander Hawksby, hinter den versammelten Gästen stand und die Vorgänge beobachtete. Sogar bei einer solchen Veranstaltung konnte er nicht aufhören, Polizist zu sein.

Wenige Schritte vor Hawksby stand DCI Warwick und neben ihm dessen Vater Sir Julian Warwick, den Ross zuvor nur aus der Entfernung gesehen hatte, als er im Old Bailey im Zeugenstand aufgetreten war. Ross nahm an, dass die Frau zu seiner Linken Williams Mutter war.

Sein Blick wanderte weiter zu Williams Schwester Grace und ihrer Partnerin Clare. Die beiden beeindruckenden Frauen hielten sich bei der Hand und scheuten sich nicht, ihre Gefühle füreinander öffentlich zu zeigen. Ross fragte sich unweigerlich, was Sir Julian darüber dachte. Zur Rechten des Paares standen Beth Warwicks stolze Eltern, Mr. und Mrs. Rainsford, denen er ewig dankbar sein würde für die Art und Weise, wie sie Jojo als ihre zweite Enkelin in ihre Familie aufgenommen hatten.

Ross unterdrückte ein Lächeln, als sein Blick auf Victoria

Campbell fiel, die etwas seitlich stand und unauffällig ihre Rolle als Hofdame wahrnahm. Er musste sich eingestehen, dass er immer noch fasziniert von ihr war, aber er brauchte niemanden, der ihn mit einem »Träum weiter« zurechtgewiesen hätte.

Ganz vorne unter den Gästen stand Christina Faulkner. Sie hielt die Hand eines jungen Mannes, den Ross zuletzt im Tramp gesehen hatte. Er war davon ausgegangen, dass Sebastian nur ein Liebhaber für eine Nacht wäre, doch ganz offensichtlich war er das nicht. Dann wurde Ross' Aufmerksamkeit auf einen anderen Mann gelenkt, den er bei der Ausstellungseröffnung nicht erwartet hatte. Der Mann schien nicht auf die Rede zu achten, sondern fixierte unverwandt ein bestimmtes Gemälde.

Da es inzwischen nur noch wenige Wochen bis zu Miles Faulkners Prozess dauern würde, war Ross verwirrt darüber, warum ihn bisher niemand über das Bild befragt hatte, das Booth Watson anstarrte, und wie es dazu gekommen war, dass es Teil der Ausstellung geworden war. Noch überraschender war, dass Faulkners Anwalt keine offizielle Beschwerde eingelegt hatte, nachdem sein Mandant gewaltsam aus seinem Refugium in Spanien nach England zurückgebracht worden war, um sich einem zweiten Prozess zu stellen.

Ebenso verwirrend war Faulkners Entscheidung, auf schuldig zu plädieren im Gegenzug dafür, dass man ihm zwei Jahre Haft erlassen würde. Es ergab keinen Sinn. Faulkner hatte den Ruf, hart und geschickt zu verhandeln, und das war gewiss keine günstige Vereinbarung für ihn. Es musste etwas geben, dessen sich weder er noch William bewusst waren. Ross fragte sich, ob er jemals herausfinden würde, was es war. Wieder richtete er seinen Blick auf Booth Watson, der, wie er annahm, die Antwort auf all diese Fragen wusste.

Die Prinzessin wandte sich ihrer letzten Karte zu.

»Ich zweifle nicht daran, dass diese bemerkenswerte Ausstellung der Öffentlichkeit genauso viel Genuss bereiten wird wie uns«, sagte sie. »Und es ist mir eine Freude, sie hiermit als eröffnet zu erklären.«

Wieder erklang eine Runde Beifall. Begleitet vom Direktor des Museums verließ die Prinzessin das Podium und ging direkt auf die Kuratorin der Bilder zu, um ihr zu gratulieren. Artemisia, die ihre kleine Krone fest in ihr Haar geklemmt hatte, gelang es irgendwie, sich zwischen die beiden zu quetschen.

Als Diana und der neue Direktor weitergingen, um mit einigen anderen Gästen zu plaudern, musste Beth Artemisias Hand energisch festhalten, um sie daran zu hindern, die Rolle einer zweiten Hofdame zu übernehmen. Der Commander nutzte diesen Moment, um aus dem Schatten zu treten und sich leise an William zu wenden.

»Werfen Sie mal einen Blick nach dort drüben«, flüsterte er.

»Ich habe ihn bereits gesehen«, sagte William.

»Warum nur ist er an diesem besonderen Bild so interessiert?«

»Caravaggios *Grablegung Christi*«, sagte William, ohne sich umzuwenden, »wurde dem Museum von Miles Faulkner als Dauerleihgabe zur Verfügung gestellt – und zwar als Gegenleistung für die Aussetzung seiner Strafe zur Bewährung nach seinem ersten Prozess.«

»Ich muss gestehen, dass Booth Watsons Gesichtsausdruck eher auf eine vorübergehende Leihgabe hinzudeuten scheint«, erklärte Hawksby nachdenklich.

»Ich frage mich, was Faulkner bereit wäre, diesmal als Gegenleistung für das Aussetzen seiner Haftstrafe auf Bewährung anzubieten«, sagte William.

»Ich glaube, dass der Richter sich nicht einmal dann umstimmen ließe, wenn er uns seine gesamte Sammlung zur Verfügung stellen würde.«

»Es sei denn, Beth wäre die Richterin«, erwiderte William.

»Nicht einmal Faulkner könnte dafür sorgen. Aber das war nicht der Grund, warum ich mit Ihnen sprechen wollte. Kurz bevor ich heute Abend den Yard verlassen habe, hat mich der Commissioner angerufen. Er sagte, er habe am Montagmittag um zwölf einen Termin beim Prince of Wales, und er beabsichtigt, ihn im vollen Umfang über die außerplanmäßigen Aktivitäten von Superintendent Milner zu informieren.«

»Milner hat den heutigen Nachmittag mit dem Prince of Wales bei einem Besuch der Royal Geographical Society verbracht, Sir«, sagte William. »Er dürfte mehr als genügend Zeit gehabt haben, ihm seine Sicht der Dinge zu unterbreiten, lange bevor der Commissioner erscheinen wird.«

»Ich fürchte, wir können bestenfalls auf ein unauffälliges Ausscheiden aus dem Dienst aufgrund einer angeschlagenen Gesundheit hoffen.«

»Dieser verdammte Mann sollte gehängt, gestreckt und gevierteilt werden«, sagte William. »Und man sollte seinen Kopf auf der Tower Bridge auf eine Lanze stecken, während Reynolds auf Ludgate Hill an den Pranger gestellt und mit faulen Tomaten beworfen werden sollte.«

»Es ist wirklich erfrischend zu sehen, William, dass nach so vielen Jahren bei der Polizei in Ihrer Brust noch immer das Herz eines Chorknaben schlägt«, sagte Hawksby, während er sich im Saal umsah und sein Blick auf Sir Julian Warwick fiel, der in ein Gespräch mit Beth vertieft war.

»Warst du sehr enttäuscht darüber, dass du die Stelle als Direktorin nicht bekommen hast?«, fragte Sir Julian seine Schwiegertochter.

»Das war ich allerdings«, sagte Beth. »Es war auch nicht gerade eine Hilfe, als Tim Knox mir sagte, dass sich der Vorstand mit sieben zu fünf Stimmen für Gerald Sloane entschieden hat. Und um alles noch schlimmer zu machen: Wenn es sechs zu sechs gestanden wäre, meinte der Vorsitzende gegenüber Tim Knox, hätte er mir die entscheidende Stimme gegeben.«

»Was kannst du mir über Sloane erzählen?«, fragte Sir Julian und sah hinüber zum neuen Direktor des Museums.

»Während der letzten sieben Jahre hat er als Direktor der Manchester Municipal Gallery gearbeitet, und wie ich höre, betrachtet er das Fitzmolean als Zwischenstation auf dem Weg zu noch größeren Dingen, während ich das Ansehen des Museums in einer Weise fördern wollte, dass niemand mehr auf die Idee käme, es als Zwischenstation auf dem Weg zu was auch immer zu betrachten.«

»Hab Geduld, junge Dame, würde ich dir raten«, sagte Sir Julian. »Es könnte durchaus sein, dass du die Stelle früher bekommst, als du dir vorstellst. Gleichzeitig jedoch solltest du die Augen weit offen halten, denn Sloane wird dich als Konkurrentin betrachten. Er wird sich mit dir anfreunden wollen oder versuchen, dich zu unterminieren. Vielleicht sogar beides zugleich.«

»Du denkst wie ein Krimineller, Julian«, sagte Beth.

»Dafür werde ich bezahlt«, lautete seine Antwort.

»Mir ist klar, dass ich nicht auf Tratsch hören sollte«, sagte Beth. »Aber ich weiß aus sicherer Quelle, dass bei seiner Verabschiedung in Manchester nur die Hälfte der Belegschaft erschienen ist.«

»Was umso mehr ein Grund für dich sein sollte, vorsichtig zu sein. Es ist kein Geheimnis, dass du mit weitem Vorsprung gewählt worden wärst, wenn die Mitarbeiter des Fitzmolean hätten abstimmen dürfen.«

Beth nickte. »Ich weiß, dass das nicht gerade der ideale Zeitpunkt ist«, sagte sie. »Aber ich hätte gerne deinen Rat in einer privaten Angelegenheit.«

»Vielleicht solltet ihr alle am Sonntag nach Nettleford zum Lunch kommen. Dann hätten wir mehr als genügend Zeit, um alles durchzusprechen«, sagte Sir Julian, als seine Frau zu ihnen trat.

»Ich bin überrascht, Mr. Booth Watson hier zu sehen«, sagte Lady Warwick.

»Vielleicht ist er ein Bewunderer von Frans Hals«, sagte Beth, die nur allzu gut wusste, warum er hier war.

»Mr. Booth Watson bewundert überhaupt niemanden«, sagte Sir Julian. »Es sei denn, er findet eine Möglichkeit, ihn zu seinem Mandanten zu machen. Und Frans Hals fällt gewiss nicht in diese Kategorie. Obwohl er nicht der erste tote Mandant wäre, als dessen juristischer Vertreter BW auftritt.«

»Du bist so ein alter Zyniker, Julian«, sagte seine Frau.

»Man hat keine große Wahl, wenn man sein Berufsleben damit verbringt, die Klinge mit den Booth Watsons dieser Welt zu kreuzen«, erwiderte er. In diesem Augenblick ließ

Artemisia die Hand ihrer Mutter los und schoss durch den Saal.

»Was hat das kleine Luder nur vor?«, fragte Sir Julian.

»Ich würde wetten, sie möchte sich von ihrer Freundin verabschieden«, sagte Beth, als Artemisia nach Ross' Hand griff.

Artemisia war der letzte Gast, von dem sich die Prinzessin verabschiedete, nachdem sie ihre Krone bewundert und ihr einen Kuss gegeben hatte, was dem neuen Direktor nicht gefallen konnte.

20

Ross setzte sich auf den Beifahrersitz des Jaguars, nachdem die Prinzessin auf der Rückbank Platz genommen hatte. Er warf einen Blick in seinen persönlichen Rückspiegel und sah, dass Victoria sich ihnen nicht angeschlossen hatte und wohl nach Hause gegangen war. Obwohl Victoria dieses Thema niemals in seiner Gegenwart zur Sprache brachte, war es offensichtlich, dass ihr Dianas anderes Leben nicht gefiel.

Nur ein Mitglied der Paparazzi-Horde lauerte ihnen auf, als sie in die Jermyn Street einbogen. Kaum dass der Mann das Auto erblickte, sprang er auch schon mitten auf die Straße.

Ross fragte sich, ob er hier einfach nur ausgeharrt und auf eine Chance gewartet hatte, wie unwahrscheinlich sie auch sein mochte, oder ob er einen Tipp bekommen hatte. Hätte Ross auch nur ansatzweise die Möglichkeit dazu gehabt, hätte er ihn überfahren.

Die Prinzessin verbarg ihr Gesicht hinter ihrer Handtasche, während sie die Stufen zum Nachtclub hinabeilte. Der Oberkellner begleitete sie an ihren üblichen Tisch – mehrere Köpfe drehten sich nach ihr um, als sie über die Tanzfläche ging –, wo Jamil stand und auf sie wartete. Er küsste sie auf beide Wangen, und nachdem sie sich gesetzt hatten, hielten sie einander über dem Tisch und für alle sichtbar bei den Händen. Sie versuchten nicht mehr, ihre Beziehung zu verbergen.

Ross zog sich wie gewöhnlich an seinen Tisch zurück, der diskret hinter einer Säule stand. Als Diana und ihr Begleiter kurz darauf die Tanzfläche betraten, wäre sogar einem zufälligen Beobachter aufgefallen, dass sie ein Liebespaar waren. Der auf und ab hüpfende Pferdeschwanz störte Ross noch immer. Er schrieb nichts auf, würde William jedoch am Morgen umfassend Bericht erstatten. Er wusste, dass William den Commander auf dem Laufenden hielt, sodass stets alle informiert waren.

Wieder verließ Diana den Club kurz nach Mitternacht. Als sie hinaus auf den Bürgersteig trat, wurde sie bereits von mehreren Fotografen erwartet.

Ross tat sein Bestes, um sie vor den aufdringlicheren Vertretern dieser Zunft zu schützen, während sie in den Fond des Autos stieg. Doch sie wurden auch weiterhin von einem Blitzlichtgewitter verfolgt, bis der Jaguar um die Ecke in die St. James's Street bog, wo einer der Reporter ihnen an der Ampel auflauerte, während sie kurz vor Piccadilly langsamer wurden. Ross sah, dass es derselbe war, der sie vor dem Tramp abgepasst hatte, als sie einige Stunden zuvor dort angekommen waren.

»Kennen Sie den Namen dieses Fotografen, Ross?«

»Ja, Ma'am. Alan Young.«

»Armer Kerl. Er drückt sich die ganze Zeit hier herum, nur für den Fall, dass ich auftauche.«

»Ich würde mein Mitgefühl nicht an ihn verschwenden, Ma'am. Er ist der bestbezahlte Knipser der Fleet Street, und er macht nur Fotos von Ihnen.«

Eine Zeit lang fuhren sie wortlos weiter. Schließlich sagte

die Prinzessin: »Ich werde das Wochenende mit Jamil in seinem Haus in Sussex verbringen. Das gehört natürlich nicht zu meinen offiziellen Terminen, aber ich hoffe, dass Sie so freundlich sein werden, die üblichen Vorbereitungen zu treffen.«

»Gewiss, Ma'am«, sagte Ross, ohne auch nur einen Augenblick zu zögern, obwohl er sich darauf gefreut hatte, das Wochenende mit Jojo zu verbringen. Er hatte geplant, mit ihr ins Kino zu gehen, wo sie sich *Arielle, die Meerjungfrau* ansehen würden, und danach stand ein Besuch ihrer Lieblingseisdiele auf dem Programm. Gott sei Dank gab es William und Beth, dachte er, als der Jaguar in Richtung Kensington Palace Gardens abbog.

»Ich dachte, Jojo würde das Wochenende mit Ross verbringen«, sagte Beth, während sie den drei Kindern die Sicherheitsgurte im Auto anlegte.

William nahm hinter dem Steuer Platz. »Planänderung. Wie es aussieht, braucht ihn die Prinzessin für eine besondere Aufgabe.«

»Was könnte besonderer sein als Jojo?«, fragte Beth, die nicht wollte, dass er so leicht davonkam.

»Nun, sie wird das Wochenende nicht mit Prince Charles verbringen«, war alles, was William zu dem Thema zu sagen hatte.

»Willst du mir damit sagen, dass Diana eine Affäre hat?«, flüsterte Beth, als sie nach Nettleford aufbrachen.

»Ich will dir damit gar nichts sagen«, erwiderte William.

Beth wollte gerade protestieren, als Artemisia sagte: »Was ist eine Affäre?«

William und Beth schwiegen, aber Peter rettete sie, indem er fragte: »Wie lange dauert es, bis wir dort sind?« Sie hatten noch nicht einmal die erste Reihe von Ampeln erreicht.

»Etwa eine Stunde«, sagte William. »Aber es gefällt dir doch immer, einen Tag bei deinen Großeltern zu verbringen.«

»Warum hat Großvater keinen Fernseher?«, fragte Peter.

Beth und William versuchten, sich eine passende Antwort auszudenken, als Jojo in wehmütigem Ton fragte: »Wird Daddy auch da sein?«

»Nein, das wird er nicht«, sagte Artemisia. »Er verbringt das Wochenende bei meiner Freundin, der Princess of Wales.«

»Aber ich weiß, dass er das nächste Wochenende freihat«, sagte William, »und dann will er sicher auch noch mit dir in *Arielle, die Meerjungfrau* gehen. Und wenn du brav bist, bekommst du vielleicht sogar deinen Lieblingsschokoeisbecher.«

Jojo klatschte in die Hände.

»Was hast du nächste Woche vor?«, fragte Beth. »Außer der Prinzessin hinterherzuspionieren?«

»Frag lieber nicht«, erwiderte William, wobei er seine Stimme senkte. »Der Commissioner hat morgen einen Termin beim Prince of Wales, und niemand von uns hat die leiseste Ahnung, wie er reagieren wird, wenn er hört, was der Leiter seines Personenschutzes während der vergangenen elf Jahre angerichtet hat.«

»Die beiden werden dafür sorgen wollen, dass nichts in die Presse gelangt, was die Queen in Verlegenheit bringen könnte. Obwohl ich das Gefühl habe, dass der Prince of Wales nur allzu gut weiß, auf was für ein Spiel sich Diana fern von zu Hause eingelassen hat.«

»Prinzessin Diana«, korrigierte Artemisia ihre Mutter.

»Wenigstens du dürftest dich doch auf die nächste Woche freuen«, sagte William. »Nachdem heute Morgen überall in den Zeitungen Fünf-Sterne-Besprechungen der Frans-Hals-Ausstellung erschienen sind, werden die Leute doch sicher in Scharen in das Museum strömen.«

»Ich würde mich tatsächlich freuen, sofern der neue Direktor nicht so viel Zeit damit verbringen würde, meine Arbeit vor den anderen Mitarbeitern zu unterminieren.«

»Mach dir keine Sorgen. Ich bin sicher, er wird mit der Zeit schon wissen, was er an dir hat.«

»Das bezweifle ich. Wir haben kaum ein vernünftiges Wort gewechselt, seit er die Stelle angetreten hat, und es scheint auch nichts zu geben, mit dem ich ihn beschwichtigen kann.«

»Was bedeutet beschwichtigen?«, fragte Artemisia.

»Sich die Ansichten eines anderen zu eigen machen, um ihn zufriedenzustellen«, sagte Beth. Sie drehte sich um und sah, dass Peter und Jojo eingeschlafen waren.

»Ich fühle mit dir«, sagte William. »Besonders wenn ich daran denke, wie gut du mit Tim Knox ausgekommen bist.«

»Erinnere mich bloß nicht daran. Und es ist auch keine große Hilfe, dass Sloane mich morgen früh als Erstes sprechen möchte, sodass ich mir schon das ganze Wochenende über den Kopf zerbreche, weswegen er diesmal verärgert ist.«

»Du darfst nicht paranoid werden, was ihn betrifft«, sagte William. »Er ist es nicht wert.«

»Was bedeutet paranoid?«, fragte Artemisia.

Dies war eines der Gespräche, zu denen Booth Watson nicht zu spät kommen würde. Er hatte das Connaught Hotel nie zuvor besucht, doch er kannte dessen guten Ruf. Im typischen Stil der alten Welt, luxuriös, feinste Küche und immer Monate im Voraus ausgebucht. Amerikaner, so hatte das Hotel herausgefunden, trennten sich gerne von ihrem Geld, solange der Mantel der Tradition diese Trennung umhüllte, und das Hotel war fast genauso alt wie ihr Land.

Einst hatte Miles Faulkner sich Booth Watson gegenüber beschwert, dass es ihm trotz mehrerer Versuche nicht gelungen war, einen Platz im Hotelrestaurant zu reservieren. Sein Anwalt hatte ihm erklärt, warum das Hotel ihm nicht einmal dann einen Tisch anbieten würde, wenn sich kein einziger anderer Gast bei ihnen aufhielte.

Booth Watson nannte der Rezeptionistin seinen Namen, die ohne nachzusehen sagte: »Mr. Lee erwartet Sie, Sir. Wenn Sie den Aufzug in die oberste Etage nehmen wollen, wird Sie jemand in Empfang nehmen.«

»Wie lautet seine Zimmernummer?«

»Im obersten Stock gibt es nur eine einzige Suite, Sir«, sagte die Rezeptionistin, wobei sie noch immer so höflich lächelte wie zuvor.

Booth Watson durchquerte die Lobby, um zum Aufzug zu gelangen. Er war überzeugter denn je, dass er den Richtigen gefunden hatte. Ein Porträt im *Forbes*-Magazin hatte Lee als erfolgreichen chinesischen Geschäftsmann beschrieben, der Interesse an Banken und Immobilien besaß und zu dessen Hobbys das Sammeln von Kunst und teuren Weinen gehörte. Ein paar Jahre zuvor hatte er Faulkner bei Bonhams überboten, als es um ein Gemälde aus Picassos blauer Periode ging.

Booth Watson betrat den Aufzug, der nur einen Knopf besaß, und fuhr ohne Unterbrechung in die oberste Etage. Als sich die Türen öffneten, trat ihm eine junge Frau in einem Cheongsam aus roter Seide entgegen. Sie verbeugte sich und sagte: »Bitte folgen Sie mir, Mr. Booth Watson.«

Ohne noch etwas hinzuzufügen, führte sie ihn durch einen Flur, der mit einem hochflorigen Teppich ausgelegt war, zu einer eichengetäfelten Tür. Sie öffnete sie und trat beiseite.

Booth Watson betrat ein großes, kunstvoll möbliertes Zimmer, in dem fast jede freie Fläche von einem Arrangement frischer Blumen bedeckt war. Was ihm jedoch am meisten auffiel, waren die erlesenen Gemälde, die sämtliche Wände schmückten. Faulkner hätte eine solche Sammlung zugleich bewundert und wäre neidisch auf sie gewesen. Es war offensichtlich, warum es niemandem sonst gestattet war, diese besondere Suite zu buchen.

»Kann ich Ihnen etwas Tee anbieten, während Sie warten?«, fragte die junge Frau.

»Vielen Dank«, sagte Booth Watson genau in dem Augenblick, als auf der gegenüberliegenden Seite des Zimmers eine Tür geöffnet wurde und ein großer, grauhaariger Mann, der einen Zweireiher, ein weißes Hemd und eine Seidenkrawatte trug, auf ihn zutrat, um seinen Gast zu begrüßen. Ein typischer Geschäftsmann aus Hongkong, der keine internationalen Grenzen kannte, war Booth Watsons erster Eindruck.

»Verzeihen Sie mir, dass Sie warten mussten, Mr. Booth Watson«, sagte Lee, während sie einander die Hand gaben. »Das Telefon scheint immer genau dann zu klingeln, wenn ein Gast eintrifft.«

»Was für eine großartige Sammlung Sie haben«, sagte Booth Watson, als die junge Frau mit einem Teetablett zurückkam, das sie auf den Tisch stellte. Dann kniete sie nieder und begann, den beiden Männern einzuschenken.

»Wie freundlich von Ihnen, so etwas zu sagen«, erwiderte Lee. »Ich muss gestehen, dass das, was einst als Hobby angefangen hat, über die Jahre so etwas wie eine Obsession geworden ist.«

»Milch und Zucker?«, fragte die junge Frau.

»Ja, vielen Dank«, sagte Booth Watson.

»Ich habe die englische Tradition der unverbindlichen Plauderei nie wirklich gemeistert«, sagte Lee. »Deshalb werde ich es so vorsichtig wie möglich formulieren. Gehe ich recht in der Annahme, dass Mr. Miles Faulkner es angesichts seiner gegenwärtigen Lebensumstände in Erwägung zieht, sich von seiner legendären Kunstsammlung zu trennen?«

»Das ist korrekt. Aber ich würde gerne betonen«, sagte Booth Watson, »dass er es tatsächlich nur in Erwägung zieht.«

»Ich habe einst Jahre in einer solchen Einrichtung verbracht«, sagte Lee, womit er Booth Watson überraschte. »Als rebellierender Student während der Revolution.«

»Was ist geschehen?«

»Ich kam frei, aber nur weil meine Seite gewonnen hat.« Beide Männer lachten, als die junge Frau mit einem Teller Lachs- und Gurkensandwiches zurückkehrte, den sie zwischen sie auf den Tisch stellte.

»Ich muss gestehen«, fuhr Lee fort, »dass ich im Gefängnis fast so viel gelernt habe wie auf der Harvard Business School. Und in der Tat erwiesen sich die Kontakte, die ich dort geknüpft habe, als in jeder Hinsicht genauso nützlich.«

Booth Watson nahm sich ein Sandwich und wandte sich dann wieder dem Thema zu, über das sie beide sprechen wollten. »Sind Sie mit Mr. Faulkners Sammlung vertraut?«, fragte er.

»Das bin ich durchaus. Als er vor einigen Jahren seine Villa in Monte Carlo auf den Markt brachte, habe ich mir als möglicher Käufer das Haus angesehen und Fotos von allen einhundertdreiundsiebzig Gemälden gemacht – sowie von den einundzwanzig Skulpturen im Garten, von denen ich jede einzelne in den Erläuterungen der entsprechenden Kataloge identifizieren konnte. Besonders habe ich den liegenden Akt von Henry Moore bewundert.«

»In Wahrheit umfasst die Sammlung sogar einhunderteinundneunzig Gemälde und sechsundzwanzig Skulpturen«, sagte Booth Watson, nachdem er ein weiteres Sandwich gewählt hatte.

»Dann müssen achtzehn Gemälde und fünf Skulpturen erworben worden sein, nachdem er in sein jüngstes Zuhause, die Villa in der Nähe von Barcelona, gezogen ist«, sagte Lee in lässigem Ton, womit er Booth Watson ein weiteres Mal überraschte. »Aber wie auch immer«, fuhr Lee fort. »Ich bin sicher, dass Mr. Faulkner sich eine Meinung darüber gebildet hat, was seine Sammlung wert ist.«

»Nach der Einschätzung von Experten«, erwiderte Booth Watson, »irgendwo in der Größenordnung von dreihundert Millionen.«

»Wir alle haben Experten, die uns beraten, Mr. Booth Watson, und üblicherweise wissen sie, ob ihr Klient als Käufer oder Verkäufer auftritt. Die meinen sind der Ansicht, dass einhundert Millionen der Sache näher kommen.«

»Ich glaube, Mr. Faulkner würde angesichts seiner gegenwärtigen Lebensumstände zweihundert Millionen als einen fairen Preis betrachten«, sagte Booth Watson, indem er Lees früheren Ausdruck aufgriff.

»Dann werde ich Ihre Zeit nicht länger verschwenden«, sagte Lee und erhob sich. »Zweifellos haben Sie andere Interessenten, die nur zu gerne bereit sind, einen Scheck über zweihundert Millionen auszustellen, ohne zu viele Fragen zu stellen.«

»Falls mein Mandant Ihr Angebot von einhundert Millionen in Erwägung ziehen sollte«, sagte Booth Watson, indem er versuchte, sich wieder zu fassen, »wäre es dann möglich, dass der Betrag auf eine Bank in Hongkong überwiesen wird?«

»Ich halte einen Mehrheitsanteil an zwei Banken der Kronkolonie«, sagte Lee, als die junge Frau zurückkehrte und den Tisch abräumte.

»Und könnten Sie mir garantieren, dass keines der Werke aus Mr. Faulkners Sammlung in absehbarer Zukunft auf den Markt kommt? Denn das würde ihn in beträchtliche Verlegenheit bringen.«

»Wenn Sie sich umsehen, Mr. Booth Watson«, sagte Lee und nahm wieder Platz, »dann werden Sie erkennen, dass ich ein Sammler bin und kein Händler. Ich kann Ihnen versichern, dass keines der Werke zu meinen Lebzeiten zum Verkauf kommen wird.«

»Kann ich versichert sein, dass einhundert Millionen Pfund Ihr letztes Angebot ist, Mr. Lee, bevor ich die Entscheidung meines Mandanten einhole?«

»Dollar, Mr. Booth Watson. Ich handle nicht in Pfund. Das ist keine Währung, bei der ich mich sicher fühle.«

»Ich werde Ihnen die Entscheidung meines Mandanten

so schnell wie möglich zukommen lassen, nachdem ich mit ihm gesprochen habe«, sagte Booth Watson und erhob sich aus seinem Sessel.

»Da ich während der nächsten Wochen in London bin, können Sie mich jederzeit anrufen«, sagte Lee. »Ein einfaches Ja oder Nein würde genügen, denn ich möchte Ihre Zeit nicht verschwenden.« Er erhob sich erneut, und wieder erschien die junge Frau, als habe er sie mit einem Zauberstab herbeigerufen. Lee verbeugte sich tief, aber nicht so tief wie die Frau, die Booth Watson aus dem Zimmer und zurück zum Aufzug begleitete.

Als die Türen sich schlossen, verbeugte sie sich ein weiteres Mal und kehrte dann in die Suite zurück.

»Was hältst du von unserem Gast, Mai Ling?«, fragte Lee, als sie das Zimmer betrat.

»Er ist niemand, dem ich trauen würde.«

»Ich stimme dir zu. Genau genommen bin ich nicht einmal davon überzeugt, dass Mr. Faulkner überhaupt weiß, dass dieses Treffen stattgefunden hat.«

»Was könnte dich davon überzeugen, wie es sich wirklich verhält?«

»Wenn Booth Watson mein Angebot von einhundert Millionen Dollar akzeptiert, kann man ziemlich sicher davon ausgehen, dass er nicht im Auftrag seines Mandanten handelt, sondern eigenständig. Denn ich glaube nicht, dass Mr. Faulkner sich für eine so lächerliche Summe von einer Sammlung trennen würde, die er über sein ganzes Leben hinweg zusammengestellt hat.«

»Ich wüsste auch noch einen anderen Weg, auf dem du herausfinden könntest, ob er die Wahrheit sagt, Vater«, erwiderte Mai Ling.

»Audrey ist eine so wunderbare Köchin«, sagte Beth, »dass ich mich angesichts meiner bescheidenen Bemühungen in der Küche jedes Mal schuldig fühle, wenn wir euch besuchen. Obwohl William sich nie beklagt.«

»Du hast andere Talente«, sagte Sir Julian, »die, wie ich dir versichern kann, Audrey sehr bewundert. Nicht zuletzt die Tatsache, wie hervorragend du im Museum zurechtkommst.«

»Gut möglich, dass das nicht mehr lange der Fall sein wird.«

»Es tut mir leid, das zu hören. Ist das der Grund, warum du dich mit mir unterhalten wolltest?«

Beth nickte. »Ich fürchte, das ist er. Ich kann nicht behaupten, dass es mir Freude bereitet, unter dem neuen Direktor zu arbeiten. Und obwohl ich nicht glaube, dass er vorhat, mich zu entlassen, solange er mich nicht mit der Hand in der Kasse erwischt, denke ich ernsthaft darüber nach zu kündigen.«

»Könntest du eine vergleichbare Stelle in einem anderen Museum finden?«

»Das würde schwierig. Es gibt nicht so viele davon. Das Ironische an der Sache ist, dass die Tate mich vor ein paar Monaten angesprochen und mich gefragt hat, ob ich Interesse an der Position einer stellvertretenden Direktorin hätte. Ich hätte über dieses Angebot definitiv nachgedacht, wenn Tim Knox mir nicht gesagt hätte, er habe mich dem Vorstand bereits als seine Nachfolgerin empfohlen.«

»Ist die Stelle an der Tate noch verfügbar?«

»Nein. Sie wurde einem hervorragenden Kandidaten vom Victoria and Albert gegeben, der, wie ich gehört habe, ausgezeichnete Arbeit leistet.«

»Dann wäre mein Rat, dass du alles so belässt, bis sich eine weitere Gelegenheit bietet. Es würde dir nicht gefallen, arbeitslos zu sein, vom Verlust deines Einkommens ganz zu schweigen.«

»Das ist der eigentliche Grund, warum ich dich um Rat bitten wollte, Julian. Ich würde gerne eine Gelegenheit wahrnehmen, die sich bereits ergeben hat. Sie stellt jedoch ein gewisses moralisches Dilemma für mich dar.«

»Einzelheiten, Einzelheiten«, verlangte Sir Julian, als spreche er mit einem seiner Mandanten.

»Ich habe eine Bleistiftzeichnung von Rembrandt entdeckt, die ein kleines Auktionshaus in Pittsburgh in Kürze anbieten wird.«

»Und wo ist das moralische Dilemma?«

»Die Zeichnung ist nicht als ein Werk von Rembrandt, sondern als das eines unbekannten Künstlers ausgewiesen. Die Wahrheit ist, dass ich mir selbst nicht mehr vollkommen sicher bin. Aber wenn ich recht habe, könnte sie bis zu vierzigtausend Pfund wert sein, während das Auktionshaus sie nur auf zweihundert Dollar schätzt.«

»Das nennt man dann wohl Fachwissen und Erfahrung, bei gleichzeitiger Bereitschaft, ein Risiko einzugehen«, sagte Sir Julian. »Es ist nicht dein Fehler, wenn das Auktionshaus seine Hausaufgaben nicht gemacht hat.«

»Ich bin ganz deiner Ansicht«, sagte Beth. »Aber sollte ich Sloane von meiner möglichen Entdeckung berichten? Oder sollte ich zweihundert Dollar meines eigenen Geldes riskieren in der Hoffnung, eigenständig einen großen Fund zu sichern?«

»Was hättest du getan, wenn Tim Knox noch der Direktor wäre?«

»Ihn sofort informiert«, sagte Beth, ohne zu zögern. »Damit das Fitzmolean davon profitieren kann.«

»Dann hast du deine Frage selbst beantwortet. Deine größte Verantwortung gilt dem Museum, nicht seinem Direktor, wer immer das auch sein mag. Museen sind etwas Dauerhaftes, Direktoren sind nur vorübergehend da.«

»Sogar wenn Sloane dem Vorstand gegenüber angeben würde, dass es seine Entdeckung war, und er den ganzen Ruhm dafür einheimsen würde?«

»Du magst ihn wirklich nicht, oder?«

»Nein, tatsächlich nicht«, sagte Beth, die sich keine Mühe gab, ihre Gefühle zu verheimlichen.

»Einen Menschen nicht zu mögen, ist kein guter Grund, sich das eigene Urteilsvermögen trüben zu lassen oder sich auf sein Niveau zu begeben.«

»Du hast natürlich recht. Ich werde ihm gleich morgen früh von der Zeichnung berichten.«

»Ich glaube, das wäre klug«, sagte Sir Julian. »Auch wenn nichts anderes herauskommen mag, als dass sich dein Verhältnis zu ihm verbessern könnte.«

»Darauf solltest du dich lieber nicht verlassen.«

»Gehen wir zu den anderen, bevor William sich fragt, was wir aushecken«, sagte Sir Julian.

»Ich habe keine Geheimnisse vor William«, sagte Beth. »Ich habe das Problem bereits mit ihm besprochen, und du wirst sicher nicht überrascht sein, wenn du hörst, dass er mit dir einer Meinung ist.«

»Er kann sich wirklich glücklich schätzen«, sagte Sir Julian, als er sich von seinem Schreibtischstuhl erhob, die Tür seines Arbeitszimmers öffnete und beiseitetrat, sodass Beth zurück in den Salon gehen konnte.

»Artemisia hat uns von ihrer jüngsten Unterhaltung mit der Princess of Wales erzählt«, sagte Audrey, als Beth und Sir Julian zurückkamen.

»Jedes einzelne Wort«, sagte William.

»Ja, das habe ich«, sagte Artemisia. »Ich kann es gar nicht erwarten, sie wiederzusehen, denn ich muss ihr eine wichtige Frage stellen.«

»Und wie könnte die wohl lauten?«, fragte Sir Julian.

»Mummy hat Daddy im Auto erzählt, dass Prinzessin Diana sich außerhalb ihres Zuhauses auf ein gewisses Spiel eingelassen hat, und ich würde gerne wissen, um welchen Sport es dabei geht.«

Sir Julian beantwortete die Frage seiner Enkelin nicht, denn er war nicht sicher, was er seiner jüngsten Mandantin raten sollte.

21

»Strahlend« war das Wort, das Ross in den Sinn kam, als er sie zum ersten Mal an jenem Morgen sah.

»Guten Morgen, Eure Königliche Hoheit«, sagte er, als er ihr die Autotür aufhielt.

»Guten Morgen, Ross«, erwiderte sie und stieg ein. »Es ist sehr freundlich von Ihnen, Ihr Wochenende zu opfern. Ich hoffe, Jojo ist mir nicht allzu böse.«

»Sie hat es verstanden, Ma'am.«

Beide wussten, dass das nicht stimmte.

London an einem Samstagmorgen ohne Polizeieskorte zu verlassen, war für ihn wie für sie eine ungewöhnliche Erfahrung. An Ampeln warten zu müssen, die nicht automatisch auf Grün schalteten, anderen im Kreisverkehr die Vorfahrt zu überlassen und von anderen Autos überholt zu werden, gestattete Diana einen ihr nur selten möglichen Blick auf die reale Welt.

Ross schaute in den Rückspiegel und sah, wie sie in ihr Telefon sprach. Es war nicht zu übersehen, dass sie sich auf das Wochenende auf dem Land freute. Verbringen würde sie es mit ihrem … Ross fand kein passendes Wort.

Nicht zum ersten Mal war Ross dankbar dafür, dass die hinteren Scheiben getönt waren. Wären sie es nicht gewesen, hätte es einen ununterbrochenen Strom von Gaffern in den anderen Autos gegeben, die versucht hätten, während des Fahrens Fotos zu machen – und das sogar manchmal, während sie selbst am Steuer saßen.

Obwohl er es nicht gerade genoss, das Wochenende auf dem Land mit dem »königlichen Emporkömmling« zu verbringen, wie William ihn nannte, war er sehr daran interessiert zu erfahren, wie Jamil Chalabis Landhaus aussah. Auf billige Weise glitzernd und vulgär, nahm er an. Er wurde aus seinen Gedanken gerissen, als Diana fragte: »Wann werden wir dort sein? Was glauben Sie, Ross?«

Er sah auf seine Uhr. »In etwa vierzig Minuten, Ma'am. Es könnte also sein, dass wir ein paar Minuten zu spät kommen.«

Und dann erwischte sie ihn unvorbereitet. »Sie mögen Jamil nicht, oder?« Ross fand keine passende Antwort. »Genau wie ich mir gedacht habe«, sagte sie, als sie Guildford erreichten.

Während sie langsam die Hauptstraße entlangrollten, sprach sie jenes eine Wort aus, das er am meisten fürchtete.

»Stopp«, sagte sie. Es war eher eine Anweisung als eine Bitte. Ihr früherer Personenschützer hatte Ross davor gewarnt, dass das immer dann geschah, wenn man es am wenigsten erwartete.

Ross bremste und parkte den Wagen auf einem einzelnen gelben Streifen. Er löste seinen Sicherheitsgurt, doch sie hatte das Fahrzeug bereits verlassen, bevor er ihre Tür erreichte. Ein Blick, und er wusste genau, wohin sie ging. Rasch folgte er ihr in einen Laden, wo sie sich umschaute, und ihre Augen leuchteten wie die eines Betrunkenen, der die einzige Bar in der Stadt gefunden hat.

Wo auch immer er hinsah, standen Handtaschen in allen Größen, Formen und Farben, die ihren Weg aus der ganzen

Welt in eine Boutique in Guildford gefunden hatten. Ihre Königliche Hoheit war ohne jeden Zweifel im Paradies.

Zu Ross' Erleichterung war niemand im Laden außer der jungen Frau hinter der Verkaufstheke, deren Mund weit offen stand, obwohl keine Worte herauskamen. Ihre Königliche Hoheit genoss die Pracht, die sie umgab, wobei sie noch immer unsicher war, wofür sie sich als Erstes entscheiden würde.

Rasch drehte Ross das »Geöffnet«-Schild um, sodass von außen jetzt »Geschlossen« zu lesen war, und bezog seinen Posten mit dem Rücken zur Tür – obwohl er schon nach wenigen Minuten würde akzeptieren müssen, dass jeder in Guildford wusste, wer gerade in die Stadt gekommen war.

Ihre Königliche Hoheit ließ sich Zeit, verschiedene Taschen genauer zu betrachten, die ihr Interesse geweckt hatten, wobei sie stets einen Blick hineinwarf, um sicher zu sein, dass diese den Bedürfnissen einer Prinzessin genügen würden. Oftmals bestand eines dieser Erfordernisse darin, dass die Tasche Platz für die »Rede des Tages« bot.

Sie war gerade im Begriff, ihre vorläufige Inspektion abzuschließen, als ein älterer Mann aus einem Büro im hinteren Teil des Ladens trat. Nachdem er die ganze Szene ein zweites Mal in sich aufgenommen hatte, stammelte er: »Guten Morgen, Eure Majestät«, und verbeugte sich tief aus der Hüfte heraus. »Gibt es irgendetwas, womit ich Ihnen helfen kann?«

»Vielen Dank. Ich finde es schwierig, mich zwischen diesen beiden zu entscheiden«, sagte Diana und stellte zwei Handtaschen auf die Verkaufstheke.

»Diese«, sagte der Mann und griff nach der ersten

Tasche, »ist ein klassisches französisches Modell von Le Tanneur, einem Unternehmen, das seit fast einhundert Jahren besteht. Und diese hier ist eine Burberry. Eure Majestät werden mit der Marke vertraut sein, denn soweit ich weiß, schätzen Sie sie ganz besonders.«

Diana wandte sich an Ross. »Wenn Sie eine der beiden Taschen für Josephine hätten aussuchen müssen, welche wäre ihr lieber gewesen? Was meinen Sie?«

Ross verließ seinen Posten an der Tür und trat neben Ihre Königliche Hoheit an die Verkaufstheke. Sorgfältig musterte er die beiden Taschen und sagte schließlich: »Bitte denken Sie daran, dass Jo Französin war, und wenn es um Stilfragen ging, war sie stets der Ansicht, dass die Briten noch immer einiges zu lernen hatten, weshalb es keinen Zweifel daran geben kann, welche sie ausgewählt hätte.«

»Ich bin ganz ihrer Ansicht«, sagte Diana nach einem dritten Blick auf beide Taschen. »Ich werde diese nehmen«, bemerkte sie und reichte die Le Tanneur der jungen Frau, die noch immer kein Wort gesagt hatte.

»Eine ausgezeichnete Wahl, Eure Majestät, wenn ich so sagen darf«, erwiderte der Besitzer des Ladens und begann, die gewählte Tasche einzupacken.

Die nächste Bitte Ihrer Königlichen Hoheit konnte Ross nicht überraschen.

»Ich habe kein Geld bei mir, Ross. Wenn Sie also vielleicht so freundlich wären …?«

»Kein Problem, Ma'am.« Ross zog seine Brieftasche hervor und reichte nicht zum ersten Mal einem Verkäufer seine Kreditkarte.

Nachdem der Besitzer die Tasche verpackt hatte, eilte er zur Tür, öffnete sie und sagte: »Wir freuen uns schon darauf, Eure Majestät wiederzusehen«, gefolgt von einer noch tieferen Verbeugung.

Als Ross aus dem Laden trat, war er nicht überrascht, dass sich auf dem Bürgersteig eine große Menschenmenge versammelt hatte. Die Leute begannen, zu klatschen und Fotos zu machen, kaum dass Diana erschien, und eine besonders einfallsreiche Mutter hatte im Laden daneben einen Blumenstrauß gekauft, den ihre kleine Tochter hochhielt, als Diana vorbeiging. Diana beugte sich herab, nahm den Strauß entgegen und umarmte das Mädchen. So bekam die Mutter die Gelegenheit zu einem Foto.

Während Ross Ihre Königliche Hoheit zum Auto führte, äußerte er einem jungen Constable gegenüber, der die Situation im Auge behalten hatte, eine Bitte.

Diana winkte, als der Wagen startete und langsam durch die begeisterte Menge rollte, die auf die Straße geströmt war. Als Ross schließlich schneller fahren konnte, warf er einen Blick in den Rückspiegel und stellte zufrieden fest, dass der Polizist seiner Bitte gefolgt war. Der junge Mann hielt den Verkehr auf, um dafür zu sorgen, dass kein Auto sie verfolgen würde – was für einen Personenschützer der schlimmste Albtraum gewesen wäre.

Als sie die Stadt verließen und Ross gerade Dankbarkeit dafür zu empfinden begann, dass sie anscheinend ohne Schaden zu nehmen davongekommen waren, erklang ein Schrei von der Rückbank.

»Oh, Hilfe!«, sagte Diana. »Wir müssen zurückfahren.«

»Warum, Ma'am?«, fragte Ross, der nicht die Absicht hatte umzukehren, selbst wenn es sich um eine königliche Anweisung handelte.

»Er hat mir beide Taschen mitgegeben.«

»Das ist kaum überraschend, Ma'am«, sagte Ross.

»Wie hoch war die Rechnung?«

»Es gab keine Rechnung, Ma'am.«

»Wie soll ich ihn dann bezahlen?«

»Das haben Sie bereits, Ma'am.«

»Sie reden wirr, Ross.«

»Als Frank Sinatra letztes Jahr Neapel besucht hat, ist er mit seinen Leibwächtern in eine Pizzeria gegangen und hat eine Margherita bestellt, die inzwischen Sinatra genannt wird. Wie ich höre, stehen die Menschen seither Schlange vor dem Restaurant. Ich wette, dass keine einzige Tasche mehr in den Regalen stehen wird, wenn das Geschäft, das Sie gerade besucht haben, heute Abend schließt, und dass der Besitzer nie im Leben wieder Werbung machen muss.«

»Wir sollten solche Läden öfter aufsuchen.«

»Danke nein, Ma'am.«

»Ich könnte ihm zumindest eine Dankeskarte schicken. Haben Sie zufällig seinen Namen mitbekommen?«

»Ja, das habe ich. Aloysius.«

»Sie machen Witze.«

»Nein, Ma'am. Offensichtlich nennen ihn seine Freunde Al.«

»Und die junge Frau hinter der Verkaufstheke?«, fragte Diana, während sie sich eine Notiz machte.

»Ist seine Tochter Susan.«

»Wie haben Sie das nur herausgefunden?«

»Ich habe zwölf Jahre als verdeckter Ermittler gearbeitet, Ma'am.«

»Was für ein Glück ich doch habe, dass Sie jetzt für mich arbeiten, Ross«, sagte sie verschämt und legte ihren Terminkalender zurück in ihre Handtasche.

Ross war nicht anders als andere Männer. Obwohl er sich bemühte, lässig zu bleiben, schmolz er dahin.

Als sie von der Hauptstraße abbogen, überprüfte Ross noch einmal, ob ihnen jemand folgte. Doch da war niemand. Nach wenigen Meilen erreichten sie den pittoresken Weiler Chalfordbury, und kurz darauf näherten sie sich zwei reich verzierten Eisentoren, die die Zufahrt zu einem großen Landgut bildeten. Der Jaguar war noch einhundert Meter entfernt, als die Tore langsam aufschwangen. Ein Wachmann salutierte, während sie hindurchfuhren.

Eine gewundene Auffahrt führte durch einen dichten Wald und an einem großen See vorbei, und dann ragte ein mächtiger Lutyens-Landsitz vor ihnen auf, der sogar eine Prinzessin beeindrucken musste. Sie umrundeten schließlich einen Rosengarten in voller Blüte, bevor sie vor dem Haus anhielten.

Jamil Chalabi stand auf der obersten Treppenstufe, um sie in Empfang zu nehmen. Da sie mehr als eine Stunde zu spät waren, fragte sich Ross, wie lange er wohl gewartet haben mochte. Chalabi ging die Treppe hinab, um seinen königlichen Gast zu begrüßen, als Diana aus dem Auto stieg.

»Es tut mir so leid«, sagte Diana, als er sie auf beide Wangen küsste.

»Kein Problem«, erwiderte er und führte sie die Treppe hinauf ins Haus. »Ich bin einfach nur froh, dass du es geschafft hast.«

Als Ross das Haus betrat, war er überrascht, dass es keineswegs auf billige Weise glitzernd und vulgär war. Beth und William hätten zweifellos die Kunstsammlung bewundert, welche eine Galerie schmückte. Hatte er diesen Mann vielleicht falsch eingeschätzt?

Ein Butlergehilfe führte Ross von den beiden Hauptpersonen weg und über zahlreiche Umwege in den Westflügel, wo er ihn schließlich in einem beengten und kalten Zimmer zurückließ, das man nur als Unterkunft für einen Bediensteten bezeichnen konnte. Ross akzeptierte, dass Chalabi ihn genau als einen solchen betrachtete.

Nachdem er ausgepackt hatte, begab er sich auf eine Inspektion des Grundstücks. Zunächst schritt er die Grenze des Gutes ab, wofür er fast vierzig Minuten brauchte. Die drei Meter hohe Mauer aus Flintstein, die das Grundstück umgab, hätte sogar den entschlossensten Einbrecher abgeschreckt, von Anfängern ganz zu schweigen.

Ross stellte sich dem Wachmann am Eingangstor vor, den er von irgendwoher zu kennen glaubte. Es wurde ihm versichert, dass während der Wochenenden nie weniger als drei Wachleute Dienst hatten und zwar rund um die Uhr: einer am Tor und zwei, die auf dem Grundstück patrouillierten. Nachdem er sich davon überzeugt hatte, dass es keinen anderen Zugang zum Landsitz gab, ging Ross zurück zum Haus, wobei er nur kurz innehielt, um den mächtigen ovalen See zu betrachten, in dem man Asagi-Karpfen ausgesetzt hatte. Er hatte einmal gelesen, dass Asagi so wertvoll waren, dass ein einzelnes Exemplar bis zu eintausend Pfund kostete. Ross versuchte, nicht daran zu denken, wie viele von ihnen nötig waren, um einen See von solcher Größe zu füllen – noch eine Art, in der Chalabi seine Gäste auf subtile Weise daran erinnerte, wie reich er war.

Als Ross ins Haus zurückkam, gab es nirgendwo einen Hinweis auf Ihre Königliche Hoheit oder den Gastgeber, obwohl eine so große Anzahl von Bediensteten geschäftig umhereilte, dass man den Eindruck bekommen konnte, sie bereiteten ein Bankett vor und nicht das, wovon Ross bisher ausgegangen war, nämlich ein Abendessen *tête-à-tête*.

Ross betrat den Speisesaal, wo ein langer Eichentisch mit dem feinsten Wedgwood-Porzellan, Baccarat-Weingläsern und Silberbesteck für vierundzwanzig Gäste gedeckt worden war, sodass kaum mehr eine freie Fläche blieb. Eine einzelne hohe Vase mit weißen Orchideen beherrschte die Tischmitte.

Er musterte die Platzkarten und erkannte ein paar berühmte Namen sowie einige andere, die ihm vage vertraut vorkamen; von den meisten Personen aber hatte er noch nie gehört. Er nahm an, dass sie alle eines gemeinsam hatten: Sie waren hier, weil sie durch die Gegenwart Ihrer Königlichen Hoheit an Chalabis Tisch beeindruckt werden sollten, damit der Hausherr später auf ihre Geneigtheit zählen konnte. Nicht zum ersten Mal dachte er voller Bedauern darüber nach, dass Diana, die in mancher Hinsicht so kultiviert sein konnte, bei anderen Gelegenheiten völlig naiv war. Doch er akzeptierte, dass er kaum etwas daran ändern konnte.

Ross verbrachte den Rest des Nachmittags damit, den Aufbau des Hauses gründlich zu studieren sowie alle Ein- und Ausgänge zu identifizieren. Als die Uhr in der Eingangshalle sechs schlug, kehrte er in sein Zimmer zurück, duschte und zog seinen Smoking an. Zwanzig Minuten bevor der erste Gast eintraf, bezog er diskret in einer Ecke der Eingangshalle Posten und blieb den ganzen Abend dort, ohne den Gästen zu nahe zu kommen. Alle paar Minuten wurden die erlesensten Weine und Teller um Teller voller Köstlichkeiten, bei denen einem das Wasser im Mund zusammenlief, an ihm vorbeigetragen – und aus dem überschäumenden Lärm und der munteren Plauderei, die sich während des Dinners erhoben, ließ sich unmissverständlich schließen, dass alle sich amüsierten, obwohl er daran zweifelte, dass die Veranstaltung dem entsprach, was Ihre Königliche Hoheit unter einer gelungenen Samstagnacht verstand. Er kehrte erst wieder in sein Zimmer im Westflügel zurück, nachdem der letzte Gast gegangen war.

Ross ließ die Vorhänge in seinem Zimmer offen und lehnte das Fenster nur an, damit der morgendliche Chor der Vögel ihn als einen der Ersten wecken würde.

Kurz vor eins ging er zu Bett und schlief rasch ein.

Ross hatte geduscht und sich rasiert und wollte gerade frühstücken gehen, als ein diskretes rotes Lämpchen am Telefon neben seinem Bett zu leuchten begann. Er griff nach dem Hörer und stellte überrascht fest, dass Ihre Königliche Hoheit bereits wach war. Doch bevor er ein Wort sagen konnte, erkannte er Chalabis Stimme und schwieg.

»Die Leute wurden angewiesen, Sie am Tor in Empfang zu nehmen, aber sobald Sie auf dem Grundstück sind, sollten Sie sich rar machen, denn Dianas Personenschützer wird sich dort herumtreiben. Nichts würde ihm mehr Vergnügen machen, als Sie rauszuwerfen, und es steht nicht in meiner Macht, ihn davon abzuhalten.«

»Ich kenne diesen Bastard nur zu gut«, antwortete eine zweite Stimme, die Ross sofort erkannte. »Er hat mir mal das Knie in die Eier gerammt, und sollte er mich erwischen, würde er mich mit dem größten Vergnügen über die Mauer werfen.«

»Glauben Sie, dass wir es morgen auf die Titelseiten schaffen?«, fragte Chalabi.

»Ja, und auf jede Menge Seiten im Innenteil«, versprach die zweite Stimme. »Aber ich würde nicht empfehlen, dass Sie Lady Di die Zeitungen beim Frühstück lesen lassen, oder Sie wären erledigt.«

»Machen Sie sich keine Sorgen. Sie wird schon lange vorher verschwunden sein.«

»Wann werden Sie sie wiedertreffen?«

»Am Donnerstag in Harry's Bar um acht. Seien Sie dort«, sagte Chalabi, bevor er auflegte.

Als das Licht erlosch, hatte Ross plötzlich eine sinnvolle Aufgabe – er musste dafür sorgen, dass kein Foto von diesem Wochenende in irgendeiner Morgenzeitung erschien.

Ross ging über die rückwärtige Treppe nach unten und nahm in der Küche ein rasches Frühstück zu sich. Obwohl er gelegentlich mit fragenden Blicken bedacht wurde, wollte niemand explizit wissen, warum er einen schwarzen Trainingsanzug und schwarze Turnschuhe trug.

Nachdem er seinen Orangensaft getrunken hatte, verschwand er durch die Hintertür und ging mit schnellen Schritten zum Waldrand. Von seinem Versteck aus konnte er sehen, wie Ihre Königliche Hoheit gemeinsam mit ihrem Gastgeber ihr Frühstück auf der Terrasse genoss. Es war nicht schwierig herauszufinden, wo sich die Schusslinie für einen Attentäter oder einen Paparazzo befand. Trotzdem würde er all seine Fertigkeiten nutzen müssen, um diesen besonderen Fotografen zu überraschen, nachdem er wusste, dass er nach ihm Ausschau halten musste.

Vorsichtig schlich Ross über den Rasen zu einer alten Eiche auf der gegenüberliegenden Seite des Sees und kletterte hinauf wie ein Schuljunge, bis er einen Ast erreicht hatte, der so dick war, dass er sich darauf setzen konnte. Er zog sein Monokular aus der Tasche und verschaffte sich einen Überblick über das Angriffsgebiet. Es dauerte eine Zeit lang, bis er den Fotografen entdeckt hatte, denn dieser war geschickt getarnt und die Stelle, an der er sich aufhielt, gut verborgen. Obwohl er sein Gesicht und seine Hände geschwärzt hatte und einen grün-braunen Wollhut trug, verriet kurz aufblitzendes Sonnenlicht in dem langen Objektiv, das unter einem Busch hervorragte, seinen Standort.

»Hab ich dich«, murmelte Ross. Er steckte das Monokular ein, kletterte den Baum hinab und schob sich vorsichtig auf die Mauer zu, wobei er darauf achtete, außer Sichtweite zu bleiben. Alle seine Sinne waren geschärft, während er den Rand des Grundstücks abschritt, bis er schließlich einen Fuß aus einem Busch ragen sah.

Ross kauerte sich zusammen und rückte noch langsamer vor, wobei er darauf achtete, nicht das kleinste Geräusch zu machen. Das Knacken eines Zweiges würde so laut klingen wie ein Schuss. Als er weniger als zehn Meter entfernt war, legte er sich flach auf den Boden und schob sich wie ein Raubtier, das seine nächste Mahlzeit erspäht hatte, noch langsamer voran. Dabei ließ er sein Ziel keine Sekunde aus den Augen.

Er hielt inne, als er das Klicken des Auslösers hörte. *Klick, klick, klick*. Nur noch wenige Meter. *Klick, klick*, und dann die letzten Zentimeter, *klick*, bevor er sich auf Hände und Knie hochdrückte. Er holte tief Luft, sprang nach vorn und packte den Mann bei den Fußknöcheln, bevor er ihn kurzerhand aus dessen Versteck riss.

Als der Mann sah, um wen es sich handelte, sagte er: »Verpissen Sie sich, Inspector. Ich wurde hierhergebeten, Sie nicht.«

»Sollen wir rübergehen und herausfinden, ob das stimmt?«, fragte Ross und drehte dem Mann den Arm auf den Rücken. »Falls, wie Sie behaupten, Chalabi Sie tatsächlich hierhergebeten hat, um Fotos von ihm zusammen mit der Prinzessin zu machen, die Sie ohne ihre Erlaubnis an die Zeitungen verkaufen werden, wird er Sie, so habe ich das Gefühl, wie Petrus mindestens drei Mal verleugnen. Andererseits wäre es natürlich möglich, dass Sie Chalabi weitaus besser kennen als ich, weshalb ich Ihnen die Wahl überlasse: die Haustür oder das Tor zum Grundstück?«

Ross gestand dem Mann ein paar Augenblicke zu, um seine Lage zu überdenken, dann packte er ihn auch noch bei seinem anderen Arm und begann, ihn auf das Tor zuzuschieben.

»Was ist mit meiner Ausrüstung?«, fragte der Fotograf.

»Was soll damit sein?«

»Sie ist mehrere Tausend Pfund wert.«

»Dann war es dumm von Ihnen, sie einfach so herumliegen zu lassen, nicht wahr?«

»Ich werde Sie verklagen.«

»Wenn ich Sie hier und jetzt umbringen würde«, sagte Ross, als sie das Tor erreichten, »gäbe es keinen Geschworenen in diesem Land, der mich schuldig sprechen würde.«

Der Fotograf stöhnte, als der Arm auf seinem Rücken noch etwas höher gedrückt wurde.

»Er möchte gehen«, sagte Ross mit fester Stimme zu dem Wachmann, der zögernd das Tor öffnete, wodurch Ross den Eindringling hinaus auf die Straße schleudern konnte. »Sorgen Sie dafür, dass er nicht mehr wiederkommt. Es sei denn, Sie wollen, dass man sich Ihren Lebenslauf genauer ansieht.«

Der Wachmann sah angemessen zerknirscht aus.

Ross kehrte zum Waldrand zurück und hob die Kamera auf, ließ jedoch die übrige Ausrüstung des Fotografen zurück, wo er sie gefunden hatte. Auf dem Weg zum Haus legte er einen Stopp am See ein, wo mehrere Asagi-Karpfen mit weit geöffneten Mäulern ihre Köpfe aus dem Wasser reckten und offensichtlich darauf hofften, gefüttert zu werden. Ross setzte sich und betrachtete die Leica ein paar Minuten lang. Er machte sogar einige Fotos von den Karpfen, bevor er sie durch seine Finger gleiten ließ, sodass sie ins Wasser fiel, woraufhin sich die Karpfen in alle Richtungen zerstreuten, während der Fotoapparat unter die Oberfläche sank.

»Welch ein Jammer«, sagte er, als die Leica aus seinem Blick verschwand.

Bevor er ins Haus zurückging, rief Ross bei der örtlichen Polizei an und nannte dem diensthabenden Sergeant den Namen des Fotografen und die Angaben auf dem Nummernschild von dessen Porsche. Er bat den Polizisten, dafür zu sorgen, dass der Fotograf sich für den Rest des Tages dem Grundstück nicht mehr als fünf Meilen nähern würde.

»Ist mir ein Vergnügen«, war alles, was der Sergeant zu sagen hatte.

Nachdem er den Rest des Vormittags über Wache gehalten hatte, um sicher zu sein, dass der Fotograf nicht wieder erscheinen würde, ging Ross in die Küche zurück und genoss, wie seine Mutter das genannt hätte, ein Sonntagsessen mit allem Drum und Dran. Er bedankte sich bei der Köchin, bevor er sich darauf vorbereitete, Ihre Königliche Hoheit zurück nach London zu begleiten.

Als sie im Auto saßen und die Rückfahrt antraten, bemerkte Ross, dass Chalabi nicht mehr das selbstzufriedene Grinsen im Gesicht stand, das er zur Schau getragen hatte, als sie am Vortag angekommen waren.

»Ich hoffe, das Wochenende war nicht ganz so schlimm, wie Sie befürchtet hatten«, sagte Diana, als sie in Richtung London durch das Tor rollten.

»Vielen Dank, Ma'am«, sagte Ross. »Es hat sich als weitaus angenehmer erwiesen, als ich es für möglich gehalten hätte.«

22

Überrascht sah William, dass DI Reynolds bereits am Eingang von Buckingham Gate Nummer 4 stand, als er am folgenden Morgen um acht Uhr dort erschien. Normalerweise hatte William nichts mit Reynolds zu tun, doch er sollte schnell herausfinden, warum der Inspector auf ihn wartete.

»Superintendent Milner erwartet Sie unverzüglich in seinem Büro«, sagte Reynolds, wobei er das Wort »unverzüglich« betonte.

»Danke, Inspector«, sagte William und ging ohne innezuhalten an ihm vorbei. »Ich hatte ohnehin selbst gehofft, mit ihm sprechen zu können, weshalb Sie mir die Mühe erspart haben, einen Termin zu vereinbaren.«

Als er das Büro des Superintendents im zweiten Stock erreicht hatte, klopfte er an und wartete auf das Wort »Herein!«, bevor er eintrat. Ohne die leiseste Andeutung einer Begrüßung gab Milner William mit einer Geste zu verstehen, er solle sich ihm gegenüber auf den Stuhl vor dem Schreibtisch setzen.

»Warwick«, sagte er mit bellender Stimme, noch bevor William Platz genommen hatte. »Es ist mir zu Ohren gekommen, dass Sie, während ich Seine Königliche Hoheit, den Prince of Wales, auf seiner offiziellen Auslandsreise begleitet habe, in mein Büro eingebrochen sind, in meinen Unterlagen herumgeschnüffelt und ohne mein Wissen oder meine Genehmigung mehrere Gegenstände entfernt haben, darunter meinen Terminplan. Ist das korrekt?«

»Ja, Sir«, sagte William, ohne mit der Wimper zu zucken.

»Wer hat Ihnen die Befugnis zu diesem ungerechtfertigten Eindringen erteilt?«

»Commander Hawksby, Sir.«

»Commander Hawksby verfügt über keinerlei Autorität hinsichtlich der Royalty Protection. Ich bin nur gegenüber dem Prince of Wales verantwortlich.«

»Und dem Commissioner der Metropolitan Police, der heute um zwölf Uhr mit Seiner Königlichen Hoheit sprechen wird.«

»Bei welcher Gelegenheit man ihm unmissverständlich klarmachen wird, wer für diese Abteilung verantwortlich ist.«

»Wenn Sie meinen, Sir.«

»Das meine ich allerdings, Warwick, und ich werde dem Commissioner, der nicht nur ein Kollege, sondern auch ein alter Freund ist, empfehlen, dass man Sie sofort vom Dienst suspendiert und eine vollständige Untersuchung Ihres unwürdigen und unprofessionellen Verhaltens in die Wege leitet. Diese Empfehlung bezieht sich auch auf Ihre Komplizen DS Adaja, DS Roycroft und DC Pankhurst.«

»Meine Mitarbeiter haben nur meine Anweisungen ausgeführt«, erwiderte William und hielt kurz inne, bevor er hinzufügte: »Sir.«

»Werden Sie mir gegenüber nicht unverschämt, Warwick«, sagte Milner und starrte William direkt ins Gesicht. »Sie stecken schon jetzt in beträchtlichen Schwierigkeiten. Überdies habe ich von Inspector Reynolds erfahren, dass DC Pankhurst in sein Büro eingebrochen ist, obwohl sie behauptet hat, sie nehme zu jenem Zeitpunkt an der Beerdigung ihrer Großmutter in Cornwall teil.«

»Sie musste nicht in Reynolds' Büro einbrechen, Sir. Es war nicht abgeschlossen.«

»Trotzdem hatte sie nicht das Recht, den Raum ohne seine Erlaubnis zu betreten«, blaffte Milner. »Und wie ich gehört habe, war DS Roycroft ebenfalls in Ihr heimliches Vorgehen verwickelt, obwohl sie offiziell krankgeschrieben war.«

»Ja, Sir. Ich gestehe, es war nicht in Ordnung, dass sie an ihren Arbeitsplatz zurückgekehrt ist, obwohl sie zunächst ihren Genesungsurlaub hätte zu Ende bringen müssen, nachdem sie ihr Leben riskiert hatte, um einen der gefährlichsten Terroristen der Welt festzunehmen, wofür ihr die Queen's Gallantry Medal verliehen wurde. Aber so viel Mut benötigte sie nicht, um ein Dutzend Aktenschränke zu öffnen und Ihre Spesenforderungen der letzten elf Jahre durchzusehen.«

»Ich bin froh, dass Sie die Spesen erwähnen, Warwick. Denn Ihr Kollege DS Adaja wird sich in einer offiziellen Untersuchung dafür verantworten müssen, dass er ungerechtfertigterweise Spesenforderungen in Höhe von 4 332 Pfund erhoben hat.« Triumphierend warf Milner ein dickes Bündel von Spesenanträgen auf den Tisch.

»Er hat jeden einzelnen Penny dieser Ausgaben selbst bezahlt, die Sie bereits genehmigt hatten, ohne mit ihm zu sprechen.«

»Geben Sie sich keine Mühe, ihn reinzuwaschen. Denn es ist genau das, was man erwarten würde, wenn solche Leute in den Polizeidienst eintreten.«

»Welche Art Leute sollten das denn sein, Sir?«

»Machen wir uns nichts vor, Warwick. Er gehört einfach nicht zu uns, wenn Sie verstehen, was ich meine.«

»Das ist wahrscheinlich der Grund, warum er so gut mit Ihrem für das Ausland zuständigen Beamten der Royalty Protection auskommt, dem beklagenswerterweise verstorbenen Sergeant Nigel Hicks.«

Milner wurde totenbleich.

»Mit dem, soweit ich weiß, der Commissioner unbedingt sprechen möchte, bevor er heute Mittag den Prince of Wales aufsuchen wird.«

Milner begann, am ganzen Körper zu zittern.

»Wenn es mir gestattet ist, Ihnen einen Rat zu geben«, sagte William, »so würde ich an Ihrer Stelle unverzüglich eine Kündigung aufsetzen und dafür sorgen, dass sie noch vor heute Mittag im Büro des Commissioners abgegeben wird. Auf diese Weise wird es ihm möglich sein, seine Unterhaltung mit dem Prince of Wales abzusagen, und er wird es vermeiden können, Seine Königliche Hoheit über den wahren Grund Ihrer Kündigung zu informieren.«

Inzwischen atmete Milner schwer, und große Schweißtropfen erschienen auf seiner Stirn.

»Ich würde ebenfalls vorschlagen, dass Sie DI Reynolds und Sergeant Jennings raten, denselben Weg einzuschlagen – es sei denn, die beiden sind bereit, sich einer Untersuchung zu stellen, die zweifellos mit ihrer Entlassung aus dem Dienst enden würde. Ich habe so das Gefühl, die beiden würden nicht zögern, Sie mit in den Abgrund zu reißen, wenn sie den Eindruck hätten, sie könnten dadurch ihre eigene Haut retten.«

»Ja, ich hatte schon immer die Vermutung, dass die beiden ihre Spesenabrechnungen manipulieren«, sagte Milner ruhig. »Und ich wollte gerade einen vollständigen Bericht über ihre Aktivitäten verfassen. Ich werde ihn bis heute Mittag für Sie fertigstellen, Bill. Dann könnten Sie vielleicht das eine oder andere Wort gegenüber Ihrem Freund, dem Commander, fallen lassen.«

»An welches Wort haben Sie dabei gedacht, Sir?«, fragte William. »Gauner? Betrüger? Dieb? Ich glaube nicht. Wenn ich Commissioner wäre, würde ich, ehrlich gesagt, eine vollständige öffentliche Untersuchung veranlassen. Ich bin sicher, dass Sie als Pensionär Ihre Zeit dann in einer Zelle in Belmarsh verbringen würden anstatt in einem Cottage in den Cotswolds. Ich vermute jedoch, dass Commander Hawksby alles in seiner Macht Stehende tun wird, um das zu verhindern, da ihm das Ansehen der Met wichtiger erscheinen dürfte als das Ihre.«

William warf einen Blick auf die Fotos an den Bürowänden und fügte hinzu: »Ganz zu schweigen von dem Ansehen Ihres guten Freundes, des Prince of Wales. Deshalb bedauere ich es, sagen zu müssen, dass Sie wahrscheinlich so davonkommen werden. Es sei denn, Sie kämen zu dem Schluss, die Vorwürfe bestreiten zu wollen. Ehrlich gestanden hoffe ich, dass Sie genau das tun werden. Nicht zuletzt deshalb, weil DS Adaja dann das wohlverdiente Lob dafür zukommen würde, dass er den Grabstein des verstorbenen Sergeant Nigel Hicks ausfindig gemacht hat – wenn Sie verstehen, was ich meine.«

»Wie ist Ihr Treffen mit Milner verlaufen?«, fragte Rebecca, als sie Buckingham Gate verließen und den Weg zum Yard einschlugen.

»Ich muss zugeben, dass mich dieser verdammte Mann

gereizt hat und es sein könnte, dass ich ein wenig übertrieben habe«, sagte William, als sie die Victoria Street überquerten. »Wenn er abwartet, bis der Commissioner den Prince of Wales gesprochen hat, dann weiß nur der Himmel, wem von uns es an den Kragen gehen wird.«

»Aber Sie haben doch nur getan, was Hawksby Ihnen aufgetragen hat.«

»Nein, fürchte ich«, sagte William. »Ich bin dem Rat des Commanders nicht gefolgt und habe nicht einfach nur in ruhigem Ton die Fakten vorgetragen.«

»Ich glaube trotzdem nicht, dass Sie Probleme bekommen werden«, sagte Rebecca.

»Woher wollen Sie das wissen?«, fragte William.

»DI Reynolds und Sergeant Jennings standen im Flur und haben jedes Wort mitgehört, und als Sie wieder nach draußen kamen, sind die beiden nicht etwa ins Büro zu ihrem Vorgesetzten geeilt, sondern in ihre eigenen Büros verschwunden. Ich glaube, alle drei schreiben im Augenblick ihre Kündigung, die sie noch vor heute Mittag einreichen werden.«

»Wie kommen Sie darauf?«

»Diese kleinen Gaunertypen sind unweigerlich Feiglinge«, antwortete Rebecca.

Kurz vor neun klopfte Beth an die Tür des Direktors und wartete, bis die Aufforderung »Herein!« erklang.

Nachdem sie eingetreten war, gab Sloane ihr mit einer Geste zu verstehen, sie solle sich ihm gegenüber auf den Stuhl vor seinem Schreibtisch setzen – als sei sie eine Anfängerin, die ihre Arbeit im Museum eben erst aufgenommen hatte.

»Ich denke, Sie sollten wissen, Gerald …«

»Ich denke, Mrs. Warwick, es wäre angemessener, wenn Sie mich bei der Arbeit mit ›Herr Direktor‹ oder ›Sir‹ ansprechen würden.«

»Wie Sie wünschen, Sir. Aber ich denke, Sie werden erfreut sein zu hören …«

»Später«, betonte Sloane. »Ich habe im Augenblick dringendere Angelegenheiten mit Ihnen zu besprechen.« Beth schwieg. »Mit der Post heute Morgen bekam ich einen Brief von einem gewissen Mr. Booth Watson QC, dass er nach dem Ende der Frans-Hals-Ausstellung das Selbstporträt abholen wird, das sich, wie er behauptet, im Besitz seines Mandanten Mr. Miles Faulkner befindet und ohne Genehmigung aus dessen Haus entfernt wurde.« Er warf Beth über den Schreibtisch hinweg einen Blick zu, als befinde sie sich im Zeugenstand.

»Das Bild gehört Mr. Faulkner nicht«, protestierte Beth. »Es gehört seiner Ex-Frau Christina.«

»Dies scheint wohl nicht der Fall zu sein«, sagte Sloane. »Mr. Booth Watson hat mir versichert, dass Ihre Freundin, Mrs. Faulkner, das Bild im Zusammenhang einer kürzlich erfolgten Scheidungsvereinbarung ihrem früheren Ehemann zurückgegeben hat.«

Beth hätte gerne widersprochen, aber ihr wurde klar, dass Christina ihr wieder einmal nicht die ganze Wahrheit erzählt hatte.

»Unsere Justiziare haben mir versichert, dass es sinnlos wäre, den Anspruch anzufechten. Und als sei das noch nicht genug«, sagte Sloane, indem er sich wieder dem Brief zuwandte, »erklärt Mr. Booth Watson, dass sein Mandant darüber hinaus seinen Raffael und seinen Rembrandt zurückfordern will, bei denen es sich, wie Sie mir zu verstehen gaben, angeblich um Dauerleihgaben handelt.«

»Das sind sie auch«, empörte sich Beth. »Wir sollten nicht zögern, diese zusätzliche Forderung anzufechten.«

»In dieser Hinsicht stehen wir laut Einschätzung unserer Justiziare auf festerem Grund«, musste Sloane zugeben. »Sollte Mr. Faulkner uns jedoch verklagen, was er, wie Booth Watson droht, vielleicht tun wird, wäre es durchaus möglich, dass wir den Prozess gewinnen, aber nur unter beträchtlichen Kosten und zum Schaden unseres Ansehens. Sollten wir verlieren, und wie ich höre, stehen die Aussichten fünfzig zu fünfzig, würde das die Ressourcen des Museums fast vollkommen aufbrauchen.« Sloane hielt kurz inne und fügte dann hinzu: »Ich bin sicher, dafür wollen Sie nicht verantwortlich sein.«

»Natürlich nicht«, sagte Beth. »Aber ich habe vielleicht einen Weg gefunden, wie sich für die Kosten aufkommen ließe.«

»Ehrlich gesagt, Mrs. Warwick, denke ich, dass Sie den Vertrag sorgfältiger hätten lesen sollen, bevor Sie den Vorstand glauben machten, die Gemälde befänden sich in unserem Besitz.«

»Aber wir können uns immer noch für den Verbleib der Werke einsetzen, wenn …«

»Unter den gegebenen Umständen frage ich mich, ob Sie Ihre Stelle als Kuratorin der Gemäldesammlung überdenken sollten. Denn es ist offensichtlich, dass Sie dem damit verbundenen Auftrag, nämlich die Bilder für das Museum zu bewahren, nicht nachkommen, Mrs. Warwick.«

Beth musste sich an den Armlehnen ihres Stuhls festhalten, um zu verhindern, dass sie Sloane sagte, was sie wirklich von ihm hielt. Weil sie wusste, dass William ihr geraten hätte, ruhig zu bleiben und abzuwarten, reagierte sie mit einem Satz, welcher, so war sie überzeugt, sogar Sir Julians Zustimmung gefunden hätte: »Ich bin sicher, Sie haben recht, Herr Direktor.«

Sloane war verblüfft, denn er hatte angenommen, sie befänden sich erst in der Anfangsrunde eines sich lange hinziehenden Scharmützels. Er erholte sich jedoch rasch und sagte: »Ich denke, das ist eine kluge Entscheidung, Mrs. Warwick.« Er bedachte sie mit einem warmen Lächeln und fügte dann hinzu: »Sie schienen noch über etwas anderes sprechen zu wollen?«

»Nein, es war nicht wichtig, Herr Direktor. Besonders, da ich nicht mehr dabei sein werde, um den Vorgang zu begleiten.«

Beth kehrte in ihr Büro zurück, setzte sich an ihren Schreibtisch und schrieb ihre Kündigung. Sie war überrascht, wie erleichtert sie sich fühlte, als sie eine Stunde später der Sekretärin des Direktors den Brief überreichte. Den Nachmittag verbrachte sie damit, sich von Freunden und Kollegen zu verabschieden, die über viele Jahre hinweg mit ihr zusammengearbeitet hatten. Dann räumte sie ihren Schreibtisch leer, wobei sie diverse Erinnerungsstücke aus acht Jahren in drei großen Pappkisten verstaute.

Eine Minute nach fünf verließ Beth das Museum, rief ein Taxi und setzte sich, nachdem sie dem Fahrer ihre Adresse gegeben hatte, von ihren Pappkisten umgeben auf die Rückbank, wo sie sich nicht schämte, eine Träne zu vergießen.

Kaum dass Beth zu Hause angekommen war, ging sie direkt in ihr Arbeitszimmer und rief ein kleines Auktionshaus in Pittsburgh an. Sie ließ sich als Interessentin an Los Nummer 71 registrieren und teilte dem Auktionshaus mit, dass ihr Limit bei fünfhundert Dollar lag. Sie erwähnte nicht, dass sie ihr Konto würde leer räumen müssen, sollte sie den Zuschlag erhalten.

William kam früh genug zurück, um beim Baden der Kinder zu helfen. Bevor sie ihm ihre Neuigkeiten berichten konnte, sagte er: »Milner, Reynolds und Jennings haben alle gekündigt. Der Commissioner war erleichtert, denn so musste er den Prince of Wales nicht über den wahren Grund informieren, warum er keine andere Wahl hatte, als die Kündigungen zu akzeptieren.«

»Ich habe heute ebenfalls gekündigt«, sagte Beth. Sie hielt kurz inne und fügte dann hinzu: »Sloane konnte seine Freude darüber nicht verbergen.«

William umarmte sie. »Es tut mir so leid, mein Liebling. Mir war nicht klar, dass …«

Artemisia warf ihre Seife aus der Badewanne. Es war nicht zu übersehen, dass sie das Gefühl hatte, man widme ihr nicht genügend Aufmerksamkeit.

»Ich habe nicht nur meine Stelle verloren«, sagte Beth, als sie die Seife aufhob, »sondern auch jeden Penny, den ich besitze, für eine Zeichnung riskiert, die sich vielleicht als wertlos herausstellen wird. Also bitte, erzähl mir ein paar gute Nachrichten«, fuhr sie fort, als William Artemisia aus der Wanne hob.

»Paul Adaja wurde zum Inspector befördert, und Constable Smart wird endlich …«

»Beamtin der Royalty Protection werden?«

»Dir entgeht wirklich nichts«, sagte William lächelnd.

»Was Christina betrifft, ist mir bisher einiges entgangen.

Wann werde ich endlich begreifen, dass man dieser Frau kein einziges Wort glauben kann?«

Das Telefon auf dem Treppenabsatz begann zu klingeln. William ließ das Handtuch fallen und ging hin, um das Gespräch entgegenzunehmen, während Beth die Kinder ins Bett brachte. Sie wollte gerade damit anfangen, ihnen etwas vorzulesen, als William zurückkehrte.

»Es ist für dich. Ein Ferngespräch. Los einundsiebzig wird in ein paar Minuten aufgerufen«, sagte er und setzte sich auf die Bettkante. »Auf welcher Seite sind wir?«

»Einhundertdreiundvierzig«, sagte Artemisia. »Peter und die verlorenen Jungs sind von blutrünstigen Piraten umzingelt.«

»Dieses Gefühl kenne ich!«, sagte William, als Beth rasch das Zimmer verließ.

Fünfzehn Minuten später schloss William das Buch – nachdem er zu dem Schluss gekommen war, dass er Captain Hook eigentlich ganz gern hatte, denn nach Milner und Sloane kam er ihm wie eine bedeutende Verbesserung vor. Er schaltete das Licht aus und trat zu Beth auf den Treppenabsatz.

»Nein, senden Sie es nicht an das Fitzmolean«, sagte sie und gab dem Auktionshaus ihre Privatadresse. Sie legte den Hörer auf und wandte sich an William. »Ich habe gerade vierhundertzwanzig Dollar ausgegeben, die ich nicht habe.«

»Mach dir keine Sorgen«, sagte William. »Ich wurde vorläufig zum Superintendent befördert und zwar bei vollem Gehalt, während Milner, wie man bei uns gerne sagt, den Rest seiner Tage mit Gartenarbeit verbringen wird. Und er hat einen großen Garten.«

»Das Problem ist, dass ich sogar noch mehr brauchen

werde, wenn ich mein neues Unternehmen zum Laufen bringen will.«

»Dann werde ich einfach einen Taxidienst gründen – in Windsor.«

23

Die einzige Qualifikation, über die man als Bibliothekar in einem Gefängnis verfügen muss, besteht darin, dass man lesen und schreiben kann. Man arbeitet den ganzen Tag über in einem beheizten Zimmer, wird von nicht allzu vielen Mithäftlingen belästigt, und wenn man nicht aus dem Fenster schaut, würde man nicht einmal mitbekommen, dass man sich in einem Gefängnis befindet.

Die meisten Häftlinge in Belmarsh bevorzugten eine Arbeit in der Küche, einige die in der Sporthalle und ein paar sogar das Reinigen der verschiedenen Flügel des Gefängnisses. Doch die Position als leitender Bibliothekar entsprach allen unmittelbaren Bedürfnissen von Miles Faulkner.

Außerdem durfte er seinen Bibliotheksgehilfen selbst auswählen, und er entschied sich für jemanden, dessen Fertigkeiten im Lesen und Schreiben ihn eigentlich nicht zu einem naheliegenden Kandidaten für diese Stelle machten.

Miles las gerade die Lex-Kolumne in der *Financial Times*, als Tulip von seiner Morgenrunde zurückkehrte, auf der er die überfälligen Bücher in den einzelnen Zellen eingesammelt hatte. Das gab ihm die Gelegenheit, bei jedem Gefangenen vorbeizuschauen, mit dem Miles etwas Geschäftliches zu erledigen hatte, und sorgte dafür, dass er die bestinformierte Person im ganzen Gefängnis war, einschließlich des Direktors.

Mansour Khalifah suchte nie die Bibliothek auf, weshalb Tulip sich auf Tareq Omar verlassen musste, der in Khalifahs Flügel putzte, wenn es darum ging, irgendwelche Informationen weiterzuleiten, die sich als nützlich erweisen konnten. Bis jetzt hatte sich nichts Wertvolles ergeben – außer der Tatsache, dass Khalifah irgendetwas Großes plante. An diesem Vormittag jedoch eilte Tulip in die Bibliothek zurück, um seinem Boss von einem Durchbruch zu berichten.

Miles ließ die Zeitung sinken, schaltete den Wasserkocher ein und lehnte sich auf dem bequemsten Stuhl des gesamten Gefängnisses zurück, um sich Tulips Neuigkeiten anzuhören. Er drängte seinen Gehilfen nicht, so rasch wie möglich zum entscheidenden Punkt zu kommen, da keiner von ihnen für den Rest des Tages viel zu tun hatte.

»Mag sein, dass wir lange warten mussten, Boss«, sagte Tulip. »Aber Omar hat endlich geliefert.« Der Wasserkocher pfiff, und Tulip erhob sich aus dem zweitbequemsten Stuhl des Gefängnisses und schenkte zwei Becher Kaffee ein. Miles tat ein Stück Würfelzucker in seine Tasse, aber keine Milch, und nahm sich einen einzelnen Keks aus einer Packung Buttergebäck. Nicht weil es zu wenig davon gegeben hätte, sondern weil er hoffte, vor seiner Entlassung um die sechs Kilo abzunehmen.

»Omar«, fuhr Tulip fort, nachdem er an seinem Becher genippt hatte, »ist es gelungen, Khalifah davon zu überzeugen, dass er ein wahrer Gläubiger ist.«

Miles lehnte sich noch ein wenig mehr zurück und schloss die Augen, um alles in sein geistiges Notizbuch aufzunehmen.

»Sie hatten recht, Boss. Khalifah plant eine ganz große Sache«, sagte Tulip und nippte noch einmal an seinem

Becher. Der Kaffee war immer noch zu heiß. »Die Albert Hall«, verkündete er triumphierend.

»Was ist mit der Albert Hall?«

»Anscheinend findet dort jedes Jahr eine Reihe von Konzerten statt, die man die Proms nennt.«

»Erzähl mir etwas, das ich noch nicht weiß.«

»Die sogenannte Last Night of the Proms, das patriotische Abschlusskonzert, ist dabei Monate im Voraus ausverkauft.«

»Nun spuck's schon aus«, sagte Miles, der zum ersten Mal leicht verärgert klang.

»Aber wussten Sie auch, dass man dabei alle Sitze im Parkett ausbaut, um Platz für die sogenannten Promenaders zu schaffen, die sich das ganze Konzert im Stehen anhören?« Miles nickte und wartete darauf, dass Tulip eine neue Seite seines Berichts aufschlug. »Einer von Khalifahs Kontakten draußen hat ein maßlos überteuertes Schwarzmarktticket ergattert.«

»Scheiße«, sagte Miles, der gewissermaßen schon zum letzten Kapitel weitergeblättert hatte. »Soll das etwa heißen, dass er einen Selbstmordattentäter dorthin schicken und das Gebäude in die Luft jagen will?«

»Während die Promenaders ›Land of Hope and Glory‹ singen, damit es ganz besonders schmerzhaft wird.«

»Was für Schlagzeilen auf den Titelseiten sämtlicher Zeitungen auf der ganzen Welt sorgen wird.«

»Aber Sie könnten der Polizei einen Hinweis auf das geben, was Khalifah vorhat.«

»Sogar der Innenminister würde mir den Arsch küssen.«

»Und Sie wären schneller hier draußen, als Scheiße von einer Schaufel fällt.«

»Ich muss so schnell wie möglich mit Hawksby sprechen«, sagte Miles, als an die Tür geklopft wurde. »Wer ist da?«, knurrte er.

Die Tür ging auf, und ein den Besuchern zugeteilter Beamter erschien.

»Es tut mir leid, Sie zu stören, Mr. Faulkner. Aber jemand hat für den Samstag einen Besuchstermin bei Ihnen vereinbart.«

»Wenn das stimmt, wäre es das erste Mal«, sagte Tulip.

»Wahrscheinlich Christina, die ihre Bilder zurückhaben will. Sagen Sie ihr, sie soll sich verpissen.«

»Das ist nicht der Name, der auf dem Antragsformular steht«, sagte der Beamte. »Es ist jemand namens Ms. Mai Ling Lee.«

»Ich kenne niemanden mit diesem Namen, also kann sie sich ebenfalls verpissen.«

»Sie könnten eine Stunde lang Ihre Zelle verlassen«, sagte Tulip. »Und es gäbe auch noch Tee und Kekse.«

»Ich bin ohnehin kaum jemals in meiner Zelle, und falls du es noch nicht mitbekommen hast, Tulip: *Du* bist es, der meine Kekse isst.«

»Vielleicht sieht sie ja gut aus.«

»Sie könnte genauso gut alt und hässlich sein.«

»Sie ist sechsundzwanzig«, sagte der Beamte. »Und wie es die Vorschriften verlangen, hat sie ein Foto beigefügt.«

Nachdem Tulip einen Blick darauf geworfen hatte, sagte er: »Ich könnte für Sie einspringen, Boss.«

Doch Miles war bereits dabei, den Antrag zu unterschreiben – allerdings nicht aus dem Grund, der Tulip vorschwebte.

Christina bat Beth, zu ihr in den Palm Court Tea Room ins Ritz zu kommen, was so verlockend war, dass Beth sich bereit erklärte, sie wiederzusehen.

»Es ist schön, dass du kommen konntest«, sagte Christina, nachdem sie bestellt hatten.

»Ich wollte unbedingt hören, welchen Vorwand du mir diesmal auftischen würdest«, sagte Beth, die sich keine Mühe gab, ihren Ärger zu verhehlen.

»Es gibt keinen Vorwand«, erwiderte Christina. »Ich wollte dir nur sagen, wie leid es mir tut, dass du entlassen wurdest.«

»Ich war es, die gekündigt hat«, sagte Beth nachdrücklich, als ihnen eine Kanne Tee und eine dreistöckige Etagere, auf der sich kleine Kuchen, Scones und hauchdünne Sandwiches befanden, serviert wurden.

»Der Direktor hat mir etwas anderes erzählt, als ich letzte Woche das Museum besucht habe.«

»Warum solltest du Interesse daran haben, Sloane zu treffen?«

»Um ihm zu sagen, dass ich dem Museum nicht weiterhin jedes Jahr zehntausend Pfund spenden werde. Natürlich hat er gegrollt, aber ich habe darüber hinaus darauf bestanden, dass mein Name von der Liste der Förderer des Museums gestrichen wird. Ich habe ihm unmissverständlich klargemacht, dass du der einzige Grund warst, warum ich das Fitzmolean überhaupt unterstützt habe.«

Beth spürte, wie sie nachgiebiger wurde. Trotzdem fragte sie sich immer noch, warum Christina den Direktor aufgesucht hatte.

»Ich habe ihm ebenfalls gesagt«, fuhr diese fort, während sie Beth eine Tasse Tee einschenkte, »dass ich meine jährliche Unterstützung verdoppeln würde, wenn er dir deine Stelle wieder anbietet.«

»Ich möchte meine Stelle nicht zurück. Jedenfalls nicht, solange Sloane Direktor ist.«

»Aber du musst deinen Lebensunterhalt verdienen, Beth. Und ich weiß, dass du niemand bist, der gerne bettelt.«

»In dieser Hinsicht konnte ich einen kleinen Sieg einfahren«, sagte Beth, die unbedingt jemandem von ihrer Errungenschaft erzählen wollte. »Bei einer Auktion in Pittsburgh habe ich für vierhundertzwanzig Dollar eine Zeichnung ersteigert. Der Experte für Alte Meister bei Christie's hat bestätigt, dass es sich um einen Rembrandt handelt, und das Stück auf zwanzig- bis dreißigtausend Pfund geschätzt. Somit könnte ich als Kunsthändlerin an einem Tag mehr verdienen, als ich als Gemäldekuratorin des Fitzmolean in einem Jahr bekommen habe. Und das ist erst der Anfang«, fügte sie hinzu, nachdem sie sich von einer der unteren Ebenen der Etagere ein Räucherlachssandwich genommen hatte.

»Was meinst du damit?«, fragte Christina.

»Obwohl sich eine solche Chance nicht allzu oft ergeben wird, übersehen kleinere Auktionshäuser überall auf der Welt gelegentlich bedeutende Werke. So könnte das Bild eines Künstlers, der in einem Land sehr bekannt ist, durchaus in einem anderen Land weit unter seinem Marktwert verkauft werden. Hast du jemals von Hercules Brabazon Brabazon gehört?«

»Könnte ich nicht behaupten.«

»Er war ein Aquarellmaler im England des neunzehnten Jahrhunderts, und eines seiner Landschaftsgemälde wird nächste Woche bei einer Auktion in Frankfurt zu einem

Schätzpreis von fünfundzwanzigtausend Mark angeboten. Ich weiß, dass mehrere Galerien in London die Summe ohne zu zögern verdoppeln würden.«

»Dann könntest du also für dein Geld doppelt so viel bekommen?«

»Nein, so einfach geht das nicht. Nach Abzug der Kommissionsgebühr für das Auktionshaus – die etwa zwanzig Prozent beträgt – und je nach Verdienstspanne der Galerie könnte ich mich glücklich schätzen, wenn ich fünfundzwanzig bis dreißig Prozent Gewinn machen würde. Und das auch nur, wenn niemand sonst das Bild entdeckt hat, denn dann würde die geforderte Summe meine Möglichkeiten wahrscheinlich übersteigen.« Beths Blick fiel auf ein winziges Schokoladeneclair, doch sie widerstand der Versuchung.

»Wie wäre es, wenn ich dich unterstützen würde?«, fragte Christina. »Dann könntest du auf einer höheren Ebene mitbieten, und mir würde es helfen, ein wenig von meiner Schuld abzutragen.«

Beth schwieg einen Augenblick, während sie noch immer das Eclair anstarrte und Christina fortfuhr. »Wenn du etwas finden würdest, das unter Wert angeboten wird und bei dem du einen ordentlichen Gewinn machen würdest, wäre ich nur zu gerne bereit, das Kapital dafür zur Verfügung zu stellen. Mit deinem Fachwissen und meinen finanziellen Mitteln könnten wir beide einen Riesenerfolg einfahren.«

»Das ist sehr großzügig von dir, Christina. Aber Auktionshäuser verlangen, dass man noch am Tag des Zuschlags zehn Prozent hinterlegt und die fällige Summe innerhalb von vierzehn Tagen bezahlt. Sollte ich das nicht tun, würde ich nicht nur das Bild verlieren, sondern sie würden auch nie wieder mit mir Geschäfte machen.«

»Warum sollte das ein Problem sein?«

»Du warst bisher nicht besonders zuverlässig«, erinnerte Beth sie in scharfem Ton.

Christina sah angemessen zerknirscht aus, als sie leise sagte: »Würde es dir helfen, wenn ich dir einhunderttausend im Voraus gebe?«

Beth weigerte sich zu glauben, dass das Angebot ernst gemeint war. Trotzdem gelang es ihr irgendwie zu antworten. »Was würdest du als Gegenleistung erwarten?«

»Fünfundzwanzig Prozent des Gewinns.«

»Da muss doch irgendwo ein Haken sein«, sagte Beth, noch immer nicht überzeugt.

»Den gibt es tatsächlich«, erwiderte Christina und öffnete ihre Handtasche. Sie nahm ihr Scheckbuch heraus und schrieb einen Scheck über 100 000 Pfund auf Beth Warwick aus. »Du gibst mir eine dritte Chance – oder ist es schon die vierte? –, um dir zu beweisen, auf welcher Seite ich stehe.«

Beth starrte die vielen Nullen an, wurde jedoch aus ihrer Betrachtung gerissen, als Christina begann, die kleinen Kuchenstücke von der Etagere zu nehmen und eines nach dem anderen in ihre Serviette zu wickeln.

»Was machst du da?«, fragte Beth entsetzt.

»Du kannst sie mit den Kindern teilen, wenn du wieder zu Hause bist«, sagte Christina und reichte ihr die Serviette.

»Aber was wird die Geschäftsleitung dazu sagen?«

»Die sind daran gewöhnt«, erwiderte Christina und gab einem der Kellner mit einer Geste zu verstehen, dass sie gerne die Rechnung hätte.

Der Häftling ließ die junge Frau nicht aus den Augen, die langsam auf ihn zukam.

Erst als Miles das Foto von Mai Ling gesehen hatte, war ihm klar geworden, dass sie die Tochter eines Kunstsammlers sein könnte, der sein schärfster Konkurrent war. Mr. Lee hatte ihn bei mehreren früheren Gelegenheiten überboten. Deshalb war er bereit, sich mit ihr zu unterhalten.

Mai Ling setzte sich ihm gegenüber an den Tisch. »Guten Tag, Mr. Faulkner«, sagte sie, als treffe sie ihn zum Tee im Savoy und nicht in einem Hochsicherheitsgefängnis, in dem sich in der Nähe der Tische stets Wachbeamte statt Kellnern aufhielten.

Miles nickte.

»Meinem Vater wurde Ihre Kunstsammlung für einhundert Millionen Dollar angeboten, und er wollte sicher sein, dass der Verkäufer Ihren Segen hat«, sagte Mai Ling. Wie ihr Vater hielt sie sich nicht mit unverbindlichem Geplauder auf.

Es dauerte eine Weile, bis Miles sich so weit erholt hatte, dass er darauf antworten konnte. »›Segen‹ ist nicht die Bezeichnung, die ich gewählt hätte. Weil ich weiß, dass Ihr Vater ein Mann weniger Worte ist, können Sie ihm sagen: niemals. Aber ich würde gerne wissen, wer behauptet, in meinem Namen aufzutreten.«

»Mein Vater hat damit gerechnet, dass Sie danach fragen würden, und er hat mich angewiesen, nicht darauf zu antworten.«

Miles wusste, dass er die junge Frau nicht würde bestechen können und dass sogar die bloße Andeutung einer Drohung kontraproduktiv wäre. Deshalb sagte er nur: »War es Booth Watson oder meine Ex-Frau?«

Mai Ling erhob sich, drehte ihm den Rücken zu und ging davon, ohne ihm zum Abschied auch nur einen Blick zuzuwerfen.

Der diensthabende Beamte wirkte überrascht, als Mr. Faulkners Besucherin den Raum nur wenige Minuten, nachdem sie sich offiziell eingetragen hatte, schon wieder verließ. Und die Lippenleser auf der Galerie waren sogar noch verwirrter.

Auf seinem Weg zurück in die Zelle hatte Miles nur einen Gedanken im Kopf. Sein nächster Besucher musste der ehemalige Superintendent Lamont sein.

Als Beth nach dem Tee mit Christina ihre Wohnungstür öffnete, hörte sie das Telefon im Flur klingeln. Sie nahm ab, und es erklang eine vertraute Stimme, die sie schon länger nicht mehr gehört hatte.

»James«, sagte Beth. »Wie schön, dass Sie anrufen.«

Glücklich dachte Beth an die Begegnung mit James auf der SS *Alden* zurück, als sie und William im Urlaub gewesen waren. Beide hatten sie den frühreifen und aufgeweckten jungen Amerikaner gemocht, der William dabei geholfen hatte, den Mord an seinem Großvater aufzuklären. Beth nahm an, er würde mit William sprechen wollen.

»Ich fürchte, William ist nicht zu Hause«, sagte sie. »Aber ich glaube, er wird …«

»Ich wollte nicht mit William sprechen«, sagte James. »Ich habe ein Problem und weiß nicht, wie ich damit umgehen soll. Ich dachte, Sie wären ideal, wenn es darum geht, mir einen Rat zu geben.«

»Ich fühle mich geschmeichelt.«

»In seinem letzten Brief«, sagte James, »hat William mir

erklärt, warum Sie das Fitzmolean verlassen haben, was eine traurige Neuigkeit ist. Aber er hat mir auch geschrieben, dass Sie inzwischen Ihr eigenes Unternehmen eröffnet haben.«

»Das noch immer in den Kinderschuhen steckt und, wie ich fürchte, mit einem sehr begrenzten Budget auskommen muss«, sagte Beth. »Aber wenn ich Ihnen in irgendeiner Weise helfen kann, würde ich das sehr gerne tun.«

»Haben Sie sich auf etwas spezialisiert?«

»Wir vertreten Kunden, die Kunst kaufen oder verkaufen möchten, und gelegentlich erwerbe ich auch selbst etwas, wenn ich den Eindruck habe, dass ich es in kürzester Zeit weiterverkaufen kann. Aber ich wiederhole, mein Budget ist begrenzt.«

»Ihr Verstand hingegen nicht, und genau den brauche ich.«

»Es ist nicht zu überhören, dass Sie den Charme Ihres Großvaters geerbt haben«, neckte Beth ihn.

»Das ist nicht das Einzige, was ich geerbt habe«, sagte James, »und auch der Grund, weshalb ich Sie gerne um Rat bitten würde.«

»Klingt faszinierend«, sagte Beth.

»Da haben Sie recht«, erwiderte James. »Aber es ist auch ein bisschen heikel, das alles am Telefon zu besprechen, weshalb ich vorhatte, nach London zu kommen und Sie direkt zu informieren.«

»Dann sollten Sie bei uns übernachten«, sagte Beth. »Doch ich muss Sie warnen: Unser Gästezimmer ist so groß wie eine Kabine unter Deck auf einem Kreuzfahrtschiff der Buchanan-Linie.«

»Das passt ideal, denn Sie werden mit einem Deckhelfer sprechen.«

»Wann hatten Sie vor zu kommen?«

»Nächsten Montag.«

»Dann ist das noch etwas, das Sie von Ihrem Großvater geerbt haben. Sie verlieren keine Zeit.«

24

»Warum siehst du so selbstzufrieden aus?«, fragte Beth, als William das Auto gegenüber dem Kricketfeld parkte.

»Zunächst einmal, weil keine Wolke am Himmel ist und wir deshalb eine echte Chance haben, uns für den ganzen Rest des Tages ein Spiel anzusehen.«

»Ich kann mir nichts Aufregenderes vorstellen, als einen ganzen Sonntagnachmittag damit zu verbringen, mir fünf Stunden lang ein Kricketspiel ansehen zu müssen.«

»Sei froh, dass es kein Test Match ist, das fünf Tage dauern kann«, sagte William. Er stieg aus und öffnete die hintere Tür, um die drei Kinder, die lange hatten still sitzen müssen, nach draußen zu lassen.

»Daddy«, sagte Artemisia und zog an seinem Hosenbein, »können wir ein Eis haben?«

»Ganz sicher nicht«, sagte Beth entschieden. »Wir haben gerade zu Mittag gegessen. Ihr müsst bis zur Teepause warten.«

»Ich habe dir doch erklärt, dass Mum das sagen würde«, bemerkte Peter. Dann stürmte er los, um zuzusehen, wie sich die Spieler auf dem von Netzen umspannten Übungsplatz aufwärmten.

»Ah, ich sehe eine Wolke«, sagte William, als sie die Spielfeldgrenze entlanggingen.

Beth war verwirrt, denn der Himmel war klar, und die

Sonne strahlte auf eine glückliche Zuschauermenge herab. Dann sah sie Christina, die alleine für sich saß.

»Vielleicht solltest du dir einen Liegestuhl nehmen und dich neben sie setzen«, sagte William. »So hast du die Chance herauszufinden, was sie kürzlich vorhatte – nichts Gutes übrigens, würde ich sagen.«

»Wirst du jemals aufhören, wie ein Polizist zu denken?«, fragte Beth seufzend.

»Nicht, solange sie wie eine Gottesanbeterin auf der Lauer liegt. Denn ich kann nicht glauben, dass sie gekommen ist, um sich das Kricketspiel anzusehen.«

»Aber vielleicht die Spieler«, erwiderte Beth, als sie bemerkte, dass Paul mit Christina plauderte.

»Daraus wird nie etwas«, sagte William. Er sah sich am Spielfeldrand um, bis sein Blick auf Ross und Jackie fiel, die ins Gespräch vertieft nebeneinandersaßen.

»Wer ist denn auf die Idee gekommen?«, fragte Jackie, während sie die Umgebung musterte und feststellte, dass fast jeder Liegestuhl besetzt war und einige Gäste im Gras saßen.

»Der Chorknabe natürlich«, erwiderte Ross. »Er hatte den Eindruck, dass es zwischen den Beamten der Royalty Protection und den Polizisten in Uniform einen Riss gibt.«

»Ein Riss, der sich eher noch vergrößert, wenn man bedenkt, dass ein Mitglied der Royalty Protection viele Jahre lang für die Person, die er beschützt, arbeiten kann – während Polizisten, die dem Schutz von Kabinettsministern zugeteilt werden, diesen Dienst höchstens drei oder vier Jahre versehen. Das ist weniger als ein durchschnittlicher Fußballtrainer.«

»Genau deshalb war der Superintendent der Ansicht, ein Kricketspiel könnte einige Barrieren einreißen«, sagte Ross.

»Wer geht da zusammen mit William zur Mitte des Spielfelds?«, fragte Jackie, die zum Schutz gegen die Nachmittagssonne die Hand an die Stirn legte.

»Chief Inspector Colin Brooks. Er war im Sicherheitsstab der Premierministerin, bis Hawksby ihm nach Milners Kündigung die Leitung der Royalty Protection übertragen hat.«

»Im Vergleich zu seinem Vorgänger dürfte er auf jeden Fall eine Verbesserung darstellen.«

»Er hat zwar Milners Platz eingenommen, aber damit enden die Parallelen auch schon. Brooks ist ein altmodischer Polizist, der sich für einen kleinen Zahn an einem großen Zahnrad hält, während Milner zu glauben anfing, er sei das Rad.« Ross runzelte die Stirn. »Es sieht so aus, als hätten wir die Platzwahl verloren.«

»Wie kommt es nur, dass ein Ire so viel über Kricket weiß?«

»Vergiss nicht, dass ich meine Jugend in einem Internat in Belfast verbracht habe«, antwortete Ross. »Bevor man mich rausgeschmissen hat.«

»Wie kam es dazu? Was hast du angestellt?«, fragte Jackie, als die beiden Mannschaftskapitäne unter freundlichem Geplauder das Spielfeld verließen.

»Ich habe zum ersten Mal gegen das sechste Gebot verstoßen.«

»Wer war die Glückliche?«

»Die Ehefrau unseres Hausvaters. Ehrlich gesagt war sie es, die mich verführt hat. Aber sie konnten sie ja wohl kaum entlassen, weshalb ich es war, der gehen musste«, sagte Ross, als William zu ihnen trat.

»Wir bilden die Feldmannschaft«, sagte er. »Du wirst als Erster werfen, Ross. Also solltest du dich wohl besser aufwärmen.«

Als Ross aufstand, bemerkte er, dass jemand an seinem Hosenbein zog.

»Kann ich ein Eis haben?«, fragte Jojo.

»Bitte«, sagte Ross.

»Kann ich bitte ein Eis haben?«

Ross nahm eine Einpfundmünze aus seiner Tasche und reichte sie ihr. »Sieh zu, dass Artemisia und Peter auch eines bekommen.«

»Ja, Daddy«, sagte Jojo und rannte davon.

»Es mag ein Klischee sein, dass sie dich um den Finger gewickelt hat«, sagte Jackie. »Aber es trifft mit Sicherheit zu.«

»Schuldig im Sinne der Anklage«, sagte Ross, während er zusah, wie Jojo, ihre Münze hochhaltend, zu Artemisia und Peter trat, die neben dem Eiswagen warteten.

Jackie lächelte. »Gott sei Dank sorgt Beth dafür, dass sie mit beiden Beinen auf dem Boden bleibt.«

»Du hast schon wieder recht. Die Wahrheit ist, dass ich ohne ihre systematische Unterstützung meinen gegenwärtigen Posten nie hätte annehmen können.«

»Wohin fährst du mit Jojo in den Sommerferien?«, fragte Jackie.

»Belfast. Wir werden eine Woche bei ihrer Großmutter verbringen. Wenn sie das überlebt, kann ich sie beim SAS anmelden.«

»Und was ist mit der anderen Frau in deinem Leben?«, wollte Jackie wissen.

»Ich werde mit ihr in Urlaub fahren, sobald ich wieder

zurück bin. Aber ich muss gestehen, dass ich mich nicht darauf freue.«

»Warum nicht?«, fragte Jackie, die überrascht schien. »Die halbe Welt würde liebend gerne mit Prinzessin Diana in Urlaub fahren.«

»Ich bin nicht gerade begeistert vom gegenwärtigen …«, er zögerte einen Augenblick, »… Mann ihres Herzens. Ein Playboy, der sich im Glanz aalt, der von ihr ausgeht.«

»Hast du ihr jemals gesagt, was du von ihm hältst?«

»Meine Position erlaubt es mir nicht, so etwas zu tun«, sagte Ross, der sich dabei seltsam förmlich anhörte. »Obwohl ich nicht gut darin bin, meine Gefühle zu verbergen«, gestand er, als William zurückkam und ihm den Ball zuwarf. »In Ordnung, Superintendent. Das ist die eine Ausnahme, bei der ich niemanden schützen werde. Ich habe vor, sie so schnell wie möglich wieder in die Umkleideräume zurückzuschicken.«

»Nicht zu schnell«, flüsterte William. »Du solltest unser langfristiges Ziel nicht vergessen.«

Beths Vater Arthur Rainsford und Sir Julian saßen im Besucherzelt und warteten auf den ersten Wurf. Sie waren im Laufe der Jahre Freunde geworden, obwohl Sir Julian nicht leicht Freundschaften schloss. Beide trugen elegante blaue Blazer, der von Sir Julian war ein Zweireiher mit Messingknöpfen von Lincoln's Inn – sogar während des Spiels war er bei der Arbeit. Dazu trugen beide weiße Hemden und Krawatten des MCC, als besuchten sie den ersten Tag der Test Matches auf dem Lord's Cricket Ground und nicht eine hastig arrangierte Begegnung zweier Abteilungen der Polizei.

»Wer hat den ersten Wurf?«, fragte Arthur und richtete sein Fernglas auf einen großen Mann, der den Ball an seiner Hose abrieb.

»DI Ross Hogan«, antwortete Sir Julian. »Er hat einen Fuß in beiden Lagern, denn er arbeitet im Augenblick als Personenschützer der Princess of Wales. Was eine große Hilfe ist, denn dadurch hatte William von Anfang an einen Insider in dieser Abteilung.«

»Keine leichte Aufgabe in diesen Tagen«, sagte Arthur, ohne seine Bemerkung weiter zu erläutern.

»Ich glaube, du wirst sehen, dass Ross dieser Herausforderung gewachsen ist. Er liebt den Flirt mit der Gefahr.«

»Beth hat mir erzählt, dass das nicht das Einzige ist, mit dem er gerne flirtet«, sagte Arthur, als Ross seine Anlaufstrecke inspizierte und William das Spielfeld einrichtete. »Du musst sehr stolz auf William sein. Er ist der jüngste Superintendent bei der Polizei.«

»Ich musste ihn daran erinnern, dass Nelson mit dreiundvierzig Vizeadmiral war«, sagte Sir Julian. »Und Eisenhower war ein einfacher Colonel, als Amerika in den Zweiten Weltkrieg eingetreten ist, aber zwei Jahre später hatte er es zum Oberbefehlshaber der alliierten Streitkräfte in Europa gebracht.«

»Und wo wird William einmal sein?«

»Er wird definitiv nicht Präsident der Vereinigten Staaten werden«, sagte Sir Julian und sah zu seiner Schwiegertochter hinüber. »Wie kommt Beth zurecht, nachdem sie von Sloane so übel behandelt wurde?«

»Es scheint alles in Ordnung mit ihr zu sein, soweit ich sagen kann«, antwortete Arthur. »Sie und Christina Faulkner haben irgendetwas vor. Aber ich weiß nicht, was.«

»Ich hoffe, Beth weiß, was sie tut. Mrs. Faulkner ist niemand, auf den ich mich gerne verlassen würde.«

»Ein guter Schlag, Sir«, sagte Arthur, als der Ball auf das Begrenzungsseil zuflog. »Die Mannschaft hat einen tollen Start erwischt.«

»Um über etwas Ernsthafteres zu sprechen, Arthur«, sagte Sir Julian. »Da die Kinder inzwischen in der Schule sind, sollten wir ihr Treuhandvermögen aufstocken.«

»Soll mir recht sein. Ross Hogan hat mehr als nur seinen Teil dazu beigetragen, seit Jojo hinzugekommen ist.«

»Ja, das Arrangement hat sich bewährt. Besonders nachdem es Beth möglich ist, seit ihrer Kündigung mehr Zeit mit den Kindern zu verbringen.«

»Ein guter Wurf, Sir«, sagte Arthur, als der mittlere Stab eines der eröffnenden Schlagmänner aus dem Boden gerissen wurde und die Feldspieler auf den Werfer zurannten, um ihm zu gratulieren.

»Ich habe so das Gefühl«, sagte Christina und nickte in Richtung der zwei alten Herren, »dass die beiden über uns reden. Wissen sie, dass wir Partner sind?«

»Auf keinen Fall«, sagte Beth. »Und ich habe auch nicht die Absicht, sie darüber zu informieren, bevor wir unsere ersten einhunderttausend gemacht haben.«

»Ich wette, Sir Julian findet es schon lange vorher heraus«, sagte Christina, öffnete eine Halbliterflasche Champagner und schenkte ihnen zwei Gläser ein. »Irgendein Coup in letzter Zeit?«

»Wir haben ein paar Tausend Gewinn gemacht, als ich den Brabazon Brabazon an die Chris Beetles Gallery in Mayfair verkauft habe.«

»Chapeau«, sagte Christina und hob ihr Glas. »Und was steht als Nächstes auf deiner Abschussliste?«

»Hast du schon jemals von der Newlyn School gehört?«

»Könnte ich nicht unbedingt behaupten.«

»Es handelt sich dabei um eine Gruppe von Künstlern, die gegen Ende des letzten Jahrhunderts in Cornwall gearbeitet haben und gerade wieder in Mode kommen. Ich habe ein Auge auf ein Gemälde von Albert Chefallier Tayler geworfen, das von Cheffins in Cambridge zum Verkauf angeboten werden soll. Wenn ich es für etwa dreitausend bekomme, wäre das in der Tat eine Art Coup«, sagte Beth, als Ross einen Luftsprung machte und rief: »Wie war das!«

Ein Mann in einem langen weißen Mantel – der Schiedsrichter – dachte kurz nach und hob dann seinen Zeigefinger, um den Fall des zweiten Wicket zu bestätigen.

»Williams Mannschaft scheint sich wacker zu schlagen«, sagte Christina, »auch wenn ich nicht die leiseste Ahnung habe, worüber ich rede.«

»Das hat dir doch früher nichts ausgemacht«, neckte Beth sie, als der Schlagmann, der ein Half-Century erzielt hatte, das Feld verließ, während die Zuschauer »Gut gespielt, Sir!«, »Bravo!« und »Sauberes Innings!« riefen.

»Mir war gar nicht klar«, fuhr Beth fort, »dass all die Kontakte und das Wissen, das ich mir in den letzten zehn Jahren aneignen konnte, einen solchen Gewinn einbringen würden. Und was noch wichtiger ist: Ich bin entspannter und kann mehr freie Zeit mit den Kindern verbringen.«

»Wie nennt man das?«, fragte Christina, als ein Ball hoch über das Begrenzungsseil flog und die Zuschauer in lauten Jubel ausbrachen.

»Das ist eine Sechs«, antwortete Beth. »Das kommt ziemlich oft vor, wenn William zum Werfen antritt. Ehrlich gesagt habe ich in den letzten drei Monaten mehr verdient als ein Superintendent in einem ganzen Jahr.«

»Verrate das bloß nicht William«, sagte Christina.

Beth schien es nicht der richtige Zeitpunkt zu sein, Christina zu berichten, dass sie William alles erzählte. »Es wird Zeit für den Tee«, bemerkte sie nur. »Und denk nicht einmal daran, irgendwelche Sandwiches zu stehlen«, fügte sie hinzu, als sie zu William, den beiden Mannschaften und den Gästen im Teezelt traten, obwohl sie eher fürchtete, dass Christina einen der jüngeren Spieler entführen würde.

»Seid ihr dabei zu gewinnen?«, fragte Beth, als William ihr ein Gurkensandwich reichte.

»Keine Ahnung. Oft kann man vor dem letzten Ball des Tages nicht sagen, wer gewinnen wird, was zum Charme des Spiels beiträgt.«

»Sie sollten die einhundertdreiundsechzig Punkte schaffen, die nötig sind, um das Spiel zu gewinnen«, sagte der Commander, während er sich eine Tasse Tee einschenkte.

»Das ist eine ziemliche Herausforderung«, sagte William. »Dazu müssten wir sehr gut schlagen.«

»Es wäre weitaus weniger herausfordernd, wenn du dich nicht als Werfer hättest aufstellen lassen«, sagte Beth.

»Ich bin immer noch zuversichtlich«, sagte William, indem er die freundliche Stichelei ignorierte. »Vorausgesetzt, dass Paul seine üblichen fünfzig erreicht.« Er sah sich im Zelt um und bemerkte, dass sein erster Schlagmann mit Christina plauderte.

»Du solltest dich besser auf den Weg machen und den armen Kerl retten«, sagte Beth, als sie sah, wie Paul ihr ins

Netz zu gehen drohte. »Oder er erreicht nicht einmal die Linie.«

William schlenderte hinüber zu Paul, der seine Blicke nicht von der verbotenen Frucht abwenden konnte. »Zieh deine Schienbeinschoner an, Paul. Du bist unser erster Schlagmann.«

»Aber normalerweise bin ich vierter oder fünfter, Skipper«, protestierte Paul.

»Heute nicht. Du und Ross, ihr seid unsere ersten Schlagmänner.«

Widerwillig ging Paul davon, um sich vorzubereiten. »Sehen wir uns später?«, fragte Christina.

»Sehr viel später, hoffe ich«, murmelte William.

»Was meinst du damit, William?«, fragte Christina, der es nicht gelang, ein schiefes Lächeln zu unterdrücken.

»Ich will, dass mein bester Schlagmann den Ball im Auge behält, nicht dich. Wenn du uns helfen willst, solltest du dich an den Typen dort drüben ranmachen«, sagte er und deutete auf einen bierbäuchigen Mann, der ein Stück Sahnekuchen in sich hineinstopfte.

»Warum gerade er?«

»Er ist ihr erster Werfer, auch bekannt als der ›dreckige Dämon‹. Also zeig dich von deiner schlechtesten Seite«, sagte William und ging davon.

»Nicht mein Typ«, sagte Christina, während sie zusah, wie Paul seine Schienbeinschoner anzog.

Lamont stand in der Schlange vor dem Besucherkiosk. Als er die Spitze erreicht hatte, kaufte er zwei KitKat und eine Tüte frischen Orangensaft. Er gab dem Verkäufer einen Zwei-Pfund-Gutschein, den er im Austausch gegen Bargeld am Empfangsschalter vor dem Betreten des Gefängnisses erworben hatte.

Zum verabredeten Zeitpunkt schloss er sich einer großen Gruppe aus Ehefrauen, Kindern und mehreren Kriminellen an, die in den Besuchersaal geführt wurden. Er erhielt einen Plastikchip mit der Zahl 18, welche die Nummer des Tisches darstellte, dem er zugeteilt war.

Er setzte sich auf einen blauen Stuhl, und dann wartete er und wartete und wartete. Nichts geht schnell im Gefängnis, es sei denn, es gibt eine Revolte.

Schließlich erschien der Gefangene Nummer 0249 und setzte sich auf den roten Stuhl ihm gegenüber.

»Bevor Sie etwas sagen«, begann Lamont, »sollten Sie wissen, dass uns die Hälfte der Beamten von der Galerie aus beobachtet und dabei einzig und allein in Erfahrung bringen möchte, ob Besucher und Häftlinge etwas austauschen. Drogen, Messer und einmal sogar eine Pistole, wie ich mich erinnere, woraufhin der Besucher sogar eine noch längere Haftstrafe erhielt als der Mann, den er aufgesucht hat.«

»Und die andere Hälfte?«, fragte Miles.

»Ist weitaus gefährlicher«, sagte Lamont, als Miles die Verpackung seines KitKat aufriss, während er weiter zuhörte. »Ausgebildete Lippenleser. Sie haben dazu beigetragen, mehrere Straftaten aufzuklären, bevor diese überhaupt begangen wurden – und zwar alleine aufgrund der Informationen, die sie während solcher Besuche gewonnen haben. Sie werden also den Bauchredner spielen müssen, wenn Sie nicht wollen, dass jemand unsere Unterhaltung Wort für Wort gegenüber Commander Hawksby wiederholt.«

»Ich habe mich gefragt, wie ich Hawksby eine Nachricht zukommen lassen kann«, sagte Miles, wobei er kaum seine

Lippen bewegte. Er sah hoch zur Galerie und fand sogleich den Beamten, der für seinen Tisch zuständig war. Dann wandte er sich um und sah auf der anderen Seite der Galerie einen zweiten Beamten, der ihn von jener Seite aus ins Visier nahm. Er würde dafür sorgen, dass die beiden eine Stunde ihrer Zeit verschwendeten.

»Ich habe darum gebeten, mit Ihnen zu sprechen, weil ich weiß, dass Sie gelegentlich Aufträge für Booth Watson erledigen«, sagte Miles. Er bemerkte, dass die Bs ein Problem waren.

»Stimmt.« Ein Wort, das man aussprechen konnte, ohne die Lippen zu bewegen.

»Wie viel bezahlt er Ihnen?«

»Zwanzig Pfund die Stunde«, sagte Lamont.

»Er schafft es nicht einmal, mir in dieser Hinsicht die Wahrheit zu sagen«, erwiderte Miles. »Von nun an werden Sie doppelt bezahlt. Aber er darf unter keinen Umständen herausfinden, dass Sie auch für mich arbeiten. Ist das klar?«

»Klar«, sagte Lamont mit fester Stimme. Ein weiteres Wort, das man aussprechen konnte, ohne die Lippen zu bewegen.

»Hoffentlich, Lamont. Denn sonst wird das der letzte Auftrag sein, den Sie für mich übernehmen«, er hielt kurz inne, »oder auch für jeden anderen.«

Lamont wirkte überzeugt.

»Ich möchte, dass Sie herausfinden, ob BW …« Miles' Lippen bewegten sich kaum während der nächsten zehn Minuten, und Lamont nickte mehrmals.

»Wenn Sie mit mir Kontakt aufnehmen müssen«, sagte Miles schließlich, »können Sie jederzeit nachmittags um halb fünf im Gefängnis anrufen.«

Lamont versuchte, sich seine Überraschung nicht anmerken zu lassen.

»Es gibt hier einen kooperativen Beamten, der um diese Zeit in der Telefonzentrale sitzt und bereit ist, Ihren Anruf entgegenzunehmen. Sagen Sie nur ›Bibliothek‹, dann wird er Sie durchstellen. Aber bleiben Sie nicht länger als nötig in der Leitung.«

»Verstanden.«

»Doch ich muss Sie warnen. Wenn BW herausfindet, dass Sie für beide Seiten arbeiten, wird er Sie fallen lassen. Und was noch wichtiger ist: Er wird wissen, dass er durchschaut wurde. Dann verlieren Sie beide Parteien, die für Ihre Honorare aufkommen.«

Lamont verstand.

Ein lautes Summen erklang, was bedeutete, dass den Häftlingen noch fünf Minuten blieben, bevor sie in ihre Zellen zurückkehren mussten.

Miles trank den letzten Schluck von seinem Orangensaft und steckte das zweite KitKat ein, bevor er sagte: »Wenn Sie Ihre Aufgabe erfolgreich erledigen, Bruce« – es war das erste Mal, dass er sein Gegenüber beim Vornamen nannte –, »können Sie den Rest Ihrer Tage damit verbringen, auf Mallorca Piña Coladas zu trinken. Wenn Sie versagen, könnte es sein, dass Sie am Ende eine Zelle mit mir teilen müssen.«

Miles erhob sich und ging langsam durch den Besuchersaal auf die wartenden Beamten zu. Zuvor jedoch sah er hoch zu einem seiner Lippenleser auf der Galerie, fing den Blick des Mannes auf und sagte mit deutlicher Artikulation: »Ich muss dringend mit Superintendent Warwick sprechen.«

Dann drehte er sich um und wiederholte gegenüber seinem zweiten Lippenleser dieselbe Nachricht.

»Mir ist klar, dass Sie im Augenblick andere Dinge im Kopf haben«, sagte Hawksby, als William zu ihm trat. »Aber ich habe gerade einen dringenden Anruf aus Belmarsh erhalten, über den wir nach dem Ende des Spiels sprechen müssen.«

»Natürlich, Sir. Aber zuerst muss ich ein Half-Century schaffen, wenn wir das Spiel gewinnen wollen.«

»Superintendents nennen mich außer Dienst nicht ›Sir‹«, sagte Hawksby mit einem schiefen Lächeln.

»So weit wird es niemals kommen, Sir«, war Williams spontane Antwort.

»Übrigens, wenn Chief Inspector Brooks die Royalty Protection genauso gut führt, wie er heute als Kapitän seiner Mannschaft auftritt, habe ich wenigstens *ein* Problem weniger«, sagte Hawksby, als ein Unparteiischer auf das Feld trat und eine Glocke läutete zum Zeichen, dass das Spiel in fünf Minuten fortgeführt würde.

»Viel Glück, Jungs«, rief Hawksby, als Ross und Paul zur Mitte des Feldes gingen.

Ross nahm seine Position ein. »Mitte und Bein«, sagte er zu dem Unparteiischen.

»Wenn Sie mich entschuldigen wollen, Sir«, sagte William. »Ich muss mich einem Match widmen, das sogar noch wichtiger ist.« Er wandte Ross und Paul den Rücken zu, um ein Spiel zu beobachten, das auf einer Seite des Besucherzelts stattfand. Peter sah sich einigen recht aggressiven Würfen gegenüber.

»Wie war das!«, rief der Werfer, als er Peter am Schienbein traf.

»Aus!«, rief ein weiterer Junge, und Peter brach in Tränen aus, woraufhin Beth ihm rasch zu Hilfe eilte. Doch Peter schob sie ebenso rasch beiseite.

William lächelte seinem Sohn zu, bis er hörte, wie Leder gegen Holz klatschte und sich hinter ihm Jubel erhob. Er drehte sich um und sah, wie Paul mit gesenktem Kopf niedergeschlagen in Richtung Besucherzelt ging. Denn es war ihm nicht gelungen, auch nur einen einzigen Punkt zu erzielen.

Paul ignorierte die Stimmen, die »Pech, alter Junge« und »Einfach kein Glück gehabt« murmelten, denn es traf nicht zu, was die Leute sagten. Er war einfach zu unkonzentriert gewesen. Er löste seine Schienbeinschoner, nahm sich ein Sandwich und machte sich auf die Suche nach einem freien Liegestuhl.

»Wie heißt die Frau, die neben Paul sitzt?«, fragte Arthur.

Sir Julian wandte sich nach rechts. »Rebecca Pankhurst. Sie arbeitet eng mit William zusammen und wurde kürzlich zum Detective Sergeant befördert.«

»Es kann nicht leicht sein für jemanden mit einem solchen Namen.«

»William hat mir gesagt, dass sie genauso beeindruckend ist wie ihre engagierte Vorfahrin und dass sie regelmäßig den Rest des Teams überstrahlt, ihn eingeschlossen.«

»Ich bin ein Idiot«, sagte Paul.

»Das kann kaum als Geheiminformation gelten«, neckte Rebecca ihn.

»Ich war entschlossen, heute fünfzig Punkte zu holen, den Chef zu beeindrucken und uns eine gute Chance auf den Sieg zu verschaffen.«

»Vielleicht hättest du mehr Zeit auf dem Übungsplatz verbringen sollen und weniger damit, dich mit Christina Faulkner zu unterhalten.«

»Touché. Obwohl ich glaube, dass ich eine Chance habe.«

»Bei ihr haben sogar die Unparteiischen eine Chance«, sagte Rebecca verächtlich, und Paul sah plötzlich noch hoffnungsvoller aus. »Wie ich höre, hast du die letzte Woche mit den Personenschützern der Premierministerin verbracht«, fügte sie hinzu. Offensichtlich wollte sie das Thema wechseln.

»Ja. Da Colin Brooks jetzt in Buckingham Gate die Royalty Protection leitet, hat der Superintendent mich gebeten, ein Auge auf den Neuen zu werfen, der inzwischen seine frühere Stelle hat.«

»Taugt er etwas?«

»Er hat sich ganz gut gemacht, bis ein vorbeifahrendes Auto eine Fehlzündung hatte, als die Premierministerin an einem Samstagmorgen zu Fuß in ihrem Wahlkreis unterwegs war. Ihre beiden Personenschützer packten die Eiserne Lady, warfen sie nahezu auf die Rückbank ihres Autos und rasten davon.«

»Aber ist das nicht die Standardprozedur, wenn ein Personenschützer den Eindruck hat, dass seinem Schutzbefohlenen irgendeine Gefahr drohen könnte?«

»Ja, aber sie ließen Denis Thatcher verloren auf dem Bürgersteig zurück.«

Rebecca brach in schallendes Gelächter aus.

»Ich habe mich bei ihm entschuldigt. Doch er meinte, ich solle mir keine Sorgen machen, denn das sei nicht das erste Mal gewesen, dass so etwas vorkam. Und er nahm an, es würde auch nicht das letzte Mal sein. Verdammt«, sagte Paul, als ein weiteres Wicket fiel. »Es sieht im Augenblick nicht gut für uns aus. Als Nächster ist der Superintendent an der Reihe, und da er in seiner Jugend Kurzbahnen gelaufen ist, wird er wahrscheinlich von Ross davonziehen, der unsere einzige Hoffnung darstellt. Schließe die Augen und bete.«

»So wie du, als du an der Linie gestanden bist?«

Paul ließ sich in seinen Liegestuhl zurücksinken und sah nach links. Er bemerkte, dass Christina ihm zulächelte.

»Paul kannst du vergessen«, sagte Beth, die Christinas Blick gefolgt war. »Das ist streng verbotenes Territorium.«

»Warum? Er sieht doch ziemlich süß aus.«

»Das mag schon sein. Aber solange du als Starzeugin im Prozess gegen deinen Ex-Mann vorgesehen bist, wird er es nicht riskieren, mit dir gesehen zu werden, solange ein anderer Polizist in der Nähe ist.«

»Kann ich mir dann den anderen Inspector aussuchen?«, fragte Christina, als Ross seinen Schläger hoch in die Luft reckte, um dem Publikum für den Applaus angesichts seines Half-Century zu danken.

»Ich dachte, du hättest bereits einen Freund.«

»Mein letzter erreicht in Kürze sein Verfallsdatum«, seufzte Christina. »Deshalb muss ich jemand Neuen finden, der mich ablenkt, bis der Prozess vorüber ist.«

»Wie wäre es mit Hans Holbein?«

»Ich kann nicht behaupten, dass ich ihm jemals begegnet bin.«

»Das ist kaum überraschend, denn er ist seit über vierhundert Jahren tot. Aber sei's drum. Er spielt in einer ganz anderen Liga als du, sonst hätte ich ihn dir schon früher vorgestellt.«

»Entgeht mir da gerade etwas?«

»Nicht wenn du zwölf Millionen übrig hast, denn mir

wurde kürzlich ein Holbein-Porträt von Heinrich dem Achten angeboten. Um genau zu sein, es wurde dem Fitzmolean angeboten. Aber der Umschlag war als persönlich und vertraulich gekennzeichnet, weshalb meine ehemalige Sekretärin ihn mir geschickt hat.«

»Ich finde das faszinierend«, sagte Christina und stellte ihr Champagnerglas ab.

»Der Brief stammt von einem gewissen Mr. Rosen, einem Herrn aus Holland, der in Amsterdam lebt. Die Ironie besteht darin, dass dieser Mann sich eigentlich an Miles hätte wenden sollen. Denn Miles hat noch keinen Holbein in seiner Sammlung, besitzt allerdings, soweit ich weiß, zwölf Millionen Pfund.«

»Hattest du schon jemals zuvor Kontakt zu diesem Mr. Rosen?«

»Nein, aber was das Bild so ungewöhnlich macht, ist die Tatsache, dass an der Rückseite des Eichenbretts, worauf das Porträt gemalt wurde, ein handgeschriebener Brief von Holbein selbst befestigt ist. Der Brief ist an einen Dr. Rosen gerichtet, der anscheinend kurz vor Holbeins Tod dessen Arzt war. Das ist auch der Grund, warum wir, so glaube ich, annehmen dürfen, dass der Verkäufer das Bild geerbt hat und jetzt gezwungen ist, sich von ihm zu trennen.«

»Gezwungen ist?«

»Tod, Scheidung oder Schulden. Eine Ausprägung dieser unheiligen Dreifaltigkeit ist üblicherweise der Grund, warum ein so bedeutendes Gemälde auf den Markt kommt.«

»Und sind zwölf Millionen ein fairer Preis?«, fragte Christina in lässigem Ton.

»Im freien Verkauf könnte man dafür bis zu fünfzehn Millionen bekommen. Aber vielleicht möchte Mr. Rosen nicht die ganze Welt wissen lassen, dass er sich von einem Familienerbstück trennen muss, weshalb er es nicht Christie's oder Sotheby's anbietet. Was natürlich alles keine Rolle spielt, denn ich habe den Brief inzwischen an das Fitzmolean zurückgeschickt. Die Damen und Herren in dem für die Einkäufe zuständigen Komitee werden Stunden damit verbringen, über die Möglichkeiten zu diskutieren, wie sie das Geld aufbringen können, um das Bild zu kaufen, bevor sie am Ende zu dem Schluss kommen werden, dass es nicht zu schaffen ist. Es könnte sogar sein, dass man sich an dich wendet und dich um eine Spende bittet.«

»Nach dem, wie sie dich behandelt haben, können sie lange darauf hoffen«, sagte Christina, als sie sich noch einmal zur Seite wandte und in Pauls Richtung sah. Doch sie war bereits mit etwas beschäftigt, das sie noch mehr genoss als Sex: Geld.

»William hat sein Bestes getan, um sich zu behaupten«, sagte Sir Julian, »und es Ross überlassen, dafür zu sorgen, dass es auf der Punktetafel weiterhin ganz gut läuft.«

»Es wird trotzdem ein Kopf-an-Kopf-Rennen werden«, sagte Arthur, nachdem er einen Blick auf die Tafel geworfen hatte. »Wir brauchen weitere dreiunddreißig Punkte und haben nur noch fünf Durchgänge zu je sechs Würfen.«

»Dann müssen die beiden bis zum Ende des Spiels dabeibleiben, wenn wir überhaupt noch eine Aussicht auf den Sieg haben wollen«, sagte Sir Julian, als William den Ball hoch in die Luft schlug. Alle Anwesenden folgten der Flugbahn, als ein Feldspieler vom Spielfeldrand lossprintete und mit einem gestreckten Sprung den Ball mit einer Hand auffing, bevor er zu Boden stürzte.

»Der Fluch des Kommentators«, sagte Arthur reuevoll, als William seinen Schläger hob, um seine Anerkennung für diese Leistung zu zeigen, bevor er die Schlagzone verließ. Dieses Detail im Gesamtablauf hätte er nicht besser planen können. Unter großem Beifall kehrte er in das Besucherzelt zurück, legte seine Schienbeinschoner ab und trat zu dem Commander.

»Vielleicht wäre es besser gewesen, wenn Sie noch für ein paar Würfe geblieben wären«, sagte Hawksby. »Sie haben Ihre Mannschaft verlassen, obwohl Ihre Leute noch immer dreizehn Punkte brauchen und nur wenige Durchgänge haben.«

»Sie wollten noch etwas mit mir besprechen, Sir.«

»In der Tat. Miles Faulkner hat Kontakt aufgenommen.«

Rasch wechselte William hinüber in seine andere Welt. »Damit meinen Sie wohl Booth Watson.«

»Nein. Und das ist das Seltsame daran«, sagte Hawksby. »Als Faulkner heute Mittag nach der Unterhaltung mit einem Besucher in seine Zelle zurückgekehrt ist, hat er zur Galerie aufgesehen und zweien unserer Lippenleser eine eindeutige Nachricht zukommen lassen.«

»Und wie lautete die Nachricht?«

»›Ich muss dringend mit Superintendent Warwick sprechen.‹«

»Der hat Nerven.«

»Sehe ich genauso«, sagte Hawksby. »Doch wenn Sie sich weigern, ihn zu treffen, und es stellt sich später heraus, dass die Information ein schweres Verbrechen hätte verhindern können, hätte Booth Watson nur noch mehr Munition, die er auf die Geschworenen abfeuern kann, wenn dieser Fall vor Gericht kommt.«

»Aber wenn er sich schuldig bekennt«, sagte William, »gibt es keinen Prozess.«

»Es sei denn, er hat seine Meinung inzwischen geändert und möchte einen Deal eingehen.«

»Wer hat ihn heute besucht?«, lautete Williams nächste Frage.

»Lamont.«

»Warum hat Faulkner dann nicht *ihn* beauftragt, die Nachricht zu überbringen?«

»Das habe ich mich auch schon ein Dutzend Mal gefragt und bin zu dem Schluss gekommen, dass Faulkner ihm wohl einfach nicht vertraut.«

»Nun, dann haben wir ja etwas, worauf wir uns einigen können«, sagte William. »Aber warum war Faulkner dann überhaupt bereit, mit ihm zu sprechen?«

»Das Einzige, was die Lippenleser erkennen konnten«, antwortete Hawksby, »war ›Kunstsammlung‹, ›Lee‹, ›Bankdirektor‹ und ›Booth Watson‹.«

»Ich glaube, es wird DS Pankhurst Spaß machen, den Faden zu finden, der diese Wörter verbindet«, sagte William. »Aber das erklärt immer noch nicht, warum Faulkner nicht einen der üblichen Kanäle benutzt und Booth Watson gebeten hat, die Nachricht zu überbringen, wenn es so dringend ist.«

»Vielleicht traut er ihm inzwischen auch nicht mehr.«

»Sie könnten recht haben«, sagte William. »Ich habe nie verstanden, warum ausgerechnet Miles Faulkner so schnell nachgegeben und sich gegen wenige Jahre Strafnachlass bereit erklärt hat, der Vereinbarung zuzustimmen, wo es doch so viel gab, mit dem er auf uns hätte feuern können.«

»Nur Booth Watson kennt die Antwort darauf«, sagte

Hawksby, »und manchmal weiß seine rechte Hand nicht, was seine linke vorhat.«

»Und das bei dem Theater, das Faulkner veranstaltet hat, als wir ihn aus Spanien zurück ins Land gebracht haben«, sagte William. »Ich warte schon die ganze Zeit darauf, dass Booth Watson uns ganz andere Sachen an den Kopf wirft als nur ein paar Lappalien wie bisher.«

»Weshalb ich vermute«, sagte Hawksby, »dass die Dinge, die Faulkner so dringend besprechen will, nichts mit seinem Prozess zu tun haben. Offen gestanden gibt es nur eine Möglichkeit, wenn wir herausfinden wollen, worum es sich handelt.«

William sah zum Spielfeld hinüber und versuchte, zwei Probleme gleichzeitig im Blick zu behalten.

»Wenn Sie beschließen, ihn aufzusuchen«, fuhr Hawksby fort, »sollten Sie jemanden mitnehmen, damit Sie jedes Wort festhalten können, das er sagt. Denn ich würde diesem Mann noch immer nicht über den Weg trauen.«

»Und trotz allem glauben Sie, dass es das Risiko wert ist?«

»Ich vermute, wir haben keine andere Wahl, Superintendent«, sagte Hawksby, als ein Zuschauer in Hörweite schlenderte. »Das wird eine knappe Kiste«, fügte er hinzu, womit er das Offensichtliche aussprach.

William sah zur Punktetafel und versuchte, sich auf das Spiel zu konzentrieren. Der Kapitän der gegnerischen Mannschaft warf dem Bowler, der Paul nach der ersten Wurfserie enttäuscht vom Feld geschickt hatte, den Ball zu.

»Noch acht Runs aus der letzten Serie«, sagte Hawksby nachdenklich. »Das sollte mit Ross an der Linie kein Problem sein.«

Die beiden richteten ihre Aufmerksamkeit auf das, was

auf dem Spielfeld vor sich ging, wo sich der Bowler mit einem giftigen Blick bereit machte, den ersten Ball der letzten Serie zu werfen.

Ross lehnte sich zurück, traf den versuchten Yorker und machte zwei Stationen gut, riskierte aber keine dritte, denn er wollte den Schlag nicht gefährden. Er wehrte die nächsten beiden Würfe ab, wodurch noch immer sechs Runs aus den letzten drei Bällen erzielt werden mussten.

»Das sollte nicht allzu schwierig sein«, erklärte Hawksby zuversichtlich.

William äußerte sich nicht dazu.

Der nächste Wurf war ungültig, und Ross schlug den Ball an den Spielfeldrand, wodurch die letzten beiden Würfe des Spiels noch zwei Runs einbringen mussten. Energisch polierte der Bowler den Ball an seiner von roten Flecken übersäten Flanellhose, nahm erneut Anlauf und warf einen Aufsetzer, der über Ross' Schulter flog, sodass mit dem letzten Ball noch immer zwei Runs erzielt werden mussten.

Schweigen senkte sich über die Menge, als der Werfer den Ball ein letztes Mal polierte, bevor er erneut mit drohender Miene auf das Wicket zuschritt. Ross schien von einem geschickt angetäuschten langsamen Ball überrascht zu werden. Er trat nach vorn, ließ sich von der Flugbahn verwirren, drehte sich um und schob hektisch seinen Fuß zurück auf die Linie, als der Wicket-Keeper, der einen Hinweis auf die Absichten des Werfers bekommen hatte, zu den Stäben trat, die Querhölzer beiseitewischte und so laut er nur konnte rief: »Wie war das!«

Jeder auf dem Spielfeld wandte sich dem Unparteiischen zu, der darüber zu entscheiden hatte, ob der Ball aus war, falls das vor dem Mal stehende Bein des Spielers von dem

Wurf getroffen worden war. Nach mehreren quälenden Augenblicken, die er benötigte, um zu einer Entscheidung zu gelangen, hob er seinen Zeigefinger hoch in die Luft, was von den Spielern der Royalty Protection und ihren Anhängern mit lautem Jubel begrüßt wurde, die sofort aufsprangen und den Sieg ihrer Mannschaft mit einem einzigen Run Vorsprung zu feiern begannen.

»Es passt so gar nicht zu DI Hogan, dass er sich in einem so entscheidenden Moment einen solchen Fehler erlaubt«, bemerkte Hawksby, als Ross sich mit gesenktem Kopf vom Schlachtfeld zurückzog.

»Das hat er auch nicht«, sagte William leise. »Er hat nur eine Anweisung ausgeführt.«

Der Commander starrte William eine Zeit lang an und sagte schließlich: »Ich glaube, Superintendent, Sie sind um kein bisschen weniger gerissen als Ihr hochverehrter Herr Vater.«

»Das ist das größte Kompliment, das Sie mir jemals gemacht haben, Sir«, erwiderte William und ging auf das Spielfeld. »Gut gespielt, Colin«, sagte er und schüttelte dem Kapitän der gegnerischen Mannschaft die Hand. »Ein wohlverdienter Sieg.«

»Kein bisschen weniger gerissen als Ihr Vater«, wiederholte der Commander, als er sich zu Sir Julian umwandte, der leise applaudierte.

25

»Schön, Sie wiederzusehen, Mrs. Faulkner«, sagte Johnny van Haeften, als Christina seine Galerie in der Duke Street betrat.

Christina war beeindruckt davon, dass van Haeften sich an sie erinnerte, obwohl sie ihn nur wenige Male getroffen hatte, wenn sie zusammen mit Miles zu gut besuchten Galerieeröffnungen gegangen war.

»Können Sie mir irgendetwas über ein verschwundenes Holbein-Porträt von Heinrich dem Achten erzählen?«, fragte sie, um gleich zum Thema zu kommen.

»Hans Holbein der Jüngere«, sagte van Haeften, »hat den König bei drei Gelegenheiten gemalt. Das früheste Porträt ist in der Walker Gallery in Liverpool ausgestellt. Das zweite wurde unglücklicherweise bei einem Brand im Jahr 1698 zerstört, und das dritte befindet sich in privater Hand und konnte von der Öffentlichkeit zum letzten Mal betrachtet werden, als es 1873 in der alten Stuttgarter Staatsgalerie ausgestellt wurde.«

»Wenn es auf den Markt kommen würde, wie viel würde es Ihrer Meinung nach einbringen?«, fragte Christina, die sich dabei wie eine Gebrauchtwagenhändlerin anhörte.

»Es ist schwierig, eine genaue Schätzung für ein Bild von so großer historischer Bedeutung abzugeben, aber mit Sicherheit zwölf Millionen, wahrscheinlich sogar fünfzehn, wenn man an den momentan überhitzten Markt denkt. Wie Sie wissen, Mrs. Faulkner, sucht Ihr Ex-Mann bereits seit mehreren Jahren einen Holbein.«

Sie wusste es nicht, doch sie war erfreut, es zu hören.

»Er hat mir einmal gesagt, er betrachte es als klaffende Lücke in seiner Sammlung von Renaissancewerken, die er füllen wolle, falls jemals so ein Bild angeboten würde.«

»Wie interessant«, sagte Christina und warf einen Blick auf ihre Uhr. »Entschuldigen Sie, aber ich habe einen Lunchtermin. Ich muss los.«

Sie wollte gerade gehen, als van Haeften sagte: »Grüßen Sie Ihren Mann recht herzlich von mir, wenn Sie ihn das nächste Mal sehen.«

»Das werde ich mit Sicherheit tun«, sagte Christina und fügte fast unhörbar hinzu: »Wenn ich ihn das nächste Mal sehe.«

Sie verließ die Galerie und schlug den Weg zum Ritz ein. Sie bemerkte nicht, dass ein Mann in einer Türöffnung in der St. James's Street stand, obwohl sie direkt an ihm vorbeiging.

»Wie geht es Ihnen, Constable?«, fragte der Gefängnisdirektor.

»Mir geht es gut. Danke, Sir«, sagte William und ignorierte die ironische Degradierung.

»Besteht nach so vielen Jahren irgendeine Chance, dass Sie mich Richard nennen?«

»Nicht die geringste, Sir.«

»Ich bin nicht überrascht. Schließlich war Ihr Verhalten schon immer alte Schule, auch als Sie noch kurze Hosen getragen haben.«

Rebecca lachte und wirkte dann verlegen.

»Und wer sind Sie?«, fragte der Direktor und musterte sie.

»Detective Sergeant Pankhurst, Sir.«

»Um sie brauchen Sie sich keine Sorgen zu machen«, sagte William. »Sie ist noch mehr alte Schule.«

»Schön zu hören. Aber Sie sollten wissen, dass Ihre hochgeschätzte Vorfahrin ein paar Wochen hier verbracht hat. Vor meiner Zeit natürlich.«

»Knapp«, flüsterte William Rebecca zu.

»Bei unserer letzten Begegnung«, fuhr der Direktor fort, »wollten Sie etwas über eine junge Frau wissen, die ihren Vater in Pentonville besucht hat, als ich dort stellvertretender Direktor war, wenn ich mich recht erinnere.«

»Sie haben ein gutes Gedächtnis«, sagte William und ging auf das Spiel ein.

Rebecca sah verwirrt aus.

»Der Vater der jungen Dame, ein gewisser Mr. Rainsford, war in Untersuchungshaft und wartete auf seinen Prozess wegen Mordes, aber Ihr brillanter Vater hat dafür gesorgt, dass er freikam. Es muss einer seiner leichteren Fälle gewesen sein, da sogar Rainsfords Zellengenossen wussten, dass er unschuldig war.«

»So hat es sich damals nicht angefühlt«, sagte William.

»Korrigieren Sie mich, wenn ich mich irre, aber ist nicht alles damit ausgegangen, dass Sie die fragliche Dame geheiratet haben?«

»Das habe ich in der Tat, Sir. Wir haben zwei Kinder, na ja, eigentlich drei. Die Zwillinge Artemisia und Peter und …«

»Josephine junior«, sagte der Direktor. »Ross Hogans Tochter. Ein Mann, den ich sehr bewundere und der, wie

Sie wissen, eine Zeit lang in Pentonville als verdeckter Ermittler gearbeitet hat, wodurch es möglich wurde, Rashidis Drogengeschäften ein Ende zu bereiten. Ich glaube, dass Hogan zu jener Zeit auch in Kontakt mit Miles Faulkner gekommen ist, als dieser zum ersten Mal in der Gefängnisbibliothek gearbeitet hat. Verraten Sie Faulkner nichts, aber ich bin froh, ihn wieder hier zu haben, denn die Bibliothek wurde nie zuvor so effektiv geführt.«

»Es ist sehr freundlich von Ihnen, dass Sie so kurzfristig ein Gespräch mit Faulkner arrangieren konnten«, sagte William.

»Jack Hawksby hat mich heute Morgen angerufen und mich vollständig informiert. Ich werde Sie in die Bibliothek bringen – über die ›verbotene‹ Route, dann ist es weniger wahrscheinlich, dass einer der anderen Häftlinge Sie sieht und die Gerüchteküche ihren Betrieb aufnimmt.«

Ohne ein weiteres Wort zu verlieren, führte der Direktor sie aus seinem Büro durch einen langen, öden Korridor auf einen verlassenen Innenhof, der auf allen Seiten von hohen Betonwänden umgeben war, die von Stacheldraht gekrönt wurden. Sie überquerten den Hof und gingen auf ein isoliertes Backsteingebäude zu, das an der Tür ein Schild mit der Aufschrift »BIBLIOTHEK« trug. Der Direktor betrat das Gebäude, gefolgt von William und Rebecca.

Miles Faulkners Anblick überraschte William. Ein blauweiß gestreiftes Hemd mit offenem Kragen, abgewetzte Jeans und Turnschuhe waren an die Stelle seiner handgenähten Anzüge, seiner Seidenkrawatten und der schwarzen, glänzend polierten Lederschuhe getreten, die William ihn üblicherweise hatte tragen sehen. Außerdem hatte er ein paar Pfund zugenommen.

Faulkner legte das Buch beiseite, in dem er gerade gelesen hatte, stand auf und sagte: »Guten Morgen, Herr Direktor.«

»Guten Morgen, Faulkner. Ich muss Sie warnen: Es wäre keine gute Idee, meinem alten Freund Superintendent Warwick irgendwelche Schwierigkeiten zu machen. Sollten Sie es trotzdem tun, werde ich mich nach einem neuen Bibliothekar umsehen. Ist das klar?«

»Glasklar, Herr Direktor.«

»Gut. Dann erledigen Sie beide, was auch immer Sie zu erledigen haben«, sagte er und ging.

»Bitte setzen Sie sich, Superintendent«, sagte Faulkner. »Ich habe gerade eine Kanne Tee aufgesetzt. Wenn sich jemand von Ihnen mir also anschließen möchte, nur zu. Es ist nicht gerade ein Silberservice, aber es ist Earl Grey.«

»Nein danke«, sagte William, als er und Rebecca auf den beiden einzigen bequemen Stühlen Platz nahmen. »DS Pankhurst ist als Beobachterin hier und wird alles wörtlich mitschreiben für den Fall, dass Sie …«

»Ich bin mir der Regeln dieses besonderen Spiels durchaus bewusst«, unterbrach Faulkner ihn, als Rebecca ihr Notizbuch aufschlug und zu schreiben begann. »Ich darf weder über meinen Fall noch über irgendetwas anderes sprechen, das damit in Zusammenhang steht, wenn ich mich korrekt an die Worte des Direktors erinnere. Sollte ich diese Vereinbarung brechen, werde ich, worauf der Direktor gerade hingewiesen hat, nicht nur meinen Job hier verlieren, sondern auch angeklagt werden, die Zeit der Polizei verschwendet zu haben.«

Rebecca schrieb mit, aber William äußerte sich nicht dazu.

»Ich bin bereits seit etwas mehr als neun Monaten hier«, sagte Faulkner und setzte sich vor die beiden auf einen Hocker. »Weshalb es Sie nicht überraschen wird, dass ich ein Netzwerk aufgebaut habe, mit dessen Hilfe ich mehr darüber erfahre, was in diesem Gefängnis vor sich geht, als Ihr Freund, der Direktor.«

Rebecca schlug eine Seite in ihrem Notizbuch um.

»Deshalb basiert das, was ich Ihnen jetzt erzählen werde, auf Fakten, nicht auf Vermutungen.« Faulkner hielt inne und trank einen Schluck Tee. »Einer meiner engsten Mitarbeiter, ein Häftling namens Tareq Omar, putzt die Zellen von Block A im ersten Stock, wo im Augenblick Mansour Khalifah einsitzt.«

William schnitt eine Grimasse, als Khalifahs Name fiel, schwieg jedoch wie zuvor.

»Ein widerliches Stück Scheiße, das ich liebend gerne die nächste Toilette hinunterspülen würde«, sagte Faulkner. »Entschuldigen Sie meine Ausdrucksweise, Miss.«

Etwas, das Rebecca nicht notierte.

»Seit Khalifah hier eingetroffen ist, habe ich ihn genau im Auge behalten. Was nicht einfach war, denn er ist nicht unbedingt der gesellige Typ. Er hat sein eigenes Netzwerk aus Anhängern, die als die ›Wahren Gläubigen‹ bekannt sind und sich um alle seine Bedürfnisse kümmern. Er liest nichts anderes als die *Financial Times* und den *Playboy* und hat bisher noch keinen Bibliotheksausweis beantragt.«

William hörte auch weiterhin nur zu.

»Tareq Omar jedoch«, fuhr Faulkner fort, »ist kein wahrer Gläubiger, denn Mansour Khalifah war verantwortlich für den Tod seines Bruders. Was auch der Grund dafür ist, warum ich dafür gesorgt habe, dass er genau in jenem

Gefängnisflügel als Reinigungskraft arbeitet. Im Laufe der letzten Monate hat er sich bei Khalifah eingeschmeichelt, indem er ihn mit Pornos und einer bestimmten Sorte Datteln versorgt hat, die man nur bei Harrods besorgen kann. Seit Kurzem vertraut Khalifah Omar sogar noch mehr, und gelegentlich ist es ihm erlaubt, Khalifahs Zelle zu bewachen, während er betet. Trotzdem hat es einige Zeit gedauert, bis er mir etwas Brauchbares liefern konnte.«

Faulkner erhob sich von seinem Hocker, ging zur Ausleihtheke und nahm eine braune Akte aus einem der Fächer darunter. Er setzte sich wieder, zog eine Hochglanzbroschüre aus der Akte und reichte sie William.

William musterte die vier Seiten von vorne bis hinten, schwieg aber noch immer, denn er wartete auf eine Erklärung.

»Wie Sie sehen können, Superintendent, ist das ein Buchungsformular für die diesjährigen Promenadenkonzerte in der Royal Albert Hall. Omar hat es in Khalifahs Mülleimer gefunden, als er dessen Zelle sauber gemacht hat. Er durchsucht den Inhalt des Mülleimers jeden Morgen, doch das war das erste Mal, dass er etwas gefunden hat, von dem er annehmen konnte, dass es mich interessiert.«

»Sie haben ein bestimmtes Datum unterstrichen«, sagte William und schlug die letzte Seite der Broschüre auf.

»Nicht ich habe das getan. Es war bereits unterstrichen, als Omar mir die Broschüre gegeben hat.«

»Ist er an irgendwelche weiteren Informationen gekommen?«, fragte William.

»Bruchstücke von Unterhaltungen, die er auf seinen Reinigungsrunden aufgeschnappt hat, deuten darauf hin, dass Khalifah beim Abschlusskonzert etwas Großes vorhat. Und er hat noch etwas gehört, nämlich die Worte ›Land of Hope‹ …«

»… ›and Glory‹«, sagte William. »Aber in der Albert Hall eine Bombe zu platzieren, wäre so gut wie unmöglich. Das ganze Gebäude wird am Morgen vor jedem Konzert von einer Spezialeinheit mit Spürhunden untersucht.«

»Weshalb Omar davon überzeugt ist, dass Khalifah einen Selbstmordattentäter für diesen Auftrag einsetzen wird. Jemand, der bereits ins Land geschleust wurde und nur noch auf den Befehl wartet, um aktiv zu werden. Aber ich war noch immer nicht der Ansicht, dass dies ausreichen würde, um Ihr Interesse zu wecken, Superintendent. Bis ich vor ein paar Tagen einen Glückstreffer landen konnte – worauf auch Sie gelegentlich genauso sehr vertrauen wie ich.«

William beugte sich vor.

»Ein bekannter Schwarzmarkthändler hat einem höchst merkwürdigen Kunden eine einzelne Eintrittskarte für das Abschlusskonzert verkauft, für die dieser einen viel zu hohen Preis bezahlt hat. Zunächst hat er nicht weiter darüber nachgedacht, doch später ließ es ihm keine Ruhe mehr.«

»Warum hat er sich dann nicht bei der Polizei gemeldet?«, fragte William.

»Schwarzmarkthändler machen keine Werbung, Superintendent, und wenn sie einen Polizisten sehen, neigen sie dazu, sich rar zu machen.«

»Ich vermute, Sie kennen den Namen des Kunden nicht?«

»Schwarzmarkthändler machen Geschäfte nur gegen bar und stellen keine Fragen«, erwiderte Faulkner. »Aber er hat den Mann als jung, klein, schlank und aus dem Nahen Osten stammend beschrieben. Was den Schwarzmarkthändler verwirrt hat und ihn später misstrauisch machte, war die Tatsache, dass der Mann kaum Englisch sprach und die Veranstaltung ständig die Last Night of the *Poms* nannte. Er hat eindeutig nicht die Absicht, die Büste von Sir Henry Wood mit einer Blumengirlande zu schmücken.«

»Dann haben wir also nur noch einhunderttausend Kandidaten, die in die engere Wahl kommen«, sagte William.

»Aber ich weiß, dass Sie bei Scotland Yard eine Einheit haben, deren einzige Aufgabe darin besteht, ein Auge auf sämtliche Personen mit terroristischen Verbindungen zu haben. Und machen wir uns nichts vor, Superintendent. Sie haben jetzt einen großen Vorteil. Sie wissen genau, wo und wann er den Bombenanschlag ausführen will.«

»Vielleicht«, sagte William und schob die Broschüre in eine Innentasche seines Jacketts. »Falls sich Ihre Informationen als zutreffend erweisen, können Sie sich darauf verlassen, dass ich Mr. Booth Watson persönlich über den wertvollen Beitrag informiere, den Sie dabei geleistet haben, einen gravierenden terroristischen Angriff zu verhindern, und dass ich ihm empfehle, diese Angelegenheit gegenüber Ihrem Richter zur Sprache zu bringen, bevor dieser Ihr Urteil verkündet.«

»Das ist das Letzte, was ich von Ihnen wollen würde«, sagte Faulkner, womit er William ein weiteres Mal überraschte. »Aber wenn meine Informationen sich als stichhaltig erweisen, wird die nächste Person, die ich sprechen möchte, nicht Booth Watson sein, sondern Ihr Vater, denn ich habe ihm etwas noch Bedeutenderes anzubieten.«

William wusste nicht, wie er angemessen darauf antworten sollte. »Ich kann nichts versprechen, aber ich werde Ihre Nachricht an ihn weiterleiten«, sagte er schließlich, während Rebecca weiterhin jedes Wort mitschrieb. »Gibt es noch etwas, das Sie mir sagen möchten, bevor wir gehen?«

»Nein, doch Sie können sicher sein, dass ich mir in meiner Zelle das Abschlusskonzert im Fernsehen ansehen werde, Superintendent. Ich kann nicht anders, ich muss jedes Mal in den Chor mit einstimmen, wenn er ›Land of Hope and Glory‹ singt.«

Jetzt war es an William, Faulkner zu überraschen. »Welches Buch haben Sie gelesen, als wir hereinkamen?«

»*Ungeduld des Herzens*, von Stefan Zweig. Sind Sie vertraut mit seinem Werk?«

»Könnte ich nicht behaupten«, sagte William.

»Ich kann den Autor nur empfehlen. Wenn man den ganzen Tag hier festsitzt«, sagte Faulkner mit einem Blick auf die reich bestückten Regale, »liest man eine ganze Menge. Normalerweise ist ein Kapitel mehr als genug für mich. Aber das war, bevor ich auf Zweig gestoßen bin, dem es immer wieder gelingt, mich für viele Stunden von diesem Ort zu entführen. Es ist so ziemlich das einzig Gute, das ich erlebt habe, seit Sie mich aus Spanien hierhergeschleppt haben.«

»Es sei denn, es sollte sich erweisen, dass Sie einen Terrorangriff zum Scheitern gebracht und zahllosen Unschuldigen das Leben gerettet haben«, sagte William, als Rebecca ihr Notizbuch schloss.

»Dürfte ich Ihnen einen Rat geben, Superintendent, bevor Sie gehen?«

Rasch schlug Rebecca ihr Notizbuch wieder auf und griff nach ihrem Stift.

»Bitte sagen Sie Ihrer Frau, dass sie Christina unter keinen Umständen trauen soll.«

Endlich hatte William etwas gefunden, worin er und Miles Faulkner sich einig waren. Doch Rebecca schloss ihr Notizbuch, und die beiden gingen, ohne dass er sich dazu äußerte. Sobald die Tür hinter ihnen geschlossen war, wandte er sich Rebecca zu und fragte: »Wie viel davon haben Sie ihm geglaubt?«

»Jedes Wort. Nicht zuletzt deshalb, weil es ihm nichts bringen würde, Sie zum Narren zu halten. Und wenn sich seine Informationen wirklich als zuverlässig erweisen sollten, wird der Richter gar nicht anders können, als sie bei seinem Urteil mit einzubeziehen. Ich bin mir jedoch nicht sicher, ob Mansour Khalifah oder Tareq Omar – oder beide gemeinsam – Faulkner zum Narren halten.«

»Es gibt nur eine Möglichkeit, um das herauszufinden«, sagte William, als sie durch den verlassenen Hof gingen. »Eines steht jedenfalls fest: Wir können die Bedrohung nicht ignorieren. Als Erstes werde ich Hawksby informieren müssen, wenn wir wieder im Yard sind.«

»Hatte Faulkner irgendetwas Wichtiges zu sagen?«, waren die ersten Worte des Gefängnisdirektors, als sie wieder in sein Büro kamen. »Oder hat er nur Ihre Zeit verschwendet?«

»Ich bin mir nicht sicher«, sagte William. »Aber vorerst halte ich mich an das Prinzip ›Im Zweifel für den Angeklagten‹.«

»Schade. Ich hatte mich schon darauf gefreut, ihn bei Brot und Wasser in Einzelhaft zu stecken.«

»Noch nicht, Sir. Denn wenn sich herausstellen sollte, dass seine Informationen Hand und Fuß haben, könnte es sein, dass wir ihn in absehbarer Zukunft erneut aufsuchen werden.«

»Dann soll es so sein, Superintendent. Und denken Sie

daran, Ihren Commander von mir zu grüßen, da ich ihn am Samstag nicht treffen kann. Wir werden in verschiedenen Kurven im Stadion sitzen, sofern dieser Idiot noch immer für Arsenal ist.«

»Ich werde ihm Ihre besten Wünsche übermitteln, Sir.«

»Zehn Punkte, wenn Sie sich daran erinnern, für welche Mannschaft ich bin, Constable.«

»Tottenham Hotspur.«

»Nicht schlecht, Superintendent. Und Sie?«

»Chelsea, Sir.«

»Ich lasse zu, dass Landstreicher, Gangster und sogar Perverse in mein Gefängnis kommen, aber keine Chelsea-Fans. Übrigens, haben Sie irgendeine Ahnung, wessen Fan Faulkner ist?«

»Sein eigener«, erwiderte William.

Als William an jenem Abend nach Hause kam, war James Buchanan aus den Vereinigten Staaten eingetroffen und saß mit Beth und den Kindern beim Abendessen am Küchentisch.

James sprang auf, schüttelte William die Hand und sagte: »Schön, Sie zu sehen.«

»Und Sie auch«, sagte William und setzte sich. »Die Kinder haben Sie sicher unterhalten.«

»Auf jeden Fall. Ich habe alles über Artemisias neue beste Freundin erfahren, Prinzessin Diana.«

»Die lange oder die kurze Fassung?«, fragte William.

»Ich war etwa halb fertig, als du gekommen bist«, sagte Artemisia, »und wollte James gerade erzählen …«

»James ist sicher nicht nach London gekommen, um über Prinzessin Diana zu sprechen.«

»Warum ist er dann nach London gekommen?«, fragte Artemisia.

»Benimm dich«, sagte Beth. »Denk daran, dass James unser Gast ist, und sprich nicht mit vollem Mund.«

»Es ist eigentlich ganz einfach«, sagte James. »Ich bin gekommen, um deine Mutter in einer heiklen Sache um Rat zu fragen.«

»Dann muss es um Kunst gehen«, sagte Artemisia, »und nicht um Verbrechen.«

»Ein wenig von beidem«, gestand James.

»Gehört Ihnen noch immer eine der größten Schifffahrtslinien der Welt?«, fragte Peter.

»Peter!«, sagte William in verzweifeltem Ton.

»Ich hab doch nur gefragt.«

»Nein, sie gehört mir nicht«, sagte James lächelnd. »Mein Vater ist Vorstandsvorsitzender der Buchanan Shipping Line. Aber ich bin immer noch in Harvard, und wenn ich meinen Abschluss gemacht habe, möchte ich zum FBI gehen.«

»Was ist das FBI?«, meldete sich Jojo zum ersten Mal zu Wort.

»Das Federal Bureau of Investigation. Eine Bundesermittlungsbehörde.«

»Und was ermittelt sie?«, fragte Artemisia, als Sarah in die Küche kam.

»Es ist schon lange Zeit fürs Bett«, erklärte Sarah in festem Ton, woraufhin Artemisia einen Seufzer ausstieß und dann fragte: »Können Sie lesen, James?«

»Ich glaube, du würdest herausfinden, dass das immer noch verlangt wird, wenn man vorhat, nach Harvard zu gehen«, antwortete James.

»Dann können Sie uns ja etwas vorlesen, nachdem Sie Mum gesagt haben, warum Sie wirklich nach London gekommen sind.«

»Raus!«, sagte William nachdrücklich.

James gab sich Mühe, nicht zu lachen. Nachdem man sich allseits eine gute Nacht gewünscht und Artemisia ihrem Vater einen halbherzigen Kuss gegeben hatte, führte Sarah die Kinder aus der Küche.

Als die Tür geschlossen war, sagte Beth: »Mit einer Sache hatte Artemisia recht. Ich möchte unbedingt so schnell wie möglich erfahren, warum Sie mit mir sprechen wollten.«

»Und nicht mit mir«, sagte William, der versuchte, verletzt zu klingen.

James trank seinen Kaffee aus und gestattete sich einen Augenblick, um seine Gedanken zu sammeln.

»Sie erinnern sich zweifellos an meinen verstorbenen Großvater Hamish Buchanan, der die Schifffahrtslinie gegründet hat und der, vorsichtig ausgedrückt, ein unvorhersehbares und kompliziertes Leben führte. Aber erst vor Kurzem habe ich herausgefunden, wie unvorhersehbar und wie kompliziert.«

Beth lehnte sich zurück und hörte aufmerksam zu.

»Es ist mir kürzlich klar geworden«, fuhr James fort, »dass mein Großvater Bigamist war.« Er hielt kurz inne, damit seine Gastgeber die Möglichkeit hatten, diese Enthüllung zu verarbeiten. William verschüttete ein wenig von seinem Kaffee, während Beth sich bemühte, die Fassung zu wahren. »Wie sich herausstellte, hatte er nicht nur eine Ehefrau in New York, meine Großmutter, sondern auch noch eine weitere in London, von der niemand aus meiner Familie etwas wusste.«

Mehrere Fragen schossen William durch den Kopf, doch er schwieg. Er ging davon aus, dass die meisten ohnehin gleich beantwortet würden.

»Meine Großmutter, Gott segne sie, weiß immer noch nichts von dem Doppelleben, das mein Großvater geführt hat. Und mein Vater möchte, dass das auch so bleibt.«

»Verständlich«, sagte William. »Aber wie haben Sie es herausgefunden?«

»So etwas wäre mir nie in den Sinn gekommen, wenn mir ein Londoner Anwalt, der die verstorbene Mrs. Isla Buchanan vertritt, keinen Brief geschickt hätte, in dem er mir von ihrem Tod berichtete und mich darüber informierte, dass sie mich in ihrem Testament als Alleinerben eingesetzt hat.«

»Hatte sie keine eigenen Kinder?«, fragte Beth.

»Das habe ich auch zuerst gefragt. Doch ihr Anwalt hat mir versichert, dass es keine anderen Verwandten gibt, die Ansprüche erheben könnten.«

»Dann vermute ich, dass sie nur dem Wunsch Ihres Großvaters gefolgt ist«, sagte William. »Schließlich wusste jeder, dass Sie sein Lieblingsenkel waren.«

»Und wie passe ich in dieses unerwartete Dreieck?«, fragte Beth.

»Der größte Teil ihres Nachlasses«, fuhr James fort, »besteht aus einem Haus in Onslow Square, das ich bereits zum Verkauf ausgeschrieben habe. Es hat sich jedoch herausgestellt, dass Isla auch Großvaters Leidenschaft für schottische Kunst teilte, denn beide haben Werke von Sir Henry Raeburn, Samuel Peploe, Alan Ramsay und jemandem namens Charles Rennie Macintosh gesammelt.«

»Sprechen Sie diese drei Worte niemals gegenüber einem

Schotten aus, ohne demütig den Kopf zu senken, denn er gehört inzwischen zur Glasgower Folklore.«

James senkte den Kopf und sagte: »Aber wenn ich den Wünschen meines Vaters folgen will, muss ich die vollständige Sammlung auf den Markt bringen, ohne die allgemeine Aufmerksamkeit auf ihre Herkunft zu lenken.«

»Sie möchten kein einziges dieser Werke behalten?«, fragte Beth ungläubig.

»Mein Vater ist nicht bereit, ein solches Risiko einzugehen. Deshalb habe ich mich gefragt, was Sie mir unter diesen Umständen raten würden.«

»Ich würde für den Rest meines Lebens mit ihnen leben«, sagte Beth tief bewegt. »Aber wenn Sie sie verkaufen müssen, können Sie es nicht riskieren, die Bilder über eine Auktion anzubieten. Die Herkunft wäre für jeden sichtbar im Katalog aufgeführt.«

»Und was wäre die Alternative?«

»Sie müssten die Bilder privat verkaufen, und ich fürchte, das könnte eine Zeit lang dauern.«

»Wären Sie bereit, das Haus zu besuchen und die Sammlung für mich anzusehen?«

»Aber natürlich. Ich werde schon morgen mit einem Werkverzeichnis beginnen und Ihnen sagen, wie viel die Bilder meiner Meinung nach wert sind.«

»Ich könnte nicht mehr von Ihnen verlangen«, sagte James. »Doch ich fürchte, jetzt muss ich Sie verlassen.«

Beth hob eine Augenbraue.

»Ich muss Artemisia beweisen, dass ich lesen kann.«

Christina musste Gerald Sloane nur ein weiteres Mal aufsuchen und ihm anbieten, dem Museum erneut ihre jährliche Spende zukommen zu lassen, um von ihm alles zu erfahren, was sie wissen wollte.

»Ihr Besuch hätte zu keinem günstigeren Zeitpunkt kommen können«, säuselte er.

»Warum?«, fragte Christina in unschuldigem Ton.

Nachdem sie ihm alle Informationen über Holbein entlockt hatte, die sie für nötig erachtete, nahm sie ein Blatt aus Beths Notizbuch und dachte sorgfältig darüber nach, was sie Mr. Rosen sagen würde, wenn sie ihn anrief. Es dauerte eine Weile, bis der Hörer am anderen Ende der Leitung abgenommen wurde.

»Thomas Rosen«, sagte eine kultivierte Stimme mit leichtem Akzent.

»Mr. Rosen, mein Name ist Christina Faulkner, und wie ich von meiner guten Freundin Beth Warwick erfahren habe, sind Sie im Besitz eines zum Verkauf stehenden Bildes, an dem ich möglicherweise interessiert sein könnte.«

»Rufen Sie im Namen des Fitzmolean an, Mrs. Faulkner?«

»Ja, in der Tat. Das Museum wünscht jedoch, die Kontaktaufnahme vorerst vertraulich zu behandeln.«

»Verstehe«, sagte Rosen. »Genau wie Sie würden wir nicht wollen, dass der Verkauf allgemein bekannt wird.«

»Sie können sich auf meine Diskretion verlassen«, sagte Christina, die keinesfalls wollte, dass Sloane oder Miles herausfanden, was sie vorhatte.

»Wenn es sich so verhält, Mrs. Faulkner, bin ich gerne bereit, Sie hier in Amsterdam zu einem Besuch zu empfangen, wo Sie sich das Gemälde ansehen könnten.«

»Und die handgeschriebene Notiz, die sich auf der Rückseite des Eichenbretts befindet?«

»Sie sind gut informiert, Mrs. Faulkner, was mich nicht überrascht. Wenn Sie also zu einem Zeitpunkt, der für Sie günstig ist, so freundlich sein wollen, nach Amsterdam zu kommen, wird mein Chauffeur Sie am Flughafen abholen und zu meinem Haus bringen.«

26

Niemand kannte den Beamten, der neben Hawksby saß, persönlich. Doch alle waren sich seines Ansehens bewusst.

Der stellvertretende Commissioner Harry Holbrooke war bei der Met für die Terrorbekämpfung zuständig und trat kaum je in der Öffentlichkeit in Erscheinung. Falls man auf der Straße an ihm vorbeigegangen wäre, hätte man ihm wahrscheinlich keinen zweiten Blick gegönnt und es für unwahrscheinlich gehalten, dass er der Mann war, den die IRA am meisten fürchtete.

Er konnte nicht größer als einen Meter dreiundsiebzig sein und wog um die fünfundsiebzig Kilo. Ein Federgewicht im Boxring, aber ein Schwergewicht, wenn es um K.-o.-Schläge ging.

»Zunächst würde ich gerne«, sagte er mit breitem Yorkshire-Akzent, den er für seine Kollegen aus dem Süden abzumildern versuchte, »Superintendent Warwick bitten, uns einen ausführlichen Bericht über seine Unterhaltung mit Miles Faulkner zu geben, sowie eine Einschätzung der Glaubwürdigkeit seiner Quelle.«

Alle hörten aufmerksam zu, als William beschrieb, wie er und DS Pankhurst den Häftling in Belmarsh aufgesucht hatten. Dazu las Rebecca die wörtlichen Aufzeichnungen aus ihrem Notizbuch vor. Nachdem William geendet hatte, war er sehr an Holbrookes Einschätzung interessiert.

»Als Erstes möchte ich feststellen«, begann der stellvertretende Commissioner, »dass Ihr wichtigster Informant kaum als A1 beschrieben werden kann. Wir teilen unsere Quellen auf einer Skala von A – stets zuverlässig – bis E – bisher noch nicht bewährt – ein. Faulkner ist bestenfalls ein D, unzuverlässig. Was die Reputation angeht, die von 1 – bekanntermaßen ohne Einschränkung ehrlich – bis 5 – möglicherweise unaufrichtig – reicht, schafft er gerade noch eine 4, nicht vertrauenswürdig. Das bedeutet, dass Ihr Mann nicht nur eine D4 ist, sondern gegenwärtig auch eine Haftstrafe wegen Täuschung und Betrug absitzt. Unter normalen Umständen«, fuhr Holbrooke fort, »würde eine solche Quelle einem Beamten niederen Ranges der Abteilung SO13 zugeteilt, und es wäre höchst unwahrscheinlich, dass der Vorgang den Weg bis zu meinem Schreibtisch findet. Ich muss jedoch zugeben, dass man die gegenwärtige Situation nicht als ›normale Umstände‹ bezeichnen kann und es zwei Dinge gibt, die für Faulkner sprechen. Erstens seine unbestrittene Intelligenz. Und zweitens die Frage: Was sollte er denn gewinnen, wenn er uns eine an den Haaren herbeigezogene Geschichte auftischt? Und damit, Commander, würde ich die Diskussion gerne eröffnen«, sagte Holbrooke. »Ich möchte, dass Sie bei dieser Gelegenheit den Advokaten des Teufels spielen, während Ihr Team versucht, mich davon zu überzeugen, dass ich dieser Sache Priorität einräume. Denn im Augenblick klingt das alles wie reine Zeitverschwendung.«

Hawksby nickte. »Dann fangen wir mit Ihnen an, Superintendent.«

»Ich stimme Ihrer Einschätzung des Ansehens der Quelle zu«, sagte William. »Das ist bestenfalls eine D4. Trotzdem glaube ich, dass wir es uns nicht leisten können, die Drohung leichtzunehmen.«

»Wir hatten es in England noch nie mit einem Selbstmordattentäter zu tun«, warf Hawksby ein. »Das wäre das erste Mal.«

»Stimmt«, sagte Holbrooke. »Aber die Franzosen hatten vor ein paar Jahren ein ähnliches Problem auf dem Flughafen Orly und wurden kalt erwischt. Sie sollten nicht vergessen, dass es unsere Pflicht ist, modernen Kriminellen einen Schritt voraus zu sein, statt ihnen nur hinterherzujagen. Einige von uns können sich noch an die Zeit erinnern, in der die Öffentlichkeit darüber entsetzt war, dass uniformierte Polizisten eine Feuerwaffe trugen, was inzwischen als allgemein üblich gilt. Also sollten wir vom Schlimmsten ausgehen und dann schauen, wie wir weitermachen wollen. Wie sehen die Sicherheitsvorkehrungen in der Albert Hall aus?«

»Der übliche Standard«, sagte Paul. »Die einzige Ausnahme sind die Feierlichkeiten zum Remembrance Day im November, bei denen die Queen und weitere Mitglieder der Königsfamilie regelmäßig zu Gast sind. Wenn es jedoch um die Proms geht, werfen die Verantwortlichen kaum einen Blick auf die Eintrittskarte, bevor man sich auf seinen Platz setzen kann. Niemand durchsucht irgendwelche Handtaschen, und die Promenaders werden ohnehin sich selbst überlassen.«

»Promenaders?«, fragte Holbrooke.

»Während der Konzertsaison«, warf Rebecca ein, »werden die sechshundert Sitze im Parkett entfernt, um Platz für achthundert Besucher zu schaffen, die ›Promenaders‹ genannt werden und während der gesamten Veranstaltung stehen. Der Leiter der Buchungsstelle beschreibt sie als bestenfalls exzentrisch und schlimmstenfalls als völlig durchgeknallt. Jeans und zerknitterte T-Shirts sind die Norm, und eine ganze Reihe von ihnen kommt mit Rucksäcken und findet nichts dabei, während der Vorstellung eine Drei-Gänge-Mahlzeit zu essen und mehrere Dosen Bier zu trinken. Einige haben feste Plätze direkt vor der Bühne – und wehe dem, der es wagt, das schon seit ewigen Zeiten beanspruchte Territorium eines anderen zu besetzen. Sogar als die Verwaltung beschlossen hatte, den Preis für die Eintrittskarten zu verdoppeln, um das Niveau zu heben, sind im folgenden Jahr dieselben Leute wieder aufgetaucht und haben dieselben Rituale veranstaltet. Es sind Fanatiker, und es scheint nichts zu geben, was sie von ihrer jährlichen Obsession abbringen kann.«

»Jedenfalls solange kein Selbstmordattentäter auftaucht«, sagte Holbrooke, »der etwas Tödlicheres als ein Sandwich in seinem Rucksack hat und sie vor das Jüngste Gericht bombt, was dafür sorgen würde, wie man für die nächsten hundert Jahre über diese Konzerte spricht. Angesichts dessen habe ich bereits alle Häfen in Alarmbereitschaft versetzt und das MI5 sowie das MI6 angewiesen, Reisende aus Libyen besonders im Auge zu behalten und bekannte Schläferzellen sogar noch mehr zu überwachen. Das SO13 durchleuchtet jeden aus dem Nahen Osten, der auf der Beobachtungsliste unserer Sicherheitskräfte steht, während das Government Communication Headquarter die Überwachung hochgefahren hat. Was können Sie mir noch über die Albert Hall sagen? Fangen wir damit an, wie viele Plätze es gibt.«

»Fast fünfeinhalbtausend«, sagte Jackie, »verteilt auf fünf Ebenen.«

»Ein- und Ausgänge?«

»Zwölf«, sagte Paul. »Aber Eingang Nummer eins wird nur benutzt, wenn ein Mitglied der königlichen Familie die Vorstellung besucht.«

»Wir werden an jenem Abend jeden dieser Eingänge überwachen müssen«, sagte Holbrooke. »Und wie sehr es auch die Promenaders verärgern mag, wir werden ihre Rucksäcke durchsuchen müssen, bevor sie den Saal betreten. Außerdem werde ich ab dem Zeitpunkt, an dem die ersten Lichter angehen, mehr als einhundert Beamte, die eindeutig als Mitarbeiter der Terrorbekämpfung zu erkennen sind, das Gebäude überwachen lassen. Hinzu kommen fast ebenso viele Beamte in Zivil. Falls sich irgendjemand dem Veranstaltungsort mit einem Rucksack nähert, der auch nur ansatzweise verdächtig aussieht, werden wir ihn anhalten, durchsuchen und, sofern das nötig sein sollte, zu einer Befragung in Gewahrsam nehmen. Die Leute können sich später beschweren.«

»Wäre es nicht einfacher, das Konzert abzusagen?«, fragte Jackie.

»Das würde den Terroristen nur den Sauerstoff für ihre Publicity liefern, um Margaret Thatcher zu zitieren. Und wo würde es enden? Wimbledon, die Blumenausstellung in Chelsea, das entscheidende Fußballpokalspiel? Vergessen Sie nicht, dass wir wie Torhüter sind. Wir können mit einhundert brillanten Abwehrreaktionen glänzen, aber die Zuschauer werden sich nur an den einen Schuss erinnern, bei dem wir den Ball nicht mehr erreicht haben. Es ist unsere Aufgabe, die Öffentlichkeit zu schützen, ohne dass diese jemals mitbekommt, was wir vorhaben.«

»Wäre es möglich, dass Faulkner uns alle zum Narren

hält und alles nichts weiter als eine ausgeklügelte Racheaktion ist, um uns vor seinem Prozess auf Trab zu halten?«, fragte Hawksby in seiner Rolle als Advokat des Teufels.

»Möglich, aber unwahrscheinlich«, erwiderte Holbrooke. »Doch sollte es sich tatsächlich so verhalten, werde ich ihn an einem Ort, den niemand kennt, hinter Schloss und Riegel bringen und den Schlüssel wegwerfen. Denn damit würde er viel zu viel meiner wertvollen Zeit und meiner Ressourcen verschwenden, während ich mich auf die IRA konzentrieren sollte.«

»Wie gelangen Sie zu einer Entscheidung bei …«, begann Paul.

»Jeden Tag landen über einhundert Fälle auf meinem Schreibtisch«, sagte Holbrooke. »Die meisten lassen sich mühelos abtun, wie zum Beispiel der Brief, den wir von einer Frau in Surbiton bekommen haben. Sie informiert mich darin, dass die Queen am Freitag zu ihr zum Tee kommen wird, und fragt, ob ich das Haus von meinen Spürhunden durchsuchen lassen würde.«

»Wie traurig«, sagte William. »Wie haben Sie reagiert?«

»Diese Frau schreibt mir drei oder vier Mal im Jahr. Ihr Mann war Polizist, dem das Military Cross verliehen wurde und der im Zweiten Weltkrieg starb. Sie ist also seit fünfzig Jahren Witwe. Einer meiner pensionierten Beamten, der aussieht wie der Duke of Edinburgh, besucht sie einmal im Jahr zum Tee.«

Alle brachen in Gelächter aus.

»Aber dieser Fall hier ist nicht zum Lachen, und uns bleiben nur zwei Wochen, bis der Dirigent seinen Taktstock hebt. Wir müssen also alles in unserer Macht Stehende tun, um eine mögliche Katastrophe zu verhindern. Sie sollten erst gar nicht auf die Idee kommen, dass irgendjemand von Ihnen während der nächsten vierzehn Tage viel Schlaf bekommt. Sie können schon einmal damit anfangen, alle gesellschaftlichen Verpflichtungen abzusagen, die vielleicht auf Sie warten«, sagte Holbrooke und sah sich am Tisch um. »Es sei denn, es geht um Ihre eigene Beerdigung.«

Mr. Rosen hielt Wort, und als Christina die Ankunftshalle im Flughafen Schiphol betrat, entdeckte sie sogleich einen Mann, der ein Schild hochhielt, auf dem »FAULKNER« gedruckt stand.

Sie nahm auf der Rückbank eines BMW Platz und ging noch einmal den Text durch, den sie vorbereitet hatte, wobei sie gar nicht bemerkte, dass sie über einen breiten Kanal mit bunten Booten chauffiert wurde. Ein paar Minuten später hielt das Auto vor einem prächtigen Stadthaus aus dem siebzehnten Jahrhundert. Der Fahrer stieg aus und öffnete ihr die Tür.

Christina trat auf eine mit Kopfsteinen gepflasterte Straße, wo sie von einem älteren Herrn begrüßt wurde, der einen Dreiteiler mit Fischgrätmuster trug und in dessen Brusttasche ein karminrotes Seidentaschentuch steckte. Er stützte sich schwer auf einen Gehstock aus Bruyèreholz, der einen Silberknauf besaß. Sie war erleichtert darüber, dass sie für diese Gelegenheit ein dezentes graues Kleid gewählt hatte, dessen Rock ihr bis weit unter die Knie reichte.

»Willkommen in meinem Zuhause«, sagte Rosen, als er sich vorbeugte und ihr die Hand küsste. »Ich hoffe, Ihre Reise verlief ohne Zwischenfälle.«

»So war es in der Tat, Mr. Rosen«, erwiderte Christina. »Und vielen Dank, dass Sie Ihren Fahrer geschickt haben.«

Ihr Gastgeber ging so langsam voraus, dass Christina genügend Zeit hatte, die eleganten antiken Möbel zu bewundern, darunter einen Schrank voller Meißner Porzellan, was auf einen weit zurückreichenden, ererbten Reichtum schließen ließ. Rosen trat beiseite, sodass sie in den Salon eintreten konnte, wo ein Tablett mit Kaffee und ein Teller Stroopwafels auf einem kleinen ovalen Tisch vorbereitet waren.

Rosen wartete, bis sie Platz genommen hatte, und ließ sich dann auf einem abgewetzten ledergepolsterten Stuhl mit hoher Rückenlehne nieder. Er hatte ihren Stuhl so ausgerichtet, dass ihr Blick, sobald sie sich gesetzt hatte, zuerst auf das exquisite Porträt von Heinrich dem Achten an der Wand direkt gegenüber fiel. Das Bild entsprach nicht ihrem Geschmack, aber sie zweifelte nicht im Geringsten daran, dass Miles es unbedingt würde besitzen wollen.

Christina hörte nur mit halbem Ohr zu, als der alte Mann von einer Reise nach London unmittelbar nach dem Krieg berichtete, während eine Hausangestellte ihnen Kaffee einschenkte. Da sie den Eindruck hatte, er könnte sich vielleicht unwohl fühlen, wenn er Geldangelegenheiten mit einer Fremden besprechen musste, kam sie ihm zu Hilfe.

»Mrs. Warwick hat mir gesagt, Sie rechneten damit, zwölf Millionen für das Bild zu bekommen«, sagte sie.

Der alte Mann wirkte leicht verlegen, brachte schließlich jedoch heraus: »Das war die Zahl, die mein Vater kurz vor seinem Tod mir gegenüber nannte.«

»Ich möchte Ihre Zeit nicht verschwenden, Mr. Rosen, und muss Ihnen deshalb sagen, dass das Fitzmolean aus den Mitteln, die dem Museum üblicherweise zum Erwerb seiner Kunstwerke zur Verfügung stehen, keine zwölf Millionen Pfund aufbringen kann.«

Der alte Mann schien erleichtert und brachte sogar ein mattes Lächeln zustande.

»Ich bin jedoch«, fuhr Christina fort, »im Besitz von zehn Millionen in bar, die sich in einem Schließfach in meiner Bank in London befinden. Sollte diese Summe ausreichen, so kann ich Ihnen versichern, dass das Porträt seinen Weg an die Wände des Fitzmolean finden wird.« Den letzten Satz hatte sie an diesem Morgen vor dem Spiegel eingeübt.

Es dauerte so lange, bis der alte Mann antwortete, dass sie sich bereits fragte, ob er eingeschlafen war. Schließlich sagte er fast flüsternd: »Ich werde meine beiden Söhne zu Rate ziehen müssen, da sie die in meinem Testament erwähnten Haupterben sind. Ich hoffe, Sie können das verstehen.«

»Natürlich«, sagte Christina.

»Ich werde Ihnen schreiben, sobald ich weiß, wie die beiden sich entschieden haben.«

»Lassen Sie sich Zeit, Mr. Rosen. Ich bin nicht in Eile.«

»Werden Sie zum Lunch bleiben, Mrs. Faulkner? Das würde mir die Gelegenheit geben, Ihnen den restlichen Teil der Sammlung meines Großvaters zu zeigen.«

»Das ist sehr freundlich von Ihnen, Mr. Rosen. Aber ich muss nach London zurückfliegen, um pünktlich zur Last Night of the Proms, dem Abschlusskonzert in der Royal Albert Hall, wieder zu Hause zu sein.«

»Welch eine besondere Freude«, sagte er. »Es ist eine so traditionsreiche Veranstaltung für die Briten. Ich wünschte, ich könnte Sie begleiten.«

Er wischte einen Krümel von seiner Weste und fragte: »Gibt es sonst noch etwas, das Sie über das Porträt wissen möchten, bevor Sie aufbrechen?«

»Ich würde gerne die handschriftliche Notiz sehen, die Holbein seinem Arzt geschickt hat.«

»Ja, natürlich«, sagte der alte Mann. Er erhob sich langsam von seinem Stuhl, ging mit unsicheren Schritten zu dem Bild und nahm es vorsichtig von der Wand, als handele es sich um einen alten Freund. Dann drehte er es um, damit Christina den Brief studieren konnte, der an der Rückseite der Eichenholzplatte befestigt war. Nachdem sie ihn eine Zeit lang angesehen hatte, war sie nicht klüger als zuvor.

»Gestatten Sie mir, den Brief für Sie zu übersetzen«, sagte Rosen, »obwohl ich ihn genau genommen schon seit meiner Kindheit auswendig kenne.«

15. April 1542

Lieber Dr. Rosen,

Sie haben sich viele Jahre um mich gekümmert und sich kein einziges Mal beklagt, nicht einmal dann, wenn Ihr Honorar nicht immer pünktlich bezahlt wurde.

Vielleicht würden Sie dieses Porträt von Heinrich dem Achten von England als ein bescheidenes Zeichen meiner Wertschätzung Ihres Geschicks und Ihrer Erfahrung annehmen. Ich hoffe, dass Sie und Ihre Familie das Bild noch viele Jahre lang genießen werden.

Ich verbleibe als Ihr demütiger Diener,

Hans Holbein

»Holbein starb nur ein Jahr später im Alter von sechsundvierzig«, sagte der alte Mann, »und bis heute hat das Gemälde noch nie dieses Haus verlassen. Sollten Sie wünschen, die

Authentizität des Briefes bestätigen zu lassen, so möchte ich Sie darüber informieren, dass sich im Archiv des Kunstmuseums Basel eine Kopie befindet. Auch das Kunstmuseum sah sich nicht in der Lage, die geforderte Summe aufzubringen, da es erst vor Kurzem für eine teure Renovierung aufkommen musste. Deshalb habe ich das Bild dem Fitzmolean angeboten.«

»Wo es, wie ich Ihnen versichern kann, einen Ehrenplatz erhalten wird, sofern Ihre Söhne mein Angebot annehmen«, sagte Christina, während der alte Mann das Bild zurück an die Wand hängte. Er schien glücklich darüber, dass es sich wieder an seinem angestammten Platz befand.

Rosen führte seinen Gast aus dem Zimmer und zurück an die Haustür, wo er auf der obersten Treppenstufe stehen blieb, bis das Auto außer Sichtweite war. Dann ging er in sein Arbeitszimmer und rief seinen älteren Sohn an.

»Ich habe eine, wie ich hoffe, realistische Bewertung der schottischen Sammlung der verstorbenen Mrs. Buchanan vorgenommen«, sagte Beth. »Und ich kann Ihnen bestätigen, dass sie ein gutes Auge hatte.«

James unterbrach sie nicht.

»Um Ihre Frage zu beantworten, wie viel die Bilder meiner Meinung nach einbringen könnten, so würde ich schätzen, um die 1,2 bis 1,4 Millionen Pfund auf dem freien Markt. Es könnte jedoch eine Zeit lang dauern, alle zu veräußern, da Sie nicht wollen, dass die Verkäufe öffentlich bekannt werden.«

»Dann werde ich jemanden brauchen, der sie mir abnimmt. Was würden Sie dazu sagen, wenn ich Ihnen die Sammlung für eine Million anbieten würde?«

»Das ist ein fairer Preis«, erwiderte Beth. »Und was würden *Sie* dazu sagen, wenn ich nur bar bezahlen kann?«

»Soll mir recht sein«, sagte James. »Sofern ich damit kein Gesetz breche.«

»Ich muss Sie warnen«, warf William ein. »Das Geld käme von einer Kriminellen.«

»Christina ist keine Kriminelle«, sagte Beth. »Genau genommen ist sie sogar meine Freundin und Geschäftspartnerin. Obwohl ich gestehen muss, dass das Geld ursprünglich von ihrem früheren Ehemann stammt, der zurzeit im Gefängnis sitzt.«

»Miles Faulkner?«, sagte James. »Nein danke. Das würde bedeuten, von einem Feuer in ein anderes zu springen.«

»Ohne einen Feuerlöscher«, ergänzte William.

»Du bist mir eine große Hilfe«, sagte Beth und knuffte ihn gegen den Arm.

»Denk einfach nur daran, wozu es geführt hat, als du dieser Frau bei früheren Gelegenheiten vertraut hast.«

Beth schwieg eine Weile. Schließlich sagte sie: »Es könnte sein, dass ich die Lösung für unsere beiden Probleme habe.«

James wirkte hoffnungsvoll.

»Ich habe einen Kunden in Edinburgh, der aus steuerlichen Gründen möglicherweise bereit wäre, einen Warhol von Marilyn Monroe gegen Ihre schottische Sammlung einzutauschen.«

»Aber ich mag Warhol nicht einmal«, protestierte James.

»In diesem Fall könnten Sie Marilyn bei einer Auktion in New York anbieten, wo sie gewiss mehr als eine Million einbringen würde. Und was noch besser ist: Die Transaktion könnte niemals bis zu Ihrem Großvater zurückverfolgt werden.«

»Und wie machen Sie dann Gewinn?«, fragte James.

»Ich bin bei dieser Sache so zuversichtlich, dass ich mich mit zehn Prozent der Summe zufriedengeben werde, die der Warhol bei der Auktion über eine Million hinaus erzielen würde.«

»Sagen wir zwanzig Prozent«, erwiderte James.

»Das ist sehr großzügig von Ihnen«, sagte William.

»Eigentlich nicht. Denn wenn ich keine Million für den Warhol bekomme, der Beth so zuversichtlich stimmt, wären zwanzig Prozent von nichts genau … nichts. Wenn sie bereit ist, das Risiko einzugehen, bin ich es auch.«

27

»Ich dachte, dass der Oberbefehlshaber üblicherweise in der Zentrale bleibt, während sein Stellvertreter die Aktion an der Front leitet, wobei er von dem ihm nachgeordneten Beamten unterstützt wird«, sagte William.

»Dann haben Sie sich geirrt«, sagte Holbrooke und hielt nach sämtlichen Richtungen Ausschau, um alle Dinge in sich aufzunehmen, die sich um ihn herum abspielten. Er konnte mehr als einhundert bestens ausgebildete Polizisten erkennen, welche die Konzerthalle umgaben. Alle trugen sie auffällige Jacken über ihrer Uniform, um Passanten abzuschrecken, die sich in der Umgebung aufhielten und nicht gekommen waren, um gemeinsam in »Land of Hope and Glory« einzustimmen. Holbrookes Motto lautete eindeutig »Besser Vorsicht als Nachsicht«. »Sind Ihre Suchtrupps heute Morgen auf irgendetwas Interessantes gestoßen?«

»Sie haben vom Keller bis zum Dach jedes Fleckchen unter die Lupe genommen«, sagte William. »Aber alles, was sie gefunden haben, war eine leere Schachtel Swan-Vestas-Streichhölzer, die der nächtliche Putztrupp übersehen haben muss. Ich selbst bin auf das Dach gegangen und habe eine Runde um die Glaskuppel gedreht, konnte jedoch nichts Verdächtiges entdecken. Gerade sind die Hunde reingegangen und untersuchen den Zuschauersaal Reihe für Reihe, von den Logen bis zur Galerie.«

»Dann kann er das Gebäude noch nicht betreten haben. Mehrere mögliche Verdächtige wurden heute Morgen dabei beobachtet, wie sie von Manchester, Birmingham und Bradford nach London aufgebrochen sind, nicht alle von ihnen auf direktem Weg. Natürlich könnte das eine Ablenkungsaktion sein, aber wenn sich einer von ihnen dem Gebäude auf weniger als eine Meile Entfernung nähert, werden wir ihn zu einer Befragung festhalten. Wann werden die Tore für das Publikum geöffnet?«

»Punkt sechs«, sagte William und sah hinauf zum Dach des Royal College of Art, wo er ein halbes Dutzend Scharfschützen erkennen konnte, welche die Menge mit ihren Ferngläsern absuchten. »Der Dirigent, Sir John Pritchard, wird um halb acht die Bühne betreten, und zu diesem Zeitpunkt werden sich auch vier meiner Mitarbeiter unter die Promenaders mischen.«

»Wie auch zehn meiner Beamten«, sagte Holbrooke und wandte sich der Ampel an der Exhibition Road zu, die seiner Kontrolle unterstand. Williams Blick ruhte auf dem Albert Memorial in gut einhundert Metern Entfernung in Kensington Gardens. Auf den Stufen des Denkmals saß ein junges Paar Arm in Arm, doch er wusste, dass es sich nicht um Verliebte handelte, denn der eine behielt den Park im Auge, während die andere sich auf die Straße vor dem Haupteingang der Albert Hall konzentrierte. Es nötigte William einige Bewunderung ab, wie ruhig Holbrooke wirkte, obwohl er selbst auf unangenehme Weise nervös und sich nur allzu bewusst war, dass auf seine Empfehlung hin über einhundert Beamte da draußen waren und, schlimmer noch, er das alles aufgrund der Informationen eines Mannes veranlasst hatte, dem er nicht vertraute.

Als die Sonne hinter der französischen Botschaft unterzugehen begann, setzte sich ein Strom aufgeregter Konzertbesucher voller freudiger Erwartung der abendlichen Unterhaltung in Richtung des Gebäudes in Bewegung.

»Ich werde Sie jetzt verlassen, Sir, um zu meinen Kollegen im Saal zu stoßen«, sagte William.

»Achten Sie darauf, dass Sie der Letzte sind, der das Gebäude verlässt«, sagte der Leiter der Terrorbekämpfung.

William gefiel es, wie Holbrooke die Dinge organisierte, indem er nichts dem Zufall überließ. Er überquerte die Straße und betrat die Konzerthalle, als sei er ein gewöhnlicher Besucher – wobei er aufmerksam beobachtete, wie die Eintrittskarten der Gäste zunächst einmal und dann ein weiteres Mal kontrolliert wurden, wodurch eine lange Schlange verstimmter Promenaders entstand. Sogar nachdem sie die Prozedur hinter sich gebracht hatten und sich auf den Weg in den Zuschauersaal machten, wurden sie ein drittes Mal kontrolliert. Ein Kartenbesitzer protestierte, als sein Rucksack auf einem Tisch entleert wurde, an dem ein wachsamer Polizist in Zivil Dienst tat. Sein Ärger stieg sogar noch mehr, als er erfuhr, dass er den Rucksack nach der Vorstellung an der Garderobe abholen könne.

»Verdammter Polizeistaat«, schrie er, so laut er konnte, bevor er seinen Begleitern in den Saal folgte.

William ging langsam den breiten Korridor entlang, der den Zuschauersaal umrundete, und mischte sich schließlich unter die ausgelassen feiernden Besucher. Einige von ihnen waren seit über einer Stunde hier und würden als Letzte gehen, lange nachdem die Musiker die Bühne verlassen hätten. Er betete darum, dass sie singend davonziehen würden.

Sogleich erkannte er Paul und Jackie und schließlich auch Rebecca, doch keiner von ihnen grüßte ihn. Ross hätte er beinahe übersehen, denn sein Kollege trug ein schäbiges T-Shirt und zerrissene Jeans, wodurch er in den Reihen der Promenaders verschwand, als sei er einer von ihnen. Theoretisch war das Ross' freier Abend. Doch William wusste, dass nichts ihn hätte aufhalten können, hierherzukommen – auch wenn er nicht darum gebeten worden wäre.

Die Mitglieder seines Teams hatten bereits in allen vier Himmelsrichtungen Position bezogen, von wo aus sie die Menge gut im Auge hatten und nach einer einsamen Gestalt Ausschau halten konnten, die nicht an diesen Ort zu passen schien.

William sah auf zu den Rängen über ihm, wo Dutzende Beamte in Zivil – er konnte einen Polizisten auf hundert Schritte erkennen – Eintrittskarten überprüften, Besucher an ihre Plätze führten und Programmhefte verkauften, während sie sich gleichzeitig bemühten, jenes eine verstohlen agierende Individuum zu entdecken, das unter einem zu großen Hemd, einem weiten Pullover oder einer ausgebeulten Jacke einen explosiven Cocktail aus Sprengstoffen trug. Der Leiter der Terrorbekämpfung hatte Williams Mitarbeitern eingeschärft, dass ihre Zielperson möglicherweise während des zurückliegenden Monats schon mehrere andere Promenadenkonzerte besucht hatte, um die räumlichen Verhältnisse auszukundschaften und das Risiko zu minimieren, gleichsam wie mit einem Hinweisschild auf sich aufmerksam zu machen.

»Vergessen Sie nie«, hatte Holbrooke sie ermahnt, »dass wir es mit einem Menschen zu tun haben, der indoktriniert wurde und bereit ist, sein Leben für eine Sache zu opfern, an die er glaubt.«

Mit jeder Minute, die verging, äußerte sich die aufgeregte Vorfreude immer unüberhörbarer. Schließlich betrat das Orchester unter lautem Jubel die Bühne, woraufhin ein besonderer Beifall für den ersten Geiger erklang. Als es sich schließlich so anhörte, als könne die Menge die Spannung nicht länger ertragen, erklangen dröhnende Hochrufe, als Sir John Pritchard in den Saal kam, mehrmals stehen blieb, um sich zu verbeugen, die Bühne betrat und den versammelten Besuchern den Rücken zukehrte. William musterte die Menge, konnte aber niemanden erkennen, der nicht in den Applaus eingefallen wäre. In gewisser Hinsicht war er erleichtert, doch falls Faulkner ihn zum Narren gehalten hatte, würde er dafür sorgen, dass dessen Strafe verdoppelt würde.

Sir John hob den Taktstock und wartete, bis es im Saal vollkommen still war, bevor er den Musikern das Zeichen gab, mit ihrem Spiel zu beginnen. Vom ersten Ton an lauschte das aufmerksame Publikum hingerissen und schien jede Sechzehntelnote in jedem Concerto zu kennen und ebenso jede Ouvertüre, die von der Bühne her erklang. William ignorierte, was auf der Bühne vor sich ging, und beobachtete nach wie vor die Zuschauer. Einen Moment lang ruhte sein Blick auf einer Zuschauerin, die in der ersten Reihe einer der Logen im zweiten Obergeschoss saß. Neben ihr hatte ein junger Mann Platz genommen, den er ein paar Wochen zuvor bei der Eröffnung der Frans-Hals-Ausstellung gesehen hatte.

Während der nächsten zwei Stunden wünschte sich William oft, dass Beth neben ihm stünde, um an seiner Seite

Rossini, Brahms und Benjamin Britten zu genießen. Er gab sich selbst das Versprechen, dass er Beth im nächsten Jahr zum Konzert mitnehmen würde. Sofern es nicht abgesagt würde im Gedenken an … Doch er ließ nicht zu, dass seine Aufmerksamkeit auch nur vorübergehend nachließ, obwohl es ihm schwerfiel, nicht mit einzustimmen, als alle Besucher um ihn herum »See the Conquering Hero Come« sangen, nach dessen Beendigung noch frenetischerer Beifall erklang.

Sir John wartete, bis der Jubel sich gelegt hatte. Dann hob er erneut den Taktstock, damit die Mezzosopranistin Sarah Walker die ersten Takte von »Rule Britannia« singen und das Publikum sich in den größten Chor der Welt verwandeln durfte. Und dann kam der entscheidende Augenblick – jener Augenblick, auf den alle gewartet hatten, der Augenblick, den William fürchtete. Er betete darum, dass Faulkner unrecht hatte.

Der Dirigent drehte sich um, wandte sich dem Publikum zu und hob seinen Taktstock, womit er mehr als fünftausend unausgebildete Stimmen zu seinem lärmenden Chor machte. Als die Menge die erste Strophe von »Land of Hope and Glory« anstimmte, sah William nur vier Besucher, die nicht einstimmten.

Die Musik erreichte ihren Schlusshöhepunkt, und das Publikum brach in einen wilden Jubel aus und verlangte eine Zugabe. Sir John verbeugte sich, lächelte knapp und trat von der Bühne, kehrte aber zu niemandes Überraschung kurz darauf zurück, woraufhin er sogar unter noch lauteren Hochrufen empfangen wurde, falls das möglich war.

Stille senkte sich über die versammelten Zuhörer, als er ein letztes Mal den Taktstock hob. William wartete auf den Schlussakkord von »Britons never never never shall be slaves« und stieß gerade einen Seufzer der Erleichterung aus, als er etwas hörte, das wie der ferne Klang einer Explosion wirkte, der von den gegeneinandergeschlagenen Becken und den dröhnenden Freudenbekundungen gedämpft wurde, während sich das Orchester erhob und zehn Minuten lang von den Gästen beklatscht wurde, die allesamt von ihren Plätzen aufgestanden waren.

Sofort eilte William zum nächsten Ausgang und hinaus auf den Bürgersteig, wo Rebecca, dicht gefolgt von Jackie, bereits einen Meter vor ihm davonsprintete.

In der Ferne konnte er eine Sirene hören, und als er sich umdrehte, sah er einen Rettungswagen, der mit Blaulicht auf ihn zuschoss. Der Leiter der Terrorbekämpfung stand mitten auf der Straße und spähte, die Hände auf die Hüften gestützt, in alle Richtungen.

William rannte über die Straße, als ein zweiter Rettungswagen mit quietschenden Reifen wenige Meter von ihm entfernt zum Stehen kam. Die hintere Tür wurde aufgerissen, und zwei grün gekleidete Sanitäter sprangen aus dem Fahrzeug und wurden von einer Gruppe bewaffneter Polizeibeamter, die scheinbar aus dem Nichts aufgetaucht waren, in Richtung Albert Memorial dirigiert. Durch eine Rauchwolke, die von der anderen Seite des Parks aufstieg, rannte William ihnen hinterher.

William konnte nur zusehen, wie ein bewegungsloser Körper vorsichtig vom Boden auf eine Trage gehoben wurde. Er erkannte das Opfer als den Mann, der seine Kollegin früher am Abend auf den Stufen des Albert Memorials umarmt hatte.

Behutsam wurde der junge Mann zu dem wartenden Rettungswagen getragen, der, als die Türen geschlossen waren, sogleich davonraste, während die Ampeln immer noch auf Grün standen. Holbrooke hatte bereits dafür gesorgt, dass alle Ampeln zwischen der Albert Hall und dem Brompton Hospital grün blieben. Er kannte sogar den Namen des Arztes, der seinen Patienten in Empfang nehmen würde. Der Leiter der Terrorbekämpfung überließ nichts dem Zufall.

Wenige Augenblicke später begannen die in Feierstimmung versetzten Gäste aus der Albert Hall zu strömen und sich auf den Nachhauseweg zu machen, ohne im Geringsten zu ahnen, was sich gerade nur wenige Hundert Meter von ihnen entfernt abgespielt hatte.

Sie konnten jedoch die ungewöhnlich große Polizeipräsenz genauso wenig übersehen wie den zweiten Rettungswagen, der mit geöffneten Hecktüren auf der gegenüberliegenden Seite der Straße stand. Einige blieben stehen und starrten darauf, während andere weitereilten.

»Da haben wir noch mal Glück gehabt«, sagte eine Stimme. William drehte sich um und sah, dass Holbrooke neben ihm stand.

»Wird der junge Beamte wieder in Ordnung kommen?«, lauteten Williams erste Worte, als der Rettungswagen mit Blaulicht und heulenden Sirenen die nächste Ampel erreichte.

»Das wissen sie noch nicht. Wir sollten einfach dankbar sein, dass er noch am Leben ist.«

Unweit von ihnen saß eine junge Frau, die andere Hälfte des sich umarmenden Paares, auf dem Boden. Sie hatte den Kopf in die Hände gelegt und weinte. Rebecca kniete neben ihr und versuchte, sie zu trösten.

»Gott sei Dank hat er es nicht bis in das Gebäude geschafft«, sagte William.

»Für meinen Geschmack ist er der Veranstaltung viel zu nahe gekommen«, sagte der Leiter der Terrorbekämpfung, als zahlreiche ausgelassene Konzertgäste, von denen viele noch immer sangen, Taxis heranwinkten, in Busse stiegen oder sich zur nächsten U-Bahn-Station begaben. »Ich hätte nie gedacht, dass er eine Möglichkeit finden würde, an so vielen meiner Männer vorbeizukommen. Schließlich wurde er von dem jungen Sergeant bemerkt, der mehr als acht Stunden lang auf den Stufen des Denkmals gesessen hatte. Er hat ihn angesprochen, doch der Selbstmordattentäter hat sich umgedreht und ist weggerannt, woraufhin mein Mann ohne einen Gedanken an seine eigene Sicherheit die Verfolgung aufgenommen hat. Er hatte ihn fast eingeholt, als der Terrorist sich in die Luft gesprengt hat.« Er hielt inne, als der Rettungswagen in die Exhibition Road abbog und aus dem Blickfeld der beiden verschwand. »Glücklicherweise war seine Kollegin weit genug entfernt, als die Bombe hochging, sodass sie nicht verletzt wurde. Was Sie jedoch bisher nicht wussten, ist, dass die beiden verlobt sind.«

William fragte sich, ob einer von ihnen in einem Jahr noch bei der Met wäre. Der eine war körperlich, die andere war seelisch verwundet worden. Eine weitere Sirene brachte ihn in die Gegenwart zurück.

»Wie es aussieht, hat sich Faulkners Status von D4 auf A1 erhöht«, sagte er.

»Was nur noch mehr Probleme mit sich bringt.« Holbrooke hielt kurz inne. »Für beide von uns.«

»Als da wären?«

»Glauben Sie mir, Warwick. Mansour Khalifah wird sich rächen wollen. Für ihn ist das hier«, seine Hand beschrieb einen Bogen, welcher die ganze Gegend mit einschloss, »nichts als eine weitere Demütigung, und jetzt wird er nach einem Ziel suchen, das sogar noch größer ist. Da Sie der einzige Kontakt sind, den wir zu Faulkner haben, werde ich Ihnen genau sagen, was Sie tun sollen.«

28

Christina traf lange vor ihrem Termin mit Mr. Rosen in der Bank ein. Zuvor hatte sie mit dem stellvertretenden Direktor des Kunstmuseums Basel gesprochen, der den Wortlaut von Holbeins Brief an Dr. Rosen bestätigt hatte sowie die Tatsache, dass sich laut den Unterlagen des Museums das Bild noch immer im Besitz der Familie Rosen befand, die in Amsterdam lebte.

Mr. Rosen war pünktlich, sah jedoch mitgenommen aus. Nachdem er Christina begrüßt hatte, stellte er ihr seine Söhne Cornelius und Sander vor. Einer von ihnen trug eine flache Holzkiste, die mit dem Familienwappen geschmückt war, während sein Bruder zwei große Koffer mitgebracht hatte, die, wie Christina annahm, wahrscheinlich leer waren.

»Ich bin erschöpft«, sagte Rosen. »Aber andererseits ist es auch schon einige Zeit her, seit ich das letzte Mal mit einem Flugzeug geflogen bin, und inzwischen sind selbst kürzere Flüge keine angenehme Erfahrung mehr. Nicht so unangenehm jedoch, wie sich von einem geschätzten Familienerbstück trennen zu müssen.«

Christina setzte eine angemessen verständnisvolle Miene auf. Doch es gelang ihr kaum, ihren Blick von der Holzkiste zu lösen, die Cornelius noch immer in den Händen hielt.

»Trotzdem«, fuhr Rosen fort, »sind wir nach gründlicher

Gewissensprüfung zu dem Schluss gekommen, dass wir, sofern Sie bestätigen können, dass das Bild Teil der Sammlung des Fitzmolean werden wird, bereit wären, Ihr Angebot anzunehmen. Auch wenn uns das nicht leichtfällt.«

»Ich gebe Ihnen mein Wort«, sagte Christina. Es gelang ihr, diese Zusicherung vollkommen überzeugend auszusprechen.

Rosen verbeugte sich, und sie musste unweigerlich daran denken, welch ein altmodischer, aufrichtiger Herr er war. Auf sein Wort war unbedingt Verlass. Während seine Söhne eher so wirkten, als seien sie viel mehr an dem Geld interessiert.

Christina ging zum Aufzug, und als sie das Untergeschoss erreicht hatten, kam ihnen ein Wachmann entgegen, der sie durch einen gut beleuchteten Korridor führte und erst stehen blieb, als eine vom Boden bis zur Decke reichende Tür verhinderte, dass sie weitergehen konnten. Nachdem er einen achtstelligen Code in eine Tastatur eingegeben hatte – ein Code, der, wie man Christina versichert hatte, jeden Morgen geändert wurde –, zog er die schwere Tür auf und trat beiseite, damit sie alle einen Raum betreten konnten, der viele Geheimnisse enthielt, welche nur diejenigen kannten, die den nötigen Schlüssel hatten.

Die Wände waren von Schließfächern bedeckt. Der Wachmann verglich die kleinen roten Zahlen, trat vor ein bestimmtes Schließfach, zog die darin befindliche Box heraus, als handele es sich um eine Leiche in einem Leichenschauhaus, und stellte sie auf den Tisch in der Mitte des Raumes. Er nahm einen Bund mit zahlreichen Schlüsseln aus der Tasche, wählte den entsprechenden aus und öffnete die ersten beiden Schlösser. Dann machte er einen Schritt zurück und sagte: »Ich lasse Sie jetzt alleine, Mrs. Faulkner. Bitte nehmen Sie sich Zeit.«

»Vielen Dank«, sagte Christina. Sie rührte sich erst, als der Mann die schwere Tür hinter sich geschlossen hatte. Dann öffnete sie ihre Handtasche und holte den zweiten Schlüssel heraus, um das Kundenschloss zu öffnen. Da die Situation ihr einiges Vergnügen bereitete, hielt sie einen Augenblick inne, bevor sie den Deckel der Box hob, woraufhin zehntausend fein säuberlich verpackte Zellophanbeutel sichtbar wurden, von denen jeder zwanzig druckfrische Fünfzigpfundnoten enthielt.

Mr. Rosens Söhne traten nach vorn und begannen nach einem kurzen Blick, das Geld aus der Box in die Koffer zu räumen, während ihr Vater schweigend hinter ihnen auf dem einzig vorhandenen Stuhl saß.

Christina trat wieder an den Tisch, löste die Verschlüsse der Holzkiste und hob den Deckel an. Heinrich der Achte starrte ihr direkt ins Gesicht, wie er es zu seiner Zeit bei so vielen schönen Frauen getan hatte. Aber vorerst wies sie seinen Annäherungsversuch zurück, hob das Porträt aus dem roten Satin, in den es gebettet war, und trug es näher ins Licht, damit sie den auf der Rückseite befestigten Brief lesen konnte. Als sie Holbeins Handschrift erkannte, war sie beruhigt. Sie legte das Bild vorsichtig zurück in seine Kiste und schloss den Deckel. Die beiden jungen Männer waren immer noch damit beschäftigt, ihre Koffer zu füllen, als sie sich von Mr. Rosen verabschiedete und den grünen Knopf an der Wand neben der Tür drückte.

Der alte Mann erhob sich unsicher von seinem Stuhl und verbeugte sich, während die Tür sich öffnete und Christina rasch davonging.

»Die anderen brauchen noch ein paar Minuten«, sagte sie zu dem Wachmann, der an der Tür wartete. »Ich finde selbst hinaus.«

»Wie Sie wünschen, Madam«, erwiderte er und schob die schwere Tür wieder zu.

Christina nahm den Aufzug ins Erdgeschoss und verließ die Bank, wobei sie die flache Holzkiste fest umklammert hielt. Sie überquerte die James's Street und eilte davon in Richtung der Van Haeften Gallery, die nur ein paar Blocks entfernt war. Wieder hatte sie keinen Blick für den Mann, der im Eingang von Lobb's stand und beobachtete, wie sie vorbeiging. Er machte sich nicht die Mühe, ihr zu folgen, da er wusste, wohin sie gehen würde.

Kaum dass Johnny van Haeften die Kiste gesehen hatte, erkannte er auch schon das Familienwappen auf dem Deckel. Seine Aufregung wuchs, als Christina die Kiste auf den Tisch mitten in der Galerie stellte. Sie löste die Verschlüsse und nahm den Deckel ab, wodurch Heinrich der Achte in all seinem Pomp und Glanz zum Vorschein kam.

»Darf ich?«, fragte van Haeften mit zitternden Fingern.

Christina nickte, und vorsichtig hob er das Bild aus seinem Ruhelager aus rotem Satin. Er musterte den König eine Zeit lang, drehte das Bild schließlich um und las den Brief auf der Rückseite.

»Ich glaube, Sie sagten zwölf Millionen, möglicherweise fünfzehn«, sagte Christina. »Wenn ich mich recht erinnere.«

»Das habe ich in der Tat«, erwiderte van Haeften.

Nach einigen Minuten überquerte der Mann die Straße und betrat die Bank, wo er in der Lobby verweilte und den Eindruck erweckte, als warte er auf jemanden, was tatsächlich der Wahrheit entsprach. Es dauerte nicht lange, bis sich die Aufzugtür öffnete und drei Männer erschienen, von denen einer zwei schwere Koffer trug. Wortlos gingen sie an ihm vorbei, bevor der eine junge Mann die Koffer neben ihm stehen ließ und sie alle drei die Bank verließen, woraufhin jeder von ihnen eine andere Richtung einschlug.

Der Mann legte die Hände um die Griffe der Koffer und begann, sie in Richtung Tür zu ziehen. Er war überrascht, wie schwer sie waren. Als er den Bürgersteig erreicht hatte, winkte er ein Taxi heran, wuchtete die Koffer in den Kofferraum und schloss die Autotür. Ein Taxi, so schien es ihm, war sicherer als ein gepanzertes Fahrzeug. Denn das hätte nur Aufmerksamkeit erregt, und er hätte eine endlose Reihe von Formularen ausfüllen müssen.

»Wohin, Chef?«, fragte der Taxifahrer.

»Zur Mayfair Trust Bank in der Park Lane«, sagte Lamont. Er hätte gerne die Adresse seiner Bank in Hammersmith angegeben, wenn er geglaubt hätte, damit durchzukommen. Aber er war sich bewusst, dass andere Augen auch ihn beobachteten. Und sollte er das Geld nicht unverzüglich dort abliefern, woher es ursprünglich gekommen war, wäre das die letzte Taxifahrt, die er jemals unternehmen würde.

Eine ganze Weile lang studierte van Haeften das Gemälde sorgfältig, bevor er sagte: »Fünfzehn Millionen wären ein angemessener Preis gewesen, wenn es sich um das Original handeln würde.«

Christina starrte ihn an. »Aber ich habe es erst vor einer Woche in Mr. Rosens Haus in Amsterdam gesehen«, brachte sie schließlich mühsam heraus, wobei sie mit jedem Wort ihre Stimme mehr hob.

»Ich bin sicher, dass Sie das getan haben«, sagte van Haeften ruhig. »Und die Kiste und das Eichenbrett und der Rahmen stammen allesamt aus der fraglichen Epoche, wie auch das Gemälde selbst. Nur ist es kein Holbein.«

»Aber der Brief auf der Rückseite«, protestierte sie, »beweist doch, dass es sich um das Original handelt. Wenn Sie ihn lesen, werden Sie sehen, dass ich recht habe.«

»Ich fürchte, nein, Mrs. Faulkner.«

»Lesen Sie ihn!«, verlangte sie.

Van Haeften widersprach nicht. Denn er wusste nur zu gut, dass seine Kunden zwar nicht immer recht hatten, man ihnen aber trotzdem niemals widersprach.

15. April 1542

Lieber Dr. Rosen,

Sie haben sich viele Jahre um mich gekümmert und sich kein einziges Mal beklagt, nicht einmal dann, wenn Ihr Honorar nicht immer pünktlich bezahlt wurde.

Vielleicht würden Sie dieses Porträt von Heinrich dem Achten von England, das von einem meiner besonders vielversprechenden Schüler gemalt wurde, als ein bescheidenes Zeichen meiner Wertschätzung Ihres Geschicks und Ihrer Erfahrung annehmen. Ich hoffe, dass Sie und Ihre Familie das Bild noch viele Jahre lang genießen werden.

Ich verbleibe als Ihr demütiger Diener,

Hans Holbein

Christina war sprachlos.

»Wie wünschen Sie, dass ich mit dem Bild verfahre, Mrs. Faulkner?«, fragte van Haeften schließlich.

»Es ist mir vollkommen egal, was Sie damit machen«, schrie Christina, wandte sich um und stürmte aus der Galerie. Sie hielt erst inne, als sie die St. James's Street erreicht hatte. Sie überquerte die Straße, wobei sie fast von einem Taxi überfahren worden wäre, und drückte die Tür zur Bank auf. Dann stürmte sie zum Empfangstisch.

»Diese drei Männer, mit denen ich zusammen war«, knurrte sie, noch immer außer Atem, die Empfangsdame an.

»Sie sind gerade gegangen, Mrs. Faulkner.«

»Wissen Sie, wohin sie gegangen sind?«

»Nein, aber sie haben ihre beiden Koffer einem anderen, mir unbekannten Mann überlassen. Und ich habe gesehen, wie dieser in ein Taxi gestiegen ist.«

Christina musste nicht fragen, wie der vierte Mann ausgesehen hatte.

»Ich weiß, dass Sie alle erleichtert sein werden, wenn Sie hören, dass der junge Sergeant, der den Selbstmordattentäter aufgehalten hat, nicht mehr in Lebensgefahr schwebt«, begann Holbrooke. »Die Ärzte sind überzeugt, dass er gute Fortschritte machen wird, obwohl es möglich wäre, dass er die Sehkraft seines linken Auges verliert.«

William konnte nicht erklären, warum sein erster Gedanke dem verärgerten Promenader galt, der sich darüber beschwert hatte, in einem Polizeistaat zu leben, nachdem sein Rucksack durchsucht worden war.

»Und seine Verlobte?«, fragte Jackie leise.

»Hat heute Morgen ihre Kündigung eingereicht. Es gab nichts, womit ich sie davon hätte abbringen können. Das ist eines der größten Probleme, die wir in der Abteilung Terrorbekämpfung haben.«

»In den Morgenzeitungen stand nichts über diesen Vorfall«, sagte William. »Darf ich annehmen, dass Sie Fleet Street untersagt haben, diese Information zu veröffentlichen, weil sie die innere Sicherheit gefährden würde?«

»Gerade noch rechtzeitig«, sagte Holbrooke. »Die Titelseite der *Mail* sollte gerade in Druck gehen. Ihr Kriminalreporter hatte zwei und zwei zusammengezählt, und obwohl das für ihn sechs ergab, kam er der Wahrheit damit viel zu nahe, als dass wir hätten beruhigt sein können.«

»Dann können sich meine Leute also zurückziehen und sich wieder ihren üblichen Aufgaben widmen?«, fragte Hawksby.

»Vorerst ja. Aber Sie sollten nicht überrascht sein, wenn Khalifah in nicht allzu ferner Zukunft noch etwas für uns geplant hat, das, wie ich Superintendent Warwick bereits gewarnt habe, weitaus verheerender sein könnte.«

»Irgendwelche Ideen?«

Rebecca schlug eine Akte auf, an der sie über Nacht gearbeitet hatte. »In ein paar Wochen findet zwischen England und Schweden ein Qualifikationsspiel zur Fußballweltmeisterschaft statt. Sechzigtausend Besucher werden in Wembley sein, wo die Sicherheitsvorkehrungen ziemlich lax sind. Dann wäre da noch der Ryder Cup …«

»Nein«, sagte William. »So lange werden sie nicht warten.«

»Das Edinburgh Festival?«, fragte Rebecca. »Es wäre nicht allzu schwierig, jemanden mitten unter der einen Million junger Besucher zu verbergen, die im August in die Stadt strömen. Und dann gäbe es noch das letzte Spiel der Test-Match-Serie im Oval Cricket Ground in London. Es ist ausverkauft.«

»Wir haben nicht die Befugnis, in Edinburgh eine entsprechende Überwachung durchzuführen«, gestand Hawksby. »Sie könnten dort sechs Attentäter entlang der Royal Mile platzieren, und wir würden nichts davon mitbekommen.«

»Machen Sie sich keine Sorgen darüber«, sagte Holbrooke. »Ich werde sofort ein vollständiges Team hinschicken und Ihnen weiterhin die Überwachung Londons überlassen. Ich möchte, dass Sie wissen, wie dankbar ich Ihnen für den Part bin, den Sie übernommen haben und das nicht nur in jener Nacht.« Er nickte William kurz zu, als er vom anderen Ende des Tisches aufstand. »Es war ein Privileg für mich, mit Ihren Leuten zusammenzuarbeiten. Im Augenblick aber dürfen Sie sich alle wieder dem Schutz der königlichen Familie widmen.« Er lächelte Rebecca zu, als er ging, und sagte: »Falls Sie jemals eine richtige Aufgabe suchen, DS Pankhurst, wissen Sie ja, wo Sie mich finden.«

»Nageln Sie sie irgendwo fest«, sagte Hawksby, nachdem der Leiter der Terrorbekämpfung den Raum verlassen hatte.

»Warum hat er mir keinen Job angeboten?«, fragte Paul.

»Wenn er es getan hätte«, sagte William, »hätten wir Sie schweren Herzens ziehen lassen.«

»Na schön«, sagte Hawksby, nachdem das Gelächter sich gelegt hatte. »Ich habe etwas mit Superintendent Warwick zu besprechen. Die anderen dürfen sich zurückziehen.« Er wartete, bis sich die Tür geschlossen hatte, und sagte dann: »Ich fürchte, Sie werden Faulkner noch einmal aufsuchen müssen. Und diesmal wird er mehr als nur einen Olivenzweig erwarten.«

»Ich werde einen Termin mit dem Direktor ausmachen und Ihnen dann Bericht erstatten.«

»Übrigens, warum war Ross heute Morgen nicht bei uns?«, fragte Hawksby.

»Er ist mit Jojo in den Urlaub gefahren und erst in zwei Wochen zurück, um seinen Dienst bei der Prinzessin wieder aufzunehmen.«

»Ich hoffe, er trägt dann etwas anderes als letzte Nacht.«

»Er ist ein Chamäleon, Sir. Er hat die Gabe, überall mit dem Hintergrund zu verschmelzen, sei es in einem Palast oder einem Bordell. Möchten Sie mit ihm sprechen?«

»Ja, aber das kann warten, bis er wieder hier ist. Wir haben eine Beschwerde von einem Promenader bekommen. Anscheinend hat Ross ihm während der letzten Strophe von ›Land of Hope and Glory‹ das Knie in den Unterleib gerammt und ihm so den Abend ruiniert.«

»Das glaube ich nicht«, sagte William.

»Sie werden besser, wenn es ums Lügen geht, William«, erwiderte Hawksby. »Trotzdem sind Sie noch nicht besonders gut darin.«

Lamont wählte die Nummer um fünf Minuten nach vier. Am anderen Ende der Leitung wurde nach viermaligem Läuten abgenommen, ohne dass der Sprecher den Anrufer grüßte. Alles, was er sagte, war: »Bibliothek.« Ein paar Sekunden später hörte Lamont erneut das Freizeichen.

»Ja?«, sagte eine andere Stimme, nachdem das Telefon wiederum vier Mal geläutet hatte.

»Das Geld wurde Ihrer Bank in Mayfair zurückgegeben«, sagte Lamont, ohne seinen Namen zu nennen. »Ich habe es zusammen mit den anderen zwölf Millionen in Ihrem Schließfach hinterlegt und den Schlüssel dem Leiter der Sicherheitsabteilung ausgehändigt.«

»Spesen?«

»Sind alle beglichen, einschließlich des Porträts von Heinrich dem Achten, das inzwischen in der Van Haeften Gallery ausgestellt und als Werk eines Schülers von Hans Holbein geführt wird. Der Preis beträgt fünftausend Pfund.«

»Kaufen Sie es, und bitten Sie van Haeften, es als Geschenk an Mrs. Warwick zu schicken.«

»Von wem?«, fragte Lamont.

»Von niemandem. Von einem anonymen Bewunderer.«

»Und das Haus in Amsterdam?«

»Die Schlüssel wurden dem Makler bereits zurückgegeben.«

»Und die Schauspieler?«

»Wurden alle weit über die üblichen Sätze der Schauspielergewerkschaft hinaus bezahlt. Ich finde, besonders der alte Mann hat eine großartige Vorstellung abgeliefert. Sie war in jeder Hinsicht so brillant wie sein John of Gaunt im Old Vic vor ein paar Jahren. Seine beiden Söhne hatten zwar nur eine Nebenrolle, aber sie waren ebenfalls absolut überzeugend.«

Miles war überaus zufrieden. Wieder einmal hatte Christina ihn und sein Wissen, wie der Kunstmarkt funktionierte, unterschätzt. Trotzdem würde er stets wachsam bleiben müssen. Denn sie würde sich rächen wollen, sobald sich ihr auch nur die kleinste Möglichkeit dazu bot, und einen Vorteil hatte sie dabei: Er saß immer noch hinter Gittern, während sie in Freiheit war.

Er nahm an, dass Lamont immer noch am anderen Ende der Leitung war.

»Wenn Sie morgen Ihren Kontostand überprüfen«, sagte

Miles, »werden Sie feststellen, dass die vereinbarte Summe bereits überwiesen wurde. Trotzdem sollten Sie nicht daran denken, schon jetzt in Pension zu gehen, Lamont. Denn ich habe einen sogar noch größeren Auftrag für Sie. Wir bleiben in Verbindung.«

29

»Ich werde dem Strafverfolgungsdienst der Krone empfehlen, zwei weitere Jahre von Ihrer Haftstrafe abzuziehen«, sagte William, der Faulkner überrascht hatte, indem er schon so bald wieder bei ihm im Gefängnis erschien. Holbrooke hatte klargemacht, dass es keine Zeit zu verlieren galt.

Rebecca begann mitzuschreiben.

»Das bedeutet, dass ich Weihnachten hier rauskomme«, sagte Faulkner mit einem schiefen Lächeln.

»Ich weiß nicht, wie das funktionieren sollte«, sagte William, dem es nun seinerseits nicht gelang, seine Überraschung zu verbergen. »Keiner von uns kann mit Sicherheit sagen, wie viele Jahre der Richter zu Ihrer gegenwärtigen Haftstrafe hinzufügen wird, wenn Sie in ein paar Wochen vor ihm im Old Bailey erscheinen werden.«

»Offensichtlich sind Sie sich nicht der Abmachung bewusst, die ich mit Ihrem Vater getroffen habe. Er hat bereits zugestimmt, dass sich der Strafverfolgungsdienst für ein Aussetzen der Haft auf Bewährung einsetzen wird, wenn ich mich in den neuen Anklagepunkten für schuldig erkläre.«

William hätte am liebsten laut gelacht, doch er sah, dass Faulkner keine Scherze machte.

»Wenn Sie also zwei weitere Jahre von meiner Haftstrafe

abziehen, bleiben mir insgesamt noch vier. Und wenn Sie zusätzlich die Zeit abziehen, die ich bereits in Haft bin, und der Rest aufgrund guter Führung halbiert wird, dann sollte ich, wie ich gesagt habe, an Weihnachten frei sein.«

William konnte nicht glauben, was er da hörte. »Wie kommen Sie auf die Idee, dass der Strafverfolgungsdienst bereit wäre, die Anklagen gegen Sie fallen zu lassen? Falls in diesem Land Präzedenzfälle irgendetwas zu bedeuten haben, dann führt die Flucht aus einem Gefängnis dazu, dass die Haftzeit verdoppelt wird. Sie können froh sein, wenn Sie vor dem Ende dieses Jahrhunderts freikommen.«

»Aber wie ich bereits sagte, habe ich mit dem Strafverfolgungsdienst eine Abmachung getroffen, der Sie sich nicht bewusst zu sein scheinen. Ich würde vorschlagen, Sie unterhalten sich mit Ihrem Vater.«

Nach wie vor schrieb Rebecca mit.

»Warum sollte mein Vater zustimmen, die Vorwürfe fallen zu lassen, wenn es sich um einen glasklaren Fall handelt?«

»Weil ich im Gegenzug nicht zur Sprache bringen werde, dass Sie und DI Hogan in mein Haus in Spanien eingebrochen sind, einen Frans Hals gestohlen und mich dann in meinem eigenen Flugzeug gegen meinen Willen zurück nach England gebracht haben.«

»Haben Sie irgendetwas Schriftliches, mit dem Sie beweisen können, dass eine solche Abmachung getroffen wurde?«, fragte William.

»Aber natürlich«, sagte Faulkner. Er ging durch die Bibliothek zum Tisch der Ausleihe, öffnete eine Schublade, sah einige Papiere durch und fand schließlich, was er gesucht hatte. Er reichte William das Dokument, der sich Zeit nahm, es in Ruhe zu lesen, bevor er es an Rebecca weitergab.

»Wie Sie sehen können, Mr. Faulkner, hat mein Vater diese Vereinbarung nicht unterschrieben.«

Faulkner fiel auf, dass William ihn zum ersten Mal seit seiner Zeit im Gefängnis mit »Mister« ansprach.

»Doch, das hat er. Das ist nur eine Kopie. Booth Watson hat mir das Original gezeigt, und ich versichere Ihnen, dass die Unterschrift auf der letzten Seite stand.«

William schwieg, aber ein Blick auf Faulkner genügte, um zu erkennen, dass er möglicherweise die Wahrheit sagte. »Ich werde einige Erkundigungen einholen und mich in dieser Sache wieder bei Ihnen melden«, sagte er schließlich.

»Und in der Zwischenzeit«, sagte Faulkner, »sitzt ein Irrer in meinem Trakt, der sich fragt, wie es möglich sein kann, dass die Leute bei ›Rule Britannia‹ bis zur zweiten Strophe gelangt sind.«

»Mansour Khalifah wurde heute Morgen in eine Einzelzelle verlegt«, versicherte ihm William. »Und seine kleine Gruppe von Anhängern wurde auf verschiedene Gefängnisse verteilt. Sie sind in keiner unmittelbaren Gefahr.«

»Und das ist der einzige Lohn, den ich dafür bekomme, dass ich«, Faulkner hielt kurz inne, »wie viele Leben gerettet habe?«

Ein gutes Argument, wollte William sagen, aber er begnügte sich mit: »Ich komme morgen wieder, Mr. Faulkner. Bis dahin werde ich mit meinem Vater und Commander Hawksby gesprochen haben.«

»Was ist mit BW? Vergessen Sie nicht, er hat das Originaldokument, das von Ihrem Vater unterschrieben wurde.«

»Vorausgesetzt, dass Sie die Wahrheit sagen.«

»Habe ich die Wahrheit gesagt, als es darum ging, was Khalifah beim Abschlusskonzert in der Albert Hall veranstalten wollte? Denn wenn es sich nicht so verhält, warum hat man dann Tareq Omar heute Morgen am Gitter meiner Zelle erhängt aufgefunden?«

Es klingelte an der Tür, und Beth fragte sich, wer das um diese Zeit am Morgen sein konnte. Die Kinder waren in der Schule, es war Sarahs freier Tag, und sie erwartete niemanden.

Sie schloss ihren Cheffins-Katalog, ging durch den Flur und öffnete die Haustür. Mit gesenktem Kopf stand Christina auf der Schwelle.

»Was gibt es?«, fragte Beth. Sie wusste nur zu gut, worum es ging, und hatte sich bereits gefragt, wann Christina wohl auftauchen und alles beichten würde. Wortlos führte sie sie in ihr Arbeitszimmer. Sie bot ihr keinen Kaffee an.

Stumm blieb Christina einige Augenblicke lang stehen, sah zu dem Porträt über Beths Schreibtisch auf und brach schließlich in Tränen aus. »Wie bist du da rangekommen?«, brachte sie mühsam zwischen zwei Schluchzern hervor.

»Johnny van Haeften hat es für fünftausend Pfund an einen seiner Stammkunden verkauft, der darum gebeten hat, es an mich zu schicken. Es gibt keinen Preis, wenn man errät, wer dieser Kunde ist.«

»Ich hatte immer die Absicht, den Gewinn mit dir zu teilen«, sagte Christina und setzte die Miene einer treuherzigen Pfadfinderin auf.

»Wenn du eine Sache gewiss nicht vorhattest, dann die«, sagte Beth, die ihre Verärgerung nicht mehr verbergen konnte.

»Ich habe wegen meiner Dummheit jeden Penny verloren«, gestand Christina und sank auf den Stuhl neben sich. »Aber andererseits hätte mir klar sein müssen, dass Miles sein Wissen über die Kunstwelt nutzen würde, um mir eine Falle zu stellen.«

»Und sein Wissen über deinen unbezähmbaren Hunger nach Geld.«

Christina versuchte nicht, sich zu verteidigen.

»Du hast jedoch nicht jeden Penny verloren«, sagte Beth. »Denn van Haeften hat mich gebeten, dir die fünftausend Pfund zu geben. Wirklich schade, dass du kein Holländisch lesen kannst, was, wie ich vermute, ein Risiko darstellte, das Miles einzugehen bereit war.«

Christina wirkte, als versuche sie, allen Mut zusammenzunehmen, um etwas zu sagen. Schließlich platzte sie heraus: »Es tut mir so leid, Beth. Aber die fünftausend werden nicht ausreichen. Ich brauche die einhunderttausend wieder, die ich in dein Unternehmen investiert habe«, fügte sie hinzu. Es gelang ihr nicht, Beth in die Augen zu sehen.

Beth setzte sich an ihren Schreibtisch und schrieb einen Scheck über 127 000 Pfund aus.

»Warum so viel?«, fragte Christina, nachdem Beth ihn ihr gegeben hatte.

»Da ist der Gewinn dabei, den wir kürzlich durch den Verkauf eines Warhol in New York gemacht haben, als wir noch Geschäftspartnerinnen waren.«

»Aber würde das nicht bedeuten, dass du dein Unternehmen aufgeben musst?«

»Ich werde zurechtkommen«, sagte Beth. »Obwohl es ein oder zwei Gelegenheiten gibt, die ich bedauerlicherweise nicht mehr werde wahrnehmen können. Übrigens, Christina«, fuhr sie fort und nahm das Porträt Heinrichs des Achten von der Wand, »du solltest nicht ohne deinen neuesten Freund gehen.«

»Ich will diesen verdammten Mann nie wiedersehen«, erwiderte Christina, wobei sie die Worte geradezu ausspuckte. »Ich verdiene dasselbe Schicksal wie Anne Boleyn.«

»Ich glaube, das ist es, was Miles sich vorgestellt hat. Aber wenn du den König nicht möchtest, lasse ich ihn an der Wand hängen. Damit er mich daran erinnert, in Zukunft nur noch den Rat von Freunden anzunehmen, denen ich vertrauen kann.«

»Wirst du mir jemals verzeihen?«

Beth antwortete nicht und hängte das Bild wieder auf.

»Wer könnte es dir auch verdenken?«, sagte Christina schließlich.

»Ich werde nie vergessen, wie großzügig du warst, als ich deine Unterstützung am dringendsten gebraucht habe«, sagte Beth. »Aber das bedeutet nicht, dass ich dir jemals wieder vertrauen könnte.«

Beth wandte sich wieder Christina zu und sah überrascht, wie diese den Scheck zerriss und ihn ihr zurückgab.

»Wenn ich nicht deine Freundin sein kann, kann ich wenigstens deine Geschäftspartnerin sein.«

»Es würde vor Gericht nicht standhalten«, sagte Sir Julian, nachdem er die Vereinbarung mit dem Schuldeingeständnis zum zweiten Mal gelesen hatte.

»Warum nicht?«, fragte William.

»Das Dokument wurde nie unterzeichnet, weshalb Booth Watson einfach nur behaupten muss, es handele sich dabei um den ursprünglichen Vorschlag, auf dem sein Mandant bestanden habe, obwohl er ihm bereits zu jenem Zeitpunkt klargemacht hatte, dass kaum eine Aussicht auf Erfolg bestand – eine Einschätzung, die jeder Richter teilen dürfte. BW würde darüber hinaus behaupten, Faulkner habe später seinen Rat akzeptiert und die jüngste Vereinbarung in Gegenwart eines langjährigen Gefängnisbeamten unterschrieben – ebenjene Vereinbarung, die ihm eine Verminderung seiner Haftzeit um zwei Jahre zusichert, was auch dem üblichen Vorgehen des Strafverfolgungsdienstes in solchen Fällen entspricht. Ich kann geradezu hören, wie Booth Watson sagt, dass er seinen Mandanten schließlich davon überzeugt hat, dass eine Strafminderung um zwei Jahre das Beste sei, womit er unter den gegebenen Umständen rechnen könne.«

»In welchem Falle Faulkner nicht zögern würde, dem Gericht mitzuteilen, dass Booth Watson dies alles hinter seinem Rücken geplant hat.«

»Wem würde das Gericht wohl eher glauben?«, fragte Sir Julian. »Einem Mann, der gegenwärtig wegen Betrugs und Ausbruchs aus dem Gefängnis in Haft ist, oder einem der führenden Anwälte?«

»Aber wenn herauskäme, dass Booth Watson seinen Mandanten betrogen hat, hätte er viel zu verlieren.«

»Aber auch sehr viel zu gewinnen, wenn er mit der Sache durchkommt«, sagte Sir Julian. »Denk immer daran, mein Junge. Es dauert nicht mehr lange, bis BW in Pension geht, und er kennt mancherlei peinliche Geheimnisse – unter anderem jenes, wo eine der beeindruckendsten privaten Kunstsammlungen versteckt ist. Sollte Faulkner also die nächsten vierzehn Jahre im Gefängnis verbringen, könnte er während dieser Zeit ein Luxusleben führen. Es wäre gut möglich, dass BW nicht einmal mehr unter uns weilt, um für seine Taten Verantwortung zu übernehmen, wenn Faulkner schließlich freikommt. Man kann einen Toten nicht umbringen.«

William dachte länger über die Worte seines Vaters nach und sagte dann: »Könntest du einen Antrag stellen, den Richter in seinen Räumen aufzusuchen, um deine Bedenken zu erläutern?«

»Das könnte ich. Doch ich versichere dir, dass er seine Meinung über die Länge der Haft nicht ändern würde, sofern ich ihm keine neuen Beweise vorlegen kann.«

»Es gibt noch etwas, das du wissen solltest«, sagte William.

»Ist das Ihre Unterschrift?«, fragte William, indem er die letzte Seite der Vereinbarung aufschlug.

»Ja, das ist sie«, sagte Faulkner. »Und obwohl Sie keinen Grund haben, mir zu glauben, Superintendent, kann ich Ihnen versichern, dass ich dieses Dokument heute zum ersten Mal sehe.«

»Ich glaube Ihnen«, sagte William. Faulkner war verblüfft. »Und was vielleicht noch wichtiger ist: Mein Vater glaubt Ihnen ebenfalls.«

»Und was wird er in dieser Sache unternehmen?«

»Er hat bereits einen Termin mit dem Richter vereinbart, bei dem er wahrscheinlich der erste Anklagevertreter sein wird, der für den Beschuldigten um Milde bittet.«

»Vielleicht gelingt es ihm, dass noch ein wenig von meiner Strafe abgezogen wird, sodass ich am Ende nur sechs Jahre absitzen muss. Wie beeindruckend.«

»Mein Vater hat die Absicht, dem Richter gegenüber

klarzustellen«, fuhr William fort, indem er den Einwurf ignorierte, »dass die Information, die Sie uns über das geplante Selbstmordattentat zur Verfügung gestellt haben, zweifellos zahlreiche Menschenleben gerettet hat.«

»Wenn das alles ist, was Sie anzubieten haben«, sagte Faulkner, »könnte ich genauso gut auf nicht schuldig plädieren und Sie mit in den Abgrund reißen.«

»Mein Vater wird dem Richter ebenso unmissverständlich die Konsequenzen darlegen, die es hat, wenn Sie sich für nicht schuldig erklären – und zwar nicht nur für DI Hogan und mich, sondern ebenso für das Ansehen des gesamten Metropolitan Police Service.«

»Das dürfte geeignet sein, mir noch zwei Jahre zu erlassen. Damit wäre ich wieder bei vier Jahren, während man Sie zweifellos zum Chief Superintendent befördern wird aufgrund des Beitrags, den Sie bei der Rettung jener zahlreichen Menschenleben geleistet haben.«

»Ich glaube, Sie könnten angenehm überrascht sein«, sagte William. »Aber Sie werden mir vertrauen und auf schuldig plädieren müssen, wenn wir BW eine Falle stellen wollen.«

»Wie könnte ich ein so verlockendes Angebot wohl ablehnen?«, sagte Faulkner. »Besonders, da ich noch immer hier feststecke mit nicht mehr als einer Fünfzig-zu-fünfzig-Chance, es auch nur lebend bis zur Verhandlung zu schaffen. Nicht einmal Sie können dafür sorgen, dass Mansour Khalifah ewig in Einzelhaft bleibt.«

»Als Beweis unseres guten Willens«, sagte William, »wird die Polizei keine Einwände dagegen erheben, sollten Sie einen Antrag auf Verlegung in ein Gefängnis mit geringerer Sicherheitsstufe stellen. Aber …«

»Bei Ihnen, Superintendent, gibt es immer ein Aber. Ich kann es gar nicht erwarten, wie es diesmal lautet.«

»Sollten Sie noch einmal einen Fluchtversuch unternehmen, werde ich sämtliche Ressourcen der Met einsetzen, um Sie zu finden. Und wenn DI Hogan und ich Sie schließlich aufgespürt haben – und glauben Sie mir, das werden wir –, werden wir uns nicht mit den Feinheiten eines möglichen Auslieferungsabkommens herumschlagen. Dann wird mein Vater auch keine zusätzlichen acht Jahre für Sie beantragen, sondern lebenslange Haft. Und ich habe das Gefühl, dass der Richter seinem Antrag stattgeben wird, gleichgültig welche mildernden Umstände Booth Watson anzuführen gedenkt.«

Faulkner schwieg lange. Schließlich sagte er: »Ich akzeptiere Ihr Angebot, Superintendent, wenn Sie mir versichern, dass Sie BW ebenfalls ins Visier nehmen. Immerhin wissen Sie jetzt, wie er sich verhalten hat.«

»Es ist nur eine Frage der Zeit, bis er seine Anwaltslizenz verliert«, sagte William. Man konnte ihm seine große innere Beteiligung anhören. »Denn machen wir uns nichts vor, dieser Mann ist sein eigener größter Feind.«

»Das ist er nicht. Nicht, solange ich lebe«, sagte Faulkner.

Als Miles die Spitze der Schlange an der Essensausgabe erreichte, nahm er sich Zeit, um ein Glas Milch, zwei Spiegeleier, eine Portion gebackene Bohnen und eine Scheibe unverbrannten Toast auszuwählen. Langsam trug er das schwer beladene Tablett zu seinem Tisch. Doch gerade, als er sich setzen wollte, stolperte er und ließ das Tablett fallen. Der Teller zersprang in mehrere Teile, und sein Frühstück glitt über den Steinboden.

Ein Dutzend Häftlinge eilte ihm zu Hilfe.

»Nein, vielen Dank«, sagte Miles, als einer von ihnen anbot, ihm eine neue Portion zu holen. »Ich fühle mich nicht besonders wohl. Ich glaube, ich sollte die Krankenstation aufsuchen und mir etwas Paracetamol geben lassen.«

Er verließ die Kantine – zufrieden darüber, dass mehr als einhundert Häftlinge und mehrere Beamte Zeugen des Vorfalls geworden waren – und ging in Richtung Krankenstation, die in wenigen Minuten geöffnet würde. Auf dem Weg dorthin kam er an weiteren Insassen vorbei, die zur Kantine wollten. Die meisten traten einfach nur beiseite, um ihm Platz zu machen, aber einige schauten ihm aufmerksam hinterher.

Im Wartezimmer hatte sich bereits eine lange Schlange gebildet. Die Häftlinge verstummten, als Miles ganz nach vorne ging und die Krankenschwester herzlich begrüßte.

»Guten Morgen, Miles«, antwortete sie. Sie war einer der wenigen Menschen im Gefängnis, die ihn mit seinem Vornamen ansprachen. »Wo liegt das Problem?«

»Ein Schwindelanfall, Schwester. Und leichte Kopfschmerzen. Ich hätte gerne einige Paracetamol, wenn es nicht zu viele Umstände macht.«

»Gewiss. Darüber hinaus würde ich vorschlagen, dass Sie sich ein paar Stunden hinlegen, bis Sie sich besser fühlen. Ich gebe Ihnen eine Notiz mit, dass Sie heute von Ihrer Arbeit befreit sind.«

»Vielen Dank, Schwester. Ich denke, ich werde Ihren Rat beherzigen.«

Sie gab ihm zwei Paracetamol, ein Glas Wasser und einen Zettel. Nachdem er die Tabletten geschluckt hatte, steckte er den Zettel ein und bedachte sie mit einem weiteren warmen Lächeln. Dann verließ er an der langen Schlange der Wartenden vorbei die Krankenstation, um sich dem zweiten Teil seines Plans zu widmen. Wenigstens weitere zwanzig Häftlinge hatten die Unterhaltung der beiden gehört, in welcher der kluge Rat der Krankenschwester ganz besonders wichtig war.

Vor der Krankenstation warf er einen Blick auf seine Uhr. Es würde noch eine halbe Stunde dauern, bevor er den nächsten Schritt machen konnte. Anstatt in die Bibliothek ging er zurück nach Block C – sein Stellvertreter wusste bereits, dass er an diesem Morgen nicht zur Arbeit erscheinen würde. Sollte sich jemand nach ihm erkundigen, würde der Stellvertreter sagen, dass Miles sich auf den Rat der Krankenschwester hin in seiner Zelle ausruhte.

Nachdem er seinen Zellentrakt erreicht hatte, erklärte er dem diensthabenden Wachbeamten, warum er nicht zur Arbeit gehen würde, und zeigte ihm die Notiz, die ihm die Krankenschwester gegeben hatte.

»Ich werde dafür sorgen, dass niemand Sie stört, Mr. Faulkner«, sagte der junge Beamte. »Ich hoffe, es geht Ihnen morgen besser.« Miles bemerkte erfreut, dass der Mann die Uhrzeit in sein Notizbuch eintrug.

Langsam stieg er hinauf in den zweiten Stock und ging dann in seine Zelle am Ende des Korridors, die die »Penthouse-Suite« genannt wurde. Er schloss die Zellentür und zog ohne Eile seine Sportsachen an. Dann streifte er seine Gefängnis-Jeans und einen dicken, grauen Pullover über. Er hielt inne, sah aus dem Fenster und dachte über die Ereignisse des zurückliegenden Monats nach. Warwick hatte Wort gehalten: Nur wenige Tage nach ihrem Gespräch war er in das Ford-Gefängnis überstellt worden, das eine deutlich geringere Sicherheitsstufe besaß. Dort sorgte er dafür, dass die beiden Wachbeamten und seine Mithäftlinge schon nach kurzer Zeit wussten, dass er der Mann war, der Angebot und Nachfrage organisierte, wenn jemand eine gewisse Summe für den einen oder anderen kleinen Luxus benötigte, der sich normalerweise nur schwierig beschaffen ließ.

Miles hatte die einzige Zelle in diesem Trakt, von der aus man die South Downs sehen konnte. Er hatte sie bekommen, nachdem der Häftling, der zuvor dort untergebracht war, fünfzig Pfund auf seinem Kantinen-Konto vorgefunden hatte. Weitere fünfzig Pfund sorgten dafür, dass der verantwortliche Bibliothekar bereitwillig zu seinem Stellvertreter wurde, der die meisten Routinearbeiten erledigte, während Miles die Morgenzeitungen las und gelegentlich jemanden anrief oder ein Telefongespräch entgegennahm – was ein weiteres Privileg darstellte, für das die kooperierenden Beamten entsprechend entlohnt wurden.

Bei einem Anruf von Lamont zu Anfang der Woche fand er heraus, dass Booth Watson im vergangenen Monat zwei Mal seine Bank aufgesucht hatte. Und was noch besorgniserregender war: Er hatte seine über alles geschätzte Kunstsammlung vom CFAS in Nine Elms in ein Lagerhaus in einem Gewerbegebiet in der Nähe des Flughafens Gatwick überführen lassen. Seit Miles mit Mai Ling gesprochen hatte, wusste er, dass es nur noch eine Frage der Zeit war, bis …

Als Lamont das nächste Mal anrief, hatte Miles einen Plan ausgearbeitet und ihm in allen Einzelheiten die Rolle erklärt, die er dabei zu spielen hatte. Es würde noch ein paar Tage dauern, bis er sein Vorhaben in die Tat umsetzen konnte. Nach Warwicks Warnung war er sich unmissverständlich bewusst, welches Risiko er eingehen würde.

Miles starrte aufmerksam aus dem Fenster, beobachtete und wartete. Er wusste, dass es nicht mehr lange dauern konnte, bevor der örtliche Hare and Hounds Club zu seinem morgendlichen Querfeldeinlauf erscheinen würde. Die sogenannten »Hasen« liefen voraus, wobei ihre Verfolger, die »Jagdhunde«, sie einzuholen versuchten und einige schwächere Läufer die Nachhut bildeten.

Als der erste Läufer am Horizont erschien, schlich sich Miles aus seiner Zelle, sah sich auf dem Korridor um und verriegelte dann die Tür. Ein Mitglied der Putztruppe stand am oberen Ende der Treppe Wache und hob den Daumen. Miles eilte die Treppe hinab ins Erdgeschoss, drückte die Notausgangstür auf und joggte zu einer Baumgruppe, die sich unmittelbar jenseits des Gefängnisgrundstücks befand. Er zog Pullover und Jeans aus, versteckte sie unter einem Brombeerstrauch, den er schon Wochen zuvor ausgesucht hatte, und wartete darauf, dass die Nachzügler erschienen. Er wusste, dass er den Augenblick sorgfältig abpassen musste. Denn auf den siebzig Metern zwischen der Grenze des Gefängnisgrundstücks und dem Weg, den die Läufer nahmen, war die Wahrscheinlichkeit am größten, dass die Wachen ihn bemerken würden.

Als die nächste Gruppe der Läufer zu sehen war, joggte er durch das gefährliche Niemandsland und reihte sich hinter ihnen ein, unternahm aber keinen Versuch, sie einzuholen. Er hoffte, er wäre nicht mehr als ein weiterer Punkt in der Landschaft.

Die Gruppe wandte sich nach links, als sie die Hauptstraße erreichte, während Miles nach rechts abbog. Nach ein paar Hundert Metern sah er einen blauen Volvo, der mit laufendem Motor auf einem erweiterten Seitenstreifen parkte.

Er öffnete eine der hinteren Türen, glitt hinein und legte sich flach auf die Rückbank, während das Auto davonschoss. Er bewegte sich erst wieder, als das Gefängnis außer Sichtweite war.

»Guten Morgen, Sir«, sagte Lamont, ohne sich umzudrehen.

»Morgen, Bruce«, erwiderte Miles, setzte sich auf und zog ein frisch gebügeltes weißes Hemd über sein Sporttrikot. »Ist alles vorbereitet?«

»Alle warten auf Sie. Die Zeit ist unser einziges Problem«, fügte Lamont hinzu und trat das Gaspedal durch.

»Überschreiten Sie niemals das Tempolimit«, warnte Miles ihn, als er seine Shorts abstreifte und eine graue Flanellhose anzog. »Vergessen Sie nicht: Wenn wir von der Polizei angehalten werden, bin ich nicht der Einzige, der wieder ins Gefängnis geht.«

30

Mr. und Mrs. Smith waren die letzten Passagiere, die an Bord des Flugzeugs kamen. Doch nur wenige ihrer Mitreisenden ließen sich zum Narren halten, als sie ihre Plätze in der hintersten Reihe einnahmen und vier Plätze vor sich unbesetzt ließen.

Sie hatte Ross gesagt, sie wolle anonym bleiben – »mit der Menge verschmelzen« waren ihre genauen Worte gewesen. Aber da sie auf einem gewöhnlichen Pauschalflug nach Mallorca eine Sonnenbrille von Gucci, einen Seidenschal von Chanel und hochhackige Schuhe von Louboutin trug, hätte sie nicht noch auffälliger sein können. Ross hatte ihr von der ganzen Idee abgeraten, doch sie wollte nicht auf ihn hören. Bei seinem Versuch, sich zu entspannen, war es auch keine Hilfe, dass er den Fotografen entdeckte, den er kürzlich von Chalabis Grundstück vertrieben hatte und der jetzt nur ein paar Reihen vor ihnen saß. Ross zweifelte nicht daran, dass Chalabi dem Mann verraten hatte, welchen Flug Diana nehmen würde.

Als das Flugzeug in Palma de Mallorca landete, blieben die anderen Passagiere auf ihren Plätzen sitzen. Einhundert Augenpaare starrten aus den Kabinenfenstern, als sie die Maschine durch den Hinterausgang verließ. Sollte jemand noch nicht mitbekommen haben, dass sie an Bord gewesen war, so erfuhr er es spätestens jetzt. Am Fuß der Flugzeugtreppe wartete ein Rolls-Royce auf sie, auf dessen vorderen Kotflügeln zwei kleine Union Jacks flatterten. Nun wusste ganz Spanien, dass Ihre Königliche Hoheit, die Princess of Wales, in der Stadt war.

Ross setzte sich auf den Beifahrersitz und sah im Seitenspiegel, wie sein anderes Problem die Flugzeugtreppe hinabeilte. Wenigstens hätten sie ihm gegenüber eine Stunde Vorsprung. Sobald sie erst einmal in den Sonnenuntergang gesegelt waren, würde er nichts mehr über sie erfahren. Oder hatte man ihm bereits verraten, wo die Sonne untergehen würde?

Polizisten auf Motorrädern eskortierten sie durch den Privatausgang des Flughafens und in Richtung Palma. Sie hielten erst an, als sie den Hafen erreicht hatten, wo die *Lowlander*, Chalabis Privatjacht, vor Anker lag. Ungewöhnlicherweise richtete Diana während der ganzen Fahrt kein einziges Mal das Wort an Ross. Sie war sich bewusst, dass er ihren Urlaub mit Chalabi nach dem, was sich während ihres Wochenendes auf dessen Landsitz ereignet hatte, nicht guthieß. Ross hatte ihr seine Version der Geschichte noch immer nicht erzählt.

Dass Lady Victoria ebenfalls auf diese Reise eingeladen worden war, war das einzige Zugeständnis, das er erreicht hatte.

Ross musste akzeptieren, dass ihn die Prinzessin noch mehr auf Trab hielt als Jojo – die zweite junge Frau in seinem Leben, deren kleinster Laune er ohne zu zögern nachgab.

Schließlich hielt die Limousine vor der größten Jacht im Hafen. Bevor Ross auch nur die Chance hatte, ihr die Tür zu öffnen, war Diana nach draußen gesprungen. Sie rannte die Gangway hinauf, wo ein Mann mit einer goldverzierten Schirmmütze an Deck wartete, um sie zu begrüßen.

Als sie ihre Arme um ihn warf, hielt Ross Ausschau nach möglichen Fotografen und konnte erleichtert feststellen, dass es nirgendwo einen Hinweis auf deren Anwesenheit gab. Ihr Gastgeber stellte Ihre Königliche Hoheit dem Kapitän vor, der vor ihr salutierte. Daraufhin begleitete der Chefsteward das Paar unter Deck zu der seit Kurzem so bezeichneten »königlichen Suite«.

»Besteht irgendeine Hoffnung darauf, hier so rasch wie möglich abzulegen?«, fragte Ross, nachdem er sich dem Kapitän vorgestellt hatte.

»Ich fürchte, nein, Inspector. Wir werden erst nach dem Dinner in See stechen.«

»Natürlich«, sagte Ross. »Was dem Fotografen mehr als genügend Zeit verschafft, uns einzuholen«, fügte er murmelnd hinzu. Er lächelte zum ersten Mal, als Victoria in einem leichten gelben Sommerkleid und weißen Sandalen von unten an Deck kam. Sie war offensichtlich entschlossen, den Urlaub zu genießen.

»Ich bin Ihre Führerin, Inspector«, neckte sie ihn und zeigte ihm die Jacht, die sie als einen »vulgären schwimmenden Ginpalast« bezeichnete. Ross überprüfte jede Ecke des Schiffes vom Maschinenraum über die Unterkunft der Besatzung und die Kombüse, wo der Küchenchef das Dinner vorbereitete, bis hin zum Helikopterlandeplatz, der auf dem Achterdeck eingerichtet worden war. Alles bis auf die königliche Suite, die von innen abgeschlossen war.

Nachdem Victoria ihre Führung beendete, hatte Ross den Eindruck, dass sich das Ganze vielleicht doch zu zwei angenehmen Wochen entwickeln konnte. Aber als sie wieder an Deck waren, sah er den Fotografen an der Dockmauer stehen und von allem in Sichtweite Aufnahmen machen, während er darauf wartete, dass die Prinzessin erschien. Er musste nicht in die Fleet Street zurückkehren, da ein ganz besonderer Tisch auf ihn wartete, auf dem man seine Exklusivbilder begutachten würde.

Als Diana ein paar Stunden später an Deck kam, war sie barfuß und trug ein weißes T-Shirt und Shorts – ihre hochhackigen Schuhe hatte sie offensichtlich zurückgelassen. Sie wirkte entspannter und zufriedener, als Ross sie in letzter Zeit gesehen hatte. Trotzdem musste er sich unweigerlich fragen, wie der Prince of Wales reagieren würde, wenn sein Privatsekretär ihm am Morgen die Zeitungen auf den Frühstückstisch legte.

Die Prinzessin und Chalabi setzten sich zum Dinner, als die Sonne unterzugehen begann. Doch inzwischen war der Fotograf bereits gegangen, denn nur so konnte er vielleicht einige Aufnahmen in einer der ersten Ausgaben des morgigen Tages unterbringen, bevor die Druckerpressen angeworfen wurden.

Ross entspannte sich erst, als er hörte, wie die Schiffsmotoren ansprangen und von der Brücke aus an den Maschinenraum die Anweisung weitergegeben wurde: »Langsame Fahrt voraus.« Das Schiff löste sich gemächlich vom Dock und nahm Kurs auf eine abgeschiedene Bucht, wo, wie der Kapitän ihm versichert hatte, niemand sie finden konnte. Ross war ziemlich sicher, dass es einem Menschen trotzdem gelingen würde.

Ross war der Letzte, der unter Deck ging, nachdem er in allen Richtungen nichts weiter als die ruhige See ohne irgendein anderes Schiff hatte entdecken können.

Leise ging er an der königlichen Suite vorbei, unter deren Tür kein Lichtstreif hervordrang, und zog sich dann in seine Kabine auf demselben Deck zurück. Auf diesem Arrangement hatte er bestanden. Er duschte und ging zu Bett, wobei er zwischen die frischen, steifen Baumwolllaken sank und sein Kopf auf einem Federkissen ruhte. Wären da nicht das leise Brummen der Motoren und die sanfte Bewegung des Schiffes gewesen, hätte er nicht sagen können, ob sie sich auf See befanden.

»Gewöhnen Sie sich nicht daran«, hatte Hawksby ihn gewarnt, »oder Sie werden unaufmerksam.« Bevor er seine Nachttischlampe löschte, sah er noch einmal aus dem Bullauge, um sich davon zu überzeugen, dass niemand ihnen folgte. Und so verhielt es sich tatsächlich: Niemand folgte ihnen.

Lamont bog von der Hauptstraße ab und folgte einem Hinweisschild, das den Weg zu einem Lagerhallenkomplex in der Nähe von Gatwick beschrieb.

Miles, der inzwischen einen dunkelgrauen Anzug, ein weißes Hemd und auf Hochglanz polierte schwarze Schuhe sowie eine gestreifte Krawatte trug, hatte seine Verwandlung von einem Kriminellen auf der Flucht in einen ehrenwerten Geschäftsmann abgeschlossen. Er warf einen Blick in die dicke Brieftasche in der Innentasche seines Anzugs. Wenn er heute Nacht zu Bett ging, wäre sie leer. Aber wo befände sich dieses Bett?

Lamont parkte gegenüber einem großen Umzugswagen, damit sie vor neugierigen Blicken geschützt wären. Dann ging er zum nächsten Gebäude und verschwand darin.

Einen Augenblick später erschien er wieder und gab

Miles mit einem Nicken zu verstehen, dass dieser sich ihm gefahrlos anschließen könne. Im Gebäude stand ein gedrungener, kräftig gebauter Mann, der einen braunen Overall, ein Hemd mit offenem Kragen und eine Baseballmütze trug, vor einer schweren, verstärkten Tür, die mit zwei großen Vorhängeschlössern gesichert war.

»Reg«, sagte Lamont. »Das ist Mr. Booth Watson, der, wie ich dir gesagt habe, seine Bilder persönlich abholen wird.«

»Ich muss irgendetwas Offizielles sehen.«

Miles griff nach seiner Geldbörse und reichte dem Mann fünfhundert Pfund in bar, die blitzschnell in einer tiefen Tasche verschwanden. Damit waren alle Fragen zur Identität des Besuchers geklärt.

»Unterzeichnen Sie hier«, sagte Reg und reichte Miles ein Transportformular. »Dann können meine Jungs mit dem Einladen anfangen.«

Nachdem Miles irgendetwas Unleserliches auf die Unterschriftzeile gekritzelt hatte, legte Reg die Hand an seine Mütze und erklärte: »Wir sehen uns in ein paar Stunden in Lambeth, Mr. Booth Watson, und dann …«

»Bekommen Sie wie versprochen die übrigen fünfhundert Pfund«, sagte Miles. »Aber erst, wenn die Bilder wieder sicher in ihrem alten Zuhause untergebracht sind.«

»Das ist nur fair«, sagte Reg und wandte sich der Tür zu, um die Schlösser zu öffnen.

Lamont und Miles kehrten zu ihrem Fahrzeug zurück. Als Lamont wieder hinter dem Lenkrad saß, warf er einen Blick auf die Uhr und sagte: »Wir werden uns beeilen müssen, wenn Sie Ihren nächsten Termin noch rechtzeitig erreichen wollen.«

Miles nickte knapp, wiederholte davon abgesehen jedoch nur seine Bemerkung von zuvor: »Überschreiten Sie niemals das Tempolimit.«

Lamont hielt sich auf der Innenfahrbahn, als sie in Richtung London fuhren, wobei er sich immer wieder nach möglichen Streifenwagen umsah. Er wollte nicht an einer Ampel neben einem zum Stehen kommen und vielleicht erkannt werden. Er wechselte auf die mittlere Fahrbahn, als sie sich Hyde Park Corner näherten. Obwohl Lamont die Strecke am Tag zuvor abgefahren war, war es ihm nicht gelungen, in der Nähe der Bank einen Parkplatz mit einer Parkuhr zu finden, und es war nicht gerade empfehlenswert, einen Fluchtwagen auf der doppelten gelben Linie stehen zu lassen. Er umrundete die Bank und entdeckte schließlich einen gebührenpflichtigen Parkplatz etwa einhundert Meter vom Haupteingang der Bank entfernt. Ein berechenbares Risiko.

Lamont fütterte die Parkuhr mit so vielen Münzen, dass sie zwei Stunden bleiben konnten. Mehr bot ihnen die Uhr nicht an, und sie konnten jede einzelne Minute davon gebrauchen. Als er auf die Bank zuging, stieg Miles aus dem Auto und folgte ihm. Sie vermieden den Empfangstisch, schlossen sich einer Gruppe von Männern an, die ebenfalls graue Anzüge trugen, und stiegen in einen Aufzug. Lamont drückte den Knopf mit der Zahl 5, und die Tür schloss sich. Miles war klar, dass Lamont als ehemaliger Polizist seine Hausaufgaben gemacht und das Risiko von Überraschungen so weit wie möglich minimiert hatte. Aber er wusste auch, dass es immer etwas gab, womit man nicht gerechnet hatte.

Als sich die Aufzugtür im fünften Stock öffnete, stieg

Lamont als Erster aus. Mit raschen Schritten folgte er dem Flur und klopfte an eine Milchglastür, auf der »Mr. Nigel Cotterill, Gebietsleiter« stand. Er wartete nicht auf eine Reaktion, obwohl sie ein paar Minuten zu früh für ihren Termin waren. Vielleicht würden ihnen diese fünf Minuten später von Nutzen sein.

Falls Mr. Cotterill überrascht war, seinen früheren Kunden zu sehen, so ließ er es sich nicht anmerken. Denn er hatte bereits zwei Mal mit Lamont gesprochen und wusste genau, was von ihm erwartet wurde.

Miles setzte sich auf einen Stuhl, der dem Schreibtisch des Direktors gegenüberstand; Lamont blieb einen Schritt hinter ihm stehen. Jetzt hatten sich ihre Rollen umgekehrt.

»Wie Mr. Lamont Ihnen bereits erklärt haben wird«, sagte Miles, »benötige ich ein neues Bankschließfach, für das niemand außer mir den Schlüssel haben wird.«

Cotterill nickte, schlug eine Akte auf seinem Schreibtisch auf, nahm mehrere Dokumente heraus und legte sie fein säuberlich vor einem der wichtigsten Kunden der Bank aus. Miles las jedes einzelne Papier sorgfältig durch, bevor er seine richtige Unterschrift an die entsprechende Stelle setzte.

»Und wie steht es um meine andere Bitte?«, fragte er, während er die Kappe wieder auf seinen Füllfederhalter schraubte.

»Im Augenblick halten wir sechsundzwanzig Millionen Pfund auf Ihren Namen, die aus dem Verkauf Ihres einundfünfzigprozentigen Anteils an Marcel and Neffe stammen. Aber wie Sie zweifellos wissen, befindet sich die Summe auf einem Kundenkonto, weshalb Mr. Booth Watson bei Bedarf in Ihrem Namen Geld abheben kann, um für seine

Honorare und die sonstigen Kosten für Ihre juristische Vertretung aufzukommen.«

»Wie viel hat er abgehoben, während ich … seit wir uns das letzte Mal gesehen haben?«

Cotterill warf einen Blick auf die Spalte mit den Abhebungen. »Zweihunderteinundvierzigtausendsiebenhundert Pfund«, sagte er.

Miles ging nicht darauf ein, sondern sagte stattdessen in entschiedenem Ton: »Sorgen Sie dafür, dass der vollständige Restbetrag von dem gemeinsamen Konto auf mein Privatkonto transferiert wird, bei dem nur ich Abhebungen vornehmen darf. Unterdessen werde ich den Inhalt meines alten Schließfachs in mein neues übertragen.«

»Ich werde sämtliche Dokumente zur Unterschrift vorbereitet haben, wenn Sie wiederkommen«, sagte Cotterill. »In der Zwischenzeit werde ich den Leiter unserer Sicherheitsabteilung bitten, Sie in das Untergeschoss zu begleiten und Ihnen den Raum mit den Schließfächern zu öffnen. Die Nummer Ihres neuen Fachs ist 178.« Er reichte Miles einen Schlüssel, nahm den Telefonhörer auf seinem Schreibtisch ab und rief die Sicherheitsabteilung an.

31

»Losnummer zweiundzwanzig, der Max Ernst«, sagte der Auktionator. »Das Eröffnungsgebot liegt bei siebentausend Pfund. Achttausend«, verkündete er, nachdem er sich der anderen Seite des Saals zugewandt hatte. »Höre ich neuntausend?«, fragte er, was mit einem Nicken quittiert wurde. »Zehntausend?«, wandte er sich erneut an den ersten Bieter, erhielt jedoch keine Reaktion. Er erteilte den Zuschlag. »Verkauft für neuntausend Pfund.«

»Wie viel Gewinn haben wir damit gemacht?«, fragte Christina.

»Ich habe ursprünglich achttausend dafür bezahlt«, antwortete Beth. »Aber wenn Christie's die Verkäufergebühr abgezogen hat, können wir uns glücklich schätzen, wenn wir mit plus/minus null davonkommen.«

»Das hört sich so gar nicht nach dir an.«

»Jeder verliert irgendwann mal. Der Trick besteht darin, es nicht zur Gewohnheit werden zu lassen.«

»Hast du vor, heute auch etwas zu kaufen?«

»Es gibt ein Aquarell der Coventry Cathedral von Graham Sutherland, das mich interessiert. Los siebenundzwanzig. Aber in diesem Fall vertrete ich eine Kundin.«

»Warum bietet die Kundin nicht selbst mit?«

»Jedes Mal, wenn diese besondere Kundin eine Auktion besucht, lässt sie sich zu viel zu hohen Ausgaben hinreißen.

Deshalb hat sie mir ihr Limit mitgeteilt, und ich biete in ihrem Namen.«

»Wie viel verlangst du für diese Leistung?«

»Fünf Prozent vom Zuschlagspreis.«

»Los siebenundzwanzig«, verkündete der Auktionator. »Der Graham Sutherland. Das Mindestgebot liegt bei sechstausend Pfund. Höre ich sieben?« Beth hob ihr Paddel. »Danke, Madam. Achttausend?« Ein Bieter am Telefon reagierte sofort. »Höre ich neun?« Wieder hob Beth ihr Paddel. »Zehntausend?«, fragte der Auktionator, und wiederum reagierte Beths Mitbieter sofort. »Elftausend?« Der Auktionator lächelte Beth hoffnungsvoll an, doch sie schüttelte den Kopf, denn die Summe lag über dem vereinbarten Limit. »Verkauft für zehntausend Pfund«, erklärte der Auktionator und notierte die Nummer auf dem Paddel des Telefonbieters.

Beths Herz hämmerte, und sie fragte sich, wie viele Jahre es wohl dauern würde, bis dies nicht mehr so sein würde, wenn sie bei einer Auktion mitbot. Sie hoffte, es würde nie dazu kommen.

»Bisher können wir nicht einmal unser Mittagessen bezahlen«, sagte Christina. »Werden wir noch eine Chance bekommen, um unser Geld zurückzuerhalten?«

»Vielleicht. Aber Los vierunddreißig ist das einzige, an dem ich noch interessiert bin.«

Christina blätterte die Seiten ihres Katalogs durch, bis sie das Bild von Andrew Wyeth gefunden hatte, auf dem eine junge Frau in einem Maisfeld lag. »Das gefällt mir«, flüsterte sie.

»Habe ich richtig gehört?«, fragte Beth.

»Allerdings. Es erinnert mich an einen Pissarro, der inzwischen Miles gehört, nachdem ich mich idiotischerweise von meiner Hälfte seiner Sammlung getrennt habe. Wenn er nicht mein ganzes Geld gestohlen hätte«, sagte sie wehmütig, »würde ich den Wyeth kaufen und damit den Grundstock zu meiner eigenen Sammlung legen.«

Beth hätte nie geglaubt, dass sie solche Worte einmal hören würde. Doch andererseits war es Christina bisher immer wieder gelungen, sie zu überraschen.

»Warum interessierst du dich gerade für dieses Bild?«, fragte Christina.

»Wyeth ist ein amerikanischer Künstler, und er hat begeisterte Anhänger in den Staaten, besonders in Pennsylvania, wo er geboren wurde. Wenn ich es für uns sichern könnte, würde ich es bei Freeman's weiterverkaufen, dem führenden Auktionshaus in den USA.«

»Wie gerissen«, sagte Christina. »Es sei denn, hier im Saal sitzen einige Amerikaner.«

»Das werden wir gleich herausfinden«, sagte Beth gerade, als der Auktionator verkündete: »Los vierunddreißig, der Andrew Wyeth. Welche Gebote höre ich?«

»Wirst du …«

»Psst!«, sagte Beth.

»Höre ich ein Eröffnungsgebot von fünftausend Pfund? Fünftausend?«, fragte er mehrere Male.

»Warum bietest du nicht?«, fragte Christina.

»Psst!«, wiederholte Beth.

»Höre ich viertausend?«, fragte er, wobei er versuchte, nicht zu verzweifelt zu klingen. Gerade als es so aussah, als würde er das Bild zurückziehen müssen, hob Beth langsam ihr Paddel. Wieder hämmerte ihr Herz, dessen Schlag erst wieder zu seiner normalen Geschwindigkeit zurückkehrte, als sie den Zuschlag erhielt und der Auktionator erklärte:

»Verkauft für viertausend Pfund an die Dame, die am Gang sitzt.« Beth hob ihr Paddel ein weiteres Mal, damit der Auktionator ihre Nummer auf seiner Verkaufsliste eintragen konnte.

»Das wäre alles für heute«, sagte Beth und erhob sich. Als sie und Christina den Auktionssaal verließen, eilte ein Mann an ihnen vorbei, um sich Beths Platz zu sichern. »Gute Arbeit für einen einzigen Vormittag«, erklärte Beth und trat an den Verkaufstisch, wo sie einen Scheck über 4 400 Pfund ausschrieb.

»Wenn du es jetzt für mehr als viertausendvierhundert Pfund verkaufst, machen wir Gewinn«, sagte Christina, als sie nach draußen auf die Bond Street traten.

»Schön wär's«, sagte Beth. »Zuerst müssen wir Verpackung, Transport und Versicherung bezahlen, von der Prämie für den amerikanischen Auktionator ganz zu schweigen. Wir müssten eher fünftausend bekommen, bevor wir mit einem Gewinn rechnen sollten.«

Sie waren erst wenige Schritte gegangen, als sie hörten, wie hinter ihnen eine Stimme rief: »Mrs. Warwick?«

Beth drehte sich um und erkannte den Mann, der es so eilig gehabt hatte, als er im Gang an ihnen vorbeigestürmt war. Er blieb stehen, holte tief Luft und sagte dann mit breitem amerikanischen Akzent: »Ich wurde in einer Vorstandssitzung aufgehalten. Ich hatte eigentlich die Absicht, für den Wyeth mitzubieten, und ich frage mich, ob Sie möglicherweise Kunsthändlerin sind und es in Erwägung ziehen würden, mir das Bild zu verkaufen. Ich wäre bereit, fünftausend dafür zu bezahlen.«

Beth schüttelte den Kopf.

»Sechstausend?«

Beth wartete so lange, bis er schließlich »sieben« sagte, und wollte sein Angebot gerade annehmen, als Christina nachdrücklich erwiderte: »Nein, vielen Dank«, und weiterzugehen begann. Sogleich ließ der Mann Beth stehen und eilte Christina hinterher. »Acht?«, sagte er.

»Ich würde es nicht einmal für zehntausend verkaufen«, sagte Christina. »Es wird sich so gut in meiner Sammlung machen.«

»Elf«, sagte der Amerikaner noch immer schwer atmend.

»Dreizehn«, sagte Christina und blieb schließlich stehen.

»Zwölf«, erwiderte er.

»Zwölftausendvierhundert, und es gehört Ihnen.«

Der Amerikaner zog sein Scheckbuch aus der Tasche und fragte: »Auf wen soll ich den Scheck ausstellen?«

»Auf Mrs. Beth Warwick«, sagte Christina, ohne zu zögern.

Er stellte den Scheck aus und reichte ihn Christina. Dann verbeugte er sich tief und zog mit einem Lächeln im Gesicht davon.

»Jetzt haben wir einen Gewinn von achttausend gemacht«, sagte Christina.

»Du bist eine Hexe«, sagte Beth.

»Natürlich. Immerhin habe ich meinen Unterricht von jemandem erhalten, der wirklich über den Hexensabbat herrscht.«

»So schlimm ist Miles nicht.«

»Ich habe nicht an Miles gedacht«, sagte Christina und lächelte ihre Freundin an.

Miles und Lamont benötigten etwas mehr als eine Stunde, um im Raum mit den Schließfächern das Bargeld aus einer großen Box in die andere umzufüllen. Nachdem Miles den noch vorhandenen Betrag überprüft hatte, sah er, dass Booth Watson sich mit weiteren 126 000 Pfund bedient hatte, wozu er offensichtlich mehrere Male in den letzten Wochen mit seiner Gladstone-Tasche in die Bank gekommen war. Jetzt kannte Miles den wahren Grund, warum BW wollte, dass er auf schuldig plädierte. So bliebe seinem Anwalt nämlich mehr als genügend Zeit, um alles bis auf den letzten Penny von seinem Geschäftskonto abzuheben und aus seinem Schließfach zu holen, bevor er endlich entlassen würde.

Als Lamont die leere Box zurückstellte, nahm Miles eine Fünfzigpfundnote aus seiner Brieftasche und ließ sie hineinfallen. »Wir wollen doch nicht, dass BW mit leeren Händen abziehen muss, oder?«

Lamonts dünnes Lächeln verwandelte sich in ein breites Grinsen, als Miles zehntausend Pfund aus der vollen Box nahm und sie ihm reichte.

»Morgen werde ich noch einmal zehntausend Pfund auf Ihr Konto überweisen, wenn es mir gelingt, wieder in meinem Bett zu liegen, bevor die Lichter gelöscht werden.«

Miles schob den Schlüssel in seine Tasche und drückte den grünen Knopf neben der Stahltür, die sofort aufschwang. Er trat hinaus in den Korridor, wo er kaum einen Gruß für den Mann vom Sicherheitsdienst übrig hatte, während er zurück zum Aufzug ging. Als die Aufzugtür sich öffnete, stieg Miles ein und drückte energisch den Knopf mit der 5. Lamont schaffte es gerade noch rechtzeitig zu ihm.

Sie gingen in das Büro des Direktors im fünften Stock, wo alle notwendigen Papiere vorbereitet waren und Miles nur noch seine Unterschrift leisten musste. Er las alle drei Dokumente gründlich durch, und nachdem er sie unterschrieben hatte, reichte er Lamont seinen Füllfederhalter und bat ihn, seine Unterschrift zu bezeugen. Miles wusste, dass Lamont so den Mund halten würde, wenn er es vermeiden wollte, mit seinem Wohltäter irgendwann eine Zelle zu teilen.

»Wenn Sie das nächste Mal meinen hochgeschätzten Anwalt sehen«, sagte Miles, als er Cotterill den alten Schlüssel zurückgab, »sollten Sie ihm unbedingt Grüße von mir ausrichten.«

»Und wenn er fragen sollte ...«

»Dann sagen Sie ihm einfach, dass ich mich während meiner Abwesenheit von Ex-Superintendent Lamont habe anwaltlich vertreten lassen.«

Als Miles und Lamont wieder im Erdgeschoss waren, verließen sie die Bank, ohne einen Blick zurückzuwerfen, und gingen direkt zum Auto. Lamont fluchte, als er einen Strafzettel wegen Überschreitens der Parkerlaubnis von der Windschutzscheibe zupfte.

»Vergessen Sie nicht, den zu bezahlen«, sagte Miles. »Es sind immer die kleinen Fehler, die einen zu Fall bringen.« Bevor Lamont reagieren konnte, fügte er hinzu: »Wir sollten uns auf den Weg machen. Wir haben immer noch eine wichtige Aufgabe zu erledigen.«

»The Connaught Hotel. Was kann ich für Sie tun?«

»Bitte verbinden Sie mich mit Mr. Lees Suite.«

»Dürfte ich fragen, wer ihn zu sprechen wünscht?«

»Booth Watson.«

»Ich stelle Sie durch, Mr. Watson.«

Booth Watson machte sich nicht die Mühe, sie zu korrigieren, während er auf die Verbindung wartete.

»Guten Tag, Mr. Booth Watson«, sagte eine vertraute Stimme. »Ich hoffe, es geht Ihnen gut.«

»Ja, vielen Dank, Mr. Lee. Und Ihnen?«

»Ebenso«, sagte Lee, für den damit der typisch englische Small Talk abgeschlossen war, weshalb er nun zum Thema kommen durfte. »Hatten Sie die Möglichkeit, mein Angebot mit Ihrem Mandanten zu besprechen?«

»Die hatte ich in der Tat«, sagte Booth Watson. »Zu meiner Überraschung ist Mr. Faulkner bereit, Ihr Angebot von einhundert Millionen Dollar für seine Sammlung zu akzeptieren. Er hat mich gebeten, mich um die Details zu kümmern.«

»Das freut mich, Mr. Booth Watson. Wie würden Sie gerne fortfahren?«

»Wenn Sie mir sagen, wohin die Bilder geliefert werden sollen, werde ich mich um die Verpackung und die Versicherung kümmern und sie nach Hongkong verschiffen lassen.«

»Jardine Matheson besitzt ein großes Lagerhaus in Kowloon, wo die Bilder untergebracht werden können. Nachdem ich sie überprüft habe, werde ich das Geld am folgenden Tag auf Ihr Konto überweisen.«

»Das klingt überaus zufriedenstellend, Mr. Lee. Ich melde mich wieder, sobald die Bilder verschifft sind, damit wir die Transaktion abschließen können.«

»Ich freue mich schon darauf, Sie in Hongkong wiederzusehen, Mr. Booth Watson. Bitte grüßen Sie Ihren Mandanten von mir.«

»Das werde ich ganz sicher tun«, sagte Booth Watson.

»Was hältst du davon?«, fragte Mai Ling, nachdem ihr Vater aufgelegt hatte.

»Zweifellos hat er von seinem Mandanten keine solche

Anweisung erhalten. Faulkner würde sich niemals für einhundert Millionen Dollar von seiner Sammlung trennen – nicht einmal, wenn er im Todestrakt sitzen würde. Nein, Mr. Booth Watson hat einfach nur genügend Zeit verstreichen lassen, bevor er mich zurückgerufen hat, um mir etwas mitzuteilen, das für ihn bereits vor unserem Treffen feststand.«

»Glaubst du, die Bilder werden jemals in Hongkong erscheinen?«

»Darauf würde ich nicht hoffen«, sagte Lee. »Ich glaube sogar, dass Mr. Booth Watson leere Regale vorfinden wird, wenn er das nächste Mal das Lagerhaus in Gatwick aufsucht.«

»Aber wenn du mir nicht erlaubt hättest, Mr. Faulkner in Belmarsh zu besuchen, Vater, hättest du seine gesamte Sammlung für einhundert Millionen bekommen können.«

»Wenn ich mir jemanden zum Feind machen muss, dann lieber Booth Watson als Miles Faulkner.«

Ross kam auf die Brücke und trat neben den Kapitän.

»Können Sie mir kurz Ihr Fernglas leihen, Skipper?«, fragte er.

»Bedienen Sie sich, Inspector.«

Ross drehte sich um und musterte die etwa eine halbe Meile entfernte Küste. Es dauerte nicht lange, dann hatte er die Gestalt eines einzelnen Mannes entdeckt, der flach auf dem Boden lag und seine Kamera mit dem Teleobjektiv auf zwei Schwimmerinnen gerichtet hatte, die neben der Jacht im Wasser herumplanschten und sich seiner Anwesenheit nicht im Geringsten bewusst schienen.

Wie ein Fischer wartete der Fotograf geduldig darauf, bis Diana wieder auf der Jacht erscheinen und ihren Liebhaber umarmen würde. Er wusste, dass es nur eine Frage der Zeit war, bis er das Foto bekäme, das er haben wollte. Eine Umarmung wäre mehrere Tausend Pfund wert, ein Kuss – nicht auf die Wange – fünfundzwanzigtausend. Ross verachtete ihn maßlos.

»Ich werde mit Mr. Chalabi sprechen«, sagte er.

»Lieber Sie als ich«, sagte der Kapitän.

Ross verließ die Brücke und ging hinab auf das Hauptdeck, wo Chalabi in einem Liegesessel saß. Eine dunkle Brille schützte seine Augen vor der Mittagssonne. Ein Taschenbuch, das ihm aus der Hand geglitten war, lag neben ihm, während er ein Nickerchen hielt.

»Es tut mir leid, Sie zu stören, Mr. Chalabi«, sagte Ross.

Chalabi erwachte, nahm seine Brille ab und sah zu dem Mann auf, der ihn aus seiner Ruhe gerissen hatte.

»Ich glaube, Sie sollten wissen, dass ein Mann am Ufer die Prinzessin und Lady Victoria beim Schwimmen fotografiert.«

»Vielleicht sollte ich mich den beiden anschließen«, sagte Chalabi, warf einen Blick über die Reling und gab sich keine Mühe, ein Grinsen zu unterdrücken.

»Es wäre vielleicht klüger«, schlug Ross vor, »wenn wir einen geschützteren Ort aufsuchen würden, wo der Fotograf Sie nicht belästigen könnte.«

»Er belästigt mich nicht. Und wie Sie sehen können, genießt die Prinzessin, was sie gerade tut. Vielleicht sollten wir sie einfach in Frieden lassen.«

»Aber das ist doch genau der Punkt, Sir. Man lässt sie nicht in Frieden.«

»Das entscheide ich, Inspector, nicht Sie. Und diesmal werden Sie den Mann nicht stoppen können.«

Ross ballte eine Faust.

»Mag sein, dass ich Ihre Anwesenheit auf meiner Jacht tolerieren muss. Aber Sie täten gut daran, nie zu vergessen, dass Sie nichts weiter als ein Butler mit einer Schusswaffe sind.«

Als der Volvo auf den Parkplatz neben einem Lagerhaus in Lambeth rollte, sah Miles mit Erleichterung, dass der Umzugswagen bereits eingetroffen war und ein halbes Dutzend Männer in Arbeitskleidung den Inhalt entluden. Trotzdem musste er eine weitere Stunde warten und sogar noch einige zusätzliche Formulare unterschreiben, bevor das letzte Bild sicher in seiner Halterung verstaut war und man die Türen, die zu dem neuen Aufbewahrungsort seiner Sammlung führten, mit zwei Schlössern gesichert hatte.

Weitere fünfhundert Pfund wechselten den Besitzer, bevor der Lagerverwalter bereit war, Miles zwei große Schlüssel auszuhändigen, die es ihm gestatteten, seinen eigenen Code einzugeben, sodass niemand die Bilder ohne sein Wissen entfernen konnte.

Nachdem Miles die Schlüssel eingesteckt hatte, trat er zu dem Lagerverwalter, der seine Beute unter seinen Mitarbeitern verteilte, und sagte: »Falls jemand fragen sollte …«

»Meine Jungs wissen von nichts. Schön, mit Ihnen Geschäfte zu machen, Mr. …«, er zögerte, »… Booth Watson.«

Miles setzte sich zu Lamont ins Auto, der den Motor bereits gestartet hatte. »Wir müssen uns beeilen«, sagte er, zog sein Jackett aus und warf einen Blick auf seine Uhr, »wenn wir in weniger als zwei Stunden und elf Minuten zurück sein wollen.«

Lamont fuhr los, doch wegen des Feierabendverkehrs dauerte es weitere zweiundvierzig Minuten, bis er die Autobahn erreicht hatte.

»Zum Teufel mit dem Tempolimit«, sagte Miles, indem er endlich nachgab.

Obwohl die Nadel der Geschwindigkeitsanzeige selten unter neunzig Meilen pro Stunde sank, erreichte Lamont den erweiterten Seitenstreifen in der Nähe des Gefängnisses erst, als ihnen nur noch siebzehn Minuten blieben.

Miles, der noch im Auto seine Sportsachen und seine Turnschuhe angezogen hatte, sprang nach draußen und setzte zu einem Lauf an, der anderen kaum den Schweiß auf die Stirn getrieben hätte. Doch für ihn waren die Tage vorbei, an denen er eine Meile unter fünf Minuten geschafft hatte. Als er die Baumgruppe direkt außerhalb des Gefängnisgrundstücks erreichte, war er erschöpft. Rasch zog er die Jeans und seinen Pullover unter dem Brombeerbusch hervor und streifte sie schnell über. Vorsichtig hielt er nach allen Richtungen Ausschau, bevor er sich in das Niemandsland wagte – wobei er erfreut feststellte, dass einige wohlgesinnte Wolken vor dem Vollmond aufgezogen waren, der ansonsten einen Gefängnisbeamten auf dessen Rundgang auf eine Gestalt in Bewegung hätte aufmerksam machen können, die sich auf der falschen Seite der Demarkationszone befand.

Ein besorgtes Mitglied der Putztruppe wartete an der Notausgangstür auf ihn und drückte rasch den Hebel nach oben, um ihn einzulassen. Wachsam stieg Miles die Steintreppe in den zweiten Stock hinauf, wo er nur noch wenige Meter von seiner Zelle entfernt war, als die Lichter erloschen. Er probierte mehrere Schlüssel aus, bevor er den richtigen fand, um die Tür zu öffnen. Als das Schloss schließlich reagierte, stürzte er fast in den Raum.

Noch bevor er sich umziehen konnte, hörte er, wie der Beamte, der Nachtdienst hatte, auf seiner Runde den Korridor entlangging, um nachzusehen, ob sich jeder Häftling nach dem Löschen der Lichter schlafen gelegt hatte.

Miles schlüpfte in sein Bett, zog die Decke hoch bis zum Hals und schloss die Augen.

Ein leises Klopfen erklang an der Tür. Der diensthabende Beamte ließ den Strahl seiner Taschenlampe über das Bett gleiten und schaute in die Zelle. »Ich hoffe, es geht Ihnen besser, Mr. Faulkner«, sagte er und schaltete rasch die Taschenlampe aus.

»Sehr viel besser. Vielen Dank, Officer.« Miles wartete, bis sich die Tür wieder geschlossen hatte. Dann stand er auf, zog seine Kleider aus, versteckte die vier Schlüssel unter seinem Kissen, ging wieder zu Bett und schlief ein.

Superintendent Warwick und DI Adaja saßen in einem unmarkierten Fahrzeug, das einhundert Meter vom Gefängnis entfernt auf einem Seitenstreifen stand.

»Werden wir ihn aufwecken?«, fragte Paul, als die Lichter in Block C ausgingen.

»Nein. Wir schulden ihm etwas«, erwiderte William. »Aber wenn er nicht zurückgekommen wäre, hätte ich ihn mit dem größten Vergnügen festgenommen.«

»Und wenn er es wieder versucht?«

»Er hat keinen Grund dazu. Doch ich würde wirklich gerne Booth Watsons Gesicht sehen, wenn er wieder in der Bank auftaucht.«

32

Die beiden Schlauchboote glitten in die Bucht. Sie fuhren nicht schneller als zwei Knoten, sodass man in der ruhigen, windstillen Nacht ihre Motoren nicht hören konnte, während sie auf die vor Anker gegangene Jacht zuhielten, deren Silhouette sich im Mondlicht abzeichnete. Nasreen Hassan saß im Bug des ersten Schlauchboots und richtete ihr Fernglas auf das einzige Licht, das von der *Lowlander* nach draußen drang.

Ein Mann saß auf der Brücke der Jacht und spielte Schach gegen sich selbst, um sich die langen Stunden der Ankerwache zu vertreiben. Ihr Fernglas war so leistungsstark, dass sie seinen nächsten Zug sehen konnte: Dame bedroht Springer.

Ihren nächsten Schritt hatte sie schon mehrere Wochen zuvor geplant. Sobald sie das Datum kannte, an dem die Zielperson mit ihrem Freund Urlaub machen würde, hatten die Vorbereitungen für diesen unangekündigten Besuch begonnen.

Sie und ihre Leute wussten bereits, dass die Jacht, die Chalabi gemietet hatte, in Palma de Mallorca vor Anker lag. Es brauchte nicht mehr als ein wenig Bestechungsgeld für den stellvertretenden Hafenmeister, um zu erfahren, wann diese den Hafen verlassen würde. Sie besaßen sogar einen Plan der Jacht und hatten die letzten beiden Tage in einem verborgenen Meeresarm etwas weiter nördlich an der Küste verbracht und letzte Hand an ihre Pläne gelegt.

Hassan warf einen Blick auf ihre Uhr – 03:17. Sie war überzeugt davon, dass der einzige Mensch, der an Bord noch wach war, der junge Mann auf der Brücke wäre. Turm bedroht Läufer. Der junge Mann nahm einen Springer vom Brett.

Sie drehte sich um und sah die kleine Flottille und ihr Neun-Mann-Team, von denen jeder über eine besondere Fähigkeit verfügte. Um sie herum im vorderen Boot saßen fünf Auftragskiller, für keinen von ihnen war das seine erste Mission. Sie alle trugen Schwarz von Kopf bis Fuß, und ihre Gesichter waren mit Korkasche eingerieben, damit man sie im Mondlicht nicht sehen konnte. Jeder von ihnen konnte sechsunddreißig Stunden ohne Schlaf auskommen, doch dieser Teil der Operation würde kaum mehr als ein paar Minuten in Anspruch nehmen. Was wirklich Zeit brauchen würde, wäre das Verschwinden, ohne eine Spur zu hinterlassen, und Zeit – oder genauer gesagt, der Mangel daran – war ihr einziger Feind.

Hassan hatte ein Dragunow-Scharfschützengewehr um die Schulter geschlungen, das sie sogar mit ins Bett nahm. Sie hatte sich einen Namen gemacht, indem sie einen britischen Soldaten in Libyen mit einem einzigen Schuss aus sechshundert Metern Entfernung getötet hatte. Die fünf Männer in ihrem Boot trugen Kalaschnikows bei sich, die sie auf dem freien Markt gekauft hatten. Einer von ihnen hielt seine Waffe im Anschlag, in deren Kammer sich bereits die erste Patrone befand. Er ging davon aus, nur einen Schuss abgeben zu müssen.

Das zweite Boot wurde von einem Kapitän gesteuert, der

sich für einzelne Aufträge anwerben ließ und zwanzig Jahre als Drogenkurier im Dienst verschiedener Kartelle vorweisen konnte, sowie von seinem Gehilfen, der mehr Zeit im Gefängnis als auf offener See verbracht hatte. Hinter ihnen saß der Maschinist, dessen fahles, von Falten durchzogenes Gesicht die vielen Jahre zu verraten schien, die er schwer atmend und verschwitzt im Bauch verschiedener Schiffe verbracht hatte. Letztes Mitglied des Teams war ein Arzt, dem schon mehrmals die Zulassung entzogen worden war – obwohl der Truppe für das, was Hassan vorhatte, ein Beerdigungsunternehmer von größerem Nutzen gewesen wäre.

Jedes Augenpaar in den Schlauchbooten war auf die Jacht gerichtet. Der Mann, der ausgewählt worden war, um den Schachspieler zu eliminieren, sollte als Erster an Bord gehen, während Hassan und die übrigen vier Männer aus dem ersten Boot nach unten gehen würden, wo die Prinzessin und möglicherweise noch andere Gäste Chalabis in Träume versunken wären, die sich schon bald in einen Albtraum verwandeln würden.

Hassan spürte, dass ihr Mund trocken wurde, wie es stets vor einem Angriff geschah. Ihr geliebter Anführer hatte sie ausgewählt, um diesen kühnen Schlag durchzuführen, und ihr versichert, dass im Erfolgsfall die Briten nicht nur vor den Augen der Welt gedemütigt würden, sondern darüber hinaus ihr Name in die große Überlieferung ihrer Nation einginge und viele andere junge Frauen dazu inspirieren würde, sich ihrer Sache anzuschließen. Die Ironie bestand darin, dass sie in Wakefield geboren und an der Universität rekrutiert worden war. Wie so viele neu Bekehrte setzte sich Hassan mit weitaus größerer Leidenschaft und Hingabe für die Sache ein als irgendeiner der Söldner, die um sie herumsaßen und nur daran interessiert waren, wie viel man ihnen bezahlen würde.

Als sie nur noch wenige Hundert Meter von ihrem Ziel entfernt waren, fuhren sie noch langsamer, damit der Schachspieler auf der Brücke durch das leise Brummen ihrer Motoren nicht gewarnt würde. Hassan lächelte bei dem Gedanken daran, wie der mit der Vermietung beauftragte Mitarbeiter der Charter-Firma ihr erklärt hatte, einer der besonderen Vorzüge der Jacht bestehe darin, dass sogar ein Kind nach dem Schwimmen ohne fremde Hilfe wieder an Bord gelangen könne.

Als sie nur noch einhundert Meter entfernt waren, schalteten sie die Motoren aus und ließen die beiden Schlauchboote zum Heck der Jacht treiben, damit neun ungebetene Gäste die Party stürmen konnten.

Als das erste Schlauchboot die Kante des Landedecks berührte, ging der ausgewählte Attentäter als Erster an Bord. Rasch eilte er über das Unterdeck und über eine kurze Treppe hinauf zur Brücke. Der Schachspieler sah auf, nachdem er seinen letzten Zug gemacht hatte, woraufhin eine einzelne Kugel in seine Stirn drang. Bevor er irgendeinen Ton von sich geben konnte, brach er auf dem Boden neben dem Steuerrad zusammen. Ohne ein Wort zu wechseln, übernahmen der neue Kapitän und sein erster Maat das Schiff.

Hassan war auf halber Höhe der Wendeltreppe, die zu den Gästekabinen führte, als Ross wegen des Schusses aufwachte. Sofort war er hoch konzentriert, obwohl er einen Augenblick lang nicht sicher sein konnte, ob das Geräusch noch zu seinem Traum gehört hatte. Er sprang aus dem Bett, eilte zur Tür seiner Kabine und öffnete sie, woraufhin sich der Lauf einer Kalaschnikow zwischen seine Augen richtete. Während zwei der Angreifer Ross in den Korridor zerrten, sah er instinktiv hinüber zur Kabine der Prinzessin. Die Tür ging auf, und Jamil Chalabi kam heraus; er trug eine Kaki-Uniform und hielt eine Waffe in der Hand. Er beugte sich vor, küsste Hassan auf beide Wangen und sagte: »Du hättest deinen Auftrag nicht professioneller erledigen können, meine Schwester. Unsere Bewegung wird immer in deiner Schuld stehen.«

»Darf ich ihn umbringen?«, fragte sie und blickte zu Ross.

»Nein«, sagte Chalabi nachdrücklich. »Ich habe etwas anderes für ihn vorgesehen.« Hassan wirkte enttäuscht. »Vorerst bleiben wir bei unserem ursprünglichen Plan. Durchsuche als Erstes alle Kabinen. Halte Ausschau nach Waffen jeder Art – Pistolen, Messer – und, was genauso wichtig ist, Telefonen. Danach solltest du alle einschließen. Steck diese beiden in dieselbe Kabine«, sagte er, indem er in Ross' und Victorias Richtung nickte. »Ich werde meine eigene Kabine brauchen und habe so das Gefühl, dass die Prinzessin mich nicht gerade mit offenen Armen empfangen wird.«

»Was machen wir mit diesen vier Leuten hier?«, fragte Hassan und deutete mit der Waffe auf den Kapitän, den Maschinisten, den Steward und den Koch, die aus ihren Betten gezerrt worden waren.

»Du kannst sie umbringen«, sagte Chalabi, als handele es sich um eine Art Kompensation. »So sind wir nicht in Unterzahl und sorgen dafür, dass der Inspector noch einmal nachdenkt, bevor er auf die Idee kommt, den Helden zu spielen.«

Einer der Angreifer rammte Ross das Knie in den Unterleib, der daraufhin zusammensackte und rückwärts in Victorias Kabine stürzte. Die Tür wurde zugeschlagen, und er hörte, wie jemand abschloss. Wenige Augenblicke später erklangen vier Schüsse. Victoria klammerte sich an Ross. Sie zitterte, aber als sie sprach, klang ihre Stimme herausfordernd.

»Ich habe diesem Mann nie getraut. Wenn ich auch nur ansatzweise eine Chance dazu bekomme, werde ich ihn mit dem größten Vergnügen umbringen.« Ross hätte nie damit gerechnet, dass ihn noch etwas überraschen konnte.

Chalabi ließ zwei seiner Männer im Korridor als Wache zurück, während er hinauf an Deck ging, wo er überall das vergossene Blut sah. Seine Lieblingsfarbe.

Er wollte gerade den Befehl geben, den Anker zu lichten, als er sah, wie am Ufer ein Blitzlicht aufleuchtete. Er packte ein Fernglas und konnte im Mondlicht gerade noch erkennen, wie eine einzelne Gestalt eine Kamera mit Teleobjektiv, die auf einem Stativ montiert war, auf die Jacht gerichtet hatte.

»Verdammt, den hatte ich vergessen«, sagte Chalabi. »Aber da er inzwischen nicht mehr von Nutzen ist …« Er musste den Satz nicht beenden. Hassan, die neben ihm stand, hob ihr Gewehr, stützte es auf der Reling des Schiffes ab und nahm ihr Ziel durch das Nachtsicht-Fernrohr ins Visier. Der Fotograf war etwa vierhundertfünfzig Meter entfernt. Sie presste den Gewehrschaft fest gegen ihre Schulter, holte tief Luft und drückte dann behutsam den Abzug. Sie war bereit, einen zweiten Schuss abzugeben, sollte am Ufer eine weitere Bewegung zu erkennen sein. Doch es gab keine mehr.

»Wir starten«, rief Chalabi zur Brücke hinauf. Er wusste,

dass die *Lowlander* nur zwanzig Knoten schaffte – weshalb es keine Zeit zu verlieren galt, wenn sie es sicher bis in ihre Heimat schaffen wollten, wo die Welt von diesem waghalsigen Coup erfahren würde und ihr nichts anderes übrig bliebe, als auf seine Forderungen einzugehen.

Das Telefon auf Williams Seite des Bettes klingelte. Er nahm ab und hoffte, dass Beth nicht aufwachen würde. Sie stöhnte und drehte sich um.

»Guten Morgen, Warwick«, sagte eine Stimme, die er, so hatte er geglaubt, nie wieder hören würde.

»Guten Morgen, Assistant Commissioner«, sagte er und bemühte sich, wach zu klingen.

»Ein örtlicher Fischer hat die Leiche eines Paparazzo an einem entlegenen Küstenstreifen von Mallorca gefunden.«

Williams Gedanken rasten, während er sich darüber klar zu werden versuchte, warum das um fünf Uhr morgens für ihn von irgendeiner Bedeutung sein sollte.

»Die örtliche Polizei«, fuhr Holbrooke fort, »hat seine Kamera neben ihm gefunden und uns die Bilder geschickt, die er gemacht hat. Mehr müssen Sie im Augenblick nicht wissen, nur dass in einer Stunde eine COBRA-Besprechung in Whitehall stattfinden wird und Ihre Teilnahme daran erforderlich ist.«

Warum ich?, fragte sich William.

»Wir halten es für möglich, dass Mansour Khalifah in die Sache verwickelt ist«, lautete die Antwort auf seine unausgesprochene Frage.

Verwickelt worin?, hätte William gerne gefragt, wenn am anderen Ende der Leitung nicht bereits aufgelegt worden wäre. Er sprang aus dem Bett und eilte ins Bad.

»Wer war das?«, fragte Beth noch im Halbschlaf, aber er hatte die Tür bereits geschlossen.

Alle erhoben sich, als Mrs. Thatcher den Cabinet Office Briefing Room betrat, der nur durch einen Korridor von den Regierungsräumen getrennt und damit vor den Blicken Neugieriger geschützt war, die sich ansonsten gefragt hätten, warum eine Gruppe so mächtiger Personen um sechs Uhr morgens im Besprechungsraum des Kabinetts zusammenkam. Sie nahm auf dem mittleren Stuhl an dem langen Tisch Platz und musterte ein Dutzend der wichtigsten Entscheider der Nation, die von einem Augenblick auf den anderen ihre warmen Betten verlassen hatten und hierhergekommen waren. Hinter ihnen saßen zahlreiche Regierungsbeamte, die dafür sorgen würden, dass die Anweisungen ihrer Vorgesetzten ausgeführt wurden, sobald diese nach der Besprechung in ihre Büros in Whitehall zurückgekehrt waren.

»Assistant Commissioner«, begann die Premierministerin und sah zur gegenüberliegenden Seite des Tisches. »Vielleicht können Sie uns alle auf den neuesten Stand bringen.«

»Die Situation ist noch immer im Fluss, Prime Minister«, erwiderte Holbrooke, »weshalb unsere Nachrichtendienste bereits in diesen Minuten die jüngsten Informationen zusammentragen. Zweifelsfrei wissen wir bisher nur, dass eine Gruppe bewaffneter Terroristen, die möglicherweise von Oberst Gaddafi finanziert werden, eine Jacht vor der Küste von Mallorca gestürmt und in ihre Gewalt gebracht haben, auf der sich die Princess of Wales als Gast aufhält. Der gegenwärtige Standort des Schiffes ist unbekannt.«

»Ich dachte, sie und der Prince of Wales verbringen einen

gemeinsamen Urlaub in Highgrove«, kommentierte die Premierministerin, während sie einen Blick auf eine Landkarte warf, die in der Tischmitte ausgebreitet worden war.

»Genau wie der Rest der Welt da draußen«, sagte Holbrooke, »und ich möchte, dass es auch so bleibt.« Er drückte auf eine Taste seiner Konsole, und ein Foto der *Lowlander*, an deren Heck zwei Schlauchboote trieben, erschien auf einem großen Bildschirm, der einen Großteil der hinteren Wand des Raumes einnahm.

»Wie sind Sie da rangekommen?«, fragte der Kabinettssekretär, der zur Linken der Premierministerin saß.

»Ein Paparazzo war am Ufer, als der Überfall stattfand, und die spanische Polizei konnte seine Kamera sicherstellen.«

»Das ist ein echter Glücksfall«, sagte der Kabinettssekretär.

»Für den Fotografen nicht«, erwiderte Holbrooke. »Jemand hat ihm eine Kugel in den Kopf geschossen.«

»Was hat er so spät in der Nacht noch dort gewollt?«, fragte die Premierministerin.

»Er dürfte für eine Boulevardzeitung gearbeitet und gewusst haben, dass die Prinzessin an Bord der Jacht ist. Glück für uns«, fuhr Holbrooke fort, »dass er bereits mehrere Fotos gemacht hatte, bevor er ermordet wurde. Seine Leiche wurde von einem örtlichen Fischer gefunden. Die spanische Polizei konnte darüber hinaus eine 54-mm-Patrone sicherstellen, die im Sand neben der Kamera steckte. Die Art, die von professionellen Attentätern bevorzugt wird.«

Mehrere Anwesende begannen, gleichzeitig zu sprechen, bis die Premierministerin eine wegwischende Geste machte und Holbrooke zunickte.

»Wir hatten keine Möglichkeit herauszufinden, wer den Fotografen umgebracht hat«, fuhr Holbrooke fort, »bis wir die Aufnahmen bekamen, die er letzte Nacht gemacht hat.«

Das Foto der Jacht verschwand, und auf dem Bildschirm erschien das Gesicht einer jungen Weißen.

»Wer ist sie?«, fragte die Premierministerin.

»Ruth Cairns«, sagte der Leiter des MI6. »Sie wurde in Wakefield geboren und hat an der Manchester University Politik studiert. Aber sie hat das Studium abgebrochen und war fast ein Jahrzehnt lang verschwunden, bis wir kürzlich wieder auf sie aufmerksam wurden, als wir ein Gespräch abgefangen haben. Sie benutzt jetzt den Namen Nasreen Hassan und ist eine der treuesten Untergebenen Gaddafis.«

Ein kurzes Video, das eine Frau zeigte, die vor einem jubelnden Mob einen amerikanischen Militärangehörigen enthauptete, ließ bei niemandem mehr Zweifel daran aufkommen, mit was für einer Art Mensch sie es zu tun hatten.

»Cairns scheint für die Operation verantwortlich zu sein«, sagte Holbrooke.

»Wie viele Terroristen waren an dem Angriff beteiligt?«, fragte der Außenminister, indem er das erste Mal das Wort ergriff.

»Da es nur zwei Schlauchboote zu geben scheint, nicht mehr als ein Dutzend. Höchstens«, antwortete Holbrooke. »Fünf von ihnen, so scheint es, konnten wir bereits identifizieren. Unsere Nachrichtendienste haben Unterlagen über sie.«

Mehrere Verbrecherfotos erschienen auf dem Bildschirm, während Holbrooke die bei der COBRA-Besprechung Anwesenden darüber informierte, um wen es sich handelte und welche Rolle der Betreffende wahrscheinlich bei der Operation spielte. Die nächste Aufnahme auf dem Bildschirm zeigte zwei Männer in Schwarz, die auf der Brücke der Jacht standen. »Wir vermuten, dass es sich hierbei um ihren Kapitän und seinen Assistenten handelt. Denn sie gleichen keinem der fünf Mitarbeiter auf dem Schiff, die am Freitagabend von Palma de Mallorca aus in See gestochen sind.«

»Müssen wir davon ausgehen, dass sämtliche Besatzungsmitglieder der Jacht tot sind?«, fragte die Premierministerin.

»Wahrscheinlich. Hassan hält nichts davon, Gefangene zu machen, besonders wenn ein unmarkiertes Grab so bequem zur Verfügung steht. Aber ich bin überzeugt davon, dass die Prinzessin noch am Leben ist. Denn sonst hätten sie nichts mehr, mit dem sie verhandeln könnten.«

»Verhandeln … das klingt nach Geld oder nach irgendeiner Art von Eintauschen gegen etwas anderes«, sagte die Premierministerin. »Was meinen Sie, Assistant Commissioner, um welches von beidem geht es?«

»Nicht etwas anderes, Ma'am, sondern jemand anderer. Hassan ist nicht an Geld interessiert«, versicherte Holbrooke, »ansonsten wäre Jamil Chalabi, der aktuelle … Begleiter der Prinzessin, ihr Ziel gewesen und nicht die Prinzessin selbst.«

»Was macht Sie so sicher?«, fragte der Kabinettssekretär.

»Chalabi ist der Sohn eines reichen Geschäftsmannes aus Dubai«, antwortete Commander Hawksby. »Er taucht ständig in den Klatschkolumnen auf, wo er üblicherweise als Multimillionär und Playboy oder Partylöwe beschrieben wird. Laut Inspector Hogan, dem Personenschützer der Prinzessin, bereitet es ihm keinerlei Probleme, jeden, einschließlich der Presse, wissen zu lassen, dass er ein Verhältnis mit ihr hat.«

»Wenn Sie nicht glauben, dass es um Geld im Austausch gegen die Prinzessin geht«, fragte der Kabinettssekretär, »worum dann?«

»Im Augenblick sitzt Gaddafis rechte Hand, Mansour Khalifah, im Gefängnis Belmarsh ein«, sagte Hawksby. »Weshalb ich nicht glaube, dass wir weiter suchen müssen als Thamesmead.«

»Sie werden sich daran erinnern, Prime Minister«, warf der Generalstaatsanwalt ein, »dass ich Khalifahs Festnahme genehmigt habe, als er vor ein paar Monaten in Heathrow auf dem Weg nach Moskau zwischengelandet ist.«

»Wir zweifeln nicht daran«, fügte der Innenminister hinzu, »dass Khalifah hinter dem Lockerbie-Anschlag steckt und ebenso hinter dem kürzlich vereitelten Versuch, während des Abschlusskonzerts ein Selbstmordattentat in der Albert Hall durchzuführen. Seien Sie nicht überrascht, falls Gaddafi ihm die Verantwortung für mögliche Verhandlungen übertragen hat.«

»Wir verhandeln nicht mit Terroristen«, sagte die Premierministerin, als handele es sich um eine öffentliche Verlautbarung. Aber in diesem Fall glaubte ihr niemand am Tisch.

Mehrere Anwesende begannen, gleichzeitig zu sprechen, doch sie verstummten, als sich die Premierministerin dem Leiter des Verteidigungsstabs zuwandte. »Was sollen wir als Nächstes tun? Was würden Sie empfehlen, Admiral?«

»Wir haben eine Nimrod, welche die unmittelbare Umgebung überfliegt, und eine zweite ist bereits unterwegs. Die *Lowlander* kann nicht mehr als einhundert Meilen zurückgelegt haben, seit sie gekapert wurde. Deshalb bin ich davon überzeugt, dass es nicht mehr lange dauern wird, bis wir die Jacht aufgespürt haben.«

»Welches Ziel hat die Jacht Ihrer Ansicht nach?«, fragte der Kabinettssekretär mit einem Blick auf die Karte.

»Sie werden sich nicht lange in spanischen Gewässern aufhalten wollen«, antwortete der Erste Lord der Admiralität. »Ich würde sagen, sie steuern Tripolis an«, ein Finger bewegte sich über die Karte, »in der Hoffnung, die libyschen Hoheitsgewässer zu erreichen, bevor wir einen breit organisierten Gegenangriff starten können.«

»Wie viel Zeit haben wir?«, fragte der Kabinettssekretär.

»Wenn sie ungefähr achtzehn Knoten schnell sind, werden sie etwa achtundvierzig Stunden benötigen, um sich in den Schutz ihrer Territorialgewässer zurückzuziehen.«

»Wenn ihnen das gelingt«, sagte der Außenminister, der der Premierministerin gegenübersaß, »gibt es keine weiteren Sanktionen, mit denen wir Libyen drohen könnten, weshalb wir nicht gerade in einer besonders guten Verhandlungsposition sind.«

»Sie ist sogar sehr schwach«, sagte die Premierministerin und verschränkte die Arme. »Worauf also können wir während der nächsten achtundvierzig Stunden hoffen, wenn wir dafür sorgen wollen, dass es nicht so weit kommt?«

»Wir haben eine erstklassige Schwadron des SBS, die in mariner Terrorismusabwehr ausgebildet wurde und im Augenblick auf dem Clyde in der Nähe von Faslane eine Übung veranstaltet«, antwortete der Direktor der Spezialkräfte. »Ich habe bereits Befehl gegeben, dass die Einheit unverzüglich in ihre Basis in Dorset zurückkehrt, wo ich sie heute noch aufsuchen werde.«

»Sind zurzeit irgendwelche Schiffe von uns in der Gegend?«, fragte der Kabinettssekretär, beugte sich über den Tisch und tauchte seinen Finger gleichsam in die Mitte des Mittelmeers.

»Der Flugzeugträger HMS *Cornwall* lag eben noch vor Malta vor Anker«, erwiderte der Erste Lord der Admiralität, »hat sich inzwischen aber mit Höchstgeschwindigkeit auf den Weg gemacht. Er sollte die Jacht in etwa achtzehn Stunden eingeholt haben. Außerdem gibt es ein U-Boot, das wegen kleinerer Reparaturen in Gibraltar liegt und noch im Laufe des Vormittags in See stechen und die *Cornwall* irgendwann morgen Nachmittag einholen könnte.«

»Ich gehe davon aus«, sagte die Premierministerin, »dass Sie die Leitung dieser Operation einem besonders fähigen Kommandanten anvertraut haben?«

»Ja«, sagte der Erste Lord der Admiralität. »Er ist der Beste. Denn für etwas so Großes können wir ganz gewiss keinen Simubei gebrauchen.«

»Keinen Simubei?«

»Spaß in der Messe, unfähig bei Einsätzen. Ich kann Ihnen versichern, dass Captain Davenport gewiss niemand ist, dem Khalifah gerne begegnen würde.«

»Unter welchen Bedingungen sitzt Khalifah im Augenblick ein?«, fragte die Premierministerin und sah sich am Tisch um, denn sie war sich nicht sicher, wer ihre Frage beantworten konnte.

»Er sitzt derzeit in Belmarsh in Einzelhaft«, sagte William. »Er hat keine Möglichkeit, zu irgendjemandem von außerhalb Kontakt aufzunehmen. Doch wir dürfen annehmen, dass er ganz genau Bescheid weiß über das, was vor sich geht.«

Alle am Tisch wandten sich William zu.

»Den Schlüssel wegzuwerfen sieht mir unter den gegebenen Umständen wie eine angemessene Reaktion aus«, sagte der Innenminister.

»Ich wünschte, es wäre so einfach«, erwiderte die Premierministerin. »Im Augenblick jedoch würde ich vorschlagen, dass sich alle an die Arbeit machen und versuchen sollten, das Ganze wie eine vollkommen gewöhnliche Aufgabe zu betrachten. Dabei ist es – und daran muss ich Sie gewiss nicht erinnern – zwingend geboten, dass die Presse nichts davon mitbekommt.«

»Und wenn doch?«, fragte der Pressesekretär der Premierministerin.

»Dann werde ich gegenüber jedem Presseerzeugnis der Fleet Street ein offizielles Verbot aussprechen, da die Veröffentlichung solcher Informationen die innere Sicherheit gefährden würde«, sagte der Generalstaatsanwalt, ohne zu zögern.

»Und wenn eine ausländische Quelle herausfindet, dass die Prinzessin entführt wurde?«, lautete die zweite Frage des Pressesekretärs. »Ihr gegenüber hätten Sie keinerlei Befugnis.«

»Sollte es dazu kommen, Bernard, müssen Sie ein Statement für mich vorbereiten«, sagte die Premierministerin gerade, als die Tür aufflog und ihr Privatsekretär hereinstürzte, um ihr eine Notiz zu überreichen. Sie öffnete sie und las die kurze Nachricht. »Eine Nimrod hat die *Lowlander* lokalisiert. Und Sie hatten recht, Admiral«, sagte sie und wandte sich dem Ersten Lord der Admiralität zu. »Die Jacht hat mit etwa siebzehn Knoten eine Ost-Südost-Route eingeschlagen.«

»Dann ist Tripolis also tatsächlich das Ziel«, sagte der Außenminister.

»Was bedeutet …«, sagte die Premierministerin mit einem Blick auf die Uhr, »… noch etwa siebenundvierzig Stunden, bevor mir nichts anderes übrig bleiben wird, als einen Anruf von Oberst Gaddafi entgegenzunehmen und aus einer sehr schwachen Position heraus zu verhandeln.« Sie sah sich am Tisch um. »Das ist etwas, das ich verhindern möchte«, sagte sie in entschiedenem Ton. »Koste es, was es wolle.«

33

Als der Offizier des SBS, der die Tauchgänge seiner Männer überwachte, einen Anruf vom Kommandanten in Faslane erhielt, stabilisierte er sein Boot, schaltete die Taucher-Rückruf-Vorrichtung ein und ließ das Gerät zu Wasser. Es sank unter die Wellen und löste nur wenige Augenblicke später eine Explosion aus, was den Tauchern der Schwadron M zu verstehen gab, unverzüglich an die Wasseroberfläche zurückzukehren. Innerhalb von Sekunden erschien ein Dutzend Gestalten, die in Gummianzügen steckten und sich ein Wettrennen zum Sicherheitsboot lieferten. Man brauchte ihnen nicht zu sagen, dass es sich um einen Notfall handelte, denn sie konnten zwei schnellere Boote sehen, die mit Höchstgeschwindigkeit auf sie zurasten.

Der Befehl war einfach: »Kehren Sie zur Basis in Coulport zurück, legen Sie Ihre Taucherausrüstung ab und bereiten Sie sich darauf vor, in zwanzig Minuten einen Hubschrauber zu besteigen. Jeder, der bis dahin nicht auf dem Hubschrauberlandeplatz ist, wird zurückgelassen.« »Zurückgelassen« war das einzige Wort, das der Einsatzleiter wiederholte.

Als die letzten Mitglieder der Schwadron M den Hubschrauberlandeplatz in Coulport erreichten, drehten sich die Rotoren des dritten Hubschraubers bereits. Er würde unverzüglich losfliegen und gemeinsam mit den beiden anderen Hubschraubern die Männer in das SBS-Hauptquartier in Poole bringen. Niemand verpasste den Flug.

»Sind das Terroristen oder Piraten?«, fragte Victoria und versuchte, sich nicht anmerken zu lassen, wie besorgt sie war.

»Terroristen«, sagte Ross, ohne zu zögern. »Wir wollen hoffen, dass die Piraten bereits daran arbeiten, wie sie uns retten werden.«

»Haben sie es auf Geld abgesehen?«, fragte Victoria. »Denn wenn das der Fall ist, müssen sie doch wohl nichts weiter tun, als den entsprechenden Betrag mit der Regierung auszuhandeln.«

»Ich glaube nicht, dass diese Typen auf Geld aus sind.«

»Was könnten sie denn sonst wollen?«

»Mansour Khalifah. Der libysche Terrorist, der hinter dem Lockerbie-Attentat steckt und zurzeit in Belmarsh hinter Schloss und Riegel sitzt. Er ist Oberst Gaddafis rechte Hand, und da wir im Augenblick einen südöstlichen Kurs eingeschlagen haben, vermute ich, dass es sich bei dem nächsten Hafen, den wir anlaufen werden, um Tripolis handelt.«

»Da Sie letzte Nacht kaum geschlafen haben, Inspector … haben Sie inzwischen einen Plan ausgearbeitet, um uns hier rauszubringen?«, fragte Victoria, als sie nach draußen ging und zu Dianas Balkon hinüberspähte, wo jedoch niemand zu sehen war.

Ross folgte ihr auf den Balkon, blickte sich um und erklärte: »So eine Kabine haben sie mir nicht gegeben.« Denn er wollte nicht, dass sie über das Thema nachdachte, das sie beide am meisten beschäftigte.

»Verständlich, Inspector«, erwiderte sie und deutete ihm gegenüber ein Lächeln an. »Andererseits bin ich selbst nicht oft gezwungen, die Nacht mit einem Mitarbeiter von so geringem Rang zu verbringen. Gibt es sonst noch einen Grund, warum Sie glauben, dass Libyen das Ziel ist?«, fügte sie hinzu, denn sie wollte ihn nicht so einfach davonkommen lassen.

»Als wir letzte Nacht auf dem Korridor standen, habe ich gehört, wie einer von Chalabis Kumpanen ›der Oberst‹ sagte und dann triumphierend die Faust hob. Aber wohin wir auch immer fahren mögen, meine Hauptaufgabe ist es nach wie vor, die Prinzessin zu schützen.«

»Das wird nicht leicht sein. Wir sind wahrscheinlich ohnehin in größerer Gefahr als sie.«

»Wie kommen Sie darauf?«

»Wenn Sie recht haben und diese Leute Khalifah gegen die Prinzessin austauschen wollen, dann besteht ihre einzige Hoffnung darin, sich ihre Königin nicht vom Schachbrett nehmen zu lassen. Wobei es ihnen nichts ausmachen dürfte, ein paar Bauern zu opfern und ebenso den einen oder anderen Turm, was die vier Schüsse erklären würde, die wir letzte Nacht gehört haben. Außerdem könnte es die Politiker in Whitehall ein wenig entschlussfreudiger machen. Falls Ihre Piraten es nicht rechtzeitig schaffen.«

»Sie wären eine gute Ermittlerin geworden«, sagte Ross. »Wie also sieht Ihrer Meinung nach deren nächster Schritt aus?«

»Das werden wir erst herausfinden, wenn derjenige, den Chalabi in London kontaktieren will, aufgewacht ist. Was durchaus noch eine weitere Stunde oder noch länger dauern könnte. Was sollen wir bis dahin unternehmen?«

»Uns bleibt immer noch die Möglichkeit, wieder ins Bett zu gehen«, scherzte Ross, indem er versuchte, sie von dem abzulenken, worüber sie, wie er fürchtete, in Wahrheit nachdachte.

»Ich muss gestehen«, sagte Victoria, »dass ich verschiedene Szenarien erwogen habe, in denen es dazu kommen könnte, dass ich gezwungen wäre, die Nacht mit Ihnen zu verbringen. Die Tatsache, dass eine Gruppe von Terroristen eine freie Kabine braucht, stand jedoch nicht gerade weit oben auf meiner Liste. Offen gesagt glaube ich, Sie sollten sich mehr Sorgen über die neueste Frau in Ihrem Leben machen«, fuhr sie fort und deutete in Richtung Oberdeck. »Und angesichts Ihrer vielen Erfahrungen mit dem anderen Geschlecht, Inspector, wäre es faszinierend für mich zu erfahren, was sie von ihr halten.«

»Sie ist eindeutig gewissenlos und effizient. Die ganze Operation war gut geplant, weshalb sie genau wissen dürfte, wie ihr nächster Schritt aussehen wird. Aber die eine Sache, die sie vielleicht nicht bedacht hat, war der Paparazzo am Ufer, als sie letzte Nacht die Jacht gekapert haben. Und er hatte eines mit mir gemeinsam«, sagte Ross. »Er hat die Prinzessin nie aus den Augen gelassen.«

»Dann wird die Geschichte bereits auf allen Titelseiten der Morgenzeitungen stehen.«

»Nicht, wenn er tot ist. Ich habe gehört, wie letzte Nacht ein einzelner Schuss aus einem Hochleistungsgewehr abgegeben wurde, nicht aus der Waffe, mit der die anderen umgebracht wurden«, sagte Ross und schaute durch das Bullauge zum Himmel hinauf.

»Was versuchen Sie zu sehen?«, fragte Victoria.

»Ich versuche nichts zu sehen. Ich lausche. Sobald man

in London begriffen hat, dass die Prinzessin entführt wurde, wird irgendwo da oben eine Nimrod sein und versuchen, unsere genaue Position zu bestimmen.«

»Aber werden die Terroristen das nicht mitbekommen und gewarnt sein?«

»Der Pilot wird darauf achten, so hoch zu fliegen, dass er außer Sichtweite bleibt. Und glauben Sie mir, diese Leute sind in der Lage, aus zwanzig Meilen Entfernung einen Delfin zu erkennen, ganz zu schweigen von einer Siebzig-Meter-Jacht.«

»Aber selbst wenn sie uns finden, was könnten sie sinnvollerweise unternehmen?«

»Jede Regierungsbehörde wird unter Hochdruck arbeiten, aber es wird der SBS sein, der die Rettungsaktion durchführt. Ihr größtes Problem ist, dass sie nur ein begrenztes Zeitfenster haben, bevor wir die libyschen Hoheitsgewässer erreichen.«

»Das ist nicht gerade der Ort, an dem die Prinzessin ihren Sommerurlaub verbringen wollte.«

»Ich muss zugeben, Victoria, Sie wirken bemerkenswert ruhig unter den gegebenen Umständen«, sagte Ross, obwohl er bemerkte, wie sie sich leicht auf die Lippen biss, was eher ihre wahren Gefühle verriet.

»Meine Familie hat früher schlimme Dinge durchgemacht. Mein Ururgroßvater hat bei der Belagerung von Mafeking ein Bein verloren«, sagte sie. »Mein Großvater fiel am Strand von Dünkirchen, und mein Vater hat unklugerweise das Familienvermögen in Lloyd's of London investiert und steht jetzt auf ihrer Liste mit den sogenannten Härtefällen – weshalb ich davon ausgehen muss, dass mein Erbe den Bach runtergeht und ich gezwungen sein werde, das zu tun, was die Frauen unseres Clans früher häufig getan haben: reich heiraten. Wenn Sie die Wahrheit wissen wollen, ich bin absolut entsetzt. Aber wie meine Großmutter zu meiner Mutter zu sagen pflegte, als die Bomben auf London fielen: ›Bleib ruhig, mach weiter und denke immer daran, Messer und Gabel zwischen den einzelnen Bissen abzulegen.‹«

Ross konnte nicht anders, als die Art und Weise zu bewundern, wie die junge Frau unter Druck reagierte. Doch er sagte ihr nicht, dass sie bisher nur ein erstes Scharmützel erlebt hatten. Victoria ging zum Tisch in der Ecke ihrer Kabine, auf dem ein großer Stapel ungeöffneter, an die Prinzessin gerichteter Briefe lag. Sie griff nach einem silbernen Brieföffner und öffnete den obersten Umschlag mit einem oft praktizierten, effizienten Schnitt.

»Von einem ihrer vielen Bewunderer?«, fragte Ross.

»Ja, aber das ist nur eine kleine Auswahl dessen, was Ihre Königliche Hoheit jeden Tag bekommt. Es ist eine meiner Aufgaben, dafür zu sorgen, dass sie alle beantwortet werden, auch die weniger schmeichelhaften. Ich habe einen Stapel davon mitgebracht, um sie abzuarbeiten, wenn ich nichts Besseres zu tun hätte.«

»Wie reagiert sie auf die weniger schmeichelhaften?«

»Sie bekommt sie nie zu Gesicht«, gestand Victoria. »Ich lege ihr zum Frühstück immer einige vor, die von ihren größten Bewunderern stammen, obwohl ich nicht glaube, dass ich heute die Gelegenheit dazu haben werde.«

»Glauben Sie, dass sie bei den Leuten auch weiterhin so beliebt wäre, wenn bekannt würde, dass sie den Urlaub mit ihrem Liebhaber verbracht hat und nicht mit dem Prinzen?«

»Bei den meisten von ihnen, ja«, sagte Victoria. »In den

Augen der Leute, die sie geradezu anbeten, würde sie nie etwas falsch machen.«

Ross wirbelte herum, als die Tür aufflog und zwei von Chalabis Gangstertypen in die Kabine stürmten. Sie packten Ross bei den Armen, zogen ihn hinaus auf den Korridor und verriegelten die Tür hinter sich. Als sie alleine in der Kabine war, brach Victoria in Tränen aus. Ihre steife Oberlippe zitterte nun doch.

Während sich ein Gewehrlauf schmerzhaft in seinen Rücken presste, wurde Ross die Treppe hinaufgezerrt und auf das Oberdeck gestoßen, wo Chalabi und Hassan ihn bereits erwarteten. Die Sonne brannte auf sie herab, ohne sich bewusst zu sein, dass hier niemand mehr Urlaub machte.

»Es ist an der Zeit, Inspector Hogan, dass wir zu Phase zwei meines Plans übergehen.«

Plötzlich begriff Ross, warum sie ihn nicht umgebracht hatten.

»Jeder Anruf, den Sie auf dieser Fahrt von Ihrer Kabine aus gemacht haben, wurde überwacht, Inspector. Deshalb sind Sie mir vorerst – und ich betone: vorerst – lebend nützlicher als tot. Ich möchte, dass Sie mit Superintendent Warwick Kontakt aufnehmen, denn anscheinend ist er der für die Royalty Protection zuständige Beamte.« Ross schwieg. »Sie werden ihn unverzüglich an den Apparat holen, damit ich im Detail darstellen kann, was ich im Gegenzug dafür erwarte, dass ich die nächste Königin von England nicht umbringe.«

Wiederum erhoben sich alle, als Mrs. Thatcher den Raum betrat.

»Brigadegeneral«, sagte die Premierministerin und nahm Platz.

»Eine SBS-Einheit von hervorragend ausgebildeten Einsatzkräften wurde vollständig über ihre Mission informiert, die inzwischen den Namen ›Overboard‹ trägt. Die Männer sind bereit, sich auf den Weg ins Mittelmeer zu machen«, sagte der Direktor der Special Forces. »Nach der gestrigen Besprechung bin ich nach Poole geflogen und habe dem SBS unsere jüngsten Informationen übermittelt. Als ich kurz nach Mitternacht den Rückflug zum RAF-Stützpunkt in Northolt angetreten habe, hatten wir bereits in groben Zügen einen Plan ausgearbeitet.«

»Aber würden sogar die erfahrensten Einsatzkräfte nicht mehrere Tage benötigen, um eine so ungeheuer anspruchsvolle Operation im Mittelmeer vorzubereiten?«, fragte der Kabinettssekretär.

»Eigentlich nicht, Sir Robin«, sagte der Brigadegeneral. »Der SBS verbringt jede wache Stunde damit, sich auf eine solche Möglichkeit vorzubereiten, und kann es gar nicht erwarten, von echten Terroristen auf die Probe gestellt zu werden – und nicht nur von Freiwilligen, die deren Rolle übernommen haben.«

»Aber wie können sie davon ausgehen, an Bord eines Schiffes zu gelangen, das sich mitten auf dem Meer rasch fortbewegt und dessen neue Besatzung nach irgendwelchen Anzeichen für eine Gefahr Ausschau hält?«, fragte die Premierministerin.

»Es kommt darauf an, in welche Richtung sie schauen, wenn unsere Jungs auftauchen«, sagte der Brigadegeneral. »Aber Sie können versichert sein, dass unsere Leute mehrere Variationen dieses Themas bei zahllosen Trainingseinsätzen durchgespielt haben und auf eine solche Herausforderung absolut vorbereitet sind.«

»Können Sie uns in dieser Hinsicht über irgendwelche Einzelheiten aufklären?«, fragte der Verteidigungsminister. »Oder ist es noch zu früh dazu?«

Auf dem Bildschirm am anderen Ende des Raumes erschien eine Karte des Mittelmeers, auf der mitten im Ozean drei Stellen mit großen Kreuzen markiert waren. Der Brigadegeneral stand auf und trat mit einem Laserpointer in der Hand hinzu.

»Das nennen wir beim Militär einen Drei-Punkte-Angriff. Zunächst werden zwei Dutzend der erfahrensten Männer der HMS *Cornwall* einen Ablenkungsangriff aus östlicher Richtung starten.« Ein Lichtpunkt traf eines der Kreuze. »Sobald sie die Aufmerksamkeit der Terroristen auf sich gezogen haben, werden zwanzig Mann des SBS unter der Führung von Captain Mike Davenport sich der Jacht von Westen her nähern, sechs von ihnen in zwei Hubschraubern der *Cornwall*« – das Licht berührte kurz ein zweites Kreuz –, »von denen die Männer sich auf das Deck abseilen und die Terroristen neutralisieren werden. Die übrigen vierzehn SBS-Mitglieder werden in drei Hochgeschwindigkeits-Schlauchbooten von Nordwesten heranrücken.« Das Licht berührte das dritte Kreuz und vervollständigte so das Dreieck, das die *Lowlander* umgab. »Das entscheidende Element bei diesem Plan ist der zeitliche Ablauf. Alle drei Teile des Dreiecks müssen genau im richtigen Augenblick zusammenkommen. Niemand kann es sich leisten, auch nur ein paar Sekunden lang zurückzufallen.«

»Und wo sind die drei Teile dieses Dreiecks im Augenblick?«, fragte der Kabinettssekretär.

»Vierundzwanzig Mann der Schiffsbesatzung, die den Ablenkungsangriff durchführen sollen, werden im Augenblick über die entscheidende Rolle informiert, die sie spielen werden, wenn dieser Plan irgendwelche Aussicht auf Erfolg haben soll. Die Eliteschwadron M dürfte«, er warf einen Blick auf seine Uhr, »innerhalb der nächsten dreißig Minuten mit der nötigen Ausrüstung, einschließlich der drei Schlauchboote, in zwei Lastwägen auf dem RAF-Stützpunkt in Lyneham eintreffen. Sobald alles in eine C-130 verladen ist, werden sie um fünfzehnhundert starten, vielleicht auch früher. Die SBS-Einheit wird wahrscheinlich kurz nach achtzehn Uhr dreißig Ortszeit mit der *Cornwall* Kontakt aufnehmen. Wenn ich könnte, würde ich Ihnen weitere Einzelheiten nennen. Aber die ganze Operation ist noch sehr im Fluss, und es wäre möglich, dass es in letzter Minute noch Änderungen gibt.«

»Wie wollen Sie zwanzig Mann aus einer C-130 auf die *Cornwall* bringen?«, fragte der Kabinettssekretär mit einem Blick auf die Landkarte. »Es gibt im Umkreis von fünfhundert Meilen keine einzige Landebahn.«

»Sie werden mit ihren Fallschirmen und zusammen mit ihren Schlauchbooten ins Meer abspringen«, erklärte der Brigadegeneral. »Für diese Männer ist das nicht schwieriger, als wenn Sie oder ich in einen Swimmingpool springen. Unterdessen wird eines unserer neuesten U-Boote, die *Ursula*, sich der Jacht nähern. Eigentlich sollte sie sie schon mit ihrem Radar geortet haben«, fügte er hinzu und führte einen Lichtpunkt auf eine Position weit südlich des dritten Winkels des Dreiecks.

»Welche Rolle spielt das U-Boot bei dieser Operation?«, fragte der Außenminister.

Langes Schweigen folgte, bevor der Verteidigungsminister schließlich gestand: »Es ist unsere letzte Rettung, wenn alles andere scheitert.«

»Letzte Rettung – in welcher Hinsicht?«, fragte die Premierministerin.

»Wenn es uns nicht gelingt, die Jacht in unsere Gewalt zu bringen.«

»Und was soll dann geschehen?« Der Kabinettssekretär gab sich nicht zufrieden mit der Antwort.

Jetzt folgte ein sogar noch längeres Schweigen, bis der Verteidigungsminister schließlich zugab: »Die HMS *Ursula* würde die Jacht in die Luft jagen. Aber erst, wenn wir sicher wären, dass die Terroristen die Prinzessin umgebracht haben. Und auch dann nicht ohne Ihre Freigabe, Prime Minister«, fügte er hinzu, als am anderen Ende des Tisches ein Handy zu klingeln begann. William wirkte angemessen verlegen und wollte das Handy gerade ausschalten, als er sah, welcher Name auf dem Display erschien.

William stand auf, beugte sich vor und schob das Motorola in die Mitte des Tisches, wobei er einen Finger an seine Lippen legte. Sämtliche Männer und die als eisern beschriebene Dame in ihrer Mitte verstummten, obwohl eigentlich *sie* es gewohnt waren, Befehle zu geben. William drückte auf die Lautsprechertaste, damit alle die Unterhaltung mithören konnten.

»Guten Tag, Sir«, sagte eine Stimme mit leichtem irischen Akzent, die William sofort erkannte. »Hier ist DI Hogan.«

Er konnte sich nicht daran erinnern, wann Ross ihn zuletzt »Sir« genannt hatte.

»Wie Sie wissen, Inspector«, sagte William, indem er sich auf das Spiel einließ, »verlangt das Protokoll in einer solchen Situation, dass Sie vier Sicherheitsfragen beantworten, um Ihre Identität zu bestätigen.«

»Verstanden«, sagte Ross, dem klar war, dass William jedes einzelne Wort analysieren würde, das er äußerte.

»Wie viele Offiziere unterstehen meinem Kommando in Buckingham Gate?«

»Zehn«, sagte Ross.

»Wie lange dauert es im Durchschnitt, bis ein Krankenwagen in London den Ort eines Verkehrsunfalls erreicht?«

»Etwa achtzehn bis zwanzig Minuten«, erwiderte Ross.

William notierte »zehn«, »achtzehn« und »zwanzig«, bevor er die nächste Frage stellte. »Was war nach der Schule Ihr erstes eigenes Auto?«

»Ich wollte einen Porsche, musste mich aber mit einem gebrauchten MG zufriedengeben, der nur eintausend Meilen auf dem Tacho hatte.«

William fügte seiner Liste »eintausend« hinzu.

»Wie war der Mädchenname Ihrer Mutter?«

»O'Reilly. Ich hatte sechs Brüder und vier Schwestern. Unsere Mutter hat uns mit einer Eisenrute großgezogen.« William notierte »sechs« und »vier«.

»Vielen Dank, Inspector Hogan. Bitte nennen Sie mir nun den Grund für Ihren Anruf.«

»Wie Sie wissen, Bill, wurde die Jacht, auf der sich meine Auftraggeberin befindet, gekapert.« Er vermied es, »von einer Gruppe Terroristen« hinzuzufügen. »Und die Person, die die Führung übernommen und jetzt auf dem Schiff das Sagen hat, wünscht Sie zu sprechen.«

Alle im Raum warteten darauf, dass als Nächstes die Stimme von Nasreen Hassan zu hören sein würde, doch sie sollten die erste von mehreren Überraschungen erleben.

»Guten Tag, Superintendent. Mein Name ist Jamil Chalabi. Lassen Sie mich Ihnen gegenüber klarstellen, dass sich das Schiff vollständig unter meiner Kontrolle befindet. Außerdem möchte ich von Anfang an unmissverständlich darauf hinweisen, dass ich nicht zögern werde, Ihre ehebrecherische Prinzessin über die Planke gehen zu lassen, sollten meine Anweisungen nicht bis ins kleinste Detail genau ausgeführt werden. Das mag übertrieben dramatisch klingen, aber ich habe so das Gefühl, dass das Ereignis die Einschaltrekorde aller Fernsehsender auf der ganzen Welt brechen würde.«

Eine junge Sekretärin, die hinter der Premierministerin saß, fiel in Ohnmacht, und zwei ihrer Kolleginnen trugen sie aus dem Zimmer. Alle um den Tisch lauschten wie gebannt der Unterhaltung.

»Ihr Schweigen scheint anzudeuten, dass ich Ihre Aufmerksamkeit gewonnen habe«, sagte Chalabi. »Deshalb werde ich Ihnen jetzt sagen, was als Nächstes geschehen wird, wenn Sie Ihre kostbare Prinzessin wiedersehen wollen. Zunächst werden Sie unseren Anführer, Mansour Khalifah, aus der Einzelhaft in Belmarsh entlassen und ihn in die Krankenstation des Gefängnisses verlegen, wo ich ihn in einer Stunde anrufen werde. Ist das einfach genug, damit Sie mir folgen können, Superintendent?«

»Ja, das ist es«, sagte William, ohne auf die Provokation näher einzugehen. »Aber Ihnen muss klar sein, dass der Assistant Commissioner der Metropolitan Police über die Entlassung von Mr. Khalifah entscheidet, nicht ich. Und ich habe keine Ahnung, wo sich der AC gerade aufhält.« William sah über den Tisch hinweg zu Holbrooke, der ihm knapp zunickte.

»Sie haben eine Stunde, mehr nicht. Und ich vermute, dass er mit Ihnen im selben Zimmer sitzt, weshalb Sie dafür sorgen sollten, dass er meinen Anruf entgegennimmt, wenn ich mich wieder melde. Sollten Sie versuchen, ein falsches Spiel mit mir zu treiben, wird als erster ... nein, ich sollte genauer sein ... wird als sechster Mensch Ihr Kollege Inspector Hogan sterben, der dieses Gespräch mit anhört. Es wird ein besonderer Tod sein, über den ich schon länger nachgedacht habe. Ich wollte schon immer wissen, wie lange jemand ohne Rettungsweste im Meer überleben kann. Nicht mehr als ein paar Stunden, würde ich sagen.« Die Verbindung war weg.

»Ich dachte, Sie hätten uns darüber informiert, dass dieser Chalabi ein Playboy und Partylöwe ist«, blaffte die Premierministerin, »und kein gewissenloser Terrorist.«

»Bis zu diesem Augenblick gab es keinerlei Anzeichen, die auf etwas anderes hindeuteten«, entgegnete Commander Hawksby, indem er William zu Hilfe kam. »Ich muss jedoch zugeben, dass Inspector Hogan mich im Zusammenhang mit seinen Pflichten als Personenschützer der Prinzessin mehr als einmal davor gewarnt hat, Chalabi zu unterschätzen, und davon überzeugt war, ich zitiere«, sagte er mit einem Blick auf seine Notizen, »›dass er nicht ganz so naiv ist, wie er uns glauben machen möchte‹.«

»Das ist ja wohl eindeutig«, sagte die Premierministerin. »Denn er hat Sie alle zum Narren gehalten und ...«

»Gab es noch etwas, das Sie beim Gespräch mit Inspector Hogan erfahren haben, Superintendent?«, warf der Kabinettssekretär rasch ein, bevor die Premierministerin etwas sagen konnte, das sie später vielleicht bedauern würde.

»Seine Antworten auf die Sicherheitsfragen waren in Wahrheit eine Möglichkeit, entscheidende Informationen weiterzugeben, ohne Chalabis Misstrauen zu wecken. DI Hogan nannte die Zahl zehn, als ich ihn gefragt habe, wie viele Beamte meinem Kommando in Buckingham Gate unterstehen. Die korrekte Antwort lautet vierzehn, weshalb wir davon ausgehen können, dass es sich bei zehn um die Anzahl der Terroristen handelt, die an der Kaperung beteiligt sind. Plus Chalabi macht elf.«

»Und wie lange braucht ein Krankenwagen im Durchschnitt, bis er in London den Ort eines Verkehrsunfalls erreicht hat?«, fragte der Kabinettssekretär.

»Sieben bis acht Minuten«, antwortete William. »Deshalb vermute ich, dass sich die *Lowlander* gegenwärtig mit achtzehn bis zwanzig Knoten fortbewegt.«

»Und somit im Augenblick noch etwa eintausend Meilen von ihrem Ziel entfernt ist«, sagte der Erste Lord der Admiralität.

»Clever«, sagte der Kabinettssekretär. »Aber was ist mit den sechs Brüdern und vier Schwestern?«

»Ich weiß, dass Inspector Hogan ein Einzelkind war«, sagte William. »Deshalb vermute ich, dass es sich bei den sechs Brüdern um aktive Terroristen handelt und bei den vier Schwestern um ihre unbewaffneten Helfer. Eine Eisenrute ist Slang für ein Dragunow-Scharfschützengewehr, das vermutlich für den Tod des Fotografen am Ufer verantwortlich ist.«

»Und ›Bill‹ schien auch nicht so recht zu der übrigen Unterhaltung zu passen«, sagte der Kabinettssekretär. »Man spricht Sie wahrscheinlich mit ›William‹ an, und Inspector Hogan würde Sie üblicherweise ›Sir‹ nennen.«

»Es ist ein Code, mit dem er mir versichert, dass alles, was er gesagt hat, zuverlässig ist und ihm nicht mit vorgehaltener Waffe oder unter noch schlimmeren Umständen abgepresst wurde.«

Der Erste Lord der Admiralität nickte William respektvoll zu und sagte: »Uns bleibt weniger als eine Stunde, bevor wir erfahren werden, wie Chalabis nächste Forderungen aussehen. Bis dahin sollte das SBS-Transportflugzeug unterwegs zur HMS *Cornwall* sein. Sie werden mir ein wenig Zeit verschaffen müssen, Superintendent. Denn es muss vollkommen dunkel sein, bevor meine Jungs versuchen können, an Bord der Jacht zu gelangen, und die Sonne wird erst in fünf Stunden untergehen.«

»Bloß kein Druck«, flüsterte Hawksby, wobei sein Gesichtsausdruck keinerlei Ironie ahnen ließ.

»Wie ich bereits erwähnt habe«, sagte die Premierministerin, »verhandeln wir nicht mit Terroristen. Aber das braucht uns nicht davon abzuhalten, mit allen möglichen Vorwänden dafür zu sorgen, dass sie weiter mit uns sprechen, bis die Männer vom SBS bereit sind, ihren Part zu übernehmen. In Anbetracht dieser Tatsache dürfte ich Ihnen vielleicht einen Rat geben, Superintendent: Achten Sie stets darauf, dass der Akku Ihres Handys frisch geladen ist.«

34

»Gott sei Dank sind Sie immer noch am Leben«, waren Victorias erste Worte, nachdem die Tür geöffnet und Ross in die Kabine gestoßen worden war.

»Nun, wenigstens noch eine Stunde lang«, sagte Ross, um einen leichten Tonfall bemüht.

»Warum sagen Sie das?«, fragte sie und klammerte sich ängstlich an ihn.

»Das erzähle ich Ihnen später«, erwiderte er, obwohl er nicht die Absicht hatte zu wiederholen, was er von Chalabis Gespräch mit William mitbekommen hatte. »Im Augenblick muss ich zuerst mit der Prinzessin sprechen.«

»Sie sitzt auf dem Balkon ihrer Kabine und ist bei ihrem Taschenbuch noch immer auf derselben Seite wie vor einer Stunde.«

Victoria folgte Ross nach draußen, von wo aus sie sah, wie die Prinzessin, die zerbrechlich und verloren wirkte, mit gesenktem Kopf dasaß. An die Stelle ihres üblichen schüchternen Lächelns war ein eindringlicher Blick voller düsterer Vorahnungen getreten. Als sie die beiden bemerkte, sprang sie auf und rannte an die Stelle, an der ihr Balkon an den von Victoria grenzte.

»Ich schulde Ihnen eine Entschuldigung«, waren ihre ersten Worte.« Ross schwieg. »Sie haben mich nie im Zweifel über Ihre Einstellung ihm gegenüber gelassen«, sagte

Diana. »Hätte ich nur Ihre unverhohlene Verachtung dieses Menschen nicht ignoriert.«

»Sie waren nicht die Einzige, die er getäuscht hat, Ma'am. Aber jetzt sollten wir uns auf die Gegenwart konzentrieren. Wenn ich also eine von Ihnen auffordere, etwas zu tun – ganz egal, worum es sich handelt –, dann sollten Sie nicht einmal daran denken, meine Worte infrage zu stellen. Ist das klar?«

Beide nickten gehorsam. Dann sagte Diana: »Ich bin einfach nur dankbar dafür, dass Sie noch am Leben sind.«

»Ich glaube, Sie wollten ›überrascht‹ sagen, Ma'am«, antwortete Ross, der wiederum versuchte, einen leichten Ton anzuschlagen.

»Haben Sie irgendetwas von ihm erfahren?«, fragte Diana und deutete auf das Oberdeck. Anscheinend gelang es ihr nicht mehr, den Namen des Mannes auszusprechen.

Ross wählte seine Worte sorgfältig. »Ja, Ma'am. Er hat Kontakt mit London aufgenommen, wo man bereits über die Situation informiert war und jetzt versucht, irgendeinen Deal auszuhandeln, um Sie freizubekommen.«

»Welche Art von Deal?«, fragte Victoria.

»Im Augenblick, Ma'am, möchte ich, dass Sie Ihren Badeanzug anziehen und sich auf den Balkon setzen, als seien Sie immer noch im Urlaub«, sagte Ross und machte sich nicht die Mühe, Victorias Frage zu beantworten.

»Und was ist mit Victoria?«, wollte Diana wissen. Noch immer lag ein wenig von ihrem früheren herausfordernden Ton in ihrer Stimme.

»Meine einzige Verantwortung besteht darin, Sie zu beschützen, Ma'am.«

»Und Victoria«, sagte Diana entschieden.

»Falls das möglich ist«, sagte Ross. »Zunächst aber werde ich Sie darüber informieren, was meiner Meinung nach in den nächsten Stunden geschehen wird, damit Sie wenigstens darauf vorbereitet sind.« Er sagte nicht »auf das Schlimmste vorbereitet«, sondern senkte seine Stimme und fuhr fort. »Haben Sie jemals vom SBS gehört?«

»Ja«, sagte Diana. »Sie haben mir zu Ehren letztes Jahr ein Dinner veranstaltet.«

»Ich denke, dass sie dieses Jahr etwas anderes zu Ihren Ehren veranstalten werden«, sagte Ross.

Der Direktor ging vor den Gefängnistoren auf und ab, als Williams Fahrzeug mit quietschenden Bremsen zum Stehen kam. Der Anruf des Innenministers hatte ihm unmissverständlich zu verstehen gegeben, was von ihm erwartet wurde.

Die beiden Männer hielten sich nicht mit freundlichem Geplauder auf. Nachdem sie einander die Hand gegeben hatten, führte der Direktor William rasch durch die offenen Tore, wo sich ein leitender Beamter bereits mehrere Schritte vor ihnen auf den Weg gemacht hatte. Der Mann öffnete jedes der Doppeltore auf ihrem Weg, sodass sie ohne Verzögerung den Trakt mit den Isolierzellen erreichten.

Schließlich stiegen sie eine schmale Wendeltreppe hinab, die sie zu einer unterirdischen Passage führte, wo die Glühlampen höchstens eine Stärke von dreißig Watt besaßen und man mehrere davon längst hätte ersetzen müssen. Sie blieben vor einer verstärkten Metalltür stehen, an der zwei Wachen postiert waren. William schob die Abdeckung der Sichtluke zurück und sah einen Mann, den er kaum erkannte und der sich in einer hinteren Ecke auf einer dünnen, urinfleckigen Matratze zusammenkauerte.

Der diensthabende Beamte entriegelte die schwere Tür, zog sie auf und trat beiseite, damit der Direktor und William die kaum vier Quadratmeter große Zelle betreten konnten.

Khalifah starrte herausfordernd zu ihnen auf, sagte jedoch kein Wort. Die beiden Wachen hoben ihn von seiner Matratze hoch und führten ihn langsam aus seiner fensterlosen dunklen Zelle und durch den Korridor, bis sie die Wendeltreppe erreicht hatten, auf der sie ihn fast tragen mussten. Das quälend langsame Weiterkommen endete in der Krankenstation, wo die Schwester neben einem kleinen, leeren Behandlungsbereich stand. Offensichtlich hatte sie das Eintreffen der kleinen Gruppe erwartet. Khalifah ließ sich auf das Bett sinken, als zwei Männer in weißen Kitteln erschienen und eine gründliche Untersuchung durchführten.

Khalifah schwieg noch immer, während sie ihn abtasteten und genau unter die Lupe nahmen. Es dauerte eine Weile, bis sich der ältere Doktor zu Wort meldete. »Er sollte etwas Nahrhaftes zu sich nehmen und sehr viel Flüssigkeit trinken, bevor Sie ihn irgendwo anders hinbringen. Aber wenn ich raten müsste, würde ich sagen, dass er nicht das erste Mal in Einzelhaft war, denn er ist in einem viel besseren Zustand, als ich erwartet hätte.«

»Kann ich ihm ein paar Fragen stellen?«, wollte William wissen.

»Nur zu«, sagte der Doktor.

William trat an den Bettrand und sah hinab auf Khalifah. »Sprechen Sie Englisch«, fragte er, wobei er jedes Wort sorgfältig artikulierte.

»Das will ich doch hoffen«, lautete die Antwort. »Ich habe im Rahmen eines Ihrer kulturellen Austauschprogramme, auf die die Briten so stolz sind, an der London School of Economics studiert. Obwohl ich gestehen muss, dass ich mich nicht unter meinem jetzigen Namen immatrikuliert habe.«

»Inwieweit wissen Sie darüber Bescheid, warum ich mit Ihnen sprechen muss?«, fragte William.

»Da ich aus meiner Einzelzelle gebracht und gerade medizinisch untersucht worden bin, darf ich wohl annehmen, dass meine Brüder«, er hielt kurz inne, »und eine besonders großartige Schwester erfolgreich die Jacht übernommen haben, der die Princess of Wales nicht widerstehen konnte – oder war es Jamil, dem sie nicht widerstehen konnte? Offen gesagt hat er jeden von Ihnen an der Nase herumgeführt, einschließlich des gehorsamen Schoßhündchens der Prinzessin, Inspector Hogan, weshalb sogar Ihnen klar sein muss, dass diese Angelegenheit anders enden wird als das Albert-Hall-Fiasko. Wenn Sie wollen, dass Ihre zukünftige Königin jemals auf ihrem Thron sitzt, wird Chalabi Ihnen genau sagen, was Sie zu tun haben, damit es eines Tages so weit ist.«

William blieb ruhig, denn er wusste, es würde ihm nicht helfen, die Beherrschung zu verlieren. »Wir rechnen jeden Augenblick mit Chalabis Anruf, und man wird Ihnen gestatten, mit ihm zu sprechen. Aber erst, wenn Inspector Hogan bestätigt hat, dass die Prinzessin noch am Leben ist.«

»Vorausgesetzt, dass der Inspector noch am Leben ist«, sagte Khalifah. »Denn wenn ich mich nicht irre, losen Chalabi und seine Leute bereits darum, wer das Vergnügen haben wird, ihn umzubringen.«

William ging nicht darauf ein, doch er fürchtete, der Direktor würde sich nicht mehr lange zurückhalten können.

»Außerdem brauche ich ein Bad und meine Kleider«,

sagte Khalifah. »Ich habe nicht die Absicht, wie ein Flüchtling auszusehen, wenn ich in mein Land zurückkehre.«

Der Gefängnisdirektor nickte widerwillig, und gleichzeitig begann das Telefon neben Khalifahs Bett zu klingeln. William nahm ab und sagte: »Warwick am Apparat.«

Obwohl der Mann am anderen Ende der Leitung unter der warmen Sonne des Mittelmeers zu ihm sprach, war die Stimme, die William gleich darauf hörte, kalt wie ein arktischer Blizzard. »Ich grüße Sie erneut, Superintendent. Kann ich davon ausgehen, dass mein geliebter Anführer sich nicht mehr in Einzelhaft befindet und bereit ist, meinen Anruf entgegenzunehmen?«

»Erst wenn ich mit Inspector Hogan gesprochen habe«, sagte William, der nicht sicher war, wie er reagieren sollte, falls Chalabi sich weigerte. Langes Schweigen folgte.

»Hier Hogan«, sagte die nächste Stimme in der Leitung.

»Können Sie bestätigen, dass Ihre Königliche Hoheit noch immer am Leben und unverletzt ist?«, fragte William.

»Das kann ich, Bill.«

»Und Lady Victoria?«

»Hat eine Scheißangst, um sie wortwörtlich zu zitieren«, sagte Ross. »Sie sind beide auf dem Balkon und sitzen in der Sonne.«

»Zufrieden, Superintendent?«, fragte Chalabi, als er wieder am Apparat war.

»Ja«, sagte William, der zwei weitere wichtige Informationen erhalten hatte, die er bei der ersten Gelegenheit an den Assistant Commissioner weitergeben würde.

»Dann stellen Sie mich sofort zu meinem Anführer durch, oder Sie werden das letzte Mal mit Ihrem Freund Hogan gesprochen haben.«

Zögernd reichte William das Telefon an Khalifah weiter, und obwohl er kein Wort ihrer Unterhaltung verstehen konnte, bekam er mit, dass Dianas Name mehrmals darin erwähnt wurde. Nach ein paar Minuten gab Khalifah ihm das Telefon zurück.

»Hören Sie mir genau zu«, sagte Chalabi, »denn ich werde das nur ein einziges Mal sagen. Ich werde Sie in zwei Stunden wieder anrufen, und bis dahin werden Sie Seine Exzellenz Mansour Khalifah nach Heathrow gebracht haben, wo ein Privatflugzeug für ihn bereitstehen wird, um ihn nach Libyen zu fliegen. Habe ich mich klar ausgedrückt?«

»Es könnte sein, dass zwei Stunden nicht ausreichen werden, um ein Fahrzeug zu organisieren und ihn zum Flughafen zu bringen«, protestierte William.

»Ich bitte Sie«, sagte Chalabi. »Wenn Ihnen das nicht möglich sein sollte, werde ich jeweils zur vollen Stunde eine der Personen in meiner Obhut hinrichten müssen. Ich bin sicher, Lady Victoria wird wie ihre Vorfahren ein gutes Beispiel abgeben. Sie sollten keine Schwierigkeiten damit haben herauszufinden, wer ihr folgen wird, falls Sie auch nur einen falschen Schritt unternehmen.«

»Aber …«, begann William.

»Es gibt kein Aber, Superintendent. Jedenfalls dann nicht, wenn Sie die Prinzessin lebend wiedersehen wollen. Da Sie inzwischen nur noch eine Stunde und achtundfünfzig Minuten haben, werde ich nicht mehr von Ihrer kostbaren Zeit verschwenden.«

Als William seinen nächsten Satz vorbereitet hatte, begriff er, dass die Leitung tot war. Khalifah, der sich auf wundersame Weise erholt hatte, bedachte ihn mit einem herablassenden Lächeln.

»Ich werde Sie nicht aufhalten, braver Junge«, sagte Khalifah mit einem übertriebenen Privatschulakzent. »Es sei denn, der Direktor möchte noch ein wenig verweilen und mir den Arsch küssen.«

Der Direktor machte einen Schritt nach vorn. Doch William hob den Arm, um ihm den Weg zu versperren, und führte ihn hinaus auf den Flur, während Khalifah ihm mit königlicher Geste nachwinkte.

»Ich würde liebend gerne eine lebenslange Haftstrafe für den Mord an diesem Mann absitzen«, sagte der Direktor, als die Tür hinter ihnen zugeschlagen wurde.

»Wir wollen doch hoffen, dass es nicht so weit kommt«, sagte William.

Der Direktor hielt einen Augenblick lang inne und sagte dann: »Ich schulde Ihnen eine Entschuldigung, denn ich kann mir nicht einmal ansatzweise vorstellen, was Sie sonst noch alles wissen und nicht mit mir teilen können«, erklärte er, als der jüngere der beiden Doktoren aus der Krankenstation kam und zu den beiden auf den Flur trat.

»Ich habe ihm gesagt, dass ich auf die Toilette muss«, sagte der Doktor. »Deshalb muss das hier schnell gehen.«

»Ich glaube nicht, dass Sie Dr. Harrison kennen, Sir«, sagte William. »Wir waren im selben Läuferteam an der London University, obwohl er eher jemand für die Langstrecke war.«

»Ich habe dort Sprachen des Nahen Ostens studiert, nicht Medizin«, gestand Harrison, während er dem Direktor die Hand gab. »Ich bin Doktor der Philologie, nicht der Medizin.«

»Was hatte Khalifah zu sagen?«, fragte William, der keine Zeit verlieren wollte.

»Ich konnte nur seinen Teil der Unterhaltung hören«, antwortete Harrison. »Aber er verlangte, dass DI Hogan ins Meer geworfen wird, sobald sein Flugzeug in Heathrow abgehoben hat, und Lady Victoria dasselbe Schicksal erleiden soll, sobald die Jacht die libyschen Territorialgewässer erreicht hat.«

»Und die Prinzessin?«, fragte William.

»Sie haben nicht die Absicht, sie gehen zu lassen, selbst wenn Mansour freikommt.«

»Was haben sie stattdessen vor?«, fragte der Direktor.

Harrison zögerte.

»Raus damit, Mann«, sagte der Direktor.

»Sie soll durch die Straßen von Tripolis zum Platz der Märtyrer geführt werden, wo man sie enthaupten wird. Sie haben sogar schon die Person ausgewählt, welche die Hinrichtung durchführen wird.«

»Zweifellos Nasreen Hassan«, sagte William mit einem Blick auf die Uhr. »Was bedeutet, dass ich jetzt noch eine Stunde und vierzig Minuten habe, bevor …«

Die C-130 mit der Eliteeinheit des SBS flog kurz nach halb sieben Uhr abends über die HMS *Cornwall*, die mit einem dreimaligen Aufleuchten der Signallampe ihre Position kenntlich machte. Der Pilot flog eine Kurve und begann, das Schiff zu umkreisen. Der Kapitän der *Cornwall* beobachtete von der Brücke aus, wie sich die Frachtluke der C-130 langsam öffnete und drei Schlauchboote erschienen, die an Fallschirmen aufs Meer sanken. Das Flugzeug umrundete die *Cornwall* ein weiteres Mal, bevor es seine menschliche Fracht auszuladen begann.

Der Erste, der absprang, war Captain Mike Davenport,

dem es nie gefallen hätte, das Schlusslicht zu bilden. Nachdem sich sein Fallschirm geöffnet hatte, folgten ihm seine Männer rasch einer nach dem anderen und landeten so mühelos zwischen den Wellen wie Kinder, die in einen Swimmingpool springen – genau wie der Brigadegenaral vorhergesagt hatte.

Kaum dass sie sich im Wasser befanden, zogen sie ihre Fallschirme aus und schwammen zum nächstgelegenen Boot. Nachdem alle an Bord waren, machten sie sich auf den Weg zur *Cornwall*. Davenport eilte die Strickleiter hinauf, die an der Seite des Schiffes herabhing. Er trat an Deck, wo ihn ein Fähnrich empfing und ihn zur Brücke brachte. Dort erwartete ihn bereits der Kapitän. Sie verbrachten die nächste Stunde damit, seinen Plan in allen Einzelheiten durchzusprechen, wozu auch die Rolle gehörte, die das Vorauskommando übernehmen musste, wenn der Einsatz erfolgreich verlaufen sollte.

Nach der Besprechung ging Davenport zu seinen Männern und befahl ihnen, sich auszuruhen, was nicht gerade ihre Lieblingsbeschäftigung war. Doch er erinnerte sie daran, dass das Warten immer der mühsamste Teil einer Mission war – weshalb sie versuchen sollten, ein wenig zu schlafen, da die Operation »Overboard« erst beginnen konnte, wenn die Sonne hinter dem Horizont versunken war. Er war sich bewusst, dass keiner von ihnen auch nur einen Augenblick Schlaf finden würde, er selbst eingeschlossen.

William rief Holbrooke vom Büro des Gefängnisdirektors aus an und erfuhr, dass die zuständigen Mitarbeiter die Premierministerin darüber informiert hatten, dass die SBS-Einheit inzwischen vollständig an Bord der *Cornwall* war und ungeduldig auf den Sonnenuntergang wartete. Ein Ereignis, über das sogar die Premierministerin keine Kontrolle hatte.

Williams nächster Anruf wurde zu Holbrooke in das Büro der Premierministerin durchgestellt, wo William ihm nicht nur detailliert berichtete, was Chalabi von ihm erwartete, sondern auch, dass Diana definitiv am Leben und unverletzt war und – was ebenso große Bedeutung hatte – dass sich ihr Balkon auf der Steuerbordseite befand.

»Wie können Sie sicher sein, dass sich die Kabinen auf der Steuerbordseite befinden?«, wollte Holbrooke wissen.

»Lady Victoria würde niemals das Wort ›Scheißangst‹ benutzen, selbst wenn sie so empfinden sollte.« Dann informierte William den Assistant Commissioner darüber, was Khalifah mit der Prinzessin vorhatte, sobald sie Libyen erreicht hätten – und zwar auch dann, wenn alle seine Forderungen erfüllt würden. »Chalabi wird sich in einundvierzig Minuten wieder melden«, sagte William und sah auf die Uhr. »Dann werde ich ihm bestätigen müssen, dass Khalifah auf dem Weg nach Heathrow ist. Falls nicht, so zweifle ich nicht daran, dass er seine Drohung wahr machen und DI Hogan oder Lady Victoria oder beide umbringen wird.«

»Ich bin sicher, Sie haben recht«, sagte Holbrooke. »Denn genau wie wir hält er sich an einen strikten Zeitplan. Ich werde Ihnen jetzt genau erklären, was Sie sagen sollen, wenn er zurückruft. Aber vergessen Sie nicht, dass es Ihre oberste Priorität sein muss, mir so viel Zeit wie möglich zu verschaffen. Der SBS kann vor Sonnenuntergang nichts unternehmen, und der wird heute um 20:43 Uhr Ortszeit sein, also erst in …«, er warf einen Blick auf seine Uhr, »… zwei Stunden und neunzehn Minuten.«

William hörte aufmerksam zu, als Holbrooke ihm ausführlich die Nachricht erklärte, die er Chalabi übermitteln sollte. Denn er wusste, dass Holbrooke niemand war, der sich gerne wiederholte.

»Der Erste Lord der Admiralität ist am Telefon«, sagte eine Stimme in drängendem Ton im Hintergrund.

»Ich bin sofort bei ihm«, erwiderte Holbrooke. »Ihre einzige Aufgabe besteht darin, mir Zeit zu verschaffen, Warwick«, waren die letzten Worte, die William hörte, bevor die Verbindung beendet wurde.

Während der nächsten dreißig Minuten machte William vier verschiedene Anrufe. Der erste galt Hawksby im Yard, der ihm versicherte, dass drei Fahrzeuge vor dem Gefängnis bereitstünden, um Khalifah nach Heathrow zu bringen, bevor die Zeit abgelaufen wäre. Es war fast so, als habe das Kommando von einem der beiden Männer zum anderen gewechselt. Der nächste Anruf galt Paul, der übernächste Rebecca und der letzte Danny. Er informierte alle drei über die Rolle, die sie in den nächsten beiden Stunden zu spielen hätten.

Danach hatte er kaum genügend Zeit, um es zurück auf die Krankenstation zu schaffen. Es blieben nur noch ein paar Minuten, als er dort eintraf. Er erkannte Khalifah kaum wieder, denn inzwischen trug dieser Thawb und Kufiya, worin er wie ein arabischer Potentat aussah und weniger wie jemand, der gerade aus der Einzelhaft kam.

»Sie kommen gerade noch rechtzeitig, um die nächste Exekution zu verhindern«, sagte Khalifah, als William ins Zimmer eilte. »Ich gehe davon aus, dass das Fahrzeug bereitsteht. Denn ich weiß, dass Chalabi nur nach einem Vorwand sucht, um Inspector Hogan zu opfern, der ihm aus einem unerklärlichen Grund besonders auf die Nerven zu gehen scheint.«

Das Telefon klingelte. William musste nicht fragen, wer am anderen Ende der Leitung war.

»Ich vermute, Sie haben mit Holbrooke gesprochen und alles arrangiert«, lautete Chalabis erste Äußerung.

»Ja. In wenigen Minuten wird ein Fahrzeug vor dem Gefängnis bereitstehen, um Khalifah ...«

»Seine Exzellenz Mansour Khalifah«, korrigierte Chalabi ihn. »Nicht nur in Ihrem Land gibt es eine königliche Familie.«

»Um Khalifah nach Heathrow zu bringen«, sagte William.

»Wo, wie ich annehme, sein Privatjet auf ihn wartet, um ihn in seine Heimat zu fliegen.«

»Das funktioniert nicht so einfach«, sagte William nachdrücklich. »Das Flugzeug war mehr als drei Monate lang nicht in der Luft, und obwohl die Ingenieure unter Hochdruck daran arbeiten, könnte es einige Zeit dauern, bis die Verantwortlichen im Flughafen die Starterlaubnis erteilen. Es sei denn, Sie wollen das Leben Ihres Anführers in Gefahr bringen«, fügte er hinzu, womit er ein wohlüberlegtes Risiko einging.

Zum ersten Mal reagierte Chalabi nicht sofort.

William nutzte das Schweigen. »Sobald alle Sicherheitsbestimmungen erfüllt wurden, wird man das Flugzeug auftanken. Aber wir haben immer noch das Problem, eine Besatzung zu finden, die bereit ist, ihn nach Libyen zu fliegen. Denn man kann nicht behaupten, dass das ein besonders beliebtes Ziel wäre.«

»Hören Sie auf zu bluffen, Warwick«, sagte Chalabi. »Ich

werde in einer Stunde wieder anrufen, und dann erwarte ich …«

»Ich brauche mindestens vier Stunden, bis ich sicher sein kann, dass alles an Ort und Stelle ist.«

»Ich gebe Ihnen zwei und keine Minute länger. Sollte Seine Exzellenz nicht abnehmen, wenn ich sein Privatflugzeug in genau zwei Stunden anrufe, werden wir mit den Hinrichtungen beginnen. Ich werde Ihnen sogar gestatten, Lady Victorias letzte Worte mitzuhören, bevor sie wie Inspector Hogan im Meer versinkt.«

Die Leitung war tot. William hatte Holbrooke eine zusätzliche Stunde verschafft, aber würde das ausreichen?

35

Noch immer herrschte helles Tageslicht, als sechs Offiziere und zwei Dutzend handverlesene Matrosen in sechs Booten von der *Cornwall* ablegten. In einer abschließenden Erklärung gegenüber den Männern hatte Captain Davenport betont, dass sie zwar nur eine nachgeordnete Rolle spielten, ihr Beitrag jedoch trotzdem wesentlich für das Gelingen der Operation »Overboard« sein würde.

Eine vierzehn Mann starke SBS-Einheit sollte eine Stunde später in ihren Schlauchbooten aufbrechen, und zuletzt würde Captain Davenport zusammen mit seinen sechs erfahrensten Einsatzkräften in zwei Hubschraubern starten. Sie würden den Zeitpunkt ihres Aufbruchs bis auf die Minute genau abstimmen, wenn ihnen ihre mächtigste Waffe von Nutzen sein sollte – die Überraschung.

Drei unmarkierte, identische Fahrzeuge standen hintereinander vor den Gefängnistoren. Mansour Khalifah nahm auf der Rückbank des mittleren Wagens Platz. William saß auf dem Beifahrersitz des Führungsfahrzeugs. Neben ihm wartete Danny ungeduldig auf die Anweisung, sich auf den Weg zu machen. In einer Stunde und einundfünfzig Minuten würde Chalabi Khalifahs Flugzeug anrufen und erwarten, dass sein Herr und Meister sich meldete.

In Anbetracht von Holbrookes Worten – »Ihre einzige

Aufgabe besteht darin, mir Zeit zu verschaffen, Warwick« – wollte William nicht früher als notwendig dort sein, aber er konnte auch nicht riskieren, zu spät zu kommen.

»Wie lange haben Sie bisher im ungünstigsten Fall bis nach Heathrow gebraucht?«, fragte er Danny.

»Einmal habe ich anderthalb Stunden gebraucht, Chef. Aber nur, weil es auf der Autobahn einen Unfall gegeben hatte.«

»Ob Unfall oder nicht – wenn Sie es schaffen, diesen Rekord zu brechen, dürfen Sie mit meiner Erlaubnis doppelt so viele Überstunden aufschreiben.«

»Es dauert nicht mehr lange, dann setzt der Feierabendverkehr ein«, sagte Danny unschuldig. »Also werden wir wahrscheinlich aufgehalten. Und ich verrate Ihnen ein kleines Geheimnis. Bevor man die Autobahn erreicht, ist die langsamste Fahrbahn immer die in der Mitte, wenn man London verlässt. Es sei denn, man nähert sich einem Kreisverkehr. Dann ist es die äußere.«

Ein Mann, der üblicherweise nichts dabei fand, Abkürzungen mit siebzig Meilen in der Stunde zu nehmen, rote Ampeln zu ignorieren oder bei einer Verfolgungsjagd auf dem Bürgersteig zu fahren, schaltete in den ersten Gang und ordnete sich in der mittleren Fahrbahn ein. Als er sich der ersten Ampel näherte, fuhr er langsamer, und als diese auf Gelb sprang, berührte er leicht die Bremse. Die schwarzen Fahrzeuge näherten sich Heathrow mit der Geschwindigkeit eines Leichenzugs.

Drei Schlauchboote schwankten auf dem Wasser auf und ab und warteten auf den Befehl zum Start.

Davenport warf einen weiteren Blick auf seine Uhr. Er

war sich bewusst, dass es die gesamte Operation gefährden konnte, wenn er seine Männer eine Minute zu früh oder zu spät losschickte.

Schließlich hob er langsam den Arm wie ein Ordner beim Start eines Bootsrennens an einer Universität. Er wartete, bis sich die Aufmerksamkeit aller drei Bootsführer auf ihn richtete. Dann senkte er energisch den Arm und gab ihnen das Startzeichen.

Die Schlauchboote begannen, sich durch die Wellen zu pflügen. Nur wenige Sekunden nachdem der erste Hubschrauber über dem Heck der Jacht auftauchen würde, sollte die Besatzung zweier der Boote versuchen, von steuerbord her an Bord zu gelangen. Die Männer im dritten Boot würden warten, denn sie hatten die anspruchsvollste Aufgabe, weshalb sie ihren Bootsführer den »königlichen Jagdaufseher« nannten.

Als Danny schließlich eine Stunde und zweiundvierzig Minuten später den Flughafen erreichte, ließ er sich Zeit, um Khalifahs Flugzeug zu suchen, obwohl die Maschine von einem Dutzend Polizeifahrzeugen mit blinkenden Lichtern umringt war und DI Adaja, der ganz offensichtlich das Kommando innehatte, auf dem Asphalt stand – was Danny bei seiner Suche eigentlich eine Hilfe hätte sein sollen.

Als die Kolonne anhielt, blieb Khalifah in seinem Fahrzeug sitzen, bis ihm jemand die Tür öffnete. Er stieg aus und sagte: »Es hätte Sie nicht viel mehr Zeit kosten dürfen, Superintendent. Wir wollen um Lady Victorias willen hoffen, dass Chalabi nicht bereits versucht hat, mit mir Kontakt aufzunehmen.«

William wusste, dass ihm immer noch neun Minuten

blieben, bis Chalabis nächster Anruf stattfinden sollte, weshalb er sich nicht dazu äußerte. Er begleitete Khalifah über die Landebahn zu dessen wartendem Privatjet. Dann blieb er am Fuß der Leiter stehen, während Khalifah in das Flugzeug stieg. Er fühlte sich hilflos, als ihm die Tür vor dem Gesicht zugeschlagen wurde.

Khalifah ließ sich in den großen, bequemen Ledersessel sinken und sah auf seine Uhr. Sie hatten fast jede Minute ihrer zwei Stunden aufgebraucht.

»Wann werden wir starten?«, fragte er die Stewardess, die ihm ein Glas Wasser einschenkte.

»Das Flugzeug wird gerade betankt, Sir, weshalb es nicht mehr allzu lange dauern dürfte«, antwortete sie, als das Telefon in Khalifahs Armlehne zu klingeln begann.

Sobald die drei Schlauchboote außer Sichtweite waren, drehte sich Captain Davenport um und ging zum Hubschrauberdeck, wo die beiden Piloten vor dem Start ihre letzten Checks durchführten. Seine Männer gingen auf und ab wie nervöse Boxer, die bereits ihre Handschuhe angezogen hatten und es nicht erwarten konnten, in den Ring zu steigen.

Er war bereits darüber informiert worden, dass die HMS *Ursula* irgendwo unter der *Lowlander* patrouillierte und bereit war, einen Torpedo abzufeuern und die Jacht in die Luft zu jagen, sollte die Mission schiefgehen. Er versuchte, nicht daran zu denken.

Davenport war der Letzte, der im Führungshubschrauber an Bord ging, und er wäre der Erste, der sich abseilen würde. Nachdem er den Sicherheitsgurt angelegt hatte, wartete er, bis der Sekundenzeiger seiner Stoppuhr das Zifferblatt zwei Mal umrundet hatte, bevor er dem Piloten fest auf die Schulter klopfte.

Die Rotorblätter drehten sich immer schneller, bis der erste Hubschrauber schließlich langsam vom Deck abhob und eine Böe aus Wind und salziger Gischt aufwirbelte, vor der sich die Männer des Wartungstrupps schützten, indem sie die Hand vor die Augen legten.

Der zweite Hubschrauber folgte nur wenige Augenblicke später, und obwohl beide vorerst nie mehr als einhundert Meter voneinander entfernt waren, würden sie sich trennen, sobald sie das Ziel erreicht hatten, und verschiedene Richtungen einschlagen.

»Zehn Minuten«, sagte Davenport, indem er die Funkstille brach.

»Können Sie dafür sorgen, dass es elf werden, Sir?«, lautete die Reaktion des Schlauchbootführers.

»Geht klar.«

Als sie sich der Jacht näherten, wurde der Himmel immer dunkler, bis die Sonne schließlich hinter dem Horizont versank.

Für den Fall, dass im Flugzeug niemand das Telefon abnahm, hatte Chalabi bereits entschieden, wer als Erster sterben würde. Für den Fall, dass abgenommen wurde und sein Anführer ihm bestätigte, dass er startbereit war und sich auf den Heldenempfang in Tripolis freute, hätte er nichts weiter zu tun, als das auszuführen, was für das sogenannte »Endspiel« vorgesehen war.

Hassan war ausgesucht worden, um dem Personenschützer einen Arm und ein Bein abzuhacken, bevor er ins Wasser geworfen würde. Sie hatte Chalabi versprochen, dass die

Hofdame lange genug am Leben bleiben würde, um ihren Liebhaber zu sehen und zu ihm ins Wasser geworfen zu werden, damit die beiden ihre letzten ergreifenden Augenblicke gemeinsam verbringen konnten. Hassan freute sich bereits darauf herauszufinden, wer von ihnen zuerst ertrinken würde. Chalabi wollte ein Video drehen, das den Todeskampf der beiden zeigte, damit er das Vergnügen haben würde, immer wieder den Abspielknopf drücken zu können. Sobald sie wieder in Libyen waren, würde das Band endlos auf Al Jamahiriya laufen, damit die ganze Welt sehen konnte, was er erreicht hatte. Held im eigenen Land, ein Schurke für den Rest der Welt. Was konnte man mehr verlangen?

Khalifah nahm den Hörer in der neunundfünfzigsten Sekunde der neunundfünfzigsten Minute der zweiten Stunde ab und hörte die Worte: »Allah sei gepriesen.«

»Allah sei gepriesen«, wiederholte Khalifah und legte auf. Er war aufgeregt und gleichzeitig erschöpft. Die Erschöpfung gewann die Oberhand, und er fiel in einen tiefen Schlaf, während das Flugzeug abhob und die blinkenden Lichter Heathrows unter ihm verschwanden.

»Allah sei gepriesen«, wiederholte Chalabi, als er eine Pistole aus seinem Halfter zog. Er wollte gerade den Befehl geben, Inspector Hogan an Deck zu bringen, wo er die Exekution persönlich überwachen würde, als er durch Schüsse von oben abgelenkt wurde. Er ließ das Telefon fallen, sank auf die Knie und starrte zum Himmel auf, wo er einen Hubschrauber sah, der über dem Heck der Jacht schwebte. Als er sich umdrehte, erkannte er, dass eine Armada kleiner Boote mit Höchstgeschwindigkeit auf sie zuraste.

Hassans Männer erwiderten das Feuer, doch Chalabi wusste, dass es nur eine Frage der Zeit war, bis sie überwältigt würden, weshalb ihm nur eine einzige Chance blieb, seine Haut zu retten. Er drehte seinen Gefährten den Rücken zu und kroch auf die Wendeltreppe zu, die zum Unterdeck führte, als er einen zweiten Hubschrauber über dem Bug der Jacht schweben sah. Ein dickes Seil hing aus diesem zweiten Hubschrauber, und ein Mann seilte sich blitzschnell ab, gefolgt von einem zweiten. Chalabi hatte das untere Ende der Treppe erreicht, bevor Davenport an Deck sprang und losrannte.

Als Ross den ersten Schuss hörte, sprang er von einem Balkon auf den anderen zu der Prinzessin und Victoria. Die Männer des SBS aus dem ersten Schlauchboot hatten bereits eine Leiter an der Seite der Jacht fixiert und kletterten fast so schnell an Deck, wie sich ihre Kameraden aus den Hubschraubern abseilten, während die für das Ablenkungsmanöver verantwortlichen Soldaten der *Cornwall* das Heck der Jacht erreicht hatten. Ross wusste, dass der Kampf, der nun folgte, in wenigen Minuten vorüber sein würde. Aber nicht für Jamil Chalabi, der durch den Korridor auf die königliche Suite zustürmte.

Als Chalabi in die Kabine platzte, packte Ross die Prinzessin, eilte mit ihr auf den Balkon und warf sie über Bord. Nur wenige Sekunden später hatte das dritte Schlauchboot sie erreicht, und »der königliche Jagdaufseher« beugte sich über sie und zog sie ohne weiteres Zeremoniell aus dem Wasser. Sobald er sah, dass sie an Bord des Bootes war, griff Ross nach der Pistole, die er unter der Balkonreling versteckt hatte, und rannte zurück in die Suite. Er warf sich auf den Boden und feuerte drei Mal auf Chalabi, der nur reglos dastand und somit ein leichtes Ziel bildete. Doch statt des Knalls der Patronen, den er erwartet hatte, hörte

Ross nur ein dreifaches Klicken. Ein selbstzufriedenes Lächeln erschien auf Chalabis Gesicht.

»Sie haben mich schon wieder unterschätzt, Detective Inspector«, sagte er, hob langsam seine Pistole, sah Ross in die Augen und zielte. Er wollte gerade abdrücken, als eine Hand seinen Pferdeschwanz packte, worauf er nach hinten stolperte und einen Schuss in die Decke abgab.

Er fand gerade das Gleichgewicht wieder, als er spürte, wie sich etwas Spitzes seitlich in seinen Hals bohrte. Mit einer wohlvertrauten und effizienten Bewegung schlitzte ihm jemand mit einem Brieföffner die Kehle von einem Ohr zum anderen auf. Er sackte zu Boden, während das Blut aus seinem Hals spritzte. Chalabi lag zu Lady Victorias Füßen und starrte zu der Hofdame auf.

»*Sie* haben *mich* unterschätzt«, sagte Victoria und schenkte ihm ein warmes Lächeln, während er ein letztes Mal nach Atem rang.

Wenige Augenblicke später stürmte Captain Davenport in die Kabine. Ungläubig starrte er auf Chalabis leblosen Körper hinab und sagte dann: »Haben Sie das getan, Miss?«

»Ja«, sagte Victoria ruhig, während sie ein Papiertaschentuch aus einer Schachtel zog und den silbernen Brieföffner abwischte.

»Haben Sie schon einmal daran gedacht, für den SBS zu arbeiten?«, fragte Davenport.

»Ganz sicher nicht. Die Pfadfinderinnen waren für meinen Geschmack ausreichend.«

Die Stewardess ließ ihn eine Stunde lang schlafen, bevor sie ihn weckte. »Wir werden in Kürze landen, Sir«, sagte sie. »Ich hoffe, Sie hatten einen angenehmen Flug.«

Mansour Khalifah äußerte sich nicht dazu, denn er war bereits mit größeren Dingen beschäftigt.

Behutsam senkte sie seine Armlehne und half ihm mit seinem Sicherheitsgurt. Ohne sich zu rühren, saß er tief in Gedanken versunken da, während er noch einmal seine Rede durchging, die er in den langen Tagen in Einzelhaft vorbereitet hatte. Er hatte sogar eingeübt, wie er der Menge noch vom Flugzeug aus zuwinken würde, nachdem es aufgesetzt hätte und die Landebahn entlangrollte. Er fragte sich, ob der Oberst ihn dort sogleich persönlich willkommen heißen würde.

Als das Flugzeug zum Stehen kam, öffnete die Stewardess die Kabinentür und trat beiseite. Khalifah erhob sich aus seinem Sessel, zog den langen, weißen Thawb glatt, richtete seine Kufiya und schritt langsam durch den Gang.

Der Pilot kam aus dem Cockpit und sagte: »Willkommen zu Hause, Sir.«

Ein triumphierender Ausdruck erschien auf Khalifahs Gesicht, als er durch die Flugzeugtür trat, um sich den Blitzlichtern und dem Jubel der wartenden Menge zu stellen. Er hob die Hand zum Gruß – aber es gab keine Blitzlichter, und niemand jubelte. Er sah unsicher nach unten. Es war ganz eindeutig nicht Oberst Gaddafi, der ihn am Fuß der Treppe in Empfang nehmen würde.

Rasch drehte er sich zur Kabine um, wo ihm der hohe Absatz eines Damenschuhs mit voller Wucht mitten in die Brust gerammt wurde. Rebecca lächelte, als Khalifah rückwärts die Treppe hinabtaumelte und dem Leiter der Royalty Protection in die Arme fiel.

Danny fuhr ihn in Rekordzeit nach Belmarsh zurück. Der Direktor erwartete ihn an den Gefängnistoren.

Captain Davenport war enttäuscht darüber, dass einer seiner Männer während des Scharmützels verwundet worden war – so nannte er das zwölfminütige Feuergefecht gegenüber der Premierministerin. Der Kampfeinsatz war fast schon beendet, als ein junger Corporal durch eine Kugel am Fuß getroffen worden war, die unerklärlicherweise aus dem Deck unter ihm kam.

Die elf Terroristen waren bereits auf See bestattet worden, als ob sich dieser Zwischenfall nie ereignet hätte. Sollten die Ereignisse jemals Thema werden, hätte Victorias Kindermädchen wohl gesagt: »Am wenigsten erwähnt, am schnellsten verheilt.«

Die *Lowlander* war makellos und in bester Ordnung, als sie zurück nach Mallorca fuhr, wo Davenport der Chartergesellschaft die Schlüssel übergab. Zwanzig Mann, die zweifellos nicht an Bord gewesen waren, als die Jacht ein paar Tage zuvor jene pittoreske Bucht verlassen hatte, flogen mit verschiedenen Flugzeugen zurück nach London, wo sie den Zug zum SBS-Hauptquartier in Poole nahmen, um sich auf das nächste Scharmützel vorzubereiten.

Ross wurde beim ersten Licht des Morgens per Hubschrauber zur HMS *Cornwall* geflogen, wo er bei seinem Eintreffen erfuhr, dass die Prinzessin und Lady Victoria in der Offiziersmesse mit dem Kapitän frühstückten.

Als vier Glasenschläge erklangen, versammelte sich die Schiffsbesatzung in Paradeuniform an Deck, um die königliche Besucherin zu begrüßen. Die Prinzessin verbrachte den Rest des Vormittags damit, sich das Schiff zeigen zu lassen, wobei sie der Besatzung für den wichtigen Dienst dankte, den diese für Königin und Vaterland verrichtete.

Nach einem Lunch im Beisein sämtlicher Offiziere wurde sie mit dem Hubschrauber nach Valletta geflogen, von wo aus sie ein Flugzeug nach Schottland nehmen konnte. Der Jubel und die in die Luft geschleuderten Mützen, die den Start des Hubschraubers begleiteten, schienen darauf hinzudeuten, dass der Mythos Diana auf diesem Schiff wahrhaft unsterblich werden würde. Denn der SBS war nirgendwo zu sehen, und die HMS *Cornwall* würde vor ihrer Rückkehr nach Portsmouth noch mehrere Monate lang auf See sein.

Ross begleitete die Prinzessin und Victoria auf dem Flug nach Balmoral, wo seine königliche Schutzbefohlene am darauffolgenden Tag die Highland Games besuchen würde.

Er hoffte auf ein paar Augenblicke alleine mit Victoria. Doch es ergab sich keine Gelegenheit dazu, denn das königliche Protokoll verlangte, dass er in der Schutzhütte auf dem Balmoral-Grundstück schlief, während sie im Schloss blieb. Als er in seinem Bett lag, dachte er unwillkürlich daran, wie nahe er und Victoria sich gekommen waren. Sie war die einzige Frau, für die er nach Josephines Tod wieder Interesse aufbrachte. Vielleicht war es an der Zeit, ihr zu sagen, was er für sie empfand. Er schlief ein.

Am Morgen darauf begleitete Victoria die königliche Familie zum Frühstück in den Speisesaal, während Ross nach unten in die Gemächer des Verwalters ging, wo er gemeinsam mit den Hausangestellten dasselbe Frühstück genoss.

Als er sich zu einer Schale heißem Porridge setzte, der mit Salz bestreut und mit Honig beträufelt war, warf er einen Blick auf die Schlagzeile des *Daily Telegraph*, bevor die Zeitung vom Butler gebügelt und auf einem Silbertablett nach oben getragen wurde. »*Die Princess of Wales unterbricht ihren Urlaub in Schottland, um der HMS* Cornwall *einen Überraschungsbesuch abzustatten.*«

Victoria hatte ihm einmal gesagt, dass man sich stets auf Lord Deedes – einen ehemaligen Herausgeber des *Telegraph* und engen Berater der Queen – verlassen konnte, wenn man ihm an einem bestimmten Tag eine Exklusivmeldung für die erste Ausgabe der Zeitung anbot, welche die späteren Ausgaben aller anderen Blätter ebenso übernehmen würden wie seinen ausführlichen Dank an den königlichen Haushalt.

Nur die *Daily Mail* blieb bei ihrer ursprünglichen Schlagzeile auf der Titelseite, die vermeldete, dass ihr Starfotograf des Königshauses unter mysteriösen Umständen während eines Urlaubs auf Mallorca verschwunden war. Doch da er nicht für andere Zeitungen fotografierte, nahmen diese den Bericht nicht auf. Der Palast hatte bereits das Wort von einer »Verschwörungstheorie« vorbereitet, sollte die Angelegenheit außer Kontrolle geraten.

Ross saß vorn auf dem Beifahrersitz des Jaguars, als die Prinzessin und Victoria an jenem Vormittag zu den Highland Games gebracht wurden.

Nach ihrer Ankunft bezog er Stellung im hinteren Bereich der königlichen Loge, während Prince Charles und die Prinzessin in einem offenen Land Rover um das Spielfeld gefahren wurden und den wogenden Jubel der Menge erwiderten.

Ross genoss es, den Highland-Tänzern zuzusehen, während sie, begleitet von den Dudelsackspielern der Scots Guards, »Dashing White Sergeant« aufführten. Er bewunderte die Kraft der wuchtigen, muskulösen Kerle, die sich im Baumstammwerfen versuchten, und die sechs geschmeidigeren Athleten, die am 100-Yard-Rennen teilnahmen, während sie über die grasbedeckte Rennstrecke an ihm vorbeisprinteten. Der Sieger erreichte das Zielband in weniger als zehn Sekunden. Von Zeit zu Zeit warf Victoria ihm einen Blick zu und schenkte ihm ein warmes Lächeln.

Ross war erfreut, als Victoria sich während des Tees von der königlichen Gruppe trennte und zu ihm nach hinten in die Loge kam. Er wollte sie gerade fragen, wann sie nach London zurückkehren würde, als einer der Gäste, der eine elegante Lovat-Jacke und einen Kilt mit blau-grünem Clanmuster trug, zu ihnen herüberschlenderte.

Ross hatte die Gästeliste samt den beigefügten Fotos beim Frühstück durchgesehen, weshalb er wusste, dass es sich bei dem Herrn um Sir Hamish McTaggart handelte, den Aufsichtsratsvorsitzenden von Aberdeen Oil, einem der größten Energieunternehmen Schottlands.

»Hamish«, sagte Victoria, als er zu ihnen trat, »das ist Inspector Ross Hogan, der Personenschützer der Prinzessin.«

»Schön, Sie zu sehen, Hogan«, sagte McTaggart, während sie einander die Hand gaben.

»Hamish«, sagte Victoria und schob ihren Arm unter seinen, »ist mein Verlobter.«

Es dauerte einen Augenblick, bis es Ross gelang, darauf zu reagieren. »Herzlichen Glückwunsch.«

»Vielen Dank, Inspector«, sagte McTaggart. »Werden Sie den Rest des Wochenendes mit uns verbringen?«

»Nein, Sir. Ich werde heute Abend nach London zurückkehren. Einer meiner schottischen Kollegen wird dann übernehmen.«

»Das ist schade«, sagte McTaggart. »Sie werden den Höhepunkt der Spiele verpassen, das Tauziehen zwischen den Schotten und einer Gastmannschaft aus England.«

»Ich glaube, ich weiß bereits, wer die Schlacht gewonnen hat«, sagte der Gast aus England.

36

»Jedes Mal, wenn du dich wie der Liebling aller Matinee-Vorstellungen anziehst, gehst du entweder ins Gericht oder besuchst deinen Vater.«

»Beides«, sagte William und strich seine Krawatte glatt.

»Wer ist der Angeklagte?«

»Miles Faulkner. Er wird in Kürze hören, wie viele zusätzliche Jahre er im Gefängnis verbringen muss.«

»Ich weiß, dass deine Leute bei jedem Prozess, der sie betrifft, eine Wette am Laufen haben. Also was meinst du, wann wird er entlassen werden … 2003, 2004, 2005?«

»Das hängt davon ab, worauf er plädiert.«

»Aber selbst, wenn er sich für schuldig erklärt«, sagte Beth, »hat er sich dem Polizeigewahrsam entzogen, seinen Tod vorgetäuscht und ein Leben auf der Flucht geführt. Der Richter wird das alles zweifellos mit in Betracht ziehen müssen.«

»Stimmt. Aber wenn die Geschworenen zu dem Schluss kommen, dass er zu Unrecht aus seinem Haus in Spanien entfernt und gegen seinen Willen ohne Auslieferungsbescheid nach England gebracht wurde, könnte ich es sein, der sich einer Anklage stellen muss.«

»Ich verspreche dir, dich im Gefängnis zu besuchen«, sagte Beth. »Wenigstens gelegentlich, denn im Augenblick habe ich gerade ziemlich viel zu tun.«

»Du solltest das nicht so leichtnehmen«, sagte William. »Booth Watson wird darüber hinaus erklären, dass ich ein wertvolles Gemälde ohne Faulkners Genehmigung aus seinem Haus in Spanien entfernt, nach London gebracht und dir überlassen habe.«

»Es war nur geliehen«, sagte Beth in herausforderndem Ton. »Ich kann beweisen, dass ich mit Booth Watson vereinbart hatte, es nach dem Ende der Frans-Hals-Ausstellung zurückzugeben, was ich inzwischen auch getan habe. Und das bedeutet, dass du dir das Bild nur ausgeliehen hast und stets die Absicht hattest, es seinem rechtmäßigen Besitzer zurückzugeben.«

»Aber wer ist der rechtmäßige Besitzer?«, fragte William.

»Christina, und sie hat bereits erklärt, dass sie es der ständigen Sammlung des Fitzmolean überlassen will.«

»Ich vermute, dass Booth Watson das anfechten und behaupten wird, dass das Bild seinem Mandanten gehört«, sagte William.

»Was zumindest beweist, dass du überhaupt nie die Absicht hattest, das Bild zu stehlen.«

»Ein interessanter juristischer Gesichtspunkt«, sagte William, »den, so bin ich mir sicher, mein Vater eloquent zu meinen Gunsten auslegen wird. Aber es könnte sein, dass der Richter nicht seiner Ansicht ist. Außerdem wird Booth Watson die Geschworenen und besonders die Presse ständig daran erinnern, dass es mein Vater ist, der in diesem Prozess die Krone vertritt, und dass möglicherweise der falsche Mann unter Anklage steht.«

»Das wäre wirklich schade«, sagte Beth. »Denn ich hatte mich schon so sehr darauf gefreut, heute Abend unseren Hochzeitstag im Lucio's zu verbringen. Und es könnte nicht ganz so einfach sein, in Belmarsh einen Tisch zu reservieren.«

»Wohin möchtest du ausgehen, mein Liebling?«, fragte Sebastian, als er Christina in den Mantel half.

»Ins Theater.«

»Um neun Uhr morgens?«

Sie lachte, als Sebastian ihr die Wohnungstür öffnete.

»Der Vorhang geht um zehn im Old Bailey hoch, aber ich werde meine Loge schon lange vorher beziehen.«

Als sie zum Aufzug gingen, fügte Christina hinzu: »Den Richter spielt bei dieser Gelegenheit Mr. Justice Sedgwick, der über das Schicksal des Hauptdarstellers Miles Faulkner entscheiden muss. Gut möglich, dass mein Ex-Mann seine Abschiedsvorstellung vor einem Publikum von zwölf Mitgliedern der Öffentlichkeit geben wird, deren Sprecher bei der Verkündung des Urteils hoffentlich nur ein einziges Wort äußern wird.«

»Aber wenn sich Miles für schuldig erklärt«, sagte Sebastian, als sie in den Aufzug traten, »wird es gar keine Geschworenen geben.«

»Das ist nicht Miles' Stil«, erwiderte Christina, als sie im Erdgeschoss aus dem Aufzug traten. »Er wird lieber aus allen Rohren feuernd untergehen, als seine Niederlage zuzugeben. Ich muss gestehen, dass er mir fast leidtut.«

»Ich sehe keinen Grund, warum«, sagte Sebastian. »Schließlich hat er dich mit einem Trick um die Hälfte deiner Kunstsammlung gebracht und dann die zehn Millionen gestohlen, die er dir dafür bezahlt hat. Zehn Millionen, die uns für den Rest unseres Lebens mit Champagner und Kaviar versorgt hätten.«

»Vergiss nicht, dass Miles den Rest *seines* Lebens unter sehr beengten Verhältnissen bei nichts als Wasser und Brot zubringen könnte, während ich noch immer die Wohnung habe sowie jede Woche Einnahmen von zweitausend Pfund an Unterhalt. Außerdem kommt gelegentlich ein Bonus aufgrund meiner Partnerschaft mit Beth Warwick hinzu«, sagte Christina, als sie das Gebäude verließen und ihr Chauffeur an der Tür vorfuhr. »Also gibt es nichts, worüber du dich beklagen könntest.«

Als der Mercedes davonfuhr, winkte sie Sebastian zum Abschied zu. Sie war schließlich zu dem Schluss gekommen, dass er sein Verfallsdatum überschritten hatte.

»Das Übliche, Sir?«, fragte der Oberkellner, als Booth Watson ihm die Speisekarte zurückgab.

»Nein. Da mir heute die Zeit zum Lunch fehlt, werde ich wohl ein komplettes englisches Frühstück nehmen.«

Der Oberkellner deutete eine Verbeugung an.

Booth Watson lehnte sich auf seinem Stuhl zurück, um die *Times* zu lesen, während ihm ein anderer Kellner eine Tasse heißen Kaffees einschenkte. Sein Blick fiel auf einen Artikel, in welchem die Leser der Zeitung darüber informiert wurden, dass der Prozess der Krone gegen Miles Faulkner an diesem Vormittag im Gerichtssaal Nummer eins im Old Bailey eröffnet würde. Es gefiel ihm, dass Mr. Judge Sedgwick zum Vorsitzenden ernannt worden war, denn Sedgwick war niemand, der an Milde glaubte. Im Stillen war Booth Watson zuversichtlich, dass sein Mandant mehrere zusätzliche Jahre im Gefängnis verbringen würde, was wie ein Triumph für Sir Julian wirken mochte, den er selbst gnädigerweise seinem alten Rivalen zugestehen würde. Erst danach gedachte er ihm gegenüber zu erklären, genug sei genug, und es sei an der Zeit, die Perücke abzunehmen, die Robe an den Nagel zu hängen und sich irgendwo auf dem Land niederzulassen. Er würde ihm nur nicht verraten, in welchem Land.

Nachdem man seinen Mandanten wieder sicher nach Belmarsh zurückgebracht hätte, würde Booth Watson seine lange geplante Exit-Strategie in die Tat umsetzen. Zunächst würde er zu Art Removals Ltd. Kontakt aufnehmen und die Firma beauftragen, Gatwick Storage aufzusuchen, Faulkners dort eingelagerte Kunstsammlung zu verpacken und nach Hongkong zu verschiffen. Er würde den Mitarbeitern des Unternehmens gegenüber erklären, dass er es nicht besonders eilig hätte, da es für ihn noch andere Dinge zu erledigen gab, bevor er das Land verlassen würde. Dazu gehörten vor allem mehrere Besuche bei Faulkners Bank in Mayfair, denn in seiner Gladstone-Tasche konnte er nicht mehr als 100 000 Pfund auf einmal transportieren. Deshalb würde es einige Zeit dauern, bis er die letzten zehn Millionen aus dem Bankschließfach entnommen hätte. Vielleicht sollte er in Zukunft zwei Gladstone-Taschen mit sich führen.

Da Faulkner das Geld seiner Ex-Frau gestohlen hatte, die Booth Watsons Ansicht nach mehr als genug zum Leben besaß, schien es ihm, die Übertragung von einem Konto auf ein anderes sei zu rechtfertigen, ohne dass er verpflichtet wäre, sich davon um den Schlaf bringen zu lassen. Sobald die letzte Fünfzigpfundnote transferiert war, würde er sich Faulkners Kunstsammlung widmen, die kurz davorstand, zu *seiner* Kunstsammlung zu werden. Diese wäre unterdessen nach Kowloon verschifft worden, wo Mr. Lee sie in aller

Ruhe begutachten konnte, bevor er einhundert Millionen Dollar auf ein weiteres Konto überweisen würde, das Booth Watson erst kürzlich eröffnet hatte.

Sobald die Transaktion abgeschlossen war, würde er nach Hongkong fliegen, um von dort aus zu einer langen, an Umwegen reichen Reise aufzubrechen, die erst in Seattle ihr Ende finden würde. Er hatte bereits eine hohe Summe für den Kauf einer wunderbaren Penthouse-Wohnung mit Blick auf den Puget Sound hinterlegt und wollte das Geschäft endgültig abschließen, sobald der Richter sein Urteil gesprochen hätte.

Vor Kurzem hatte Booth Watson sich eine neue Identität samt falschem Pass zugelegt und überall auf der Welt mehrere Bankkonten eröffnet. Es war faszinierend, was er über die Jahre hinweg alles von Faulkner gelernt hatte.

»Führt den Häftling ab«, murmelte er, als ein Teller mit Eiern, Speck, Pilzen und Bohnen vor ihn gestellt wurde.

Bereit zur Attacke, griff er nach Messer und Gabel.

Tulip legte seine Plastikgabel ab.

»Werden Sie auf schuldig oder nicht schuldig plädieren?«, fragte er, als Miles sich ihm gegenüber an den Tisch setzte.

Miles war aus dem Ford-Gefängnis nach Belmarsh zurückverlegt worden, damit er die Nacht vor seinem Prozess im Old Bailey in London verbringen würde. Der Morgen hatte nicht gut angefangen, denn man hatte ihn aufgefordert, sich zum Frühstück hinten in die Schlange einzureihen – und kurz darauf musste er feststellen, dass sein üblicher Tisch besetzt war.

Er dachte über Tulips Frage nach. »Ich habe mich immer noch nicht entschieden. Ich weiß einfach nicht, wem ich mehr misstrauen soll: Booth Watson oder Superintendent Warwick.«

»Der eine ist so mies wie der andere«, sagte Tulip und wischte die Reste seiner gebackenen Bohnen mit einer Scheibe trockenen Brotes auf. »Deshalb müssen Sie sich nur für das geringere von zwei Übeln entscheiden.«

»Das war überaus hilfreich«, sagte Miles.

Ein Gefängnisbeamter, den er nicht kannte, ließ seine Hand schwer auf Miles' Schulter fallen und sagte: »Auf geht's, Faulkner. Wir wollen den Richter doch nicht warten lassen, oder?«

Er schob das Frühstück, das er nicht angerührt hatte, langsam beiseite und war nicht überrascht, als er sah, dass Tulip nach dem Teller griff. Dann ging er zurück in seine Zelle, wo er sich Zeit nahm, sich dem Anlass angemessen zu kleiden. Er wählte einen eleganten marineblauen Anzug, der fast ein Jahr lang nicht mehr getragen worden war, ein frisch gebügeltes Hemd und seine alte Harrow-Krawatte, mit der er eher wie der Direktor eines seriösen Unternehmens aussah und weniger wie ein Mann, der möglicherweise das nächste Jahrzehnt im Gefängnis verbringen würde.

Er überprüfte gerade den Sitz seiner Krawatte in dem kleinen Stahlspiegel, der an die Wand geschraubt war, als zwei Beamte in die Zelle kamen, ihm die Arme auf den Rücken zogen und ihm Handschellen anlegten. Die beiden wussten ganz offensichtlich nicht, wer er war. Sie führten ihn durch einen grünen Backsteinkorridor, wobei sie mehrere Tore passierten, bis sie schließlich einen verlassenen Hof erreichten und in das kalte Tageslicht hinaustraten. Das letzte Tor, das geöffnet werden musste, bestand aus Holz, und dahinter lag die Freiheit.

»Ich freue mich schon darauf, dich heute Abend wiederzusehen, Faulkner«, sagte einer der Beamten, was nicht gerade ermutigend war, während er und sein Kollege ihn an drei große Polizisten übergaben, die aussahen, als hofften sie, er würde einen Fluchtversuch unternehmen.

Die Polizisten zerrten den Häftling zu einem wartenden Fahrzeug, wobei seine Füße kaum den Boden berührten, und schoben ihn auf die Rückbank. Rechts und links von ihm nahm jeweils ein muskelbepackter Beamter Platz, während sich der dritte hinter das Steuer setzte. Die Fahrzeugtüren schlossen sich automatisch, als das Auto startete, und zwei vorausfahrende Polizisten auf Motorrädern sorgten dafür, dass es auf dem Weg zum Old Bailey keinen unnötigen Halt geben würde. Diesmal gingen sie kein Risiko ein.

Während der gesamten Fahrt saß Miles schweigend auf der Rückbank und dachte immer noch darüber nach, wie er plädieren würde. Er war einer Entscheidung noch keinen Schritt näher gekommen, als die kleine Fahrzeuggruppe durch die Häftlingszufahrt des Bailey rollte und auf dem Hinterhof des Gebäudes parkte.

Dort warteten drei weitere Polizisten, um ihn in eine kleine, spärlich beleuchtete Zelle im Untergeschoss zu führen, und niemand ließ erkennen, dass man ihm die Handschellen abnehmen würde. Nachdem die Tür hinter ihm zugeschlagen worden war, setzte er sich kerzengerade auf das eine Ende des schmalen Bettes, denn er wollte sich nicht hinlegen, weil er fürchtete, seinen Anzug zu zerknittern. Seine einzige Lektüre bildeten die Botschaften, die frühere Insassen der Zelle auf die Wände geschmiert hatten: *Die Bullen haben mich reingelegt, ich bin unschuldig …* Jetzt hatte er noch mehr Zeit, um darüber nachzudenken, wie er plädieren wollte. Schließlich wurde die schwere Tür geöffnet, man nahm ihm die Handschellen ab und führte ihn über eine Steintreppe hinauf in den Gerichtssaal.

Er setzte sich auf einen wackligen Stuhl, während rechts und links von ihm jeweils ein bewaffneter Polizist stand, und wartete auf das Erscheinen des Richters.

Booth Watson saß auf seinem üblichen Platz auf der Anwaltsbank und warf einen Blick auf sein Eröffnungsplädoyer, während Sir Julian Warwick sich mit verschränkten Armen zurücklehnte und sich mit seiner Mitarbeiterin unterhielt. Miles warf einen Blick nach links und sah, dass Christina ganz hinten alleine im Gerichtssaal saß. Es war offensichtlich, dass sie hoffte, ihn heute zum letzten Mal zu sehen. Ihr fehlten nur noch ein paar Stricknadeln, während sie darauf wartete, dass die Guillotine ihr Werk tun würde.

Er wandte seine Aufmerksamkeit der anderen Seite des Saals zu, wo Commander Hawksby neben Superintendent Warwick saß. Miles kam es so vor, als sei Warwick nervös. Zweifellos fragte sich auch der Superintendent, wie er plädieren würde. Warwick würde nicht mehr lange warten müssen, bis er es herausfand.

Die Uhr verkündete die volle Stunde, und mit dem zehnten Schlag öffnete sich eine Tür in der hinteren Wand des Saals. Die Anwesenden erhoben sich und verbeugten sich vor Ihrer Lordschaft – eine Ehrerbietung, die keiner der Beteiligten infrage stellen würde, weil er dann hätte fürchten müssen, aus dem Saal gewiesen zu werden. Der Richter erwiderte die Verbeugung, bevor er eine rote Mappe vor sich auf den Tisch legte und auf einem ledergepolsterten Stuhl mit hoher Rückenlehne Platz nahm. Sobald er saß, zog er seine Robe zurecht und sah aus seiner hohen Position herab nach unten. Zuerst begrüßte er Sir Julian, dann Mr. Booth Watson, und schließlich nickte er dem Gerichtsdiener zu, womit er ihm zu verstehen gab, dass das Verfahren beginnen konnte.

Der Gerichtsdiener trug eine schwarze Robe, in der er wie ein viktorianischer Schulmeister wirkte. Er erhob sich von seinem Platz und ging langsam durch den Saal, um seine wichtigste Aufgabe an diesem Tag zu erfüllen.

Er blieb vor dem Angeklagten stehen und sagte mit einer Stentorstimme, die durch den ganzen Saal hallte: »Der Angeklagte möge sich bitte erheben.«

Miles stand auf, doch seine Beine zitterten so sehr, dass er sich an dem Geländer vor ihm festhalten musste. Sobald er eine sicherere Haltung gewonnen hatte, fuhr der Gerichtsdiener fort. »Mr. Miles Faulkner, Sie sind der Flucht aus dem Gefängnis angeklagt und darüber hinaus, das Land unter falschem Namen verlassen, einen gefälschten Pass benutzt und Ihren eigenen Tod vorgetäuscht zu haben. Worauf plädieren Sie? Schuldig oder nicht schuldig?«

Jeder im Saal hatte seinen Blick auf den Angeklagten gerichtet, mit Ausnahme von Booth Watson, der geradeaus vor sich hinstarrte. Es war diese eine Geste, die Miles veranlasste, sich noch einmal umzuentscheiden. Er wandte sich dem Richter zu und sagte: »Schuldig.«

Sir Julian glaubte, einen Seufzer der Erleichterung vom anderen Ende der Anwaltsbank zu hören. Doch das Geräusch ging unter in dem Lärm, der daraufhin folgte, als mehrere Journalisten aus dem Gerichtssaal stürmten und sich auf die nächsten Telefone stürzten.

Der Richter wartete, bis die Unruhe sich gelegt hatte.

Dann öffnete er die Mappe vor sich und betrachtete die schriftliche Erklärung, die er nur wenige Augenblicke vor dem Betreten des Gerichts fertiggestellt hatte. Noch am Morgen hatte ihn der Leiter des Strafverfolgungsdiensts der Krone gebeten, der empfohlenen Vorgehensweise zu folgen und die bisherige Haftstrafe des Angeklagten zu verdoppeln für den Fall, dass dieser auf nicht schuldig plädierte und die Geschworenen die Sicht der Dinge durch den Angeklagten nicht teilen würden. Diese Entscheidung war ihm nun abgenommen worden.

»Ich habe lange über das Urteil nachgedacht, das ich sogleich verkünden werde«, begann er, indem er sich dem Angeklagten zuwandte.

Miles fragte sich, ob es zu spät war, seine Erklärung zu ändern, während Booth Watson sich die Andeutung eines Lächelns gestattete, das über seine Lippen huschte.

»Ich habe nicht nur die Tatsache in Betracht gezogen«, fuhr der Richter fort, »dass Sie sich schuldig erklärt und dem Gericht somit ein beträchtliches Maß an Zeit und Aufwand erspart haben, sondern auch, dass Sie nach Ihrer Flucht Ihrer eigenen freien Entscheidung folgend nach England zurückgekehrt sind, sich den Behörden gestellt und dem Fitzmolean Museum ein wertvolles Gemälde überlassen haben, das, wie man mir mitgeteilt hat, mit Ihrem Einverständnis Teil der ständigen Sammlung dieser Einrichtung werden soll.«

Miles zeigte keinerlei Reaktion, während Booth Watson überrascht wirkte und Christina einfach lächelte und nickte.

Der Richter hielt inne und schlug ein Blatt um, bevor er fortfuhr. »Kürzlich hat man mich auf andere Dinge aufmerksam gemacht, die mir nicht bewusst waren, bis der Generalstaatsanwalt mich aufgesucht hat. Aufgrund dieses Gesprächs bin ich überzeugt davon, dass es in beträchtlichem Ausmaß mildernde Umstände gibt, die eine gewisse Auswirkung auf die Dauer Ihrer Haft haben. Es wäre jedoch nicht angemessen, diese Umstände in einer öffentlichen Gerichtsverhandlung näher zu erläutern. Aus diesem Grund werde ich nun den Gerichtsdiener bitten, er möge dafür sorgen, dass alle Personen, die nicht direkt an diesem Verfahren beteiligt sind, den Saal verlassen.«

Es dauerte einige Zeit, bis die Geschworenen, einige grummelnde Pressevertreter und die Leute auf der Besuchergalerie widerwillig den Saal verlassen hatten, wobei es einigen von ihnen nicht gelang, ihre Enttäuschung zu verbergen.

Der Richter schwieg, bis der Gerichtsdiener die Tür zum Gerichtssaal Nummer eins verriegelt und sich vor Ihrer Lordschaft verbeugt hatte, um mit dieser Geste deutlich zu machen, dass die Urteilsverkündung fortgesetzt werden konnte.

»Ich habe ebenfalls in Betracht gezogen«, erklärte der Richter, »welch lobenswerte Rolle Sie dabei gespielt haben, die Polizei bei der Verhinderung eines Terroranschlags zu unterstützen, wodurch es zweifellos möglich wurde, zahlreiche Leben zu retten, während Sie gleichzeitig Ihr eigenes Leben in Gefahr gebracht haben. Ihre geistesgegenwärtige Reaktion hat darüber hinaus dazu geführt, dass die Polizei in der Lage war, ein weiteres Verbrechen von nationaler Tragweite zu verhindern, welches die Regierung und die Metropolitan Police in beträchtliche Verlegenheit hätte bringen können. Dank dieses Eingreifens befinden sich die

Täter nun in Polizeigewahrsam. Somit verurteile ich Sie zu einer Haftstrafe von acht weiteren Jahren« – Miles wollte gerade aufbegehren, als er die nächsten Worte hörte –, »welche jedoch in Anbetracht aller Umstände zur Bewährung auszusetzen sind. Sollten Sie jedoch so unvernünftig sein, während dieser Zeit eine weitere Straftat zu begehen, werden diese acht Jahre ohne die Möglichkeit einer Haftverkürzung zu jeder weiteren Strafe hinzugefügt. Habe ich mich klar ausgedrückt?«

»Ja, Mylord«, erwiderte Miles, der von einem Augenblick auf den anderen wieder sicher auf seinen Beinen stand.

Der Richter hielt inne und schlug eine weitere Seite in seiner Mappe um. »Die Gefängnisbehörde hat mich darüber hinaus auf Ihre vorbildliche Führung während Ihrer Zeit in Belmarsh, wo Sie als Gefängnisbibliothekar gearbeitet haben, sowie während Ihrer kürzlich erfolgten Verlegung in das Gefängnis in Ford, das über eine weitaus geringere Sicherheitsstufe verfügt, aufmerksam gemacht.« William gestattete sich ein Lächeln. »Deshalb wird Ihre ursprüngliche Haftstrafe halbiert, weshalb Sie damit rechnen können, in drei Monaten entlassen zu werden.«

Christina sprang von ihrem Platz im hinteren Teil des Gerichtssaals auf und eilte zum Ausgang. Ihr war bewusst, dass ihr nur noch wenige Wochen blieben, bevor Miles versuchen könnte, sich zu rächen.

»Es tut mir leid, Madam«, sagte der Gerichtsdiener, indem er ihr den Weg versperrte. »Aber ich bin nicht befugt, die Tür aufzuschließen, bevor Ihre Lordschaft die Verkündung des Urteils abgeschlossen hat.«

»Sir Julian«, sagte der Richter und wandte sich an den Vertreter der Anklage. »Ich könnte durchaus verstehen, wenn Sie es als notwendig empfinden würden, mein Urteil im Namen der Krone anzufechten.«

Zur Überraschung des Richters erhob sich Sir Julian langsam von seinem Platz auf der Bank, verneigte sich und sagte: »Ich akzeptiere Ihr Urteil, Mylord, und habe nicht die Absicht, es infrage zu stellen.«

»Ich bin Ihnen dankbar dafür, Sir Julian«, sagte der Richter und wandte sich Booth Watson zu, der inzwischen aschfahl war und aussah, als sei er es, der das Urteil Ihrer Lordschaft anfechten wollte – was er auch tatsächlich getan hätte, wenn er nicht der Verteidiger des Angeklagten gewesen wäre.

Auch Booth Watson begriff, dass ihm nur noch wenige Monate blieben, das restliche Geld seines Mandanten aus den Schließfächern zu holen und dessen Kunstsammlung nach Hongkong verschiffen zu lassen, bevor Faulkner entlassen würde. Angesichts dieser Tatsache drehte er sich zu seinem Mandanten um, bedachte ihn mit einem Lächeln, das seine Gratulation ausdrücken sollte, und hob die Daumen. Hatte er Faulkner etwa nicht versprochen, dass er bis Weihnachten ein freier Mann wäre, wenn er sich für schuldig erklärte? Was nichts an seiner Absicht änderte, das neue Jahr in seiner kürzlich erworbenen Wohnung in Seattle zu feiern.

Als die beiden Polizisten den Häftling abführten, wandte sich dieser Booth Watson zu, schenkte ihm ein warmes Lächeln und schüttelte den Kopf.

37

»Ihnen, Madam«, sagte Lucio, »würde ich die Sole meunière empfehlen, leicht in Butter angebraten und serviert auf einem Bett von Portobello-Pilzen mit nicht mehr als einer Andeutung von Zitronensoße.«

»Hört sich perfekt an«, sagte Beth und reichte die Speisekarte zurück.

»Und als passende Ergänzung vielleicht ein Glas gekühlten Pouilly-Fumé?«

»Eine ausgezeichnete Wahl.«

»Und was ist mit mir?«, fragte William.

»Für Sie, Sir, Fish and Chips mit pürierten Erbsen und mehr als nur einem Hauch Essig sowie Tomatenketchup?«, schlug Lucio vor.

»Serviert auf einem Bett von …«

»Serviert in der *News of the World*?«

»Passend ergänzt um?«

»Einen halben Liter warmen Bieres.«

»Ich könnte mir nichts Besseres vorstellen«, sagte William mit selbstzufriedener Miene.

»Sie müssen wissen, Lucio, dass er ein Höhlenmensch ist«, sagte Beth und nahm Williams Hand. »Sein einziger Vorzug besteht darin, dass er *mein* Höhlenmensch ist.«

Lucio entkorkte eine Flasche Champagner und schenkte zwei Gläser ein. »Alles Gute zum Hochzeitstag«, sagte er, stellte die Flasche zurück in einen Eiskübel und verließ die beiden.

»Bevor ich mein Geschenk öffne«, sagte Beth mit einem Blick auf das kleine, von hübschem Geschenkpapier umhüllte Päckchen vor sich auf dem Tisch, »will ich unbedingt hören, um wie viele Jahre der Richter Faulkners Haftstrafe zusätzlich verlängert hat.«

»Um kein einziges«, erwiderte William. »Genau genommen hat er ihm sogar eine Sie-kommen-aus-dem-Gefängnis-frei-Karte gegeben.«

»Wie bitte? Wie kann so etwas möglich sein?«

»Der Richter sprach von mildernden Umständen.«

»Als da wären?«

»Da musst du meinen Vater fragen.«

»Der mir wahrscheinlich noch weniger eine Antwort geben wird als du.«

William nahm einen Schluck Champagner, äußerte sich jedoch nicht dazu.

»Booth Watson muss absolut begeistert gewesen sein«, sagte Beth.

»Seinem Gesichtsausdruck nach zu urteilen, nicht unbedingt«, sagte William. »Als ich meinen Vater hinterher auf dem Gerichtsflur gesehen habe, sagte er mir, er hatte einen Augenblick lang den Eindruck, als wolle BW sogar gegen das Urteil Berufung einlegen. Aber er muss sich dagegen entschieden haben, denn am Ende – welch Überraschung – hat er versucht, es so darzustellen, als sei es sein Verdienst gewesen.«

»Faulkner ist sicher nicht darauf reingefallen«, sagte Beth.

»Nein, natürlich nicht. Ich vermute sogar, dass Booth

Watson gerade seine lukrativste Einnahmequelle verloren hat.«

»Du solltest diesen Mann nicht unterschätzen«, sagte Beth. »Er schafft es, schneller die Seiten zu wechseln, als sich eine Wetterfahne nach dem Wind drehen kann. Er würde ohne schlechtes Gewissen Christina vertreten, und dann wäre Faulkner derjenige, der ständig einen Blick über die Schulter werfen muss.«

»Wodurch er zweifellos ihren Komplizen entdecken würde, der irgendwo im Schatten lauert«, erklärte William. Dann hob er sein Glas und sagte: »Alles Gute zum Hochzeitstag, mein Liebling.«

»Alles Gute zum Hochzeitstag. Vermutlich sollten wir unser Glas auf Miles Faulkner erheben.«

»Warum?«

»Hätte er nicht auf schuldig plädiert, würden wir heute Abend unseren Hochzeitstag vielleicht nicht feiern.«

»Es muss ihm bis zum Schluss schwergefallen sein, eine Entscheidung zu treffen«, gestand William.

»Könnte sie irgendetwas damit zu tun haben, dass du noch einmal vor Sonnenaufgang aus dem Bett gesprungen bist, um an einer weiteren COBRA-Besprechung teilzunehmen?« William nahm einen Schluck Champagner. »Ich weiß immer noch nicht, wofür COBRA steht«, gab Beth zu, indem sie gleichsam weiterhin versuchte, eine geschlossene Tür zu öffnen.

»Cabinet Office Briefing Room«, erwiderte William, ohne eine nähere Erklärung dazu abzugeben.

»Und das A?«

»Angeblich hat ein Beamter das A nachträglich hinzugefügt, denn er hatte den Eindruck, mit diesem Buchstaben würde der Ausschuss bedeutender klingen. Andere meinen, dass es sich einfach um den Ausschussraum A handelt.«

Nach langem Schweigen wandte sich Beth wieder dem Päckchen vor sich zu.

»Was könnte das wohl sein?«, fragte sie, während sie es auszupacken begann. »Vielleicht ein Diamanthalsband?«

»Ich glaube, du wirst bis zu unserem zehnten Hochzeitstag warten müssen, bevor du dir Hoffnungen darauf machen kannst.«

»Perlen, Rubine oder Gold?«

»Dreißig, vierzig und fünfzig Jahre«, neckte William sie, während Beth langsam das rote Geschenkpapier von einer Schachtel abstreifte, sie öffnete und ein Eternity-Armband herausnahm.

»Woher wusstest du, dass ich mir genau so etwas gewünscht habe?«

»Vielleicht weil du den ganzen letzten Monat über nicht besonders subtil darauf angespielt hast«, sagte William und legte ihr den Schmuck ums Handgelenk. Dann klappte er die Schließe um und passte mithilfe des winzigen goldenen Schraubenziehers die genaue Größe an.

»Jetzt bekomme ich lebenslang«, seufzte Beth. »Und es ist niemand da, der mich verteidigen würde.«

»Ich bin sicher, Booth Watson wäre nur allzu gerne bereit, dich juristisch zu vertreten, denn im Augenblick fehlt es ihm gerade an Mandanten.«

»Ich kann ihn mir nicht leisten«, sagte Beth, legte den Unterarm über die Stirn und seufzte erneut. »Also werde ich unglücklicherweise an dir hängen bleiben, Höhlenmensch.«

»Wer hat dir denn die gegeben?«, fragte William, als sein Blick auf die Tank-Uhr von Cartier an ihrem Handgelenk fiel, die er noch nie zuvor gesehen hatte. »Habe ich einen Rivalen?«

»Mehrere. Aber die Antwort auf Ihre erste Frage, Superintendent, lautet Christina.«

»Was für ein bemerkenswert großzügiges Geschenk. Ich kann dir versichern, dass ihr Ex-Ehemann mir nichts dafür gegeben hat, dass ich seine frühe Freilassung organisiert habe.«

Beth hob eine Augenbraue, aber William ließ sich nicht ködern.

»Wie das bei Christina immer so ist«, sagte Beth, »ist dieses Geschenk nicht so eindeutig, wie es aussieht. Denn ich erinnere mich daran, dass sie selbst die Uhr bei der Eröffnung der Frans-Hals-Ausstellung getragen hat. Doch das Krokodilarmband sieht neu aus, und wer wäre besser geeignet, mir Dinge aus zweiter Hand zu besorgen, als Christina? Wenn ich denn schon etwas bekommen soll …«

»Soll das heißen, dass euer gemeinsames Unternehmen Erfolg hat?«

»Ganz zweifellos. Nicht zuletzt deshalb, weil ich kürzlich einen kleinen Coup mit einem Russell-Flint-Aquarell landen konnte.«

»Vater oder Sohn?«

»Hör auf anzugeben«, sagte Beth. »Ich konnte es für eine stattliche Summe an einen Sammler verkaufen, und Christina investiert nach wie vor ihren Teil des Gewinns in neue Transaktionen. Sie bekommt als meine Partnerin fünfzig Prozent.«

»Du wirst in kürzester Zeit zu einer vulgären Kapitalistin«, sagte William, nachdem er erneut sein Glas erhoben hatte.

»Aber für wie lange noch?«, sagte Beth nachdenklich, was

William veranlasste, seinerseits seine Augenbraue zu heben. Sie nahm einen Schluck Champagner, bevor sie auf seine unausgesprochene Frage antwortete. »Heute Morgen habe ich einen Anruf vom Vorsitzenden des Verwaltungsrats des Museums bekommen, der mir mitgeteilt hat, dass Gerald Sloane als Direktor zurückgetreten ist.«

»Warum sollte er so etwas tun?« William hielt inne und fügte dann hinzu: »Es muss doch einen Grund geben.«

»Wenn es einen gibt«, sagte Beth, »so sagt niemand ein Wort darüber.«

»Aber du hast es herausgefunden?«

»Christina hat es herausgefunden, als der Vorsitzende sie gefragt hat, ob sie es in Erwägung ziehen würde, dem Verwaltungsrat erneut beizutreten.«

»Dann muss sie den Grund kennen«, sagte William und fügte hinzu: »Was bedeutet, du auch.«

»Sagen wir einfach, dass drei Sekretärinnen von Sloane in seiner kurzen Zeit als Direktor gekündigt haben, was für den Vorstand anscheinend eine zu viel war.«

»Da muss mehr dahinterstecken.«

»Du erzählst mir, was du über Faulkner weißt«, sagte Beth. »Und ich erzähle dir, was ich über Sloane weiß.«

William schien einen Augenblick lang zu zögern, besann sich dann jedoch eines Besseren. »Wirst du dich auf die Stelle bewerben?«, fragte er, als hätte er die Bemerkung nicht gehört. »Schließlich muss ihnen klar sein, dass alleine du der Grund bist, warum das Selbstporträt von Frans Hals noch an einer Wand des Museums hängt.«

»Ich bin hin- und hergerissen«, sagte Beth und nippte an ihrem Champagner. »Sollte ich Direktorin des Fitzmolean werden, wäre mein Einkommen nur noch halb so hoch wie im Augenblick. Und ich hätte mich wieder an feste Bürozeiten zu halten, was bedeuten würde, dass ich die Kinder viel weniger zu Gesicht bekäme. Gleichzeitig müsste ich mich damit herumschlagen, neue Förder- und Spendengelder zu finden, um das Museum über Wasser zu halten.«

»Dann wird man mich zum Chief Superintendent befördern müssen«, sagte William.

»Vielleicht bieten sie mir diesen Posten ja überhaupt nicht an«, sagte Beth wehmütig.

»Sie werden denselben Fehler nicht zweimal machen.«

Wieder erschien Lucio und servierte Beth die Sole meunière, bevor er wenig begeistert den Teller mit Fish and Chips auf Williams Seite des Tisches stellte. Der Sommelier trat vor, entkorkte den Pouilly-Fumé und schenkte ein wenig davon in Beths Glas. Sie nahm einen Schluck und lächelte. Er füllte ihr Glas, während Lucio einen halben Liter Bier vor William stellte.

Beth griff gerade nach Messer und Gabel, als Williams Handy klingelte.

»Dieses Gespräch nimmst du auf eigene Gefahr entgegen, Höhlenmensch«, sagte Beth.

William zog sein Handy aus der Innentasche seines Jacketts und wollte es gerade ausschalten, als er sah, welche Nummer auf dem Display erschien. Das Klingeln dauerte an, während er über die Folgen nachdachte, die es haben würde, sollte er rangehen. Doch schließlich fasste er sich ein Herz und hielt das Handy an sein Ohr.

»Guten Abend, Sir«, sagte er. »Darf ich annehmen, dass Sie mich anrufen, um Beth und mir zum Hochzeitstag zu gratulieren, während wir gerade dabei sind, uns dem Hauptgang zu widmen?«

»Alles Gute zum Hochzeitstag«, sagte Hawksby und fuhr ohne innezuhalten fort. »Ich habe gerade einen Anruf bekommen von unser aller …«

William hörte sich aufmerksam an, was der Commander zu sagen hatte, während Beth das Fischmesser hoch über ihren Kopf hob. »Ich bin unterwegs«, sagte er, beendete die Verbindung und sah seine Frau entschuldigend an.

»Kannst du mir einen guten Grund nennen, warum ich dich nicht umbringen sollte?«, sagte sie, während sich das Fischmesser langsam in Richtung seines Herzens senkte.

»Nein, das kann ich nicht«, gestand er. »Aber ich würde um einen Hinrichtungsaufschub bitten, bis ich die Premierministerin gesprochen habe.«

Lieber Leser, liebe Leserin,

ich hoffe, Sie haben William Warwicks neuestes Abenteuer mit demselben Vergnügen gelesen, welches ich beim Schreiben hatte.

Eine der besonderen Freuden, die das Schreiben vor allem mit sich bringt, besteht darin, detailliert zu recherchieren, wodurch ein Werk einen glaubwürdigen Hintergrund erhält. *Über dem Gesetz* war in dieser Hinsicht keine Ausnahme. Ich musste mir jedoch einige Freiheiten erlauben, nicht zuletzt im Hinblick auf das Datum der Last Night of the Proms, und der eine oder andere Leser mag seine Schwierigkeiten mit der einen oder anderen weniger bedeutenden historischen Ungenauigkeit haben. Doch bevor nun jemand zu Stift und Papier greift, möge er bitte bedenken, dass es sich um ein Werk der Fiktion handelt und ich mir nichts weiter wünsche, als dass Sie die Geschichte genießen.

Mit den besten Wünschen,
Jeffrey Archer

Danksagung

Für ihre unschätzbaren Hinweise und Recherchen danke ich Simon Bainbridge, Lee Bennet (Sgt. Metropolitan Police i. R.), George Burn, Paul Burrell RVM, Jonathan Caplan QC, Kate Elton, Craig Hassall AM, Alison Prince, Bob Sait (Detective Chief Superintendent Metropolitan Police i. R.), Ken Wharfe MVO und AW.

Besonderer Dank geht an Detective Sergeant Michelle Roycroft (i. R.), Chief Superintendent John Sutherland (i. R.) und Brigadegeneral (i. R.) R. Copinger-Symes CBE, Royal Marines.

Das war der fünfte Teil der großen Warwick-Saga
von Jeffrey Archer.

Lesen Sie weiter in:

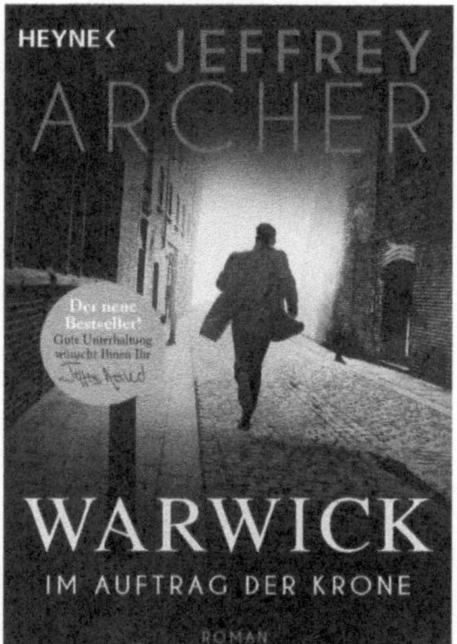

Jeffrey Archer
WARWICK
Im Auftrag der Krone
Teil 6 der Warwick-Saga